U0458433

G

GuRu

发现，发声

哈德良

乌菲兹美术馆，意大利佛罗伦萨

Contents
目录

ANIMULA VAGULA, BLANDULA,

HOSPES COMESQUE CORPORIS,

QUAE NUNC ABIBIS IN LOCA

PALLIDULA, RIGIDA, NUDULA,

NEC, UT SOLES, DABIS IOCOs.,

—— P. Ælius HADRIANUS, *Imp.*

亲亲吾魂，温柔飘然，

身之客，长相伴；

今日别，前去处，

苍茫，坚硬，裸秃，

勿复如昔，笑语盈盈……

——皇帝　普布利乌斯·埃利乌斯·哈德良

亲亲吾魂，温柔飘然

ANIMULA VAGULA BLANDULA

亲爱的马可[1]:

今天早晨,我移驾来到埃尔莫热纳医生这里。他刚结束一段漫长的亚细亚之旅,回到庄园。检查必须在空腹禁食的状态下进行,所以我跟他约了个大早。我褪去长袍裙衫,躺在一张床上。那些你我都嫌恶的细节,我替你省略不提了;而一副年岁已长、心脏水肿的躯体,也毋须大书特书。就这么说吧:在埃尔莫热纳的指示下,我不时咳嗽两声,深呼吸,屏住气。病情恶化如此迅速,他不由得显露惊慌的神色,准备怪罪代替他在这段时间照护我的年轻医生伊奥拉斯。在医生面前维持皇帝的尊严真难,连保有人类的特质都难。在大夫的眼中,我只不过是一大堆体液、淋巴混着血液的不堪秽物。今天早晨,我第一次想到,我的身体,这忠诚的伙伴,最可靠的朋友,比我的心灵与我更熟稔,却竟然是一头阴险的怪兽,终将把主人一口吞没。你且安心……我爱我的身体;它为我服务了一辈子,而且,无论如何,它所需要的治疗,我二话不说,该做就做。但我并不指望埃尔莫热纳去东方觅得的药草疗效神奇,矿物晶盐配方准确。这个男人的心思原本缜密细腻,这会儿却滔滔不绝地说些空洞的话来安慰我,老调得没有人会上当。他明知道我多么厌恶这类阳奉阴违的欺瞒,但人家行医这

---

[1] 马可:指马尔库斯·奥列里乌斯(121—180),罗马帝国五贤帝之一。他也是颇有成就的哲学家,代表作为《沉思录》。——编者注(以下如无特殊说明均为编者注)

三十多年来也不是没吃过苦头。这名忠仆意欲隐瞒我死期将至，我原谅他的一片好心。埃尔莫热纳是一位学者，甚至是一位智者；他正直廉洁，比宫里任何一个庸俗的御医都高尚得多。我注定是最受照顾的病患。然而谁也不能僭越天命大限，我水肿的双腿已支撑不完罗马冗长的仪式，我呼吸艰难，而且已经六十岁了。

别误会：我还没衰弱到要对想象出来的恐惧投降；那几乎与妄想的愿望一样荒谬，也必然更令人难受。倘若非要误解不可，我宁愿是信心方面出错，那么我不会多增损失，却能少点痛苦。大限之期正在逼近，倒也未必迫在眉睫；每晚睡下之时，我仍抱着能见到早晨的希望。刚刚所说的限制无法跨越，但在此范围内，我还能一步步地捍卫自己的地位，甚至夺回几寸领土。我的确到了这样的年纪：到了这把岁数，对每个人而言，生命是一场已被接受的溃败。说我来日不多、寥寥可数，有何意义？世事本来如此，人人皆如此。其实我们始终朝那目标前进，未曾休止；只因地点、时间和方式不明，致使终点难以辨识。然而，我这绝症病情日渐加重，不确定的成分随之减少。任何人都可能随时死去，而病人自知：十年后将已不在人世。我能转圜的时间已不及年岁，仅能用月份来计了。心脏上被插一刀或从马背摔落，这类死法的几率，对我来说变得小之又小。得鼠疫，看来不可能；麻风病和癌症似乎根本离我太远。在边界上被喀里多尼亚[1]斧头劈中或遭一支帕提亚[2]利箭射穿，我已不再承受这些风险。暴风雨未能把

---

[1] 喀里多尼亚：苏格兰古称。
[2] 帕提亚：位于今伊朗国境，中国古称其为安息帝国。曾与汉朝、罗马、贵霜并列为当时亚欧四大强国。

握良机，以前预言我不会淹死的巫师似乎说对了。我会死在提布[1]、罗马，或顶多在那不勒斯，只要一个心肌梗死就能解决。我会在第十次发作时离开，还是在第一百次的时候？问题的重点就在于此。一如航行于群岛之间的旅人，在傍晚时分，眼见雾气中透出点点亮光，渐渐辨识出海岸线；我也开始看出自身死亡的轮廓。

我生命中已有某些部分好比一些年久失修的厅堂，位于一座过于辽阔的宫殿，主人贫穷潦倒，放弃占用所有空间。我不再打猎：野鹿反刍嬉耍之时，若只有我一人前去骚扰，伊特鲁里亚山区的鹿群可乐得轻松。我与森林女神狄安娜的关系始终多变激情，正如一个男人对待心爱事物的态度：少年时期，拜狩猎野猪之所赐，我初次邂逅指挥大权及性命危险，并狂热投入此道，在这类事物上不知节制，招来图拉真[2]痛骂斥责。在西班牙一座森林的空地上，猎犬分食战利品，那是我最早的死亡及勇气经验，第一次体验到对生命的怜悯，以及眼睁睁见它们受苦的悲壮乐趣。长大成人后，狩猎消除了许多与敌人暗中勾心斗角的疲累；对我来说，那些对手，有的太奸巧，有的太迟钝，有的太弱，有的太强。而与人们的龌龊陷阱相比，人类以聪慧对抗野兽之睿智，这场公平之战显得异常干净。我尊为帝王，利用在托斯卡纳狩猎的机会，评估高级官员的勇气和资质：我不止一次借此淘汰或遴选执政官。后来，在比提尼亚[3]、卡帕多西亚，我以举办盛会庆祝在亚细亚森林中的秋季凯旋为托辞，令人进行大规模猎物搜捕。但

---

[1] 提布：意大利古城名，即今意大利小镇蒂沃利，位于罗马城附近。
[2] 图拉真（53—117）：罗马帝国五贤帝之一，哈德良养父。
[3] 比提尼亚：小亚细亚西北部一个古老地区，公元前一世纪成为罗马行省。

4

是最后几次陪我狩猎的伙伴年纪轻轻就死去。自他离世之后，我对这类残暴享乐的爱好降低许多。然而，即使在提布这里，枝叶丛中，不过是一头雄鹿忽然喷鼻作响，亦能激起我一种本能的骚动轻颤。感谢这最最早远的本能，我觉得自己是皇帝，也是一头猎豹。谁知道呢？或许我以往如此吝惜人血，只因溅洒了太多兽血；虽然，有时候，隐隐地，比起人类，我更爱兽类。无论如何，萦绕在我心中挥之不去的，多半是野兽的形影。而若为免考验宾客的耐性，不让我在晚宴上滔滔不绝说狩猎的事，我会十分痛苦。当然，成为继任养子那天的回忆十分美妙，但在毛里塔尼亚[1]猎杀猛狮的经验也不遑多让。

放弃骑马则是更痛苦的牺牲。野兽不过是敌人，马却是朋友。若能让我选择生存形态，我愿采用人马的形象。波里斯泰尼与我之间的关系宛如数学一般明确：它服从我，就像服从它的脑，而非服从主人。我可曾得到哪个人如此对待？这般绝对威权，对掌权者而言，不例外地，亦隐含犯错的风险。然而，挑战不可能，驱马跳过障碍，这种乐趣太令人跃跃欲试，即使肩膀脱臼或骨折也在所不惜。我的爱马仅知道我这个人的确实重量，以此取代千百种相似的头衔、职务、名字——所有使人类友谊复杂变质的一切。它和我一起冲刺，确切地知道，甚或比我更清楚，我的意志和力量会在哪一点分道扬镳。但对于接替波里斯泰尼的马儿，我不再强加它重担，去负载一名肌肉松弛、虚弱得无法爬上马背的病患。此刻，在前往普雷尼斯特[2]的路上，我的副手塞列尔正

---

［1］毛里塔尼亚：位于今摩洛哥和阿尔及利亚北部的地中海沿岸地区的一个古国。
［2］普雷尼斯特：意大利古城，即今之帕莱斯特里纳，距离罗马约30公里，是古代拉齐奥区域的主要城市之一。

操练着它。凭借过往所有的速度体验，我能分享骑士与马匹的快乐，评判出那男人在一个阳光灿烂、风吹阵阵的日子里全速奔驰的快感。当塞列尔跳下马背，我也与他一起落地。游泳亦然：我已放弃这项运动，但仍能体会泳者受水波轻抚的美妙。奔跑，就算是最短的路程，如今对我而言已不可能。我好比一尊沉重的雕像，一尊石雕的恺撒。但我还记得儿时在西班牙枯荒的丘陵上奔跑，自己跟自己打赌，直至喘不过气的极限，确信心脏强健，肺腔无损，很快就能调匀呼吸。我能与任何一位锻炼长跑的田径手心意相通，这一点仅凭聪明才智无法达成。因此，各时期有其适合从事的技艺，我从每种项目中领略新知，好部分弥补那些已失的乐趣。我曾相信，而在心情好的时候，我仍如此相信着：以这种方式进入众生之存在是可能的，而此种感同身受应是一种最难磨灭的不朽形态。有时候，这份领悟企图超越人类之范畴，从泳者扩及波浪。但自此境地，因为再也没有任何确切的信息，我便进入胡思奇想的变形世界。

罗马人有暴饮暴食的毛病，但我享受节制。若非因为那股烦躁不耐，害我无论身在何处、哪个时辰、送上什么菜肴都狼吞虎咽，仿佛被饥饿所迫，非一口气吃光不可；埃尔莫热纳根本毋须对我的饮食内容作任何变动。一个富裕的男人，生来衣食无缺，仅经历过自愿性或暂时性的匮乏，仿佛战争和旅途中的一桩突发事件，多少有点刺激；他若蓄意浮夸，宣称自己没饱食终日，实是不知感恩。趁着某几个节日大吃大喝，始终是穷人的野心、乐事与油然而生的骄傲。我喜欢烤肉的香味和军队就着大锅欢快刮食的声响。军中的盛宴（或军营认为的盛宴）符合应有本色，欢乐又粗野地平衡在工作的日子里被剥夺的享受。在农神节[1]时期,我颇能忍受公共场所弥漫的油炸味。但罗马式宴会实在令人嫌恶,令我感到无聊,以至于在探险或出兵征讨时,有几次我以为就要一命呜呼,于是安慰自己:至少不必再吃晚餐了。别把我当成一个禁欲苦行者,那对我可是侮辱:这项程序一天操作两到三次,目的在于喂养生命,诚然值得我们全心全意。吃一颗水果,是让一样鲜活美好的异物进入体内;它和我们一样,都得到大地滋养宠爱。这是在享用一项牲品,待自己比待物品还好。每咬一口军队的大面包,我都感到惊异,想不到这样厚重粗劣的制品竟能化为血液、热力,甚或勇气。啊!我的魂灵,为何即使在状态最佳的岁月里,亦始终仅拥有一丝丝身体的消化能力?

身在罗马,漫长的正式餐宴中,我偶尔会去思考:我国最近才显现的奢华生活从何而来?我会念及勤俭的农民,粗茶淡饭的士兵。这群饱食大蒜和大麦的人民,很快地被亚细亚菜色掳获,以饥农的乡土气囫囵吞下繁复的食物。我们罗马公民则各个塞满圃鹀,被酱汁淹没,中香料的毒。一名阿比修斯[2]之流的美食家可自豪于上菜之流畅,这一道道佳肴,或甜或咸,或油腻或清淡,组成他为盛宴设下的雅致排程。若这每一道菜都个别呈上,得一味蕾完好未损之老饕以空腹的状态讲究品尝,尚且说得过去;但若混在天天习以为常的大鱼大肉之中,同样的菜色只会在食客的嘴里和胃里形成可厌的混淆,所有香气、滋味、口感都丧失原有的优点和可喜的特色。以往,可怜的卢基乌斯乐于为我调制各式珍馐:他的雉鸡馅饼,精算分量,适度搭配火腿和香料,彰显

---

[1]农神节:古罗马年底祭祀农神的大型节日,一般在 12 月 17 日至 24 日进行。
[2]阿比修斯:提比略统治时期公认的美食家,著有与烹饪相关的作品,如记有 500 种食谱的《论烹饪》。

一种与音乐和绘画同等精确的艺术。然而,我遗憾未能品尝美丽雉鸟原始结实的肉味。希腊人在这方面的理解好多了:他们在葡萄酒里掺松香,面包上撒芝麻;捕到鲜鱼在海边翻面现烤,因火力不均所以焦黑得不漂亮,或者这里一点、那里一点,沾上了沙粒,喀啦脆响。他们纯粹满足于最单纯欢喜的口腹之欲,不去费心繁文缛节。在埃伊纳或法勒隆的某家小酒馆里,我曾尝到新鲜极了的美味,食材之鲜美,尽管侍者手指脏污,仍无损其圣洁纯净。食物分量并不多,却令人如此满足,在那精简到极致的形体下,似乎蕴含了某种不朽精华。狩猎当晚所吃的肉品亦有这种几近庄严的特质,领我们到更远的地方,到禽兽生长的原始起源。葡萄酒启发我们认识土壤中火山灰的神秘成分,以及矿物的丰富宝藏;疲惫之时,一杯萨摩斯[1]酒,在正午艳阳之下入喉,或相反地,于冬夜啜饮,累意不设防,令人立即感到温热的酒液淌入腹腔深处,灼烧的酒气稳稳沿着动脉散发;那种感受几乎是神圣的,有时强烈得非凡人头脑所能承受。从罗马那些编了号码的地窖取出的萨摩斯酒,在我喝来,就不再纯粹如斯;行家们的卖弄讲究令我不耐。要更虔敬的是喝水,当我们以手掌掬取清水或就着泉源饮用,天上的雨水和地底最隐秘的矿盐便流入我们体内。然而,对我这样一个病人而言,水却成了仅能点到为止的乐趣。无所谓:即便在临终弥留之时,最后的几剂药水掺杂悔恨苦涩,我亦必将努力品味残留唇上的平淡清凉。

我曾在哲学学校短期实验戒除荤肉;那地方本来就适合一次测试所有行为做法。后来,在亚细亚,我看见印度苦行僧转头拒

[1]萨摩斯:希腊第九大岛屿,也是希腊最有名的产酒区。

绝奥斯洛莱斯营帐内冒着香气的羔羊和大块羚羊肉。你是一位自律甚严的年轻人,会觉得这种修炼颇有引人之处。然而,它需要的功夫烦琐复杂,比顾全享受美食更令人费心;我们几乎总是处在公众场合中,不是为了交谊就是正式礼节,戒除荤食将使我们与人群过度隔阂。我比较喜欢用肥鹅和珠鸡来滋养我的生活,不愿每一顿餐都让宾客指责我卖弄禁欲主义。我已特地花心思,借着吃干果或慢慢啜饮一杯酒来掩饰,让受邀者以为眼前的佳肴是主厨们特地为他们所设计,而非为我;或错觉我对这些菜色不如他们有好奇心。在这点上,身为王公者已欠缺哲学家的风范;他不可任自己产生太多不一致。上天明察,尽管我沾沾自喜,认为大多数时候看不出来,但我与众不同的地方恰恰难以数计。至于苦行僧恪守宗教律条,面对血淋淋的鲜肉,露出嫌恶之情;我本当更受其感动,若非我偶尔自问,草茎被砍断时遭受的痛苦,与被割喉的绵羊究竟有何不同,还有,我们面对被屠杀的动物之所以心生恐怖,难道不是因为,我们的感受其实隶属同一个范畴。但在人生的某些时刻,例如依戒律进行的禁食期,或宗教的入门启蒙期,我曾体验各种不同的断戒形式,甚或自愿挨饿。在这些接近晕眩的状态下,身体减轻了部分负担,进入一个不适合它生存的世界,那儿冷酷地预示死亡之微不足道。我明白这一切对心灵有何好处,又有何危险。另有一些时刻,借着这些经验,我得以玩味慢性自杀之念头,某些哲学家何以虚脱升天;某种程度而言,这是反向的放荡,不惜透支人体肉身。我始终不乐意太执着于一套规范,也不愿在万一偶然想吃,或仅能取得这样的食物时,有任何顾忌剥夺我用熏肉填满肚子的权利。

犬儒派和卫道派难得一致,将缠绵欢爱与饮酒之乐、大快朵颐相提并论，归为所谓的下流享受；同时，他们认定其中属情爱最没必要，宣称没有它，人还是可以活下去。对于保守的卫道派，一切在我意料之中；但没想到放浪不羁的犬儒学派竟也犯下这个错。姑且假设这两派人士都惧怕魔鬼，不论是坚拒诱惑不为所动，还是投降屈服，他们不得不逼自己蔑视逸乐，试图削弱那笼罩他们的恐怖力量，以及令他们迷惘不知所措的诡异神秘。若有一天，让我看见一名饕客像依偎在年轻恋人的肩膀上一般，对着最钟爱的佳肴喜极而泣，我才肯相信恋爱与纯粹生理上的喜悦（假设此说存在）能混为一谈。因为所有游戏中，唯有欢爱可能让我们心旌摇荡，也唯有欢爱让玩家不得不顺从于肉体的狂热。饮者不一定要放弃理智，保持理智的恋人却无法对心目中的神服从到底。其他任何行为之断禁或放纵都只牵涉到个人：在第欧根尼[1]的例子中，分寸限度与适度迁就之特质不言而喻；然而，除此特例外，所有以感官为主的作为，都要我们面对"另一人"，迫使我们听从抉择之要求。我未曾听说，在哪种状况下，人的取舍理由更简单、更不可抗拒；获选之物更符合纯粹的快乐；爱好真理的人，能有更好的机会去评断一个赤裸裸的人。于是每一回，透过等同死亡的层层剥夺，以及可比失败和祈求之卑下，我总大开眼界，看到各种复杂的形式重组：抗拒、责任、援助、可悲的告白、脆弱的谎言，以及我的享受与"另一人"的快乐之间，那些激昂澎湃的磨合妥协。这许多关联，无法切断，一旦松开却如此之快。从肉体之爱到对整个人的爱，我认为这场神秘的游戏颇具美感，值得为它贡献我的部分人生。文字欺人，因为"欢愉"这一个字眼，

---

[1] 第欧根尼（412 b.c.—323 b.c.）：古希腊哲学家，犬儒学派的代表人物。

就囊括几种矛盾的事实，既有肉体之温暖、甜美与私密，亦隐含暴力、垂死与呐喊。我曾见你这个乖孩子在学校作业本上认真抄录，写下波塞多尼奥斯[1]那描述两具肉体互相摩挲的淫秽文句。那个句子无法定义爱恋之现象，恰如仅以手指拨弄琴弦并不能令人领略音乐之神妙。它所侮辱的不是快感，而是肉体本身，这个以肌肉、血液和皮肤组成的器具，是灵魂闪电划过照亮的云雾嫣红。

我承认，面对爱情这项奇迹，理性难脱迷惘困惑。同样是这副肉体，在它组成我们自己的躯壳时，我们不以为意，仅烦恼沐浴进食等琐事，若有能力，则预防它受痛。而爱恋这奇异的执着却启发了我们如此强烈的抚摸激情，只因一个异于我们的个体点燃了它，因为它呈现出美之几许轮廓；即便对于这所谓的美，优秀的评论家们可不见得认同。一如面对秘义的揭示，人类的逻辑于此停摆。民间传统一点也没错，始终将情爱视为启蒙教育，是秘密与神圣的一个相遇点。感官之体验甚至可与秘密祭礼相比，因为对未经启蒙者而言，初次体验如同一场仪式，多少有些骇人，与日常熟稔的吃喝睡眠等能力相去太远，往往成为笑话、耻辱或恐怖。一如酒神女侍梅纳德的舞蹈或祭祀科律班忒斯的狂野，做爱将我们带到另一个世界——那里，在其他时候禁止进入；而一旦炽热之情熄灭，享受不再，我们即转向离开。仿佛十字架上的囚犯，我被钉在爱人的躯体上。然而正如病患康复后即停止参悟疾病之神秘真理，犯人被释放后就忘记酷刑之折磨，或胜利者从荣耀中清醒过来，就在同样法则的作用下，将当初学到的几许生命奥秘

---

[1] 波塞多尼奥斯(135b. c.—1b. c.)：古希腊斯多葛学派中期代表哲学家、政治家、天文学家、地理学家、历史学家和教育家。

从记忆中淡出。

有时,我梦想研发一套以情色为基础的系统来认识人类。在这套探讨肉体接触的理论中,他人的神秘与尊严皆正好提供给我一个通往另一个世界的支撑点。以这种哲学角度来看,快感成了较完整、也较特定的接近"他人"之道,为认识异于我们自己的人而借助的一种技巧。在最无关乎官能感受的人际邂逅,仍要经过接触,情感才能出现,或得以终结——例如:向我递呈请愿书的那位老妇人,她的手令人微微不快;父亲临终前微微汗湿的额头;一名伤员已清洗过的伤口。即使是最智性或最中立的关系,也要透过这套身体信号的系统:战役当天早晨,军官听取行动报告时,眼睛突然一亮;在我们经过时,一名属下从机械式地敬礼,变得毕恭毕敬;一名奴隶为我捧来一盘佳肴,我向他道谢时,他友善的一瞥;或者,一位老友受赠一尊希腊玉石浮雕时努嘴赞赏的表情。对待大部分生灵,此类最淡薄最表面的接触,对我们已足够,甚至已经超出所需。且绕着一个独特的人,接触不断,愈发频繁,直到将他完全包围;让我们身体的每一个部分都与脸部表情一般,带有令人惊心的含义;让那唯一的一个人,不仅带给我们忿怒、欢愉或烦恼,更像一段音乐般纠缠我们,像一个难题般折磨我们;等到他穿越我们世界的边缘进入中心,他终将变得比我们自己更不可或缺,然后惊人的奇迹出现。在我看来,这是肉体透过性灵的侵略,而非一场单纯的肉欲游戏。

以这样的角度看爱情,很可能发展出一段诱惑者的生涯。若我没成就出这样的人生,想必是因为我做了别的事,我不敢直说是更好的事。在欠缺天赋的情况下,要走这条路,需投入许多心血,甚至必须运用计谋,而我觉得自己实在不是这块料。设下陷阱，一模一样的陷阱，一成不变，除了征服还是征服，这些例行作业令我厌烦。伟大的诱惑者必须具备一种技巧，能轻松自若、毫不在意地转换对象，而这是我欠缺的：反正，大多时候是他们离开我，而非我弃他们而去；我从来不懂人怎能对一个人厌烦。细数每位新恋人带来的多姿多彩，看他蜕变，或许看他老去；这种渴望难以兼容于征服讲求繁多的特性。我曾相信，基于某种审美品位，我能维持高尚的节操，对过于低俗的挑逗免疫。但我错了。最不起眼的矿脉中亦有黄金，美的爱好者终将处处发现美；证明的方式就是，无论脏污了或破裂了，把玩经典之作的零星碎片，收藏那些公认为粗劣品的陶瓷，只有行家能享受这种乐趣。对一个讲究品位的人而言，更严肃的障碍在于，在人际关系上，他占有卓越的地位，拥有几乎绝对的权力，冒着遭阿谀或欺瞒之风险。试想：有人，无论什么人，竟当着我的面伪藏自己；而这种想法可能令我怜悯他，轻贱他，甚至恨他。这些不便都是我的财富造成的，我深受其害，一如穷人为贫贱所苦。再这么想下去，我差一点就要以为：明白自己掌控大局的人，就是诱惑者。然而，一旦相信那虚构的想法，恶心反感，甚或愚蠢傻事，很可能就此展开。

若就连在这方面亦处处盛行谎言，则人最终宁可喜欢单纯纵浪声色，胜过俗滥的诱惑伎俩。原则上，我很赞同把卖淫视为一种技艺，就像按摩或理发；不过，要我把去找理发师或按摩师当成一件乐事，可就太为难我了。我们的同谋合作者中就数他们最低俗。年轻时，小酒馆的老板拒绝了其他人，特地把最好的酒留给我，他那暧昧的眼神足以令我对罗马的娱乐倒尽胃口。有人自以为能预期我的欲望，事先推演，然后机械式地根据猜测，调整迎合我的决定，这令我十分不悦。在那样的状况下，拜那人的智商之所赐,我的形象被反映得愚蠢而畸形,这恐怕迫使我选择无趣乏味的禁欲主义。如果,传说并未言过其实,没有夸张尼禄[1]的暴行,关于提比略[2]的研究亦严谨如实,那么,这两位在官能享受上奢淫无度的大玩家一定十分麻木迟钝,才会投注心力,如此烦琐地机关用尽;他们也必须对世人格外轻蔑,才会招致嘲笑或被人占便宜。然而,我之所以几乎放弃这些过于机械化的享乐模式,或没有过于投入,幸运的成分居多,并非那凡事都能抗拒的美德使然。我逐渐老去,时时陷入各种混乱或疲惫的状态,本可能重返贪欢堕落之途;但病痛缠身,死期已近,刚好又拯救了我,不需像结结巴巴地背诵一段早已滚瓜烂熟的课文那样,单调地重复同样的动作。

在所有逐渐弃我而去的美好事物中,睡眠堪称最珍贵也最平凡。一个睡得既少且浅的人,倚在成堆软垫上,随意冥想这种特殊的舒畅快感。我同意,最完美的睡眠几乎必须是欢爱的附属品:歇息休憩之感,在两具躯体之间相互照映。不过,在此,我感兴趣的是专属睡眠本身的神秘,每个夜晚,赤裸,孤单,卸下武装的男人,不可避免地潜入一座变化万千的深海,无论色彩、密度,甚至气息节奏,一切都改变。我们与死神在此处相遇。而睡眠之所以令我们安心,则在于我们出得来,且进出前后一致,没有改变。因为,有一道奇怪的禁令,阻止我们如实带回睡梦之残片。另一个让我们放心的理由是:睡眠治愈倦累之症。但为了让我们暂时消除疲劳,它用了最极端的手段,想法子让我们不再存在。

---

[1] 尼禄(37—68):古罗马皇帝,54 年至 68 年在位,行为放荡、腐化堕落,后自杀身亡。

[2] 提比略:应指提比略·克劳狄乌斯·尼禄(42b. c. —37),罗马帝国第二任皇帝,14 年至 37 年在位。

在此，与其他层面一样，欢愉与艺术的作用在于有意识地臣服于这场美妙的无意识状态，愿意微妙地变得比自己更纤弱、沉重、轻盈和迷乱。稍后，我会再回头讨论幻梦国度那些奇特的子民。现在我想谈的是某些纯粹的睡眠及转醒经验，近乎死亡与重生。我追忆青少年时期那些如雷击般迅速的睡梦，试着捕捉当时的感受。彼时，可以趴倒在书上睡着，身上尚且穿戴整齐，一下子就被带离数学和法律的范畴，进入一场结实饱满的睡梦。睡梦中充满尚未使用的精力，于是，你透过闭上的双眼，尝到做人最纯粹的感受。我想说说这种睡法：狩猎了一整天之后疲累不已，在荒野上、森林中突然昏睡，被声声狗吠或它们踏在我胸前的足蹄惊醒。隐蚀之程度如此全面，暗无天日，我每次醒来时都大有可能变成另一人；但我总讶异，有时甚至难过，为何那安排一丝不苟，从不出错，把我从那么远的地方带回这狭小的人界一角，我仍是原来的我。有些特点对自在的安眠者而言微不足道，而且令我能有那么一秒，在不甘愿地回到哈德良这副臭皮囊之前，约略有意识地享受当一个空洞的人，细细品尝一段没有过去的存在；正因如此而令我们念兹在兹。那些特点究竟是什么？

另一方面，疾病与岁月亦各有可观，并从睡眠中获取其他形态的好处。大约一年之前，在罗马，过完某个特别令人难受的一天之后，我体会到这么一次休憩舒缓：当时，筋疲力尽所造就的奇迹，与昔日力大无穷时的成就不相上下，甚至更神妙。我几乎已不再进城，尽可能一次将城里的事办完。那天行程繁忙，令人不快：元老院会议之后紧接着法务会议，并与其中一名财务官进行没完没了的讨论；然后，参加一场宗教仪式，程序不可能缩减，途中还落下大雨。当初我自己将这各种活动排得密集紧凑，全部粘在一块儿；两个项目之间尽量减少时间，杜绝无用的喋喋不休和阿谀谄媚。这类路线的最末一段通常是策马回府。我回到庄园，晕眩反胃，病恹恹的，全身发冷，是那种只有在血液拒绝作用、凝结在动脉中不再流动时，才会出现的寒冷。塞列尔和查布里亚斯急忙前来照料，但是，尽管真诚，关怀亦可能叫人厌烦。回到房里后，我煮了一点热麦糊，舀了几汤匙喝下。我亲自煮麦糊，并非如人所想象的疑心病重，只是想犒赏自己，享受奢侈的独处时光。我平躺下来，睡眠似乎离我好遥远，跟健康、青春和力气一样。我逐渐昏睡。沙钟的记录证明，我顶多只睡了一个小时。短暂的全面放松，在我的年纪，竟成了睡眠的同义词；而在过去，睡一场觉可以持续半场星球公转那么久。从此以后，我的时间测量单位大幅缩小。不过，一个钟头足以让我完成那卑微又惊人的奇迹：血液的热度温暖我的双手，我的心脏和肺叶重新乖乖运转；生命如一条涓流，不是非常丰沛，但始终不渝。睡眠，在这么短的时间内，弥补了我过度的劳心劳德，而即便修补的是我的放纵堕落，也如此公平无私。因为，伟大的修复之神执意将福报加诸安眠者，无论他是谁，一如具有疗效的泉水从不在乎饮者为何人。

然而，若对于一种至少占据三分之一人生的现象，我们几乎不多加思考，那是因为，要懂得感激其善美，必须有一定程度的谦卑。入睡之后，盖乌斯·卡利古拉[1]与正义的阿里斯蒂德斯[2]价值相同；我放下虚荣及大量特权，与睡在我门口的黑人警卫没有区别。我们的失眠代表了什么？不就是神智狂躁固执地制造思绪、连串推敲、三段推论，找出绝无仅有的独特定义，拒绝让位

---

[1] 盖乌斯·卡利古拉（12—41）：罗马帝国第三任皇帝，实行暴政，挥霍无度，后被杀死。
[2] 阿里斯蒂德斯（530b. c. —468b. c.）：古希腊政治家、军事家，绰号为"正义的"。

给闭眼时的神妙愚昧，或幻梦之境的大智若癫？近几个月以来，我有太多机会亲身见证：不眠者多少有意识地拒绝信任世事起伏。死神的弟兄——伊索克拉底[1]错了，他的句子只不过是演说家的夸饰法。我开始认识死神；它握有其他秘密，比我们的人世现状古怪得多。然而，不在现场及片段遗忘之谜如此错综复杂、高深莫测，令我们觉得仿佛置身某个白河与暗流交会之所在。我从来不愿看着我所爱的人入睡，他们在离开我的地方休息；我知道，他们也都在回避我。而且人人都羞于将被睡梦丑化的面容示人。多少次，一大清早，起身学习或阅读时，我自己也曾抚平被压皱的耳朵、凌乱的被单：这些证据简直淫秽，揭露了我们与虚无交媾的事实，证明我们早已夜夜不在……

---

[1] 伊索克拉底（436 b. c. —338 b. c. ）：古希腊著名演说家，今存演说、政论及书信约 30 篇，其文体对古罗马的西塞罗及后世西方论说家有一定的影响。

17

起初，这封信是想告诉你我的病情进展，渐渐地，却变成一个无力长久应付国事的男人在消遣散心，一个自述回忆的病人所书写的沉思录。现在，我想多做一些：我订了个计划，打算对你讲述我的一生。的确，去年，我写了一份正式的政绩报告，而我的史官弗莱贡在文章前面挂上了他自己的名字。在那份报告里，我尽可能诚实不欺。然而，为顾及群众的利益及个人体面，我不得不重新编排某些事实。而我在此意欲陈述的真实并不格外可耻，或者说，若其中有可耻之成分，只是因为所有真相都丑陋。我并不期望年仅十七岁的你能从中悟出什么。但我执意教导你，也想吓吓你。你的家庭教师都是我亲自遴选，对你施行现在这样严格的教育，亦步亦趋地监控，或许保护得太严密了。总之，我希望这么做能为你和国家带来最大的好处。在此，为更正先前的报告，我给你的是一份去除了成见和空谈的叙述，是我这个男人的经验之谈。我还不知道这份叙述最终会导致什么样的结论。但愿借着这份事件检讨报告，我能定义自己，也许评断自己，或至少在死去之前更了解自己。

和所有人一样，我仅握有三种方法可以评量人类之存在：首先是研究自我，这个方法最困难、最危险，成果却也最丰硕；第二种是观察人群，人们最常想法子隐藏秘密，或让我们以为他们有什么秘密；最后一种方法则是读书，包括读字里行间那些独特的错误观点。我几乎读遍我国史学家、诗人甚至说书人写下的作品，虽然说书人以肤浅闻名，但我从他们那里得到的数据或许比我从人生千百种际遇中搜集到的还多。写下的文字指导我去倾听人的声音，正如雕像静止不动的伟大神态教我们欣赏举手投足之美。不过，后来，反倒是人生让我读通书中的道理。

但是，书本满纸谎言，就连最真心写下的也不例外。文笔较不灵光的，找不到字句来圈住生活，对人生只留下平板乏味的印象。例如，卢坎[1]之辈，以一种不合宜的庄严盛大让生命显得又笨又重；另有一派，如佩特罗尼乌斯[2]，相反地，减轻了生命的分量，把它捏塑成一颗球，凹陷而有弹性，在一个无重力的宇宙中，可轻松抛接。诗人带我们去一个世界，比起我们现有的世界，或更辽阔或更美丽，或更炽热或更温和；正因如此，完全不同，且实际上几乎不适合人居。哲学家折磨现实，只为研究最纯粹的样貌，与烈火或木杵折磨躯体所造成的变形相去不远——而就我们所知，无论一个人或一件事，没有任何部分能残存于这些结晶或灰烬中。在历史学家所提供的过去中，系统过于完整，连串因果过于精确清楚，所以从来不可能完全真实。他们把这些任人摆布、不复存在的材料重新编排整理；而我知道，即使是普鲁塔克[3]，亚历山大也能躲开他的法眼。米利都[4]派的说书人和寓言故事作者，与屠夫无异，只不过学着投苍蝇之所好，分切肉块，摆在摊铺上。一个没有书的世界，我必然极难适应；但真相不在书里，因为书里的真相不完整。

---

[1] 卢坎（39—65）：古罗马诗人。
[2] 佩特罗尼乌斯：古罗马抒情诗人与小说家，据传为著名讽刺小说《萨蒂利孔》之作者。
[3] 普鲁塔克（约46—约120）：生活于罗马帝国的希腊作家，以《对比列传》（也被称为《希腊罗马名人传》或《希腊罗马英豪列传》）一书留名后世。
[4] 米利都：希腊古城，位于今安纳托利亚西海岸。

直接观察人群则是一种更不完整的方法，经常受限于层次颇低的印证，彻底满足人类无穷尽的恶意。阶级、地位、我们所有的偶然运气，都局限了人类专家的视野：我的奴仆观察我，与我观察他，虽然我们拥有的机会差异甚大，但他和我同样受限。二十年来，老欧福里翁为我呈上香油瓶和海绵，但我对他的认识仅止于他对我的侍奉，而他对我的认识也仅止于沐浴时的我。任何想快速打探更多消息的企图都将形成鲁莽冒犯，对皇帝和对奴仆而言皆然。我们对他人的认知几乎全已经转过手。倘若竟有那么一个人坦白告解，他也只是在捍卫自己的理由，早已备妥辩护之词。若我们好好观察这人，就会发现他不是唯一一个。人们责怪我爱读罗马警方的报告；我不断从中发现惊奇，无论朋友或嫌犯，陌生人或亲近的人，这些人都让我讶异，他们的疯狂行径可用来替我自己的狂妄开脱。对于比较一个人的衣冠假面与赤身裸体，我从不厌倦。然而，这些平实详细的报告仅将我的卷宗堆得更高，完全无济于最终的裁判。就算某位相貌威严的法官犯了罪，我也无法因此更了解他。在此之后，呈现在我面前的，从一件事变成了两件事：法官的表相以及他的罪行。

　　至于观察我本人，我强迫自己做到，还不是为了与这名个体合而为一？因为我将与他共度一生，直至油尽灯枯。但是，将近六十年的交情仍大有可能出错。探究至深，我对自己的认识晦暗不明，内藏不露，未成形体，如共犯一般隐秘。最无关乎人性时，它冰冷酷绝，如我所研发的数量理论一般。我运用所有聪明才智，尽可能从最远最高之处俯瞰我的人生；在这种情况下，那变得像是另一个人的人生。但这两种了解自我的方式皆不易达成：一种需要降尊纡贵，进入自我；另一种则要超脱自我，由外观己。

我生性怠惰,跟所有人一样,试图用一些重复呆板的手段取代,我对人生的想法被群众所塑造出的形象片面更改,借用现成的,也就是说,劣等的价值判断;就像一名笨拙的裁缝,拿一张现有的版型,奋力套用在我们的衣料上。装备参差不一,工具多少都磨钝了,但也没有其他东西可供我使用;我就凑合着,靠它们拼出一个我生为人类之命运概括。

我审视我的人生,骇然发现它丑陋不成形。我们所听说的历代英雄,他们的命运都简单明了,宛如劲箭,直奔目标。大部分人喜欢用一句话来总结自己的一生,有时夸大其词,有时怨叹惋惜,几乎总带有指责非难的意味——人的记忆总是乐于编造一段清楚合理的过去。我的人生轮廓则没有那么鲜明。正如常见的状况一样,我没做到的部分,或许刚好能给它最贴切的定义:我是好军人,但从来不是伟大的战士;我喜好艺术,然而绝非如尼禄死前一样,自以为是艺术家;我有犯罪的本事,却没有任何罪名。我曾想过:伟人正因其极端之地位而伟大,他们的英雄情操即在于终生站在那个位子上。他们代表着我们的正反两极。我曾占据一个个极致高峰,但未能站稳,命运总让我的机会溜走。然而,我也无法像一名憨直的农夫或脚夫那样,夸耀自己一生过得不偏不倚。

我的人生风景看上去有如一片山区,由许多不同种类的材质组成,杂乱无章,层层叠叠。游荡其中,我遇见自己的自然本性,一半本能,一半教养,已融合为一。这里一块,那里一块,花岗岩沿路冒出地面,不可抗拒;处处皆可能发生山崩土流,无从预测。我努力回溯,重新阅览我的一生,意图从中找到一份蓝图,照着上面的指示,沿一道铅矿脉、金矿脉或地下伏流走。然而,这张模拟假图只不过是回忆的障眼把戏。偶尔，某次偶遇、征兆、一连串决定性的事件发生，我以为冥冥中确实有一种命定安排；但是，仍有太多道路抵达不到任何地方，太多数目未并入计算。在如此庞杂多元的风景里，我仍清楚感受到有一个人存在，但他的形状似乎总受到周遭情势挤压，样貌如倒映在水中的影像一般朦胧。我并非那种否认自己的行为与本性一致的人。行动必须符合本性，因为那是我唯一的准则，留名青史的唯一方法，甚至，是在我本人的记忆中留下痕迹的唯一方法；既然，死亡与活着的差别，或许即来自可否继续表达自我和用行动改变自我。不过，在那些造就我这个人的行为与我本人之间，有一道无法界定的间隙。证据就是，我不断觉得需要去衡量，去解释，去让自己明了这件事。有些工作持续时间极短，忽略无妨；而占据了整段人生的职务倒也不见得更有意义。比方说，在我看来，写这封信的当下，我曾经是皇帝这件事简直无关紧要。

此外，我人生中四分之三的时光都不服这种行为论的定义：我的微小愿望、欲念，甚至雄心壮志，这一大部分仍如迷雾般混沌朦胧，如鬼魅般难以捉摸。其余的，具体可探的，多少经事实认证的，仅稍微清楚可辨，事件的段落仍然如幻梦一般混乱。我有一套属于自己的时间表，与以罗马建国或奥林匹克竞技会期间隔为基础的编年史，完全无法契合。十五年的军旅生涯不如雅典的一个早晨长久；有些人与我交往一世，到了地狱，却将形同陌路。我的空间地图亦错乱重叠：埃及与坦佩河谷近在咫尺；而当我人在提布时，心却不一定在。有时候，我自觉人生平庸到了不值得存在的地步，不仅不值得书写记录，甚至经不起多凝视一刻；即使在我自己的眼中，亦丝毫不比随便任何一个人的人生重要。有时候,我觉得它独一无二,而正因如此,也显得没有价值,毫无用处,因为这段经验不可能套用到一般大众身上。我找不到任何解释自己的方法:我的恶与善都提供不了答案;我的幸福稍微能说明,但也仅间歇发生,断断续续,而且毫无合乎逻辑的理由。尽管如此,人的心灵抗拒接受偶然的安排,不愿成为一时运气所制造出的产物——那样的运气没有任何神明主导,尤其不是本人所能主宰。每个生命,即便是不值一晒的生命,都会有一部分在寻找存在的理由、起点、根源。我无能,找不到,因此有时会倾向听信神奇的说法,从玄奥的谶语中寻觅常理不能给我的答案。当所有复杂的计算最终都是错的,连哲学家们也对我们无话可说,转而听从偶发的叽喳鸟语,或遥远星子的抗力,那也情有可原。

形形色色，百转千回，变化万千

VARIUS MULTIPLEX MULTIFORMIS

我的祖父马鲁利努斯相信星象。这位身材高大、被岁月摧磨得面黄肌瘦的老人家对我的关爱既不温柔，也不外显，几乎不以言语表达，程度与对他庄园里的动物、他的土地，以及他那批从天掉落的石头收藏一样。他的先人可追溯到很久远以前，于西庇阿[1]时代即在西班牙建立家族，脉络绵长。他官拜元老院，是族中第三人，在此之前，我们家族属于骑士阶级。他曾在提图斯[2]执政时期参与公众事务，略尽绵力罢了。这个乡下人不懂希腊文，说拉丁文时带着浓浊的西班牙口音；我被他感染，日后沦为笑柄。但他的思想倒并不全然欠缺文化；他去世后，人们在他的住宅里发现一个大木箱，里面装满了数学仪器和他二十年来完全没碰过的书。他自有一套半科学半乡土的知识，狭隘的偏见混合着年老的智慧，与老加图[3]同一个特色。不过，终其一生，老加图都是罗马元老院与迦太基[4]战争的重要人物，是共和国中顽强罗马人的最佳写照。马鲁利努斯简直不近人情的顽固，可追溯到更久远之前，更古老的时代。他是部族人物，代表一个神圣且几乎骇人的世界；有时，在我们几位伊特鲁里亚的招魂占卜师身上，还能感受到那种氛围。他出门行走从不戴帽，我后来跟着这么做

---

[1] 西庇阿：古罗马一名门望族，共和国时代多出名将。在此指大小西庇阿，二者皆是罗马人对迦太基三次战争中的名将。
[2] 提图斯：罗马帝国第十任皇帝。79年—81年在位。
[3] 老加图：古罗马政治家、作家，拉丁语散文文学开创者，著有《创始记》七卷。为与其孙小加图区别而被称为老加图。
[4] 迦太基：位于今北非突尼斯的古国，后与罗马争霸失败而沦为其行省。

却招惹批评;而他的脚底粗硬,对草鞋不屑一顾。他平日的衣着打扮与老乞丐、蹲在太阳下的愁苦佃农没两样。有人说他是巫师,村民们想办法避开他的目光。但是对于动物,他有种特殊能力。我亲眼见过他花白的脑袋小心翼翼地、温和友善地,凑近一窝毒蛇,或用瘦骨嶙峋的手指指挥一只蜥蜴起舞。夏夜里,他带我爬上枯旱光秃的山丘,观看夜空。我数着流星,数得倦累,在畦埂上昏昏欲睡。他则继续坐着,抬着头,不动声色地,随着星子移转。他必定懂得菲洛劳斯[1]和喜帕恰斯[2]的学说,还有后来我最欣赏的萨摩斯的阿利斯塔克[3],但他对这些思辨推测已不再感兴趣。对他而言,星星是一个个着了火的点,像石头那样的物体,也像缓慢的爬虫一样可用来占卜;是构成一个神奇宇宙的物件。在那个宇宙里,神的意志、魔鬼的影响力与人类的命运共存。他已为我建立起命盘主轴。一天夜里,他来找我,把我从睡梦中摇醒,宣称我将成为帝国之君,依然用那简洁有力的训示语气,仿佛在对农民预言当年会有好收成。但他一时起疑,跑去找来一束火把——葡萄嫩枝微微燃着,在漫长寒冷的几个小时里为我们取暖;然后,将火把凑近我的手,摊开我十一岁时肥厚的掌心,以不知哪里来的确信,读着天体记录在上面的谕示。对他而言,世界是一个包罗万象的整体,一只手就能证实星象。他带来这个消息,其实非如外界所想,并未对我造成多大的冲击:所有孩子随时都在期待任何事情发生。后来,我想他本人也忘了自己的预言;不在乎现在和未来所发生之事,本是年迈者的特质。一天早

---

[1]菲洛劳斯:公元前五世纪的希腊毕达哥拉斯学派哲学家、天文学家。
[2]喜帕恰斯(约190b. c.—120b. c.):古希腊天文学家、数学家,被称为"天文学之父"。
[3]阿利斯塔克(约310b. c.—230b. c.):古希腊天文学家、数学家,是史上有记载的首位提倡日心说的天文学者,因此被称为"希腊的哥白尼"。

晨,有人在领地深山里的栗树林里发现他,冰冷多时,已遭猛禽啄食。死去之前,他曾试图把他的技艺传给我,终告失败:我天生只有那点好奇心,总是全段跳过,直接来到结论,不愿陷入他那门学问中烦琐且有些讨厌的微枝末节。但是,追求某些危险经验之品味已养成,甚且根深蒂固了。

我的父亲,埃利乌斯·阿费尔·哈德良,是一个饱受德行节操之苦的人。他的一生在官场度过,郁郁不得志;在元老院,他的发言也甚少受重视。他治理阿非利加,但与一般的情况相反,并未因此而致富。在我们家乡,西班牙自治市伊大利卡,他忙着解决地方纷争,鞠躬尽瘁。他没有野心,不贪一己之快,如许多同类之人,他因而一年比一年沉寂,变得把自己拘泥在一些小节上。我觉得我能明白这种行事谨慎、多所顾忌的可敬企图。在父亲身上,这种经验发展成一种对人的极度怀疑,并把我纳入其中,从小就对我不放心。倘若他有机会见到我成功,亦绝对不可能被冲昏头;家族的尊严傲气至上,他不会承认我有本事锦上添花。这个疲劳过度的男人在我十二岁时离开了我们。从此,我的母亲一生严苛守寡;自从我接受养父召唤,动身前往罗马之后,就再也没有见过她。我的脑海中始终刻印着她那西班牙女性特有的窈窕身姿以及带着淡淡哀伤的温柔。列祖墙上的半身蜡像证实了我的记忆。她有着加的斯[1]女孩瘦长的小脚,穿着狭窄的草鞋;而从这位端庄少妇身上亦看得出该地女子舞蹈时的婀娜多姿。

我经常反省一个错误:我们常假设个人和家庭必然参与他们所处时代的思潮与事件;但发生在罗马的权谋曲折,对我远在

---

[1] 加的斯:西班牙古城,位于今西班牙西南方沿海地区。

西班牙一角的双亲而言,冲击少之又少。虽然,在起义反抗尼禄政权的时期,我的祖父曾经接待加尔巴[1]住过一夜。有位费边·哈德良在乌提卡[2]被迦太基人活活烧死;人们记得他,从他身上又得知另一位费边:一位运气不佳的军人,在小亚细亚的路上征讨米特拉达梯六世[3]。两位皆是默默无名的英雄,大事记里没有他们的档案。至于当时的作家们,父亲几乎一无所知:对他而言,吕甘和塞涅卡[4]与陌生人无异,虽然此二位与我们一样出身西班牙。我的叔公埃利乌斯[5]是位文人,阅读范围却局限于奥古斯都时代最有名的几位作者。这种轻貌当代风潮的态度挡下不少拙劣品味,想必也避开一切浮夸自大。大家对古希腊文化和东方完全不了解,顶多是皱眉远观——我想,在整座伊比利亚半岛上,连一座完好的希腊雕像都找不到。我们勤俭持家故必然累积财富,那种乡俗土气中有一分几近造作的庄严。我的姊姊波利娜个性严肃、沉默,经常眉头紧蹙,年纪轻轻就嫁给一个老头子。我家家风正直,无懈可击,但对奴隶非常苛刻;族人对什么也不感兴趣,谨言慎行,考虑到符合罗马公民身份的一切。若这即为所谓的贤德,如此厚德,我未免太挥霍。

官方版本希望罗马皇帝于罗马诞生,但我出生于伊大利卡,那片干旱却肥沃的国度是我最初的发源地,世界其他许多区域都在后来才层叠其上。编撰故事有其好处:它证明了精神与意志

---

[1]加尔巴:曾举兵反对尼禄,在尼禄死后成为罗马皇帝,68—69年在位。
[2]乌提卡:北非古城,公元前九世纪后期由腓尼基人所建。曾为北非重要商埠和战略要地。
[3]米特拉达梯六世(132b. c. —63b. c.):本都王国国王,亦称米特拉达梯大帝,罗马共和国末期地中海地区的重要政治人物,也是罗马最著名的敌人之一。
[4]塞涅卡(约4b. c. —约65):古罗马著名斯多葛派哲学家、政治家、悲剧作家、雄辩家。曾是尼禄的老师,因被怀疑参与谋杀尼禄的阴谋活动,后被赐死。
[5]埃利乌斯:即埃利乌斯·阿里斯蒂德斯,公元二世纪的希腊演说家。

之抉择胜过先天条件。真正的出生地是人第一次以智慧的眼光审视自己之处：我最初的家乡是书籍。居次者为学校。西班牙的学校散发着外省轻松悠闲的感觉。到了罗马，泰伦蒂乌斯·斯科鲁斯的学校在哲学与诗歌方面的教学只属平庸，但面对人生的大起大落该如何应对，这方面的训练倒非常充足：教师们对学生施行的独裁蛮横，若要我施加在人民身上，我会惭愧得面红耳赤。每一个老师都封闭在自己极有限的知识里，轻视别科专长的同事，而他们的所知同样贫乏狭隘。这些老学究咬文嚼字，竟也争论得声嘶力竭。争席位，耍阴谋，尔虞我诈，这些我日后在各种社交场合该遭遇的事，我早已见怪不怪：这是所有童年都会经历的粗暴。不过，我很喜欢几位先哲大师，还有师生之间那种既亲密又疏离的诡异关系，以及，仿佛沙哑的嗓音中传出了人鱼歌声，引领你初次见识一本经典杰作，或启发你一种全新思想。其中最吸引人的并非阿尔西比亚德，而是苏格拉底。

当时我很死板，其实文法家和修辞学者的方法或许不如我所想得那么荒谬。文法糅合了逻辑规则和武断应用，提供青年学子一种前导思维，准备迎接未来要学习的人类行为科学、律法或道德，以及所有把人自身的直觉经验编码订定的制度。至于修辞练习，我们前后扮演了薛西斯[1]和地米斯托克利[2]、屋大维[3]与安东尼，他们令我陶醉，我觉得自己像千变万化的海神普洛透斯。他们教我轮番进入每一个人的思想，了解每个人都根据自己的法则作出决定，生活与死去。读诗所引发的效果更加骇人，我甚至

---

[1] 薛西斯（约519 b. c. —465 b. c.）：即薛西斯一世，古波斯帝国皇帝。
[2] 地米斯托克利（约525 b. c. —约460 b. c.）：古希腊杰出的政治家、军事家，曾任雅典执政官。
[3] 屋大维（63 b. c. —14）：罗马帝国开国皇帝，恺撒的甥外孙、养子和继承人。

不敢定论发现爱情的感受确实比诗歌更美好。诗篇将我脱胎换骨,死亡之初步体验不会带我到多么遥远的地方,只不过是如维吉尔[1]暮年的另一个世界。后来,我偏好粗朴的恩尼乌斯[2],他是那么近似人类神圣的起源,或卢克莱修[3]苦涩的领悟,或荷马的雍容大气,赫西俄德[4]的平凡小气。我特别挑选最复杂最晦涩的诗人来品味,强迫我时时调整思想模式,去适应最难懂的,最新近或最古老的皆不拘,只要能助我另辟新径或寻回正途。但是在这个时期,我最喜爱的诗艺,是能收一针见血之成效者,如贺拉斯[5]磨亮金属之喻、奥维德[6]与其柔软如肉身的纹理。斯科鲁斯令我泄气失望。他坚决地告诉我,我没有天分,不够认真,永远只能当一名平庸的诗人。有很长一段时间,我以为他错了:我写过一两册情诗,多半模仿卡图卢斯[7]的风格,上了锁,藏在某处。不过后来,自己的作品是否可憎,对我来说已不甚重要。

斯科鲁斯让我从小学希腊文,我对他感激不尽。初次用短尖刀描画这种陌生字母时,我还是个孩子。从那一刻起,我强烈感到离乡背井,同时开始长途跋涉,四处旅行,觉得仿佛恋爱一般,作出了忠贞坚决又身不由己的抉择。我喜欢这种语言元气充沛、

[1] 维吉尔(70b. c.—19b. c.):古罗马最伟大的诗人之一,极大影响了后世诗人和学者。作品有《牧歌》《农事诗》《埃涅阿斯纪》等。

[2] 恩尼乌斯(239b. c.—169b. c.):罗马共和国时期的诗人、剧作家,在罗马文学史上占有重要地位。

[3] 卢克莱修(约99b. c.—55b. c.):罗马共和国末期诗人、哲学家,以哲理长诗《物性论》著称于世。

[4] 赫西俄德:古希腊诗人,可能生活在公元前八世纪,被称为"希腊训谕诗之父"。

[5] 贺拉斯(65b. c.—8b. c.):罗马帝国奥古斯都统治时期著名的诗人、批评家、翻译家,与维吉尔、奥维德并称古罗马三大诗人。

[6] 奥维德(43b. c.—约17):古罗马诗人,与贺拉斯和维吉尔齐名。代表作有《变形记》《爱的艺术》等。

[7] 卡图卢斯(约87b. c.—54b. c.):古罗马诗人,在奥古斯都时期享有盛名,后来慢慢湮没。现其所有诗歌版本均源自十四世纪在维罗纳发现的抄本。

弹性十足、词汇丰富，每一个字都能以单刀直入又多彩多姿的方式衔接事实；此外，也因为人类最好的发言几乎都以希腊文表达。我知道，世界上还有其他语言，它们若不是已成化石，就是尚未诞生。埃及祭司们让我见识了他们的古代符号。与其说那是文字，不如说是记号；显示出一种非常古老的方法，努力将世界与万物分门别类，一种亡者之族的坟墓之语。在犹太战争[1]期间，约书亚曾逐字替我解说几篇以这种宗教派别语言写成的文章；他们过于执着于信仰上帝，以致忽略人类本性。在军队里，我听熟了凯尔特[2]辅助兵的语言，还特别记得几首歌谣……但粗野行话之价值，顶多在于构成人类话语的宝库，以备所有想必在未来要表达的一切。希腊文则相反，拥有珍贵的经验底蕴，包含个人的经验与国家的经验。从爱奥尼亚[3]的暴君到雅典的煽动家，从阿格西劳斯[4]纯粹的严峻到戴奥尼修斯或德米特里乌斯[5]的残暴无度，从德马拉托斯[6]的叛变到斐洛皮门之忠诚，所有我们每一个人为了迫害或帮助同类而企图做的事，至少一次，都有某个希腊人已经做过了。同样的道理亦可推及个人自我之抉择：从

---

[1] 犹太战争：哈德良主政期间犹太人发动的一次大规模起义，起义持续了三年，最终几十万犹太人被杀。

[2] 凯尔特：欧洲主要民族之一，在罗马帝国时期与日耳曼人、斯拉夫人被并称为欧洲三大蛮族。

[3] 爱奥尼亚：亦译作伊奥尼亚，古希腊工商业和文化中心之一。位于今小亚细亚西海岸，因迁入此地的希腊伊奥尼亚人而得名。

[4] 阿格西劳斯：应指斯巴达国王阿格西劳斯二世，约公元前400年至公元前360年在位。色诺芬、普鲁塔克等古典作家无不给予他极高评价，认为他是斯巴达中兴之主，真正的"斯巴达人"。

[5] 德米特里乌斯（约337b.c.—约283b.c.）：指马其顿安提柯王朝国王德米特里一世。

[6] 德马拉托斯：公元前四世纪的斯巴达国王。他因故被放逐后，被对希腊怀有侵略野心的波斯帝国奉为上宾。在得知波斯皇帝薛西斯的侵略企图后，德玛拉托斯将其动向刻在木板上再用蜡封起来，送回斯巴达。最后斯巴达国王列奥尼达妻子刮去蜡板蜡层后得知了这个消息。据说这可能是隐藏学的起源。

犬儒主义到理想主义,皮浪[1]的怀疑论到毕达哥拉斯[2]神圣的梦想,我们所嫌恶的或认同的,都早已发生;我们的罪恶和品德都以希腊人为楷模。为还愿或丧葬而创作的拉丁文之美,无以比拟:寥寥几字,刻在岩石上,以一种客观超脱的庄严,总结出人们对我们该有的认识。我以拉丁文治理帝国;我的墓志铭将以拉丁文刻在我位于台伯河[3]畔的陵墓墙上,但我这一生都用希腊文思考及活着。

彼时,我十六岁,有一段时期,我在第七军团学习,后来才回到罗马。当时,他们驻扎在比利牛斯深山,位于西班牙的蛮荒地区,与我长大的南方半岛大异其趣。我的养父阿西利乌斯·阿蒂亚务斯认为,这几个月的野蛮狩猎、粗犷生活,用读书来平衡一下较好,于是睿智地听从斯科鲁斯的建议,送我去雅典追随辩士伊萨洛斯。他是一位优秀的人才,天赋异禀,特别擅长即兴演说。我立即被雅典征服:一个有点笨拙的学生,心胸阴郁的青少年,初次尝到那种充满活力的气息,敏捷的对话,玫瑰色的漫漫长夜里慢慢游荡,以及讨论切磋,快意满足时那种无与伦比的轻松自在。数学与艺术轮番占据我的心神,同时还要做研究。我亦曾在雅典上过列奥蒂希德的医学课程。行医颇得我心,处世原则、方法与我努力想要当的皇帝基本上相去不远。我对这门科学非常着迷,它与我们如此密切,没有模糊空间,虽然易受情绪或错误影响,但因接触的是实时现状与赤裸真相,故得以不断改正。列奥

[1] 皮浪(约360b. c.—270b. c.):古希腊怀疑派哲学家,被认为是怀疑论鼻祖。
[2] 毕达哥拉斯(约580b. c.—500b. c.):古希腊哲学家、数学家,毕达哥拉斯学派的创始者。
[3] 台伯河:即今意大利的特韦雷河。

蒂希德总用最正面的观点看事情：他曾研发出一套令人赞叹的系统，降低骨折发生率。我们常在傍晚去海滨散步；这个男人上知天文下知地理，对贝壳的结构和海底泥浆的成分深感兴趣。他欠缺实验设备，怀念年轻时常去的亚历山大博物馆——那里有实验室和解剖房，各派意见激荡出火花，竞争格局高超聪明。他的思想清晰不花哨，教我与其看文字描述，不如看事物本身；不要轻易相信既有公式，多观察，少评价。这位希腊严师教导我的是方法。

　　尽管周围尽是传奇人物，但我甚少喜欢年轻人，尤其不爱年少时的自己。仅就那段岁月来看，在我眼中，总被夸大的青春常常像是一段琢磨不当的人生时期，朦胧不明，形体难辨，不易掌握且脆弱不堪。当然，这个规则也有不少可喜的例外，有两三位更是令人赞赏，而你，马可，应是其中最单纯的一个。至于我自己，我二十岁时与现在差距不大，但那时心虚些。我的一切并不全然坏，但原本是有这个可能的，多亏有好的或比较好的地方撑住。每想到对世界一无所知，却自以为熟悉了解，想到我暴躁没耐心，还有一种轻佻的野心和粗俗的贪婪，我就不禁脸红。该承认吗？在雅典勤奋学习的日子里，享受应有尽有却都有所节制，我怀念的不是罗马本身，而是城内事务起落、络绎不绝的气氛，权力机制滑轮转动输送的嘈杂声响。图密善[1]王朝结束，我的表叔图拉真在莱茵河边疆树立一身荣光，成为受欢迎的伟人，西班牙部族在罗马帝国扎下根基。比起那个瞬息万变的世界，亲爱的希腊行省，仿佛在喘息已久的思维积尘里沉睡着。在我看来，希腊人对政治被动如同一种颇为低下的弃权模式。对于权力、金钱（在我

---

[1] 图密善(51—96)：罗马弗拉维王朝最后一位皇帝，死于元老院敌对者的刺杀。

青年哈德良

大英博物馆，英国伦敦

国,金钱经常是权力的雏形),以及听人谈论自己的那种瘾头,美其名曰荣耀吧!不可否认,我的胃口很大。其中还混夹着一种情感:各方面都不如人的罗马在我心目中逐渐扳回颓势,因它严格要求公民时时参与重大事件,至少元老和骑士阶级一定要遵守。我甚至觉得,在治国方面,从埃及进口小麦之类的平凡讨论,比柏拉图整部《共和国》更使我受益良多。其实,在更早先的几年,身为习惯军事训练的罗马青年,我已察觉自己不见得理解我的教授们,反而十分懂得列奥尼达[1]的勇士及品达[2]笔下的竞技者。我离开枯旱金黄的雅典,回到必须从头到脚披裹托加长袍[3]才能抵抗二月寒风的城市。在这里,奢华与放荡欠缺魅力,但任何一个决定都会影响世界的某个部分。在这里,有一名外省年轻人,他热切贪婪,却也毫不迟钝,起初以为自己只不过服膺庸俗的野心而奋斗,却在实现的过程中一步步失去抱负;他学会待人接物,学会指挥大局,最后,或许总算没有白费地,他学会付出,成为有用的人。

接下来的一次改朝换代有利于建立一个纯良的中间阶级,但这个阶级之形成,并非全然美好:政治的良知派凭着可疑的计谋才赢得局势。元老院渐渐将治理权交到它的依附者们手中,逐步包围图密善予以施压。新的一批人,与我皆有家族渊源,或许与即将被替换的那一批大同小异,但他们大部分较少受到权力的腐化。外省的堂表亲与侄甥希望至少能谋得一官半职,且不论官位都能恪遵职守。我也得到一个职务,被派任为处理遗产诉讼案件

---

[1] 列奥尼达(? —480b.c.):古斯巴达国王,名字意为"猛狮之子"或"猛狮一样的人"。

[2] 品达(518b.c.—438b.c.):古希腊抒情诗人,被后世的学者认为是希腊九大抒情诗人之首。

[3] 托加长袍:古罗马人穿的宽大外袍,也是古罗马人最具代表性的服饰。

的法官。就在这个不起眼的职位上，我目睹了图密善对罗马之生死斗的最终过招。图密善皇帝在城里已无立足之地，只能借由行刑来巩固地位，却反而加速其灭亡。整个军方参与密谋，置他于死地。这场较劲比竞技场上的决斗更致命，我懂得极少，仅像一名有点傲慢的哲学生，对穷途末路的暴君轻视有加。多亏阿蒂亚努斯建议，我从事律法工作时，不过多涉足政治。

　　这一年的工作期与学生时期大同小异：我对法律一窍不通，幸运地，在法庭上能与奈拉蒂乌斯·普里斯库共事。他愿意费心指导我，直到去世之前，始终是我尽忠职守的顾问及良师益友。他属于这类极为难得的人才：拥有特殊专长，既能以凡人看不到的观点内省，从骨子里透视一件事；又能保持它在万物秩序中的相对价值，以人性的标准来衡量。他比同时代任何人都努力投入日复一日的律法工作，凡有益之革新，从不犹豫。后来多亏了他，我的几项改革才得以成功。容我提及其他几件事情。我说话仍有外省口音，第一场法庭上的演说引来哄堂大笑。我常与演员来往，家族因此蒙羞；但我善用与他们交流的机会：漫漫几个月的时光中，上他们的朗读课程是我最艰难却也最愉快的作业，也是我这一生最要好好守护的秘密。在那辛苦的几年里，甚至荒淫放荡对我来说亦成为一门功课；我努力镀金，迎头赶上罗马年轻人闪耀的金光，却从来没有彻底成功。那个年纪的人本来就遇事退缩，血气之勇都用在别的地方；我对自己只敢信任半分，只希望与别人一样，以此为准，或磨钝或磨尖，调整自己的本性。

　　鲜少有人喜欢我；况且，也没有任何理由该喜欢我。当我还在雅典求学时，某些特质，比方说对艺术的爱好，不会受到注目；待日后当上皇帝，一般而言，人们多少也会接受。但是，刚开始在权力机构见习的军官和法官身上，这些特质却构成困扰。我对希腊主义的崇尚沦为笑柄，且因为我笨拙地一下显露张扬、一下欲盖弥彰，情形愈演愈烈。在元老院，他们喊我希腊学生，我开始有了属于自己的传说。这投射出来的奇怪形象，一半来自我们的行为，一半来自大众对这些行为的想法。诉讼者们不知羞耻，晓得我与一名元老的配偶有染，就将妻子委托给我，或者当我对某个年轻的哑剧演员表现出疯狂痴迷，就献上他们的儿子。面对这些无耻之徒，我冷漠以对，以此为乐。最可悲的是那些为了讨好我而跟我讨论文学的人。在这些平庸的职位上所必须钻研的技巧，后来在我以帝王之尊接见他人时发挥了作用：在短暂的聆听当中，对每个人保持专注，此时只为这名银行家、那个老兵、那位寡妇而存在；任何人，尽管各式各样，封闭在有限的狭小世界中，都能视其所需以礼相待，如我们用最美好的时刻善待自己那般；然后，冷眼看他们几乎无一例外，得了这个便宜就趁机膨胀自大，活像寓言里的青蛙；最末，还要认真花点时间思考他们所遭遇的难题与切身事务。那仿佛医生的诊疗室：在那里，我将各种骇人的积怨旧恨赤裸裸地摊开，谎言如麻风病蔓延传染。夫妻相争，父子相斗，旁族外戚斗争所有人。我个人对家庭组织仅有的些微尊敬，终于荡然无存。

我并非轻贱人民。若我真的这么做，就没有任何权力和理由能试图治理他们。我知道他们虚荣、无知、贪婪、疑神疑鬼，为达成功，为让人瞧得起，甚至只是为自抬身价，或者仅仅为了避免辛苦，几乎不择手段，什么都做得出来。我都知道，因为我也一样，至少偶尔如此，或者说，难保不会如此。就我所能察觉到的，他人与我之间的差异实在太微不足道，最终无法算数。所以，我强迫自己的态度尽可能远离哲学家的冷酷优越和恺撒的傲慢自大。最黯淡之人亦透有微光：这个杀人犯笛子吹得有模有样；那个挥鞭将奴隶打得皮开肉绽的工头或许是个孝子；这个傻子愚笨，却跟我分享他的最后一块面包。让我们学不到任何东西的人，少之又少。我们最大的错误就是试图从每个人身上获得一些不属于他的特殊美德，却疏于耕耘他所拥有的品行。在此，我将致力于追求上述提及的那些零碎的德行，痛快尽兴地，追求至美。我认识一些人，他们远比我高贵完美，非我所能及，例如你的父亲安敦尼。与我来往的人中有许多英雄人物，亦不乏几位智者。我结识的人们大多极少坚持为善，却也不多行诸恶。他们几乎总是颜面尽失地，太快抛下疑心病和有点讨人厌的冷漠，太轻易就转为感激与尊重，但这种态度想必也维持不了多久。他们甚至可以将自私转变成有用的目的。我始终讶异恨我的人这么少：只有两三个顽强的死对头，而这种敌对状态有部分是我的责任，此乃世间常理。有几个人爱过我：他们给我的远超出我有权要求的，甚或只是希望从他身上获得的；他们将死交付于我，有时也献上一生。而通常只有在他们死时，我才恍然明白他们内在的神性。

只有一个项目，我自认较一般人优越：整体而言，我比他们自由，也比他们勇于服从。几乎所有人都无法理解真正属于他们的自由与束缚。他们诅咒身上的铁链镣铐，有时似乎过于夸大。另一方面，他们任时光在放荡中无端流逝，不懂得自行编造较轻的枷锁。而我，比起获取权势，我花更多心力去追寻自由，争权夺势也仅是为了拥有自由。我感兴趣的不是自由人的哲学（所有这方面的探讨企图都令我厌烦），而是技巧。我想找到意志衔接命运的那一点，找到戒律能协助天性，而非约束其发展的关键。要弄清楚：这里说的不是你夸大推崇的斯多葛派的严苛意志，也不是抽象的抉择或排拒；那是刻意在冒犯我们世界的状态，一个由物与生命组成的实体。我梦想的是一种更隐秘的默认，或更柔软的回应。对我而言，生命宛如一匹马，须先尽力驯服调教，然后配合它一起律动。说到底，一切皆是神智的决定，但这种决定过程缓慢，难以察觉，并引领肢体去契合照做。我努力逐步去达成这种几近纯粹的，自由或服从的状态。在这方面，体操锻炼对我有帮助，辩证法也有益无害。首先，我只寻求余暇的自由，享受自由的时光。所有规划得当的人生都不乏这样的时刻，不懂得要求的人不懂得过生活。然后，更进一步，我想象一种同时进行的自由，能同时做两件事，处于两种状态。比方说，我以恺撒为榜样，学会一次口述好几篇文章，一面说话，一面继续阅读。我发想一种生活模式，不需完全投入也能完美完成最沉重的工作。事实上，我偶尔会大胆对自己提议：将身体会疲劳这种观念连根拔起。在其他时候，我也练习实践一种轮番交替的自由：情绪、想法、工作，无论在任何时刻，都应该能被打断，然后重新拾起，并确定能把它们当成奴隶似的，随意驱逐或使唤；凭着这份自信，它们没有丝毫机会发展成专横的暴君，我也不可能有沦为仆人之感。而且，我做得更好：我把一整天的时间按照喜好的想法来安排，坚守这个念头。所有可能令我放弃或分心的，例如另一个层面的计划或工作，没有意义的话语，一天中突发的千百种琐事，都要像缠绕柱干的葡萄藤一般，以这个想法为依归。另有几次，相反地，我进行无止尽的切割：每一个思考，每一件事情，都被我打断，分裂成数不清的思绪和小事，使之较容易掌握。难以明辨的决策皆化为千万尘埃般的微小决定，一个个被采用，一个引领一个，变得当

40

仁不让且轻而易举。

但我施行得最困难的,也是最奋力的,仍属顺天应人之自由。我决心不论任何境遇,都要处之泰然;在我尚未独立的那些年,若是我将压抑束缚视为一种有用的练习,那么其中的苦涩不甘甚或屈辱恼怒都将消失。当时所拥有的都是我自己的选择,我强迫自己要完全拥抱它,并尽可能彻底品尝。再怎么平淡乏味的工作,只要我愿意狂热视之,做起来就不觉得辛苦。一旦对某样物品感到嫌恶,我就把它当成研究题材,强迫自己机灵地将它变通成一种快乐的泉源。面对无法预料或几近绝望的变故、埋伏或海上风暴,既然已确保不伤及无辜,我便专心随机狂欢,享受此事所带来的出乎意料,而陷阱或风暴都可整合融入我的计划或构想,毫无冲突。即使在最凄惨的境遇中,我亦看见,到了某个时刻,山穷水尽,反而去除了灾祸一部分恐怖感;我当失败是我的一部分,我愿意接受。万一我必须忍受折磨煎熬,尤其人少不了病痛,我也不确定自己能否淬炼出特拉塞亚[1]那样无动于衷的意志,但至少,我有办法放任自己呐喊出来。以这样的方式,糅合保守与胆识,悉心调和屈从与反抗,极度苛求与谨慎退让,我终于接纳了我自己。

---

[1]特拉塞亚:古罗马元老院贵族,曾公开反对尼禄,与其及元老院结怨,后被尼禄胁迫自杀。

41

若这段罗马岁月继续延宕，肯定迟早会使我变得刻薄、腐败或磨耗我的意志。回到军队这件事救了我。军队里亦是处处妥协，但是单纯得多。对军队而言，出发意味着长途旅行；我醺然上路。我荣升为第二军团辅助部队的军官，在一个多雨的秋天，于多瑙河上游的河畔度过了几个月，没有别的陪伴，只有一册普鲁塔克的新书。该年十一月，我被指派转任马其顿第五军团。当时（现在仍是），这个军团驻守在同一条河的河口，位于下默西亚^[1]边界。大雪封路，阻止我走陆路。我乘船至波拉，仅挤出一点时间，于赶路途中重访雅典。后来，我必须在那里长住久居。我抵达营地不到几天，图密善遇刺的消息传来，没有人惊讶，所有人都欢欣鼓舞。不久后，图拉真成为涅尔瓦^[2]的养子。新国君的年事已高，继任顶多以几个月计算。政治重视的是战绩功勋，因此，人们知道我的表叔必将统治罗马。部队开始重组，纪律日渐严明，现在，军队处于激昂与期待的状态。这些多瑙河军团精准确实，宛如刚上了油的战争机器，一点都不像我以前在西班牙所认识的那些昏昏欲睡的部队。更重要的是，军队不再关注宫廷内斗，而是转向帝国的对外政策；我们的部队不再仅被当成一群持杖执法的侍从官，随时为某人欢呼或砍杀什么人。脑袋较聪明的军官懂得在参与这些重组整合的同时，努力从中辨识出通盘计

---

[1] 默西亚：巴尔干半岛古地名，位于今塞尔维亚和保加利亚境内，是罗马帝国的行省。
[2] 涅尔瓦：罗马帝国五贤帝之一，图密善继任者。

划,不独为预知个人前途,还希望预测未来。尽管在事件发展的初期,他们彼此交换了不少可笑的评论,到夜里,尽在桌上胡乱擘划一些无用且毫无根据的作战蓝图。罗马式的爱国情操,无可撼动地坚信我们的执政必定泽被苍生,罗马确实负起一统天下的任务;而这些职业军人粗鲁草莽的爱国方式,当时的我尚不习惯。戍守边疆,灵活取巧正是必要条件,至少,在特定的当下,要懂得安抚游牧民族的首领。在这里,军事完全遮蔽了政治的光芒。即便强征民力与兵力至滥用权势,也没有人会追究。幸好蛮族不断分裂,结果,东北方呈现前所未见的有利情势,我甚至怀疑后来的战事还有何改善空间。边界上的冲突对我们造成的损伤少之又少,只因接二连三显得不平静。我们必须承认,这种警觉至少能保持士气敏锐戒备。然而,我仍相信,只要一丝用心,稍微多加锻炼一点脑力,毋须多少耗费即足以让某些部族首领臣服,并赢得各方归附。大家都忽视后面这项工作,我决定特别朝这个方向投注心力。

我偏爱离乡背井,因而喜欢与蛮族交手。位于多瑙河口及波里斯泰尼河口间这片三角形的广大国度,我至少走遍了其中两个边。这里可算是世界上最惊人的区域之一,至少,对我们这些出生于内海沿岸,习惯南方单调干旱的风景以及其丘陵与半岛的人而言是如此。我曾在那里崇拜大地女神,一如我们在此崇拜罗马女神;而我谈论谷物女神刻瑞斯的次数尚不如另一位更古老的女神多——它存在的时代,农作尚未发明。我们希腊或拉丁民族的土地,处处以岩石为骨干,明显地呈现男性躯体的优雅;而斯基泰[1]地貌则宛若仰卧的女性躯体,有着些微重量,丰盈动人。这

---

[1] 斯基泰:古代黑海北岸地区。

戎装哈德良

卢浮宫博物馆，法国巴黎

里的平原辽阔，连绵天边；河川让我频频赞叹：对流水而言，这片空旷无垠的大地只不过是一道斜坡或河床。我们的河流短促，从不觉得源头遥远。但流至此处的巨河刻蚀出一座座凌乱的小港湾，挟带着偏僻秘境大陆的泥土及荒无人居地区的碎冰。西班牙高原的寒冷绝无仅有，毫不逊色；但那是我第一次迎抗一季真正的冬天。在我们的国家仅零星短暂出现的严冬，进驻该地后则漫漫持续好几个月；可以想象，再往北去，冬季恒久，不知起讫。在我抵达营地那一晚，多瑙河是一条辽阔的红色冰道，然后转成蓝色；水流在内部作用，犁出一道道沟痕，如车辙一般深。我们披毛皮取暖抗寒。此敌非人，几乎无形，其存在造成一种难以描述的狂热兴奋、一股愈发激昂的士气。人人努力奋战，为保存暖意，也为维持勇气。某些日子里，大草原上，风雪抹去所有景观，即便它原本就几乎一成不变。我们在一个仅剩空间与纯净微粒的世界里驰骋。在冰霜雪冻之下，再怎么平凡无奇的事物都晶莹剔透，同时显现一种神圣的坚硬。所有折断的芦苇都变成水晶长笛。每到黄昏，我的高加索向导阿萨尔便敲破冰层，让马匹饮水。此外，以这些牲口与蛮族接洽是最有用的方式之一：在交易与你来我往地议价时，建立起某种友谊；而展现几招马术之后，彼此之间就多了一分敬意。夜里，营火照映着纤瘦舞者高超的跳跃，以及他们腕上耀眼的金手环。

有好几次，春天来临，我趁着融冰，前往内陆较远的地区冒险。有时，我背对将海洋与已知岛屿连成一气的南方地平线，以及某一点上日落罗马城的西方地平线，幻想着继续深入这片大草原或那座高加索分脊，朝北或最遥远的亚细亚前进。我会体验到什么样的气候，发现哪一类动物，遇见哪个人种？遇到哪些我

罗马军队渡多瑙河

图拉真柱上的浮雕，意大利罗马

[1]图拉真柱：罗马帝国皇帝图拉真为纪念胜利征服达西亚而建，位于意大利罗马市奎里纳莱山附近的图拉真广场。

们所不知道的帝国，一如他们未曾听说过我们？或者顶多，仅获得几种由迤逦的商队带来的稀有食物，对他们来说如印度的胡椒，对我们来说如波罗的海的麝香粒一般珍贵？一名在外旅行多年的商人回到敖德索斯，送了我一颗半透明的绿色宝石，据说是一个国家的圣物。那个国度辽阔无垠，但他至少曾在其边界巡游，不过因为他一心经商求财，从未留意该国的习俗信仰。这颗奇特的宝石给我的感受，宛如一颗从天而降的石头，一颗来自另一个世界的陨石。对于地球的轮廓形貌，我们的认识颇为粗浅。我不懂人们为何甘心如此无知。埃拉托斯特尼精妙计算出的二十五万斯塔德[1]，我羡慕那些能成功绕行一圈的人。而这样旅行一周之后，我们将回到出发点。我想象自己下定决心，继续往前走，走上小径，替代我们的大道。我再三把玩这个念头……孑然一身，身无分文，默默无名，没有任何文化熏陶，径入全新的人群中，暴露于原始的偶然下……想当然尔，这只是一个梦想，最短暂的一个梦。我发想出来的这份自由仅存在于捉摸不到之处；所有不得不放弃的，我都能很快地重新创造出来，更有甚者，无论在何方，我都只是一个心不在罗马的罗马人。我与罗马城之间有某种脐带相连。或许，在那个时期，官拜军阶，我觉得自己与帝国的关系比当上皇帝之后还紧密，这与腕骨不如脑子自由是同样的道理。尽管如此，这梦想如洪水猛兽，恐怕要使我的列祖列宗都颤抖；它终究乖乖地被禁锢在祖先的拉齐奥土地上。我做了这个梦，而因为曾在这梦中稍憩片刻，我与他们永远不同。

---

[1]斯塔德：视距，长度单位。古希腊数学家埃拉托斯特尼确立 1 度为 700 视距，进而得出地球的圆周长度约为 25.2 万斯塔德。

图拉真是下日耳曼尼亚部队的首领；多瑙河的军队派我前往祝贺帝国的新继任者。涅尔瓦的死讯在傍晚传到时，我距离高卢中心的科隆约三日行程。我忍不住想超过皇家信使，亲自告诉表叔他即将登基。我策马快鞭，一路未停，只在特里尔稍作歇息：我的姊夫塞维亚努斯担任该城的总督。我们一起进了晚餐。塞维亚努斯残弱的脑袋装满了皇室的谣言。这个心术不正的男人总找我麻烦，就算只是让我不开心也好。他告诉我，他早已先我一步将消息传给图拉真了。两个小时之后，在一条河堤上，我遭到攻击；突袭者打伤我的传令兵，杀了我们的马匹。不过，我们抓到了一名刺客，他曾是我姊夫的奴隶，对我们供出了一切。塞维亚努斯应该晓得：要阻止一名意志坚决的人继续赶路并非这么容易，除非使出谋杀狠招；而做起这种勾当，他倒收起了平时的懦弱。我因而必须徒步前行，走了十二里[1]左右才遇见一名村夫把他的马卖给我。我当晚赶抵科隆，超过姊夫信差几里路。这场冒险大获成功，我受到军队最热烈的欢迎。皇帝把我留在身边，任命我为第二军团"忠诚"之军官。

他得知登基的消息时所展现出的从容令人敬佩。这一天，他已等待许久，然而并未打乱他的计划。他仍维持一贯本性，至死都将是军队将领。他的德行在于从规律的军事训练中，悟出了一

---

[1] 里：古罗马长度单位，1 里约合 1472.5 米。

中年图拉真

大英博物馆，英国伦敦

种建立秩序的治国思想。以这种思想为中心，所有的一切，至少在一开始，都经过一番精巧布局，即使作战蓝图和征服计划也不例外。他是从军之帝，但绝非军中霸王。他的生活一点也没改变，谦虚不做作，也不傲慢。在军队一片欢欣鼓舞声中，他承接这些新责任，视为日常工作的一部分，对至亲好友亦仅简单流露满足高兴。

他对我极不放心。他是我的表叔，大我二十四岁；自从我的父亲过世后，他成为我的养父之一。他秉持外省的严谨传统，履行家族义务。对我，他已有盘算：若我表现够格，就排除一切不可能提拔我；若我能力不足，则对我进行比别人更严格的锻炼。对于我的年少轻狂，他大为震怒；他的愤怒绝非没有道理，但通常也只会发作在家人身上。我的债务比迷失逾矩更令他面上无光。我身上其他的特质也令他担忧：他的文化素养极有限，对哲学家和文人的尊敬令人动容；但是远远地赞叹伟大的哲学家是一回事，身边有个太爱涉猎文学的年轻军官又是另一回事。他捉摸不到我的原则——何时会自我防卫，何时会自我节制；于是他就猜想我毫无原则，没有砥砺自己本性的能力。至少，我从未玩忽职守。我担任军职所受的好评令他宽慰；但对他而言，我只是一个前途无量的年轻军官，而且需要严密监控。

我们私生活上的一个事端差一点毁了我。我被一张俊美的脸孔征服。我疯狂迷恋上一个年轻人，而皇帝也已注意到这个人[1]。这一段情惊险万分，我饱尝其中滋味。图拉真有个秘书叫加吕斯，长期向他详细报告我的债务，这次也对皇帝揭发了我

---

[1] 古希腊流行同性恋。

们的事。皇帝大发雷霆,那段时期我过得非常艰苦。包括阿蒂亚努斯在内的亲朋好友都尽力劝他,阻止他执意进行一项颇为可笑的报复。在他们的恳求之下,他让步了;但其实,双方对这次的妥协本来就不甘不愿,对我来说,简直比他暴怒的场面更令我难堪。我承认我对那个加吕斯深恶痛绝。直到许多年后,他在公文上造假,罪证确凿,我终于出了一口气,美妙痛快极了。

来年展开第一次达西亚[1]出征。基于个人喜好及政治因素,我始终反对出战,但若不是被图拉真那些伟大的计划醺然迷惑,我大概也会孤立无援。多年之后,回首往事,大致上,征战的那些年算是快乐的光阴。起初很辛苦,或说在我看来,十分辛苦。首先,我只担任次要职务,还未全面赢得图拉真的好感。但我熟知那个国家,我知道自己能有所贡献。几乎在不知不觉之中,过了一季又一季冬天,转移一个又一个营地,打了一场又一场仗,我对皇帝政策的不满在心中日渐扩大。在当时,这些不满,我没有义务,也没有权利高声表达;何况,也不会有人理我。我多半被安排在远远的第五排或第十排,对部队了解得还比较多,更常与他们出生入死、同甘共苦。我还享有一定的行动自由,或者应该说是对行动本身的某种疏离;一旦过了三十岁,掌权之后,就难以再任意拥有。我自认握有优势:我爱好这个艰困的国度,而且着迷于各种自发性的、断断续续的困乏与戒律形式。或许我是唯一一个不眷恋罗马的年轻军官。军队愈深入泥浆冰雪,就愈能补给我的活力泉源。

在那个军团中,我身边有一小群军官从驻守亚细亚的军营引

---

[1] 达西亚:或译达契亚、达基亚,位于今罗马尼亚的一个古国,后成为罗马帝国行省之一。

进了奇特的神明,部分受到他们的影响,整段时期我都过得意气勃发。密特拉[1]崇拜原本并不广泛,但自从我们出征帕提亚之后就流行起来。有一段期间,我拜倒在此教严格艰辛的禁欲主义之下:它透过死亡、兵刃与鲜血之执迷,苛刻地绷紧意志力的弓弦,以解说世界这样高等的内涵,熏陶我们暴烈粗俗的军旅生活。我对战争最初的看法并未因而有丝毫转变,但这些野蛮的仪式在参加者之间牵连起生死与共的关系,对一个不耐现状、对未来充满不确定、因此愿意接受任何神明的年轻人而言,正好迎合其最私密的异想。在同袍马西乌斯·杜尔波的担保之下,我在多瑙河畔一座用木头与茅草搭盖的塔中接受奥义开示。我还记得,我站着准备接受洒血仪式时,头顶上垂死挣扎的公牛差一点把木板扯下来。往后,我反省到这类几近秘密的社团组织,可能对一个弱势领导的国家造成危险时,我最终对他们多有限制拘束;但我承认,面对敌人时,组织能赋予信徒接近神力的力量。我们人人都以为能逃过生而为人的狭隘限制,觉得我既是我,又是自己的对手;我们跟神明一样,其实并不清楚袖究竟以野兽的形态死去,还是借人类的模样杀生。到如今,这些古怪的梦境有时令我恐惧,与赫拉克利特[2]的弓箭一体论并无两样。所以,这些梦助我包容人生际遇。胜利中有失败,失败中混有胜利,只是同一个太阳射出的不同光芒。我的马蹄践踏过这些达西亚步兵;后来在肉搏战中,敌我坐骑忿怒直立,撕咬彼此的前胸,我也击毙过那些萨尔马特[3]骑士。我之所以能轻易自在地大开杀戒,正因为我把他

---

[1] 密特拉教:古罗马诸多宗教的一种,最早起源于古波斯,后经小亚细亚传播到罗马帝国。
[2] 赫拉克利特(约535 b. c.—约470 b. c.):古希腊哲学家,辩证法奠基人之一。其学说及著作以"晦涩"知名,有"晦涩哲学家"之称。
[3] 萨尔马特人:古代活跃于中亚地区的一个游牧民族。

作战中的罗马人与达西亚人

图拉真柱上的浮雕，意大利罗马

萨尔马特骑兵作战

图拉真柱上的浮雕，意大利罗马

达西亚战争中照顾伤员

图拉真柱上的浮雕，意大利罗马

们视为自己。若被遗弃在一片战场上，脱去战袍后，我的尸体与他们的并无差异。遭受最后剑击时的惊愕想必也是相同。在这封信里，我对你坦白了许多怪诞奇特的想法，都可算是我一生中最隐秘的念头；还有一种奇怪的陶醉，后来我再也没办法以同样的形式再醉一场。

我有了几件英勇事迹，如果是普通士兵所为或许不受注目，但在罗马倒是替我挣得了好名声，在军队也颇具威望。不过，我大部分所谓的功绩，只不过是虚张声势罢了；如今想来有点惭愧，于是混杂了前头提到的那种近乎神圣的激狂，以及低俗的渴望：我想取悦他人，吸引众人的目光，不惜代价。在一个秋日，我穿戴着巴达维亚士兵的沉重装备，策马横渡积雨暴涨的多瑙河。在这次功绩中——若可称得上功绩的话，我的坐骑功劳比我大多了。不过，在这段疯狂的英雄作为时期，我学会了区别勇气的各种面貌。我应该长保的勇气应属冷酷、淡漠，没有任何生理上的激动，如神明一般无动于衷，处之泰然。我不敢夸口说自己曾达到这个境界。我后来所表现的勇气假象，在颓丧的日子里，只不过是对人生愤世嫉俗的鲁莽；而在得意的日子里，也只不过是我所抱持的责任感。但是，只要危险多持续一会儿，很快地，无论愤世嫉俗或责任感，都被一股狂热兴奋的骁勇取代，某种人与命运相结合达到的奇异高潮。在我当时的年纪，这股醉人的勇气持久不衰。一个醉心生命的人不会去预想死亡；死亡不存在，他的每一个举动都在否定。若他受死，那想必是在不知情的状况下发生；对他而言，死不过是一记猛击或一次痉挛。我苦笑着对自己说，如今，我的思绪有一半都贡献给自己的结局，仿佛要隆重地决定这副臭皮囊的生死大限。然而在当时，一个若不能多活几年恐怕就会损失重大的年轻男子,却恰好相反,愉快地甘愿每天拿前程来冒险。

前文所述很容易被解释成这样的故事:一名军人读了太多书,想为自己的书本脱罪。但这种观点过于简化,实属错误。各种人物轮番占据我的心神,没有一位独霸很久,垮台的暴君很快就重新掌权,诸如此类。我曾是一名事事谨慎的军官,迷恋纪律,却开心和部下共患难于战争时期的匮乏不便。当过忧伤痴人,梦想成仙。是恋爱中人,为求一刻晕眩随时准备付出一切;也是一名高傲的年轻副官,避开人群,躲在自己的营帐里,就着一盏微弱的灯光研究地图,毫不避讳地向朋友表示他对世局发展嗤之以鼻。更是未来的帝国领导人。但别忘记,我也是无耻爱献殷勤的家伙,因为怕得罪人,愿意在皇帝的宴桌上把自己灌得酩酊大醉。是带着可笑自信、对所有问题都要大发议论的小伙子。是轻浮的自作聪明者,一句话就能丢掉一个朋友。是名小卒,以并不光鲜亮丽的从军为业,却勤力精确。还应该提提那个空缺,他没有名字,在故事里没有地位,但与我以及所有其他人一样,只是世事玩物,不多不少不过是具躯壳,躺在行军床上,闻某种香气消遣,专注于一次呼吸,茫然聆听蜜蜂永恒的嗡嗡声响。然而渐渐地,有个新身份加入了运作行列,一名剧团指挥、剧场导演。我熟知每一位演员的名字,调整安排他们在适当的时机上下场。我打断无用的台词,渐渐会避开粗俗好懂的效果。最后,我学会不滥用独白。长远来看,我在一幕幕人生中成长。

我在军事上屡获捷报,若非图拉真胸怀伟大,恐怕会引发他的敌意。但是,勇气的字句直达他的心,是他唯一立即能懂的语言。最后,他终于把我当成递补人选,几乎视我为己出,后来所发生的任何事都无法离间我们两人。在我这方面,某部分针对他而生的不满，至少在他对军队施展令人赞叹的天赋时，暂时被遗忘，抛到九霄云外。我一直喜欢观察专家高人布局作业。就皇帝这项职务而言，他手腕灵活，自信坚定，无人能出其右。我受指派领导所有军团中最光荣的密涅瓦军团，去摧毁铁门[1]地区敌军残留下来的防御工事。攻下萨尔米泽杰图萨[2]堡垒之后，我随皇帝进入地下厅殿：德凯巴鲁斯国王[3]的臣子们聚集在此，于最后一次盛宴时服毒自杀。皇帝派我点火焚烧这一堆死人尸体。当晚，在战场边陡峭的悬崖上，他将涅尔瓦传给他的钻石戒环套入我的手指。基本上，这算是继任皇权的信物。那天夜里，我心满意足地进入梦乡。

---

[1] 铁门：位于多瑙河的一处峡谷。
[2] 萨尔米泽杰图萨：古国达西亚首都。
[3] 德凯巴鲁斯国王：达西亚国王，"德凯巴鲁斯"意谓"与十个野人一样强"。图拉真曾两度攻打达西亚，导致德凯巴鲁斯与其臣子失败后自杀身亡。

我声名鹊起，二度长居罗马这段时期因而充满欣喜；后来，到了我的幸福年代，我再次感受到这种欣喜，但程度更加强烈。图拉真给了我两百万塞斯特斯币[1]，让我恩施赏赐给人民。这个数目当然不够。但我此时已自行管理财产，而我的财富可观，从不需要担忧钱财之事。至于怕不得人欢心这种卑贱的恐惧，亦早已甩除大半。我的下巴上有一道伤疤，刚好可用来当借口，蓄起希腊哲人式的短须。我的穿衣风格简朴得夸张，直到当上皇帝后都未变：喜爱戴手镯和涂抹香油的时期早就过了。在当时，简朴与否其实我并不十分在意。慢慢地，我却习惯了为简朴而简朴，后来更因而喜欢收藏家在光裸朴素的双手戴上珍贵宝石之强烈对比。把话题转回到服装上吧！在我担任护民官期间，曾发生一件事，算是某种兆头。有一天，天气恶劣，我必须对群众演讲，而我那件高卢粗羊毛雨袍不见了。于是，我不得不披一件托加长袍开讲。袍子的皱褶宛如水沟，积蓄雨水；雨滴流入我的眼中，我不断用手抹拭前额。在罗马，着凉受寒是皇帝才有的特权，因为无论天气如何，他都被禁止在托加长袍外披加任何服饰。从那天起，附近的小贩妇人与西瓜摊商就相信我将飞黄腾达。

　　我们常谈论青春年少的美梦，都忘了曾经作过什么算计。那些盘算也是梦，疯狂的程度不相上下。在罗马凯旋欢庆时，使心

_____

[1]塞斯特斯币：古罗马一种银币。

59

机的人可不只我一个：整个军队都争先恐后，竞相夺取功名。我颇愉悦地扮演起野心家：这个角色，我从未认真持续，表现时也必须一直有人从旁耳提面命。我接受了元老院里最顺从最无趣的职务，且尽忠职守：担任议事记录管理人。我有本事，把所有职务都变得有用。皇帝的简练风格深受军队爱戴，但对罗马来说却嫌不足。皇后的文学品味与我相近，说服他让我替他编写演讲稿。这是普洛提娜第一次斡旋协助。我本熟练此类讨好辞令，这项工作颇为成功。在我仕途起步困难的初期，我就经常为肠枯思竭或胸无点墨的元老们编写致词训话，他们宣读到后来竟以为自己是原作者。于是，为图拉真工作时，我宛如少年时做修辞练习功课那般快乐；我一个人在房间里对着镜子演练，测试效果，觉得自己就像皇帝。事实上，我一直在学习当皇帝；那些我自认没有胆量去做的事，既然是别人出来背书承担，就变得易如反掌。皇帝的思想单纯却不善表达，因此显得晦涩难懂，对我来说却突然变得亲切熟悉；我常暗暗得意，夸赞自己知道得比他本人还更清楚些。我喜欢模仿皇帝的军事风格，听他在元老院宣读那些看似地道却是我写的句子。另外有些日子里，图拉真待在房间里，命令我自己来宣读那些他早已不记得的讲稿。而我的演说已无可挑剔，这都该归功于奥林波斯那位悲剧演员的指导。

这些几乎不为外人所知的秘密任务换来与皇帝的亲近交情，乃至他的信赖；但过往的反感仍未消除。偶尔，日渐衰老的王眼见家族中有个年轻人，有点天真地展开他想象中的生涯，应该会继续他的道路；那种欣慰曾暂时取代了嫌恶不满。然而，若在萨尔米泽杰图萨的战场上，欣喜激发出如此高昂的热情，那是因为那股狂热穿越了层层的不信任，奋力破土而出。我依然相信，那其中有某种无法连根拔除的恨意，来自好不容易修补复原的多次争吵、性情不合，或者纯粹是年岁渐长者的顽固。皇帝本能地讨厌不可或缺的下属。或许，如果我对职务有时热诚有时随便，他会更理解我；一旦我在技术上无懈可击，在他看来简直可疑。当皇后替我做媒，安排我与图拉真的侄孙女萨比娜结婚，认为这么做有助于我的前程时，就能看出他对我抱持着怀疑。他顽强地反对这门亲事，指证历历，说我缺少顾家美德，女方还是少女，年纪太轻，甚至搬出久远以前我曾背债的往事。皇后坚持不让，我自己也不想认输。在那个年纪，萨比娜并非全然没有魅力。这桩婚事虽然以不断离家换取平静，但对我来说，它是那么多怒气与麻烦的来源，以致我几乎忘了，对一个二十八岁的野心家而言，那是一场胜利。

从此我名正言顺地成为皇室家族一员，多少被迫与他们一起生活。然而，这个圈子里的一切我都讨厌，只有普洛提娜美丽的脸庞除外。西班牙丑角、外省表亲，皇家餐桌上挤满这些人；而这同一批人，后来在我少数几次滞留罗马期间，又在我妻子家的晚餐时遇见。我甚至不想说他们看起来都老了，因为，从那时起，那些人全都像百年人瑞。他们身上散发出一股稠腻的智慧，某种迂腐的谨慎。皇帝几乎一生戎马，干戈沙场；对罗马的了解远比我更少。他拿出无人可比的意志力，让自己身处罗马城为他献上的最好的一切，或者，看起来最好的一切。周围的官员个个端庄体面，备受尊崇，但学习资质驽钝，哲学部分有气无力，看不到事物的本质。我从来不敢领教小普林尼[1]那种夸大的和蔼可亲；而

---

[1] 小普林尼（约62—约113）：古罗马作家、律师和元老，应为古罗马作家大普林尼的外甥和养子。

61

萨比娜

嘉士伯艺术博物馆，丹麦哥本哈根

塔西佗[1]高超的刚正不阿,在我看来,是那种从恺撒去世后就没有改变过的,属于共和派的反动世界观。至于皇帝周围非官员的那批人,则粗鄙得令人倒胃口;想当然尔,这让我避免再度冒险。然而,对于这批南辕北辙的人士,我以不可或缺之礼相待。我对某些人态度谦恭,对另一些人则唯唯诺诺;必要时要放荡,要聪明但又不能太过。我需要如此反复无常;我花心思面面俱到,让这场游戏难以捉摸。我走在陡峭的钢索上。我该学的不是演员课程,而是高空特技训练。

---

[1] 塔西佗(约56—约120):古罗马著名历史学家、政治家、雄辩家。

这个时期,有人指责我与几名贵妇有染。其中两三段饱受批判的感情多少持续了一阵子,直到我登基治国初期。罗马容易令人纵欲放荡,却从来不太欣赏治国者的恋情。马克·安东尼[1]和提图斯都尝过一点教训。我的几段情没有那么轰轰烈烈,但依我们的民风,我很难想象,一个总对交际名媛作呕,又已被婚姻折磨得疲累不堪的男人,如何与另一群千姿百态的女性亲热。我的政敌首推卑鄙的塞维亚努斯。我那个老姊夫,比我年长三十岁,老谋深算,故能身兼教育者和间谍来监督我,宣称在那些恋情中,野心和好奇心的成分比爱情多;在亲密接近人妻的同时,我逐渐探知关于那些丈夫的政治秘辛,情妇们对我吐露的实情,跟后来让我读得津津有味的警察报告一样有用。的确,每一段稍长的关系,几乎无可避免地,都让我与某位丈夫相处友好——他或许肥胖或许体弱,或阔绰或怯懦,大致每个都盲目。但是通常,这些友谊极少乐趣,更少利益。我甚至必须坦承,某些情妇在我耳边泄漏出的露骨情节,最终反而引发我对这些人夫的深深同情:他们如此不被了解,被嘲讽得如此不堪。当女方聪慧灵巧,我与她们的关系多能舒服愉快;而若她们长相美丽,那这一段情还将变得动人心弦。我研究艺术,熟悉各式雕

---

[1] 马克·安东尼(约 83 b. c.—30 b. c.):古罗马政治家和军事家,也是恺撒最重要的军队指挥官和管理人员之一。恺撒被刺后,他与屋大维和雷必达一起组成了后三头同盟。后三头同盟分裂,马克·安东尼与埃及女王克利奥帕特拉七世先后自杀身亡。

像，曾学习深入了解克尼多斯的维纳斯[1]及勒达[2]在天鹅下颤抖之作品。那是提布卢斯[3]和普洛佩提乌斯[4]的世界：一缕哀愁，一种有点造作的炽烈，却顽固得仿佛弗里吉亚[5]调式写成的旋律——阶梯上的热烈暗吻，乳房上起伏波动的长巾，黎明之离去，以及忘在门槛前的花环。

这些女人，我几乎对她们一无所知。她们献给了我的部分生命仍留在两道半掩的门之间；她们说个不停的爱，在我看来，有时像她们佩戴的花环一样轻浮，如一件时髦的珠宝，一种珍贵又易碎的装饰；而我怀疑她们搽上胭脂戴上项链时，才同时穿戴好热情。但对她们而言，我的人生更加神秘。她们一点也不想了解，宁愿从旁胡思乱想。我终于明白，这个游戏的精神，就是永无止境的虚伪矫饰、夸张的誓言和怨言、时而假意时而隐瞒的欢愉、如跳双人舞一般的幽会。甚至在争吵时，等我如意料中那样反驳一句之后，美丽的泪人儿立刻扭绞双手，像表演舞台剧。

我经常想，热爱女性的恋人们必然极重视神庙与祭祀用品，至少和对他们的女神一样：他们迷恋用指甲花染红的指尖，涂抹了香油的肌肤，而那千百种凸显美貌的小技巧，有时甚至能化腐朽为神奇。这些柔弱的偶像与高大的蛮族女子或粗野笨拙的乡下农妇不同，诞生于大城市的金色涡旋雕饰、彩染坊的桶槽或浴

[1] 克尼多斯的维纳斯：古希腊著名雕刻家普拉克西特列斯的作品，也是希腊雕刻史中第一座全裸女体像，被古城克尼多斯收藏。
[2] 勒达：希腊神话中的斯巴达王后，宙斯爱上她后化身天鹅引诱了她。
[3] 提布卢斯(55b. c. —19b. c.)：古罗马哀歌诗人，最喜爱的主题是浪漫爱情和田园生活之趣。
[4] 普洛佩提乌斯(约47b. c. —约15b. c.)：古罗马屋大维统治时期的哀歌诗人。他的作品情感丰富，富于变化，在中世纪亦产生了一定的影响力，现仅存残篇。
[5] 弗里吉亚：小亚细亚古地区名，位于今土耳其中西部。

室里潮湿的蒸汽，一如维纳斯诞生于希腊汪洋之泡沫。提起她们，很难不联想安条克某些逗人难耐的温暖傍晚、热闹活泼的罗马早晨；她们响亮的姓氏、气派奢华背后的最终秘密是自己的裸体，且尽管裸体亦从来不乏精心打扮。换作是我，我想要的更多——剥除美人的一切独自面对她自己，就像有时她不得不面对的：病榻中，或死去一个新生儿后，或镜中出现一道皱纹时。一个男人，当他阅读，或思考，或算计，则亦属此类，而非以性别论；在最美好的时光里，他甚至超脱人界。但是我的情妇们似乎只以女性想法自豪：我所找寻的性灵或灵性，尚只不过是一缕芬芳。

当然不是只有如此：我躲在帘幕后，像一个等待适当时机上场的喜剧演员，好奇地监视一个陌生室内的嘈囔——女人闲聊时的特殊音调，暴怒或爆笑，私密低语——所有我一旦被发现就会戛然停止的一切。孩子们、永远摆在第一位的穿着打扮、金钱上的烦恼，在我面前只字不提，但我不在时，这些事情想必又变得重要；就连做丈夫的，本来备受嘲讽，也变成必需品，也许还能得到爱。我拿情妇们跟家中女人的阴郁脸孔相比，后者节俭，野心勃勃，无时不在设法核清家中开销或监管祖先的半身像是否擦拭干净。我怀疑这些冷冰冰的妇人会不会也在花园的藤蔓架下与一个情人相拥；或者相反地，我那些轻浮的美女们，是否一心等我离开，好回头去跟女管家吵一架。我勉强试着去接合女人这两种面貌之间的缝隙。

去年，塞维亚努斯密谋策反，最后付出生命代价。事件发生后不久，我昔日一名情妇特地移驾来到庄园，向我告发她的一个女婿。我没把这项指控当一回事，或许这指控出自那名岳母的怨恨，也可能是想替我效劳的欲望。不过，这场会谈十分有趣：内

66

容像极昔日的遗产法庭，围绕着遗书、亲族间黑暗的阴谋诡计、不被看好或招来厄运的婚姻。在狭隘的女人圈里，我一再观察到她们冥顽不灵的现实个性，而当爱情黯淡，她们就陷入愁云惨雾。某种尖酸刻薄、难相处的忠贞，令我联想家里那位脾气暴躁的萨比娜。来拜访我的这个女人，脸部线条似乎被拉平了，模糊了，仿佛一张被岁月粗鲁来回涂抹的软蜡面具。当初，我曾一时认定的美貌，原来始终只是一朵娇弱的青春之花。但造作依旧主宰了她，这张满是皱纹的脸笨拙地挤出笑容。过去缠绵悱恻的回忆，若曾有过的话，对我来说也已抹除殆尽；如今，我们仅互相交换客套词令，她不过是一个和我一样看得出生了病或年华老去的人，我虽有点恼怒，仍善意相待，一如对待一个久未联络的西班牙表姊，一个从纳博讷[1]远道而来的亲戚。

　　我努力了一会儿，试图如孩子嬉耍那般，抓住烟雾缭绕，扑打彩虹泡泡。但遗忘太容易……在那些露水恋情之后，发生了那么多事，我必定记不清相爱的滋味了。毕竟我乐于否认，她们曾经让我受苦。然而，在所有情妇中，至少有一人是我曾美妙地爱过的。比起其他人，她最细致也最坚韧，最温柔也最铁石心肠。她那纤瘦圆润的身体就像一根芦苇草。我一直欣赏发丝的美感：人体的这个部分如丝绸波荡。但我国大部分女性的发式都如高塔、迷宫、舟船或毒蛇盘结。她的秀发则符合我期望的模样：像丰收的成串葡萄，或如羽翼展翅。她仰卧着，骄傲的小脑袋倚在我身上，无比露骨地细数她的情史。欢愉之时，我喜欢她的狂野及淡然，她对高难度的品位，掏心掏肺撕扯灵魂的狂怒。我知道

---

[1] 纳博讷：位于今法国西南部的一座古镇，曾是连接意大利与西班牙的枢纽。

她有几十个情人，她自己都数不清；我只是一个无关紧要的路人，不要求彼此忠诚。她疯狂迷恋一个名叫巴蒂尔的舞者；单凭他的俊美就能证明那一切愚痴皆合理。她在我怀中啜泣，呢喃他的名字；我的鼓励支持给她勇气。其他时刻里，我们常一起欢笑。她年纪轻轻就死了，死在一座瘴疠之岛上。由于她离婚引发丑闻，被家族放逐到那里。我为她庆幸，因为她怕老；不过，对真正爱过的人们，我们绝不会有这种感觉。她需要大量金钱。有一天，她开口向我借十万塞斯特斯币，我隔天就带来给她。她玲珑的身形宛如玩掷骨游戏的小女孩，坐在地上，将麻袋里的钱币全数撒在石板上，开始将闪亮的大堆钱币分成小堆。我知道，对她来说，跟对我们所有挥霍的浪子一样，这些金币并非铸有恺撒头像的法定货币，而是一种神奇的物质，一种私人货币，印上想象之兽[1]与舞者巴蒂尔的模样。我不再存在。她封闭在自己的世界里。她眉头紧皱，洒脱地不顾自己的美貌，几乎一下子变得丑陋，像小学生一样噘嘴，手指扳了又扳，艰难地算着加法。我从未对她如此着迷。

[1] 想象之兽：即奇美拉，希腊神话中狮首羊身蛇尾的神兽。

萨尔马特人再次入侵的消息传到了罗马，正值图拉真庆祝达西亚战争赢得凯旋。这场拖延了许久才展开的节庆已进行了八天。先前，他们花了将近一年的时间，从阿非利加和亚细亚运来野兽，赶进竞技场大规模屠杀：一万两千头猛兽，找来一万名格斗士，施展割喉身手，把罗马变成杀气重重的死亡之城。当天晚上，我在阿蒂亚努斯寓所的平台上，与主人及马西乌斯·杜尔波在一起。城里灯火通明，充满可憎的嘈杂欢呼。为了那场艰辛的战争，马西乌斯和我献出了四年青春；而今这场战事成为百姓沉溺酒池肉林的借口，好像是他们在凯旋一样。要告诉民众这些被夸耀得灿烂辉煌的胜利并非定局，另有一批新的敌人压境；这个时刻极不恰当。皇帝的心神已被亚细亚计划所占据，对于东北的局势并不那么在意，宁愿认为问题已经彻底解决。第一场萨尔马特之役以主动讨伐的形态展开。我被任命为总督，执掌元帅大权，被派遣到帕诺尼亚。

　　这场战事持续了十一个月，战况惨烈。我仍相信，歼灭达西亚人可说是毫无争议的决定：没有一个国家元首会乐意容忍敌人列队兵临城下。但德凯巴鲁斯王朝崩毁之后，那片区域空无人管，造成萨尔马特人加速乘虚而入，不知从哪里冒出来的人马分头入侵。那片土地被长年战争摧残殆尽，被我们放火烧了又烧；我们兵力不足，缺乏后援，他们有如啃噬我们达西亚胜利的尸虫，大量繁殖。近期的胜利大伤我们的军纪，前哨岗位的气氛变得漫不经心，无忧无虑，与在罗马的庆功时期无异。危险迫在眉睫，有些军官竟然还愚蠢自信。我们与外界隔绝，困在这个区域，唯一熟悉的部分是原本属于我国的疆界。若想继续取得胜利，只能靠我们先进的武器；但我眼见兵械日渐减少，有的遗失，有的耗损。另外一个倚靠是支援部队，但我不抱期望，因为我知道，我国所有的资源早已往亚细亚集中。

另一个危机开始显现：四年正式用兵，大动干戈，后方的村庄已成为废墟；自第一次达西亚战争以来，每一群从敌方搜刮来的牛羊都动用了浩大排场——我见过从居民手中强行抢下的牲口，成行成列，数也数不清。若这种状态继续下去，要不了多久，我们乡下的农民就会受不了沉重的军事负荷，宁可投效蛮族。来自军方的掠夺或许只是次要问题，但更引人侧目。我有足够的民意支持，不怕对部队施行最严苛的命令。我让一丝不苟的态度蔚为风潮，自己也身体力行。我开创实施奥古斯都纪律[1]，后来成功地推广到整个军队。粗心大意者及野心勃勃者，只要妨碍我的工作，皆被我遣返罗马；相反地，我召来前线缺乏的技术人员。前一阵子的胜利令人恃骄怠惰，尤其疏忽修复防卫工事。所有维修费用过于昂贵的器材，我索性整个放弃。每次战后，都有大批行政官员趁着局势混乱发展势力，甚至壮大成为半独立的地方霸主，大胆猖狂，对我国百姓勒索敲诈，对我们欺瞒背叛。从这方面，再一次，我看出，不久的将来，必有动乱与分崩离析。我不认为能避免这些灾难，一如凡人皆不免一死；不过，凭我们的力量，祸事能延后几个世纪。我

---

[1] 奥古斯都纪律：屋大维为整顿罗马军队所订下的纪律，比亚历山大大帝管理希腊军队的规范还严格许多。奥古斯都即指盖乌斯·屋大维·奥古斯都。

开除能力不足的官员，处决最糟糕的那些。我发现自己冷酷无情。

度过了潮湿的夏天，接着是多雾的秋天与严寒的冬季。我忽然亟须应用曾学过的医药知识，主要为了调养自己。在边界度日生活，我逐渐被萨尔马特人同化了：希腊哲人的短须变成蛮族首领的杂毛大胡。我再次经历所有在达西亚战争中曾经历的一切，包括恶心作呕。敌人将俘虏活活烧死；我们也开始砍下敌囚的头，因为没办法把他们专程送到罗马或亚细亚的奴隶市场。我们的木栅栏上插满砍下来的头颅。敌军对人质施以酷刑，我有好几个朋友如此丧命。其中一人拖着不断淌血的双腿爬回营地，脸孔严重扭曲变形，以致我再也想不起来他未受伤时的本来长相。严酷的寒冬掳走一批牺牲者：骑兵团或受困于冰雪，或被激流冲走；营帐下，伤者的残肢断腿结冻凝霜，病患哼唧呻吟，咳得肝肠寸断。我身边聚集了意志力坚强的忠勇之士；这一小群直接效忠于我的人马拥有最高情操，我唯一仍相信的情操：以钢铁般的决心发挥用处。一名萨尔马特变节者被我留下当翻译；他冒着生命危险，回部落去煽动了叛变。我成功地管理了这批移民。从此以后，他们的人在我们的前哨作战，保卫我们的人。他们偶尔放肆、鲁莽，那是天性使然；但在经过驯服调教之后，皆能向敌军证明冒犯罗马多么荒谬可笑。一名萨尔马特首领步德凯巴鲁斯的后尘：他的尸体被发现在毡毯帐中；一旁是他的女人妻妾，皆因被绞死断气；还有一个恐怖的麻袋，里面塞满他们的小孩。那天，我对无谓浪费的痛恨延伸到蛮族之折损。我为失去这些死者感到可惜，罗马本可同化他们，日后与之结盟，一起对抗其他更野蛮的游牧民族。这批进攻者溃不成军之后，来去如风，消失

71

无踪;但在这幽暗阴郁的区域,势必会有其他风暴。战争并未停息。在我登基之后几个月,又不得不开战,然后结束战事。那块疆界,至少暂时恢复了秩序。我回到罗马,战功彪炳。但我已年华老去。

我担任执政官的第一年仍在战斗中度过：那是一场秘密奋战，但为了和平，持续不懈。然而我并非孤军奋斗。在我返回罗马之前，利基尼乌斯·苏拉[1]、阿蒂亚努斯，还有杜尔波皆已确认与我同行；尽管我对自己的信件进行严格审视删减，朋友们却明白我的心意，纷纷跟随我，甚至已走在我前头。以往，我的经济状况大起大落，面对他们，总让我十分忸怩不安；一个人还能轻松承担的忧惧害怕或焦急不耐，一旦被迫在他们关切时隐瞒或坦白让他们痛苦，就变得万分煎熬；我气恼他们对我爱护有加，比我自己更为我着想，并且从来不去看清楚：骚动不安的外表下，我其实平静得多，凡事都不在乎，因而无论发生什么事都活得下去。但时不我与，我来不及去对自己感兴趣，或不感兴趣。我这个人逐渐退居幕后，而这却正是因为我的观点开始受到重视。重要的是，有个反对侵略征服的人，认真地正视后果与结局，准备在可行之时弥补这项政策的错误。

　　戍守边疆这个职务让我看见图拉真柱上看不见的凯旋面貌。重返行政工作则让我逐步建立起一份比所有在军队中搜集到的证据更有说服力的档案，以反对军事行动派。整个军团和禁卫军部门一概由意大利支援，而远方的战事吸走了这个国家本已匮乏的人力。对祖国而言，从军远征的壮丁即使未丧命，亦形同流失，

---

[1] 利基尼乌斯·苏拉：古罗马重要元老，在图密善、图拉真两朝皆极具影响力，图拉真之亲信，曾三次任执政官，很早就支持哈德良。

因为他们终将被迫留在新征服来的领土上定居。在那个时期,就连在外省,征兵制度亦引发严重的反抗动乱。后来,我曾前往西班牙,监督家族开采铜矿。那趟旅行使我见证战争打乱了整个经济脉动;我相信罗马商界友人的抗议声明有其根由。我并没有天真到认为我们能自主决定避免任何战争;但我希望只作防御性出兵,梦想拥有一支训练精良的军队镇守边疆,而疆界若需修改就修改,只力求明确稳定。大而无当的帝国组织,在我看来,任何增添都是病态膨胀,如肿瘤或水肿,终将把我们害死。

这些观点,没有一项能禀奏皇帝。人生,每个人不尽相同,但到了某个时期,皆易屈服于心中的魔鬼或天赋,听从一种神秘的法则命令,自我毁灭或超越自我;而他正处于这个阶段。整体而言,他的执政成果值得景仰;他最优秀的顾问团用尽心思,让他朝和平发展。然而,这方面的努力,还有那些伟大的建筑计划,以及任内的法律参谋,对他而言,都不如一次胜仗重要。这个男人如此高贵,对自身所需有着精打细算之情操,在国家财政上,理智却被绑架,疯狂花费。多瑙河河床下捞起的蛮族黄金,德凯巴鲁斯国王埋藏的五十万金条,足以负担人民福祉并犒赏军队,我也得到了一份;然而还有过于豪奢的竞赛嬉游,以及远征亚细亚的初期耗费。这些不洁的财富给国家实际的财务状况造成虚幻假象。从战场得来的,必还于战场。

就在这个时候,利基尼乌斯·苏拉去世了。他是皇帝身边观念最开放的顾问。他的死对我们而言如同一场败仗。对我,他总流露父亲般的关爱。他久病缠身,无法实现远大长期的个人野心;他的体力虽然微弱,仍足以帮助他心目中观点纯正的那个人。图拉真罔顾他生前的建议,执意展开阿拉伯远征;若他还活着,单凭他一人，说不定就能避免帝国陷入疲态，以及花费在帕提亚战争上的庞大开销。这个饱受高烧折磨的男人，在无法入眠的时候，与我讨论各种改革蓝图；这些计划让他疲累不堪，他把这些计划的成功，看得比延长几许残生还要重要。在他床前，我预见了未来登基后的几个执政阶段，而且行事规章巨细靡遗。这位垂死之人对皇帝未多加针砭，但他知道王朝中仅存的智慧将随他一并入土带走。若他能多活两三年，我继任皇权之路或许不会那么坎坷，他或许能说服皇帝早一点立我为后嗣并昭告天下。不过，这位政治家嘱咐我代他完成未竟之业，他的遗言是我登基为皇的一项有力凭据。

若说我的拥护者增加不少，新树立的敌人可也不遑多让。所有对手中，威胁最大者为吕基乌斯·奎埃图斯。他是罗马与阿拉伯混血儿，旗下的努米底亚尖兵队在第二次达西亚战争中扮演了重要角色，并蛮横地将战事推向亚细亚。他整个人都让我讨厌：骄奢起来粗野低俗；身披飘扬白纱，腰系黄金索带，矫揉造作；眼神傲慢且不诚实，对待手下败将与投降者之残暴更令人咋舌。大批主战派领袖在内斗中自相残杀，使幸存者因此更加紧巩固自己的权势，而我正是帕尔马的肉中刺，塞尔苏斯的眼中钉。幸运地，我的地位几乎不可动摇。自从皇帝一心忙于战事，民政事务对我愈发仰赖。有几位能力过人或学有专精的朋友，或能为我代劳，然而他们皆展现高贵的谦逊，宁可推举我出马。皇帝的亲信奈拉蒂乌斯·普里斯库断然日日埋首司法专业，不问其他杂事。阿蒂亚努斯的生活只以替我效劳为目的；我更有普洛提娜小心谨慎的认可。出战前一年，我受封为叙利亚总督，后来又担任军团长，负责控管及组织我们的基地。那是一个我视为荒诞无理的机构，我竟成为握有大权的主控者之一。我犹豫了一阵子，然后接下这份工作。倘若拒绝，岂不是在这权势对我迎面而来的绝佳时机自断生路？同时，也等于拔除了扮演调解者的唯一机会。

在大危机发生前的那几年，我作了一个决定，敌人皆嗤之以鼻，从未如此小看我。而这种反应，正是我当初一部分的算计。这么一来，我阻断了所有攻击。我决定去希腊生活几个月。政治，至少从表面看来，与这趟旅行一点关系也没有。那是一趟享乐散心兼考察研究之旅：我带回几只精雕细琢的杯子，还有一些书籍送给普洛提娜。在我所拥有的各种官职头衔中，我衷心欢喜接受的，就是这一个：我被任命为雅典的执政官。我给自己几个月的时间，在当地工作，并享受简单可口的佳肴，春季前往开满银莲花的山丘散步，亲切地抚摸光裸的大理石像。我去了喀罗尼亚[1]，凭吊上古时代底比斯圣队[2]那些伴侣战士；在普鲁塔克家中做客两日。我也曾拥有属于自己的圣队，但是，我时常这样，总认为自己的人生经验不如历史事件动人。我在阿卡狄亚[3]狩猎；在德尔斐[4]祈祷。在欧罗塔斯河畔的斯巴达，牧羊人们教我吹笛，那是一首十分古老的曲调，宛如奇特的鸟啼。在墨伽拉附近，刚好遇上村民办婚礼，彻夜狂欢；我和我的伙伴们大胆混入，与平民一起舞蹈；这在罗马可是伤风败俗，被严厉禁止。

---

[1] 喀罗尼亚：希腊古城，公元前338年马其顿国王腓力二世在此打败雅典和底比斯联军，全歼底比斯圣队，确立了马其顿对希腊的统治。

[2] 底比斯圣队：古希腊城邦底比斯的一支精锐部队，共300人，由150对同性恋伴侣组成，由底比斯将领高吉达斯组建，于公元前338年的喀罗尼亚战役中被腓力二世率领的马其顿军全部歼灭。

[3] 阿卡狄亚：古希腊伯罗奔尼撒半岛中部山区名，公元前146年成为古罗马属地。"阿卡狄亚"原文为Arkadia，有躲避灾难之意，现被西方国家广泛用作地名，并引申为"世外桃源"。

[4] 德尔斐：希腊神话中世界的中心，太阳神阿波罗的住处，也是古希腊所有城邦共同的圣地，著名的德尔斐神谕就在这里颁布。

我们的罪行仍处处可见：姆米穆斯[1]摧毁的哥林多[2]城墙废墟，以及尼禄在那次引发公愤的旅行中策动掠劫雕像后，圣殿里徒留的空缺。希腊荣景不再，维系在一种气氛中：沉思的优雅，清晰的细腻，冷静的快乐。自演说家伊萨洛斯的弟子[3]初次闻到热蜜的甜香、盐和树脂以来，这里一点也没改变；整体而言，几个世纪以来都没改变。角力场上的细沙金黄如昔；菲狄亚斯[4]和苏格拉底已无法造访，但在此练习的年轻人们仍如卡尔米德[5]一般秀色可餐。有时，我觉得希腊精神似乎并未发挥到极致，如同前提已铺陈妥当，却缺一个能尽显天资的惊人结论：大丰收尚未来到，阳光下成熟的麦穗和已收割的部分，与当初这片美丽大地埋藏的种子、厄琉息斯[6]曾许诺的丰饶富庶相比，简直小巫见大巫。甚至在蛮族劲敌萨尔马特人的营地里，我亦曾找到几口端正的花瓶，一面饰有阿波罗像的镜子，绽放希腊曦微，宛如雪地上苍白的阳光。我隐约探觉一种可能性：将蛮族希腊化，将罗马雅典化，导入这独一无二的文明，将世界潜移默化。大约唯有这种文明，曾几何时，已摆脱世间之丑怪、畸形与食古不化，为政治和美感定义出一种方法，一种理论。希腊人待人总有一抹淡淡的轻蔑，即使他们的推崇夸赞热烈如火，我亦始终有这种感受；但我并不觉得被冒犯，反而认为很自然。尽管我的名声地位

[1] 姆米穆斯：公元前二世纪的罗马将领，于公元前146年攻打并大肆劫掠科林斯。
[2] 哥林多：即科林斯，希腊一座海港城市。
[3] 指雄辩家狄摩西尼（384b. c. —322b. c.）。
[4] 菲狄亚斯：公元前五世纪的希腊雕刻家、画家和建筑师，被公认为最伟大的古典雕刻家。其著名作品包括世界七大奇迹之一的宙斯巨像和帕特农神殿的雅典娜巨像。
[5] 卡尔米德：柏拉图舅父，苏格拉底学生。柏拉图早年以他的名字为篇章写下《卡尔米德篇》，谈论自制。根据柏拉图的描述，卡尔米德是同辈中最有智慧且最美貌的年轻人，爱慕者众，不分男女老少。苏格拉底就深受其吸引。
[6] 厄琉息斯：即今希腊城市埃莱夫西纳，也是厄琉息斯秘仪的发祥地。

与他们有别，心里却清楚，我永远不如一名爱琴海水手机灵，不如市集上某个草药商见广识博。我不恼怒，诚心接受这个骄傲人种有点目中无人的善意；准许这一整支民族享有我总是对自己喜爱的对象让步的特权。但是，为了让希腊人有足够的时间继续演进，臻于完美，必须替他们营造几个世纪的和平、安居乐业，以及和平所容许的谨慎自由。希腊仰赖我们，视我们为护卫；因为，毕竟我们号称是他们的主宰。我心意已决，一定要守护这尊丧失武力的神。

我在叙利亚担任总督一年后，图拉真抵达安条克与我会合。他来视察亚美尼亚远征的计划进度。依他的想法，这是进攻帕提亚帝国的序幕。普洛提娜像往常一样陪他前来，同行的还有他的侄女玛提迪亚，也就是我宽容大度的岳母；好几年以来，她以女总管的身份随皇帝赴前线军营。我的宿敌塞尔苏斯、帕尔马、尼格里努斯仍居议会要职，主导国家政策。这一群人盘踞宫中，只等战争开打。宫廷里的斗争如火如荼。在战事赌盘开掷第一把骰子之前，人人各怀鬼胎。

军队几乎立刻出动，浩浩荡荡地朝北开拔。我目送他们远离，等于同时挥别了那群吵闹不休的高官、野心分子和废物。皇帝和随从在科马基尼[1]停留了几天，已开始庆祝胜利。东方小国的国王聚集在萨塔拉，争相表明他们的赤胆忠心。若我是图拉真，应该不会把未来寄托在他们的宣誓上。我的头号政敌吕基乌斯·奎埃图斯受封前哨队指挥官，在一次重要的行军途中，占领了凡湖沿岸地带。美索不达米亚北方的区域本已被帕提亚人洗劫一空，如手到擒来，易如反掌；奥斯若恩[2]的国王阿布加尔在埃德萨[3]归顺。冬天到了，皇帝回到安条克宿营，准备春天再出发正式征服帕提亚；他早已下定决心，不接受任何和平解决的可能。至此，一切按

---

[1] 科马基尼：位于安纳托利亚的一个希腊化王国，公元 72 年被罗马吞并。
[2] 奥斯若恩：位于幼发拉底河上游的一个古国，后成为罗马行省。
[3] 埃德萨：上美索不达亚古城，奥斯若恩首都，后沦为罗马殖民地。

照他的计划进行。终于能专心处理这场拖延了许久的冒险，这位六十四岁高龄的老人显得年轻起来。

我对局势的评估依然不乐观。犹太人和阿拉伯人两项变因作梗，使战事愈来愈棘手；军队经过行省时，当地大财主必须支付巨额开销，导致他们愤愤不平；新开征的税赋让各地城市皆吃不消。皇帝回来后没多久，一场灾厄就发生了，也预示了其他祸事的来临：十二月某个深夜，一场地震瞬间摧毁了四分之一个安条克。图拉真本身遭横梁挫伤，却仍英勇地照顾受伤者，他身边有好几人当场死亡。叙利亚那批莠民，等不及地在为天灾寻找代罪羔羊。而皇帝竟推翻自己的包容原则，犯下大错，放任他们屠杀一群基督徒。我本人对那个教派也无甚好感；但是，老人遭杖笞，孩童受酷刑，那些画面令人难安，让这个多灾多难的冬天更加可憎。财源短缺，无法即刻修复震灾，成千上万的人无家可归，只能就地露宿。我视察了几趟，发现民间存在一股隐忍不满、积怨暗恨；而这一切，宫中满满的高官权贵连想都没想过。皇帝继续在颓垣残壁中为下一场仗作准备：砍下整片森林建造活动桥与浮桥，以便横渡底格里斯河。他满心欢喜地接受元老院颁下的各种新头衔，等不及结束东方战事，希望尽快凯旋回罗马。稍有延迟，他便大发雷霆，愤怒欲狂。

安条克这座宫殿为塞琉古[1]人所建，而我为了向他致敬，亲自布置（麻烦极了！），以铭文歌功颂德，竖立全副达西亚盔甲讨他欢心。眼前这个在厅殿中焦躁来回的人，与二十年前在科隆军营迎接我的那一位，判若两人。甚至连他的节操都已老朽。以往，

---

[1] 塞琉古：即塞琉古帝国（又译塞琉西帝国），中国史书称其为条支，由亚历山大大帝部将、马其顿贵族之子塞琉古一世（约385 b. c. —281 b. c. ）创立。

他那稍嫌笨拙的愉快乐观背后，藏有一分真诚的善意，如今只不过是庸俗的例行公事。他的意志坚决变成冥顽不灵，即刻行动、脚踏实地之本领变成全面拒绝思考。过去，他温柔地与皇后相敬如宾，充满关爱地纠正责备侄女玛提迪亚；现在，这些都退化成老年人的依赖——他依赖这两位女性，对她们的建议却愈来愈充耳不闻。御医克里顿担心他的肝病，他自己却不当一回事。他喜欢的事物始终缺乏艺术性，老来品位更低。身为皇帝，退朝之后，他恣意在军营里放荡吃喝，找自己看得顺眼或觉得俊美的年轻士兵作陪。然而，此举兹事体大，后果严重：他纵情狂饮，身体却不堪负荷；侍奉他的下人一批比一批粗鄙，都从被解放的奴隶中挑出，心术不正，操控宫廷，甚至参与我和他的所有对话，然后转述给我的政敌。白天，我只能在国事会议上见到皇帝，而他一心悬系作战计划的细节，我从来没机会自由发表意见。其他所有时间，他回避任何单独对谈。酒喝多了，这个粗枝大叶的男人也耍起一系列粗陋的狡猾手段。以往那种多情善感不见了，如今他执意要我配合他的享乐品位——聒噪，狂笑，年轻人之间那种乏味至极的笑话，都使他龙心大悦；而且他用这种方法暗示我：现在不是谈论正事的时候。他一直在制造机会，只等再多灌我一杯，卸除我的理智。厅里的一切都围着我旋转，四周陈列的野蛮牛头战利品仿佛指着我的鼻子当面嘲笑。一瓮喝完又一瓮，饮酒歌此起彼落地唱开，要不就是某个年轻侍从魅力十足地放肆大笑。皇帝撑在桌边，手抖得愈发厉害了，他半真半假地陶醉酒乡不出来，迷茫远走，已踏上亚细亚征途，深深陷入自己的幻想里……

不幸的是，那些幻想真的很美妙。同样的梦想，曾经令我考虑放弃一切，越过高加索山，继续往北，朝亚细亚挺进。这个痴念，总教年迈的皇帝午夜梦回；而在他之前，亚历山大大帝早已尝过这种滋味，且大致完成了这个梦想，并在三十岁那年，怀抱着它死去。而这些伟大蓝图中最危险的部分，却正是其中的智慧：凡人皆如此，滔滔不绝地搬出各种现实理由，只为一圆荒唐谬论，化不可能为可能。东方的问题已让我们操烦了几个世纪，难免叫人兴起一次彻底解决的念头。我们与印度及神秘的丝绸国度之间的贸易，完全仰赖犹太商人和曾横越帕提亚各处关卡和商路的阿拉伯探险家。一旦阿萨西斯[1]骑兵队那幅员辽阔又多变的帝国被夷为平地，我们就能与那一片富裕的世界直接接触；对罗马而言，终于统一后的亚细亚不过是另一个行省。埃及的亚历山大港[2]是我们通往印度时，唯一不受帕提亚控制的出口。然而在那里，我们同样不断遭遇犹太族群的苛求与反抗。若图拉真远征成功，我们将得以忽视那座不可靠的大城。但这许多理由从未说服我。若能订下健全的通商协议，我会更高兴；此外，我已窥见降低亚历山大港重要性之可能，就是另在红海附近建造一座希腊大城。后来，我建立了安提诺。我开始认识亚细亚这个复杂的世界。这个国度充满更多样、更根深蒂固的生活形态，此外，全世界的财富亦仰仗于此。在达西亚成功实行的那种单纯的全面灭族计划已经不合时宜。对我们而言，过了幼发拉底河后，随即展开充满危险、幻象与风沙的国度：它使人陷落，道路往往不知所终。稍有差池，结果可能撼动威信，引来各种灾祸：仅仅打胜仗还不够，重点在于长期永远的胜利；而为了实现这个目标，我们将耗尽

---

［1］阿萨西斯：古帕提亚帝国的一个王朝，后被波斯人推翻。
［2］亚历山大港：今埃及第二大城市及最大港口。

国力。这已不是第一次了：某次，一个受过些许希腊文化熏陶的蛮族国王，打赢我们一场仗。那天当晚，他下令演出欧里庇得斯[1]的《酒神女祭司》。一想起他们在舞台上把克拉苏[2]的头颅当成球似的传来传去，我就不寒而栗。图拉真一心复仇雪耻，而我一心阻止他重蹈覆辙。我的预测每每颇为准确；此事并非不可能，毕竟我们已从现状许多情况得知：赢得几场无用的胜利后就移调戍守其他边界的军队，反而造成过度深入前线。皇帝来日不多，死时将备极哀荣；而我们还有大段岁月要活，必须解决所有问题，拨乱反正。

恺撒宁可在一个小村称王也不愿在罗马屈居副手，他是对的。不是因为野心，也非志在虚名，而是因为居次要地位者只能在服从、反抗或更严重的共犯这三种风险之间作出选择。在罗马，我甚至连副手都不是。皇帝即将远征，任务艰巨多舛，但直到出发那一刻，他都尚未指定继任人选：他每向前迈出一步，所有参谋首长就多一分机会。此时，在我眼中，这个几乎天真无知的男人显得比我自己还要复杂。唯一让我安心的是他的鲁莽粗野，这表示脾气暴躁的皇帝仍把我当儿子对待。其他时候，我默默等着，一旦他不再需要我效力，我就会遭帕尔马排挤，被基厄图斯消灭。我没有实权，在安条克的犹太公议会[3]中，甚至没有任何一位有力成员愿意见我。他们跟我们一样担心犹太煽动分子强行反叛，如此一来，图拉真将识破他们犹太同胞的阴谋。我的朋友

---

[1] 欧里庇得斯（480b. c.—406b. c.）：古希腊三大悲剧作家之一。
[2] 克拉苏（约115b. c.—53b. c.）：古罗马将军、政治家，曾与恺撒、庞培结成同盟，在罗马由共和国转变为帝国的过程中扮演了重要角色。因聚敛了巨大的财富而被后人当作古罗马乃至世界历史中最富裕的人之一。
[3] 犹太公议会：或称犹太公会，古代以色列由71位犹太长老组成的立法议会和最高法庭。

拉提尼乌斯·亚历山大出身小亚细亚一支古老皇族,威望与财富皆举足轻重,而连他的建言也未受采纳。小普林尼四年前被派往比提尼亚,在当地去世,来不及把详细的民情与财务状况向皇帝报告,想必是他那无可救药的乐观个性所致。吕基亚[1]富商普拉莫阿斯熟知亚细亚事务,他的秘密报告却遭帕尔马耻笑嘲弄。那批奴才每在皇帝酩酊大醉的隔日,就借口他身体抱恙,将我赶出皇帝寝宫。其中一个传令兵名叫福迪姆,这家伙,他很诚实,但也很迟钝,摆明跟我作对,曾有两次将我拒于门外。可是,我的政敌、执政官塞尔苏斯某天晚上却与图拉真闭室密商多时。在那件事之后,我以为自己输了。我尽力寻求同谋,用天价买通以前会被我爽快送上船服苦役的奴隶,我抚摸过数个恶心的卷发脑袋。涅尔瓦的钻石已黯淡无光。

就在这个时候,我最有智慧的守护女神出现了:普洛提娜。我跟皇后结识将近二十年。我们有着相同的出身背景,年纪也相仿。我曾见她泰然面对与我现状类似的逆境,当时她的未来甚至更渺茫。在我困难的时候,她亦曾不露痕迹地低调支持。不过,在安条克这些不顺心的日子里,她的在场,一如后来她对我的器重,皆已变得不可或缺;而直到她去世,我对她的敬意始终未减。我习惯见到她的白衣身影,女性才有的朴素纯净;还有她的沉默,谈话得体,只答不问,且永远简洁明确。在这座比罗马荣光古老得多的宫殿里,她的举止没有一丝不协调:这位新贵之女完全配得上塞琉古帝国。无论什么事,我们两人几乎永远意见一致。我们都热衷于美化心灵,然后抛弃,喜欢用试金石考验我们的心智。

---

[1] 吕基亚:位于今土耳其安塔利亚省境内,曾是罗马帝国的一个亚洲行省。

84

普洛提娜

卡比托利欧博物馆，意大利罗马

她偏爱伊壁鸠鲁[1]派的哲学；那派学说立论的基础虽然狭窄，但干净，我偶尔会将自己的想法铺陈其上。各方神明之奥秘令我费解，她却毫不挂怀；对于肉体，她也不如我那般疯狂迷恋。她厌恶轻浮，因而贞洁；决心表现大器，并非天生宽容；她懂得适度保持戒心，但随时愿意交朋友，甚至接受朋友犯下难以避免的过错。她决意为友情付出所有，全心投入，而我只有对爱情能做到这样的地步。她比任何人都了解我，我让她看见我对他人细心藏起的一面。比方说，我私下的懦弱胆怯。我愿相信，她对我亦毫无隐瞒。我们之间从未存在亲密的肉体关系，有的只是两颗紧紧交缠的心灵。

我们的交情不需誓言凿凿、解释或拘谨保留：事实足以证明一切。她观察得比我仔细。迫于时下的打扮风格，她编发成辫；而那头发辫盘结之下，光滑的前额呈现法官的威严。她能记住芝麻小事，巨细靡遗；从不像我那样，犹豫不决或仓促定论。她一眼就能从最隐秘的角落揪出我的对手，冷酷且充满智慧地评析我的盟友。事实上，我们是同谋，但再怎么训练有素的探子，也难以辨识我俩之间的协议暗号。在我面前，她从未粗枝大叶地抱怨皇帝，亦不曾不经意地数落或赞美。至于我，我对皇帝的一片忠心未曾遭受质疑。阿蒂亚努斯刚从罗马赶来，加入我们的晤面，有时通宵长谈，整夜不眠。但这位娇弱女子坚毅沉着，似乎毫不倦累。她成功地让我的前养父获任私人顾问之职，借此淘汰我的宿敌塞尔苏斯。图拉真或因多疑，或因找不到其他人选来代替我在后方进行支持的角色，便将我留在安条克。我仰赖他们两位，探

---

[1] 伊壁鸠鲁（341 b.c.—270 b.c.）：古希腊哲学家、伊壁鸠鲁学派的创始人，希腊后期有名的唯物主义者和无神论者。

听所有官方公报上没有发布的消息。万一局势恶化不可收拾，他们还有办法集结一部分军队为我效忠。一位是患有痛风的老人，专程前来助我，一位是皇室女子，却有着士兵般的耐性韧性；我的对头们就连在餐桌上也得对付这样的两个人。

我目送他们远离：皇帝骑在马背上，稳健，平静，令人赞叹；女眷们由轿子抬着，缓缓向前；可畏对手吕基乌斯·奎埃图斯的努米底亚尖兵队夹杂在禁卫军队伍中。军队在幼发拉底河畔度过冬天，只待统帅抵达便踏上征途。帕提亚战争就此正式展开。初期捷报成果甘美。巴比伦被征服，军队跨过底格里斯河，泰西封[1]已被攻下。一如既往，所有的一切，都向这位用兵如神的男子投降。阿拉伯的查拉塞尼国王宣布归顺，并为罗马小型船队敞开整段底格里斯河航道。皇帝在波斯湾内的卡拉克斯港下船。他踏上了魂牵梦萦的海岸。我的担忧未减，只是将忧虑如罪恶一般隐藏起来；太早证实自己的判断正确是一项错误。更甚的是，我也开始怀疑自己，我的疑虑恐怕是一种罪过，阻碍我们去承认一位熟知底细的人有多么伟大。我忘了有些人能挪移命运之疆界，改写历史。我亵渎了皇帝天神。留守后方，我忧心如焚。倘若，如此巧合，不可能的事发生了，我会不会被排除在外？此时要拿出智慧比任何事都困难，我多么渴望重披萨尔马特之役的战袍，运用普洛提娜的影响力，让自己再获征召上战场。我嫉妒任何能在亚细亚征途上扬尘，能与波斯盔甲军团肉搏的士兵。这一次，元老院表决通过，皇帝有权举办凯旋式[2]，并且不只一场，而

---

[1] 泰西封：位于美索不达米亚地区的古城，曾为帕提亚帝国首都。位于今伊拉克境内底格里斯河东岸。
[2] 凯旋式：古罗马授予取得重大军事成果的军事将领的庆祝仪式和特殊荣誉。

是终其一生皆可连续举办。我也尽了我该尽的义务：我安排了庆典，准备上卡西乌斯山顶祭祀。

　　突然间，这片东方大地上闷烧已久的星火一并爆发，处处燎原。犹太商人拒绝向塞琉古帝国上交赋税；昔兰尼[1]立即随之叛乱，东方族群屠杀希腊族群。从埃及运送麦粮到我军的道路被一群耶路撒冷的狂热派[2]阻绝。在塞浦路斯，犹太暴民俘虏希腊和罗马居民，强迫他们当格斗士自相残杀。我总算维持住叙利亚的秩序，但发现蹲坐在犹太会堂前的乞丐眼中燃着怒火，牵驼人肥厚的嘴唇上挂着沉默冷笑，一股不该发泄在我们头上的怨恨直逼而来。犹太人和阿拉伯人起初有共同目标，反对任何威胁到他们的贸易、使心血毁于一旦的战争；但以色列趁机搅局，对抗容不下其宗教狂热和特殊习俗及永不妥协的上帝、进而排挤他们的世界。皇帝匆忙赶回巴比伦，委任奎埃图斯镇压暴动城市：昔兰尼、埃德萨、塞琉西亚。东方各希腊大城笼罩在火海之中，商队驿站或犹太区被火烧，惩罚他们在此密谋策划叛变。后来，我去视察过这些有待重建的城邦，走在废墟断柱之下，穿过一排排破碎残缺的雕像。奥斯洛莱斯国王事先收买了那群叛徒，立刻发动攻击。阿布加尔则率兵起义，回到化为灰烬的埃德萨。连亚美尼亚原是图拉真所倚重的盟友，此时也借调兵力给叛军。皇帝忽然深陷辽阔无比的战场，腹背受敌。

　　冬日，他在哈特拉[3]打了败仗。那座堡垒位于沙漠中央，几乎不可攻克，却牺牲我军几千条性命。他的顽强愈来愈趋近于匹

---

[1] 昔兰尼：位于今利比亚境内，也是该地区最古老、最重要的古希腊城市。
[2] 狂热派：古代犹太教的一个派别，又名奋锐党，由社会底层的普通平民、穷人及小商贩组成。此处系指当时反抗罗马入侵者的犹太人。
[3] 哈特拉：位于今伊拉克的古城，曾是帕提亚帝国军事重镇。

夫之勇：如风中残烛之人，仍拒绝放手。透过普洛提娜，我知道，尽管曾经发作过一次短暂瘫痪，但图拉真坚持不肯指定继承人。倘若这位一心仿效亚历山大的皇帝也在亚细亚某个不洁的角落因高烧或纵欲而死，外患将因内忧变得更加棘手；拥护我的成员，与塞尔苏斯派和帕尔马派之间将爆发一场殊死决战。突然间，风声音讯几乎全面中止：皇帝与我之间那一丝微弱的沟通渠道已被努米底亚匪徒把持。就在那个时期，我首次请医生在我胸前以红墨水标出心脏的位置：为万一作最坏的打算，绝不活着落入吕基乌斯·奎埃图斯手中。我的职务本已繁重，如今又加上维系各岛屿及边境行省和平此一难事。然而，白天里工作得精疲力尽，与漫漫长夜失眠相比算不上什么。关于帝国的所有难题一并涌上，折磨我，而其中又以我自身的问题最为沉重。我想掌权。我想拥有权力，以便强制推行我的蓝图，试验我的解决方案，恢复和平关系。我亟欲握有大权，主要是为了在死去之前做自己。

当时，我年近四十。要是我在此时倒下，那么，我将不过是一串高官姓名中的一个，顶多是一行希腊文铭刻，纪念我曾跻身雅典执政官之列。从那时起，每当我看见有人在盛年陨落，众人皆以为能确实论其功过，就提醒自己：在这个岁数，只有在自己与几位朋友的眼中，我才算数，而他们有时势必也会怀疑我的能力，正如同我怀疑他们一般。我领悟了：仅有少数人能在死去前实现自我，于是我用比较慈悲的态度去评价他们未完成的功业。我老是纠结于人生失意的可能性，思绪困在某个点上动弹不得，如一个囊肿就此扎根。我垂涎权势之程度好比对爱情的渴望：只要某些仪式尚未完成，恋人就吃不下，睡不着，无法思考，甚至无法去爱。当我无权以主宰的身份作出影响未来的决定时，再如何急迫的任务似乎皆是白费力气;我需要确保登上大位,才能重拾利益众生之愿。安条克这座宫殿对我来说宛如监狱,甚或是一座死囚之狱;虽然后来我在此度过了几年迷乱的幸福生活。我暗中四处求神问卦:朱庇特·阿蒙[1],卡斯塔利亚[2],宙斯·多利克努斯[3]。我请来东方贤士,甚至从安条克大牢中找来一个要被钉上十字架的罪犯,让一名巫师当着我的面切开他的喉咙,只求他的灵魂在生死之间漂浮之际,替我揭示未来。算这个卑贱的家伙走运逃过一劫,不用遭受更缓慢的死亡,但问题仍然无解。夜里,我沿着这座宫殿的大小厅堂,漫无目的地游荡,走过一格格窗洞、一座座阳台,墙面上满布地震留下的裂痕,天文学家处处在石板上书写计算,询问天上闪动的星子。然而,未来的兆象,需在大地上找寻。

皇帝终于从哈特拉拔营,决定再次横渡幼发拉底河;早知道的话,他永远不该作这项尝试。天气已酷热难耐,帕提亚的弓箭手又使这趟艰辛的归途火上浇油。五月一个灼热的傍晚,我出城前往欧朗提斯河畔,迎接那一小队饱受高烧之苦、心力交瘁的人马:染疾的皇帝,阿蒂亚努斯及女眷们。图拉真坚持一路骑马直至宫殿门前,摇摇欲坠。死亡阴影笼罩之下,这个生命力旺盛的男人变得比任何人都多疑。克里顿与玛提迪亚扶他爬上阶梯,搀他躺下,随侍在侧。阿蒂亚努斯和普洛提娜将短信中不及详述的战况讲给我听。其中一段令我深深感动,从此在我的个人记忆与象征中占据了绝无仅有的地位。皇帝疲惫至极,一抵达卡拉克斯

---

[1] 朱庇特·阿蒙:罗马神话中的众神之王,相对应于希腊神话的宙斯。
[2] 卡斯塔利亚:被阿波罗热烈追求的德尔斐女子,最后跳入泉水中。该泉因此以她命名。
[3] 宙斯·多利克努斯:罗马帝国时代一种秘密祭礼所崇拜的神。

后就走到海滩,面对波斯湾的暗潮汹涌,席地而坐。那时,他对胜利仍有把握,但是生平第一次,他深受世界之大胁迫,并生出时不我与、处处受限之感。豆大的泪珠沿着老人布满皱纹的脸颊滚落,而人们原以为他无血无泪。首领统帅已将罗马鹰旗带至未曾探索之岸,却彻悟自己永远无法航行于那片魂牵梦萦的海洋:印度、巴克特里亚[1],让他在千里之外醉心不已的幽黯东方,对他而言,仍然徒具空名,止于梦想。不利的消息频传,迫使他在翌日即刻离开。于是,每当命运向我说不时,我便忆起某个晚上,遥远的海岸边,那个流泪的老人;或许,那是他第一次正视自己的人生。

隔天早上,我前往皇帝寝殿。对他,我怀抱着子女之敬意,手足之情谊。这个男人德高望重,一生为麾下每个士兵设身处地,与他们共享一切,却孤寂落寞而终:他缠绵病榻,仍滔滔不绝研拟各项伟大的作战蓝图,然而已引不起任何人的兴趣。一如往常,他的言语简短唐突,使想法失色不少;他极为艰难地吐字,跟我谈论罗马为他筹备的凯旋式。他否认失败,就像也否认死亡一样。两天后,他再度发病。我再度焦虑地找阿蒂亚努斯和普洛提娜秘密会商。多亏皇后的远见,我忠心的养父老友一路晋升,官拜权高位重的禁卫军总长,于是皇家禁卫队将听从我们指挥。玛提迪亚守在重病皇帝的寝殿,寸步不离,幸好她对我们忠心耿耿。此外,这位单纯温良的女子对普洛提娜百依百顺。然而,我们谁也不敢提醒皇帝继承者的问题仍是悬案。或许,他和亚历山大大帝一样,早已决定不亲自指派继承人;或许他对奎埃图斯的党派已作出一些只有他自己知道的承诺。更单纯的说法是,他拒绝面

---

[1]巴克特里亚:中亚古地名,古希腊人在此地建立巴克特里亚王国,应为中国史籍中的大夏。

对人生的终点：在许多家族里，经常看到顽固的老人去世之前不立遗嘱。对他们而言，这倒不是为了紧守珍贵宝物或自己的帝国直至最后一刻，尽管麻木无感的手指已不听话地松脱大半；而是不想太早进入死后的状态，不想默认自己不需要再作任何决定，不能再引发丝毫惊异，对活着的人们不再具有威胁亦无法再许出承诺。我同情他：大多数曾施行绝对权力者，在临终时，都拼命寻找孺子可教的继承人，以确保做事方法相同，甚至犯错也相同。然而我们两人的差别实在太大，从我身上难以看出那温驯继承人的影子。然而，在他周围的人群中，却连一个能领导国家的人也没有。他唯一能选的是我，才不至于背离人民忠仆与伟大国君之义务。这位凡事评价公职表现的元首可说被迫接受我。而且，他也有非常好的理由可以恨我。渐渐地，他的健康有了点起色，多了些元气，能离开房间。他常说要展开一场新战役，但其实自己并不相信能成真。他的医生克里顿担心他耐不住酷热，终于说服他决定返回罗马。回意大利的旅途走水路，出发前一晚，他召我上船，命我代替他担任军团统帅。他已承诺到这样的地步。然而，最重要的一步仍没做。

命令如此，我却反其道而行，但一切在暗中进行。我立即开始与奥斯洛莱斯磋商和平事宜。我抱着极可能不再需要对皇帝报告的心态，孤注一掷。不出十天，一名信差抵达，将我从半夜中惊醒。我立即认出：那是一名普洛提娜的心腹。他带来两封信。第一封是官方文件，通知我图拉真受不了海洋波荡，已在塞利努斯[1]下船，他病情严重，下榻于一名商人的屋宅。第二封信

---

[1] 塞利努斯：即今意大利西西里地区的塞利农特。

则是密件，对我宣告他的死讯。普洛提娜向我保证尽量隐瞒这个消息，让我享有特权，成为第一个知道的人。我做好万全措施，确保叙利亚驻防军队无虞后，便立即动身前往塞利努斯。才刚上路不久，我就接获另一封书信，正式宣布皇帝驾崩。他的遗嘱刚由可靠的信使送回罗马，内容指定我为继承人。十年来热切梦想、计划、讨论或闭口不谈的一切，凝缩成一则两行字的信息：那细致的女性字迹，是一只坚定的手以希腊文写成。阿蒂亚努斯在塞利努斯的码头迎接我，他是第一个以皇帝头衔尊称我的人。

而就在此处，从病患下船到去世那一刻间，发生了一连串事件，我始终无法窥得其真貌，尽管这是我命运从此奠基之处。阿蒂亚努斯和女眷们在那名商人屋里度过的那几天，永远地决定了我的人生；但是关于他们那几天发生的事，一如后来，关于尼罗河畔的那个午后，正因为我执意全部获悉，结果，落得一无所知。在罗马，总会有那么一个爱道人长短的好事者，对我人生的这几段章节发表意见，其实我是整个事件中知道最少的人。我的政敌们指控普洛提娜趁皇帝临终时意识不清，要那垂死之人写下寥寥几个字将皇权转让给我。毁谤中最不堪者甚至绘声绘影描述床幔，朦胧的灯火，克里顿医师模仿死者的声音，念出图拉真的临终遗愿。有人拿福迪姆大做文章：那个痛恨我的传令兵，没被我的朋党买通封口，在主人去世的隔天，极为凑巧地死于一场诡异的高烧。这些凶残粗暴、诡计多端的画面，总是能刺激想象，甚至我自己也是。我并不讨厌一小群正直人士竟能为了我而犯罪，甚或皇后因对我一片忠心而一步步陷得那么深。她清楚时局，知道若不作明确的决定，国家将出现什么样的危险。我有足够的荣幸去相信，在智慧、常识、大众利益及友谊的推波助澜之下，她或许接受要设下一个必需的骗局。我一开始就取得了那份政敌们交相严厉质疑的文件：我本人无法针对一个病人遗言的真假作出宣判。当然，我宁愿假设图拉真在死去前放下了个人成见，诚心诚意将皇位传给他认为最称职的人。不过，我还是必须承认，在这件事上，对我来说，结果比手段重要：重点在于掌权者接下来能证明他当之无愧。

　　我抵达后没多久，尸体便在岸边火化，盛大的凯旋葬礼日后将在罗马举行。而这场黎明时分的极简仪式，几乎没有人参加，亦只不过是女眷们为图拉真的人身尽最后一份缓长的居家照护。玛提迪亚痛哭流涕，热泪不止；柴火周围气流颤动，模糊了视觉，看不清普洛提娜的表情。她平静、漠然，因发烧而显得些许削瘦；一如往常，冷冷地难以捉摸。阿蒂亚努斯和克里顿仔细注意着尸体是否燃烧得宜。清晨泛白无影的空中，一阵轻烟消散。这几位朋友，谁也没再提起皇帝死前几天里发生了什么事。他们口径一致，很显然地，就是三缄其口；而我所要遵循的则是别问危险的问题。

　　当天，寡后一行人立即启程航向罗马。我回安条克，沿途接受各军团的欢呼喝彩。一种异常的冷静占据了我整个人：野心与恐惧仿佛一场过去的噩梦。我早就下定决心，无论发生什么，永远要尽全力捍卫我登基为皇的机会；不过，取得养子身份之后，一切变得简单。我挂念的不再是自己的人生，而是能重新为人人着想。

巩
固
江
山

TELLUS STABILITA

我的人生已步上轨道，但帝国尚未平稳顺利。我所继承的世界仿佛一名正值盛年的男子，身子还很健壮，尽管从医生的眼光看来，已出现些许不易察觉的损耗。不过这个男人刚经历一场大病，受尽痉挛折磨。从此后，正大光明地，协商重新展开；我四处散播消息，号称是图拉真去世之前亲自下嘱。我将危险的出征计划一笔勾销：不仅针对我们无法维系掌握的美索不达米亚地区，还有过于偏远的亚美尼亚，只视之为附庸国。这期间遭遇了两三项困难；倘若主要关系国觉得拉长时间有利可图，和平会议之举行本可能延宕好几年；结果，靠着受各波斯总督府信任的殷商普拉莫阿斯从中交际斡旋，难题全部消弭。我试着把用于战场的激昂热情放进外交会谈；我强迫和平发生。此外，会谈伙伴对和平的渴望不次于我：帕提亚人一心梦想重启他们的商道，在印度与我国之间居中贸易。重大危机后不到几个月，我欣喜地看见骆驼商队重现欧朗提斯河岸；商贩们再度聚集各地绿洲，就着傍晚炉火的火光谈论时事，每天早晨则装载货品，同时带上我国的一部分思想、文字和风俗习惯，运往陌生的国度。这一切将一点一滴占领地球，比迈步向前的军团更可靠。黄金之流通，想法之传播，好比血管中微妙的维生气体，在辽阔的世界内部重生循环；大地的脉搏再度跳动。

　　动乱的热潮亦随之冷却。在埃及，暴动曾经激烈得来不及等支援部队赶到，需要紧急训练当地农民组成自卫队。我立即指派与我志同道合的马西乌斯·杜尔波前去重建秩序，他亦施展了极具智慧的魄力。然而，对我而言，整顿好市街秩序仅达成一半目标；可能的话，我希望能整修人心。或者这么说更妥当：希望秩序能前所未有地主宰一切。我在培琉喜阿姆[1]待了一星期，光忙着在希腊与犹太这两支永远不能彼此兼容的种族之间调停。原本想一睹为快却什么也没看到：尼罗河畔，亚历山大博物馆，或神庙中的雕像皆然。我好不容易找到空档，在克诺珀斯[2]放荡享乐，度过一个愉快的夜晚。六个漫漫长日都在闷热的法庭度过；为了隔绝户外的热气，墙上挂了一幅幅长帘，迎风碰撞，咔咔作响。夜里，体积硕大的蚊子绕着灯火嗡嗡打转。我试着让希腊人明白他们并非永远最有智慧；让犹太人知道他们一点也不是最纯正的人种。低俗的希腊人为了扰敌哼唱的讽刺歌谣，其实和犹太人的诅咒经文同样愚蠢。几个世纪以来，这两个种族对门而居，却从来没有意愿去互相了解，也没有雅量接受彼此。缠讼至深夜才筋疲力尽离去的诉讼人，隔天一大早又来到我庭上，只见我还在忙着整理一大叠垃圾伪证：号称被刀刃刺死的尸体，为取信于我而抬上前来，其实却经常是从熏尸人那里偷来的死去病患。然而暂时平息下来的每一个小时都是一场胜仗，并像所有胜仗一般不牢靠。每一场判定的官司都在开一个先例，替未来作担保。我不太在乎取得的协议流于表面化，被外力强行介入，甚或极可能昙花一现。我很清楚：好坏荣枯皆世事常态，一时可以千秋，滴水可以穿石，而面具戴久了，也就变成了脸。既然仇恨、愚

---

[1] 培琉喜阿姆：埃及古城，位于尼罗河三角洲最东部。
[2] 克诺珀斯：埃及古城，位于亚历山大港东北部。曾是埃及与希腊贸易的主要港口，后被亚历山大港取代。

蠢、疯癫的作用能长期持续,我看不出睿智、公正与善心为何不能。若我不能说服那些卖旧货的犹太人与卖腌猪肉的希腊人互为佳邻,和平相处,边界上的秩序亦皆是空谈。

和平是我的目标,但绝非我崇拜之事;"理想"这个字眼我亦不喜欢,因为离现实太远。我曾幻想彻底实行拒绝侵占征服的理念,放弃达西亚;而要是先前我能冷静地直接中断前任皇帝的政策,应该真的会这么做。不过,较好的做法,还是尽可能聪慧地运用这些前朝留下的成果,而且是已写进历史的成果。在这个新收编的外省担当第一任总督的是令人赞佩的尤利乌斯·巴苏斯,他不幸过劳而死。想当年,在萨尔马特边境,我也必须不眠不休地安抚一个本以为已经归顺的国家,同样差一点崩溃,死于这项不计功劳没有荣耀的工作。我为他在罗马举行了凯旋葬礼——通常只有皇帝有此殊荣。向一位默默牺牲的好公仆致上最高敬意,是我对侵略政策间接发动的最终抗议。既然我已成为主宰,能直接中止计划,就没有必要高调披露政策的缺失。另一方面,由于吕基乌斯·奎埃图斯的奸细作祟,酝酿祸端,导致毛里塔尼亚的局势必须进行一场军事镇压;不过倒不需要我即刻上阵。同样地,在不列颠[1],为因应亚细亚战争,我国军队退守;边界驻防兵力不足,惨遭喀里多尼亚人乘虚而入,大肆屠杀。尤利乌斯·塞维鲁斯火速补救处理,并等我安排好罗马的事务,以便展开这趟路程遥远的旅行。但是,当时我一心想亲自了结悬而未决的萨尔马特战争,往该地集结足够的军队,以消弭蛮族强夺豪取的恶行。因为,无论在萨尔马特或其他任何地方,我拒绝屈就一成不变的

---

[1] 不列颠:指古罗马不列颠尼亚行省。

做法。在单用协商不足以解决的状况下，我认可战争是一种达成和平的手段；就好比医生在试过各种较简单的办法后，不得已仍决定使用烧灼器。人类的事务如此复杂，以至于，在我的和平统治下，依然有战争；正如一位伟大的统帅，喜也好，恶也罢，一生中总得经历几次和平插曲。

前往北方了断解决萨尔马特的冲突之前，我与奎埃图斯见了一面。对这名昔兰尼屠城刽子手，我仍不可掉以轻心。我的第一步是解散他的努米底亚尖兵队；但他仍保有元老院的席位、常备军团中的职务及那一大片西方沙漠，随他的心意，要拿来当跳板或避难所都可以。他邀我去密细亚[1]狩猎，到了森林深处，精心假造了一场意外；若我运气稍背或身手不够敏捷，必然命丧他手。但是，最好假装丝毫未有起疑之心，耐心，等候。不久之后，在下默西亚，我的前养父以密码写成一封书信，告诉我奎埃图斯匆忙赶回罗马，刚和帕尔马勾结洽谈。在那个时期，萨尔马特君王已归顺降服，我可以考虑即刻动身赶回意大利。我们的政敌正在巩固势力，筹组军队。只要这两个人一天与我们作对，我们的安全就有顾虑。我写信给阿蒂亚努斯，请他尽快因应。老人家出手狠准，如雷电霹雳。他僭越我的指令，一口气替我拔除了所有公开与我为敌的余孽。同一天，间隔不到几个小时，塞尔苏斯在贝亚[2]被处决，帕尔马在他位于泰拉奇纳的别庄受刑，尼格里努斯则死于他在法旺提亚的行乐宫门前。奎埃图斯在路途中遇害：当时他与同谋密商完毕，刚一脚踏上准备载他回城的马车。恐怖

---

[1] 密细亚：古代小亚细亚西北部地区。
[2] 贝亚：意大利海滨古城，曾是古罗马温泉胜地，后因海水上涨沉入水底。哈德良去世之处。

浪潮席卷罗马。塞维亚努斯，我那老古董般的姊夫，表面上对我的鸿运当头无话可说，却贪婪地期待我未来踏错的每一步。想必他感到了一股喜悦涌上心头，或许是一辈子最称心如意的快感。所有加诸我身上的流言蜚语听起来皆颇为可信。

得知这些消息时，我正在驶回意大利的船舰上，大为惊愕。心头大患已除，总算松了一口气，的确舒服；但是养父对自己行为的无穷后患，流露出一种老人的无所谓心态：他忘了我必须背负这些谋杀的后果再生活二十几年。我想到屋大维，他下令的几次驱逐事件成为奥古斯都回忆录上的污点。我亦想到尼禄最初轻犯几个罪过，后来引发一连串罪行。我记起图密善的晚年，那个平庸的男人其实并不比其他人糟，但饱受恐惧摧残折磨，逐渐不成人形，死在宫中的模样宛如一只林中被围猎的兽。我的公开生活已经脱离我的掌握：历史的第一行，深深地刻下我再也无法磨灭的字句。元老院那个庞大组织软弱怕事，然而一旦受到逼迫，就会变得强势有力；他们永远不会忘记有四名成员在我的命令下被草率处死。结果，三名谋反分子和一个凶残的莽夫竟成了殉难牺牲者。我立即召唤阿蒂亚努斯前来布林迪西[1]港与我会合，为他的举动作出解释。

他在港口旁一间客栈等我，那个房间面朝东方，诗人维吉尔卒逝于此[2]。阿蒂亚努斯痛风发作，步履蹒跚，前来门口迎接。只待众人退去，剩下我们两人单独相处，我立即大发雷霆，严加斥责：我一心想经营一个温和守分的模范朝代，如今却从四起处决

---

[1] 布林迪西：意大利南部港口城市，濒临亚得里亚海。
[2] 公元前 19 年，维吉尔游希腊途中，在雅典遇到奥古斯都，随他返回意大利，中途病死于布林迪西港，葬于那不勒斯。

案展开，而其中只有一件无可避免；这样的做法太危险，没有先营造出合法性，过于轻忽大意。而无论我接下来宽大为怀、阴险多疑还是公正不阿，这次的滥用职权都将成为众矢之的；人们将借此证明我所谓的美德只不过是一连串假面具，然后替我打造一则庸俗的暴君传说，直到历史完结那天都摆脱不掉。我坦承恐惧，觉得自己摆脱不了残暴，也摆脱不掉其他人性之过；我同意罪过只会一错再错的老生常谈，而一旦染过鲜血，终生被视为禽兽。在我眼中曾经那样忠心不二的老友堪称胆大放肆，自以为抓住了我的弱点；打着为我效忠的名义，他趁此机会解决了与尼格里努斯及帕尔马的私人恩怨。他破坏了我的和平大业，替我迎来一趟最糟糕的罗马归程。

老人请求赐座，将缠了绷带的腿搁在一张圆凳上。我一面高谈阔论，一面为这只瘸腿盖上毯子。他由着我，面带笑容，仿佛文法教师聆听学生流利背诵一段艰难的课文。等我说完，他沉着地问我原本打算如何对付那些政敌。假如真的需要，他也能提出这四个男人密谋刺杀我的证据；毕竟杀了我对他们都有好处。所有改朝换代必然招致肃清行动；他自愿扛下，保住我的清白。倘若舆论非要有人牺牲，再简单不过：只需革除他禁卫军总长的职务即可。他已预想到这步棋，建议我就这么做。如果为了与元老院达成妥协还需要表现更多诚意，他甚至愿意被贬谪或流放。

阿蒂亚努斯担任我的监护人，是我哄骗金钱的对象；时局艰困时，他是我的顾问、忠心的官员。然而，第一次，我仔细地端详这张双颊下垂、精心梳理干净的脸；他的双手已扭曲变形，静静地交叉叠在一根乌木手杖的圆柄上。对于他飞黄腾达的一生，我知道不少细节：他的妻子身体孱弱，需要照顾，是他的挚爱；女儿皆已出嫁，他对孙子们抱着有节制却又顽强的雄心，正如他对自己一样；他喜欢精致美食，明显爱好希腊玉石浮雕与年轻女舞者。而他把我置于这一切之上，三十年来，他最挂心的事就是保护我，为我效忠。与其说我喜欢自己，不如说是喜欢自己的想法、计划，或顶多憧憬自己未来的形象；因此，人与人之间这样平凡的诚心诚意，对我而言显得不可思议，深不可测。没有人值得如此对待，我至今仍百思不解。我听从他的建议，将他革职。他那浅浅的微笑明白告诉我：他早就等着自己的说法被兑现。他很清楚，时机不对，尽管对老友有再多关心，也不会阻止我采用最有利的对策；这位心思细腻的政治人物正希望我如此。毋须过分夸张他失势多久：在他黯然淡出几个月后，我成功让他跻身元老院。对这位骑士阶级出身的男人，这是我所能给予的最高荣誉。他的晚年宽裕，享受罗马骑士的财富；由于熟知各家族人脉，精通时事政务，他拥有充沛的影响力。我经常受邀去他位于阿尔巴山上的庄园做客。这一切又如何？在回罗马之前，我曾如亚历山大大帝在出战前夕那样，向恐惧献上祭礼：被我牺牲的人之中，连阿蒂亚努斯也算在内。

阿蒂亚努斯所料不错：若缺少些许畏惧合成，尊敬这块纯金的质地将过分柔软。四名执政官的血案和伪造遗嘱的事情一样：性情正直的，心地善良的，皆不愿相信我涉入其中；犬儒派假想更糟的情节，却也因而更加敬佩我。人们发现我并不记恨追究，罗马随即恢复平静。人人得以安心，喜悦之余，很快地就忘了死去的那几人。我的敦厚赢得惊喜赞叹，因为人们认定那是我每天早上刻意且自愿的选择，宁可展现温和而不轻易暴力相向。人们赞扬我单纯，因为他们以为其中必有算计。图拉真拥有大多数平凡美德；我的德行则较出人意表，稍加想象，可能被视为一种精心美化的邪念。我仍是以前的我，但是昔日受轻视的部分如今变得甘美：我处处讲究礼节，这种态度曾被粗野的人们当成软弱，甚或懦弱；现在看起来则像一把内藏势力的光滑刀鞘。面对哀求乞讨者，我耐心十足；我常到军医院探视病患；对返乡回家的老兵，我亲切和蔼；这一切皆被吹捧上天，但其实与我一生对待家仆和佃农的方式并无差别。我们每个人所拥有的美德比想象的多，但只有在功成名就之后，这些美德才会被凸显；或许这是因为人们预期，成功之后，我们就不会继续遵守这些德行。人们要等到惊讶地发现统领世界之主宰者并非一味愚蠢地无血无泪，才肯承认自己最丑陋的缺点。

　　我拒绝了所有头衔。执政后第一个月，在我不知情的状况下，元老院用了一长串荣耀美称来为我锦上添花，好比一条流苏披巾,紧紧圈围在某些皇帝的脖子上。达西亚的,帕提亚的,日耳曼的:图拉真生前喜欢那些战曲的壮丽喧腾,也爱帕提亚王朝的锣鼓钹铙。这些音色在他身上引发回响,给他共鸣,对我却只造成刺激侵扰,让我昏闷耳鸣。我下令取消这一切,并暂时婉拒了"祖国之父"这样崇高的名衔。这个称号,当初奥古斯都直到执政晚期才愿接受,而我自认尚不够资格。凯旋式亦是同样的道理:我唯一的功劳即在结束战争,同意为战争庆贺,岂不可笑?将我的推辞视为谦虚之举的人与责备我骄傲自矜的人都错了。我的盘算并不着重于造成他人良好观感,而在于给自身带来好处。我希望我的威望纯属个人,紧紧依附于我,能立即评量出我的思绪多么敏捷,威力多大,完成了多少项目。头衔,要来的话,日后总会来;其他名号,见证较不为人知的胜利,我还担当不起。目前,我还有许多事要努力,才能成为,或尽可能名副其实,当之无愧地,作为哈德良。

　　人们指控我不爱罗马。然而,在国家与我互相试探的这两年,这座城显得很美:窄巷小径,热闹拥挤的广场,暗肉色的红砖。从东方和希腊归来,再见罗马,城市却染上一种陌生的面貌,堪令一个土生土长的罗马人认不出来。我重新适应此处潮湿又漫天煤灰的冬季;习惯它阿非利加般的夏天,仅能仰赖提布的瀑布及阿尔巴的湖水来添点凉爽。还有罗马人民,几乎粗鄙如乡下人,眼界只及于罗马七丘[1];但他们凭着野心勃勃,利益的诱惑,以及征战及奴役制度的偶然成果,逐渐与世界所有种族汇聚一堂:刺青的黑人,毛茸茸的日耳曼族,纤瘦的希腊人及壮硕的东

---

[1] 罗马七丘:位于罗马台伯河东侧的七座山丘。罗马城最初建在此七丘之上,故有七丘之城的称谓。

104

方人。我抛开事事讲究的束缚，在平民使用时段前往大众浴场，并学着忍受竞技表演——在此之前，在我眼中那些只是野蛮且挥霍浪费的比赛。我的想法并未改变，我讨厌这种野兽完全没有赢面的屠杀。然而渐渐地，我察觉这些活动具有典仪价值，对未经教化的群众产生了悲剧般的净化效果。我希望节庆盛大豪华，媲美图拉真时期，但要更具艺术性与礼仪。我强迫自己欣赏格斗士精准的剑术，前提是没有人被强迫选择从事这一行。我学着从竞赛场高高的看台上透过传令官与群众交涉，一定恭恭敬敬请他们安静，如此他们也会对我有百倍敬意；此外什么也不要答应他们，除非他们有权合理期待；一定要说明原因，否则也不能轻易拒绝他们。我不像你，我没把书本带进皇家包厢：无视于他人的喜悦，对他们是一种侮辱。若表演令我恶心，练习努力忍耐，对我来说，这比阅读爱比克泰德[1]更有价值。

　　道德是一种私人操守，分寸是公众事务。所有炫耀的行为总让我觉得庸俗至极。我禁止混浴，那是争吵打斗不断的原因；贪食的维泰利乌斯所铸造的巨大银盘，我也下令熔化归还国库。前朝几位冠名恺撒[2]的皇帝都得了个图谋继承正统的可厌名声，我给自己订下规矩，无论为国家或我个人，都不同意任何遗赠，以免直接继承人认为取得理所当然。我试图减少皇家宅院中过多的奴隶人数，尤其要节制他们的厚颜狗胆——竟敢与上层阶级的人平起平坐，甚至偶尔还加以恫吓。一天，一名家仆对元老出言不逊，我立即命人掌嘴。我对紊乱无序恨之入骨，甚至不惜在竞

---

[1] 爱比克泰德(55—135)：古罗马斯多葛派哲学家，宣扬厌弃现世生活的宿命论，其伦理学格言是"忍受"和"节制"。

[2] 恺撒：在从罗马共和政体转型为帝国的过程中，身为独裁官的恺撒死后，几位掌握实权的领导人都宣称自己继承了恺撒家族的名号与其合法的统治地位。

技场鞭打那些沉迷赌博的浪荡子。为了避免混淆体统，我坚持在城里公开场所穿托加长袍，以及有紫红缎带的元老服。与所有荣耀的事情一样，这些服饰并不方便，我只在罗马强迫自己这么做。接见友人时，我一定起身；演讲时则全程站立；不赞同坐卧姿所流露的随便态度。我下令减少城里多得荒唐的车辆，它们占满街道，原想奢享便捷，却反深受其害：因为比起沿着神圣大道[1]接踵排列的百部车辆，行人徒步的速度反而超前。出门拜访时，我习惯乘轿，直接被抬入受访者的私宅，省去主人走出户外，在罗马的烈日下或狂暴的风中等候我到来。

我与亲族团聚。对姊姊波利娜，我始终保有几许亲情；塞维亚努斯似乎不像以前那般讨厌可憎。我的岳母玛提迪亚从东方回来，已现绝症的初期病征，我费心举办些简朴的小宴会，排遣她的病痛之苦，没有恶意地用一小杯酒灌醉这位纯真如少女的妇人。我的妻子又以心情不佳为由，隐避到乡间。她虽不在场，家族亲友间的欢乐却丝毫不减。在所有人当中，我最无法取悦的就是她，但我没尽多少努力也是真的。我常去前皇后的小宅院。守寡之后，她一心一意，细细品味沉思与阅读的真趣。接待我的，每每是普洛提娜全然的沉默。她缓缓隐退；一天天过去，那花园，明亮的厅房，益发像一座缪斯女神的园地，有如仙后的神庙。她的友情依旧严苛，不过仔细想想，她的严苛都深具道理。

我和朋友见面，体会到久别重逢、另眼看人及被刮目相看的美妙愉悦。昔日一起享乐一起研读文典的同窗——维克多·沃

---

[1]神圣大道：古罗马的主街道，从卡比托利欧山山顶经过古罗马广场的一些重要宗教遗迹，到达罗马斗兽场。

科尼乌斯去世了，我负责为他撰写追悼词。我在提及亡者的美德时，宣称他贞洁无瑕，但他本人的诗作却正好完全驳斥了这一点，而且，被维克多生前称为"甜美折磨"，一头蜜色卷发的泰斯蒂利斯[1]也出席了葬礼。听我如此说法，众人皆面露微笑。我的虚伪并非如表面看来那般露骨：所有具品味的逸乐，对我而言都是纯洁。我将罗马当成一幢屋宅来布局，使屋主能安心离开，不担心房舍因他不在而受损。新的合作伙伴证明了他们的能耐，归顺的政敌与昔时共患难的盟友在帕拉丁山丘[2]共进晚餐。奈拉蒂乌斯·普里斯库在我的桌上草拟立法计划；阿波罗多尔[3]也为大家讲解他的建筑图样；家财万贯的贵族伊奥尼乌斯·利莫杜斯出身伊特鲁里亚地区的古老世家，说是具有皇家血统也不为过。他精通美酒，识人准确，与我结盟，一起为我在元老院的下一次动作而努力。

他的儿子卢基乌斯当时刚满十八岁。小公子乐天爱笑，为我原本希望庄严隆重的餐宴增添不少活泼气氛。这孩子已染上某些荒谬又绝妙的癖好：热爱为朋友料理珍馐佳肴，极致讲究花卉装饰，疯狂迷恋赌博与变装。在他心目中，诗人马提雅尔的地位有如维吉尔，他常吟诵那些淫秽的诗句，无耻放荡得令人着迷。我许下不少承诺，结果深受其扰。这个活跃舞动的青春牧神占据了我六个月的生命。

后来几年，我经常在见不到卢基乌斯的人影，以及再次相见之间度过，我脑海中的他还是那个由记忆片段交叠出的形象，恐

---

[1] 泰斯蒂利斯：沃科尼乌斯的恋人。
[2] 帕拉丁山丘：罗马七丘中的一座，也是现代罗马市内最古老的地区之一。
[3] 阿波罗多尔：罗马帝国著名工程师、建筑家、设计家和雕刻家。

怕与他短暂人生中的任何时期都不相符。他是罗马风尚有点傲慢的评判者；或刚起步的演说家，怯生生地试探几种修辞风格，遇到困难时征询我的意见；又是眉头深锁的年轻军官，蹂躏着他仅有的几绺胡须；也是那个我彻夜守在床头，照料至临终，咳得全身颤动的病人。但这些都是很后来的事了。少年卢基乌斯的形象始终藏在我记忆的秘密深处：他的脸庞，他的身躯，白里泛红的肌肤如大理石般晶莹剔透，完全化身为卡利马科斯[1]的情诗及斯特拉顿[2]几行优美素朴的句子。

但我急于离开罗马。我执掌帝国之前，罗马皇帝若不在城内，主要都是因为身在沙场；然而，我的宏图大志、和平行动，以及人生，也开始要打破罗马藩篱往外拓展。

还剩一件事情需留心处理：举办图拉真病榻中魂牵梦萦的凯旋式。一场只能为亡者存在的庆典。活着的时候，总有人来指责我们的弱点，如恺撒的秃头与情史即备受批评。然而死者却有权享受陵墓落成典礼，长达几小时的豪华喧闹，几个世纪的荣耀，于数千年后终至湮灭淡忘。死人的运势灾厄不侵，即使吃了败仗，亦能华丽地高奏凯歌。图拉真的最后一场凯旋式并非要庆贺在帕提亚多少令人存疑的功勋，而是纪念他一生崇高的努力。我们所有人聚集在一起，追思自奥古斯都晚年以来最优秀、最认真不懈、最正直、最少不公不义的罗马皇帝。他的缺点不过就是那些特点了，让人能认出大理石半身头像雕塑得多么相像完美。环绕着昂然屹立的图拉真柱向上延伸，皇帝的灵魂升天。我的养父

---

[1] 卡利马科斯（约 305 b. c. —240 b. c.）：古希腊著名诗人、学者以及目录学家，曾工作于亚历山大图书馆，并为其编写了一本详尽的书册总录。他也被认为是最早的评论家之一。

[2] 斯特拉顿：公元二世纪的希腊作家，应是哈德良时期的人物。

取得神格,与众多永恒战神的化身同列:这些人物,一个世纪又一个世纪,下凡来制造动荡,创新世界。站在帕拉丁山的高台上,我评估我们之间的差异,我要让自己朝更平静的终点而去。我开始梦想拥有奥林匹斯神界的太平盛世。

哈德良长城遗迹

英国诺森伯兰

罗马不再局限于罗马城中,它必须灭亡,或从此与半个世界旗鼓相当。那一座座屋顶、露台、高高低低的屋宅如小岛浮沉,在金黄夕阳照耀之下染成无比美丽的瑰红色,已不似王政时期[1],只能胆战心惊地用城墙围起,我亲自在日耳曼森林边缘和不列颠荒原修筑了一大部分长城。每次,我转过某条阳光大道,远远望见一座希腊式卫城要塞及其所防护的城市,完美如一朵花,依傍着山丘,宛若草茎顶上的花萼;我总觉得这株无与伦比植物的生长已臻极致,成就于时空的某个点,某个段落。以植物而言,唯一的扩张机会是种子:希腊播下思想的种子,丰饶了全世界。相形之下,罗马笨重,尚未成器,徒然空泛地沿着河畔平原蔓生,却不断寻求更大的成长,于是,城邦变成了国家。可能的话,我亦希望国家更强大,扩及全世界,万事万物。对一座七丘小城而言,罗马已具备充足的优点,但若欲施加于整个地球,则要更具弹性与多元变化。罗马,我大胆地第一个宣称它永垂不朽;它愈来愈像亚细亚崇拜中的大地母神,能孕育子孙,物产丰收,且将猛狮及成群蜜蜂都守护在怀里。然而,任何号称永恒的人造物都必须配合大自然多变的节奏,与星辰运行同步。我们罗马不再是老埃凡德洛斯时代的乡野小镇,是早已迈入未来的大都;共和时期的罗马以四处劫掠为角色;在早期几位君王的统治之下,这座疯狂的首都

---

[1] 王政时期:即古罗马王政时代(753b.c.—509b.c.),据传有七王相继执政。

有温和下来的趋势。日后将出现其他形态的罗马，现在我难以想象它们的面貌，但必将贡献一己之力塑造其形象。有些城市年代古远，神圣，却已历经变革，对现今的人类而言已丧失价值。参观这些地方的时候，我每每暗下决心，必尽力避免我的罗马走上底比斯、巴比伦或提尔[1]的石化命运。它将挣脱石砖的躯壳，由国家、公民与共和精神等字眼筑成，拥有更牢靠的不死灵魂。在那些尚未开化的国度，如莱茵河、多瑙河或巴达维亚沿海，每座以木栅防护的村落总让我想起：芦苇小茅屋里，我们的罗马孪生兄弟曾睡在堆肥烂叶上，吸吮母狼的乳头。这些未来的大城将成为另一个罗马：在各国与种族之上，于它们地理与历史的机缘巧合，神祇或先祖的不同要求，我们不断地累积堆砌，加诸一统的人类行为与经验的经验论，却毋须破坏之前既存的一切。罗马可能附身于任何小城市，万世流传；那儿的法官努力检查商贩是否偷斤减两，清扫并照明当地街巷，对抗无序混乱、漫不经心、恐惧、不公，理智地重新诠释所有法律。罗马将与人类最后一个城邦共存亡。

"人道，幸福，自由"[2]，这几个美丽的词语铸在我执政时期的货币上。那不是我自创出来的：任何一位希腊哲人，几乎每个有文化素养的罗马人，对于世界的想象都与我一样。我曾听见图拉真在面对一则过于严苛导致结果不公平的法条时，疾呼这条罚则早已不合时宜。然而，针对所谓的合乎时宜，特意以此为目标，决定所有行动，不视之为哲学家的缥缈梦想或仁善国君有点空洞的愿景；或许我是第一人。我感谢诸神赐我活在这个时代，让我

---

[1] 提尔：亦称苏尔，黎巴嫩南部古城，公元前十五世纪建城。
[2] 原文为拉丁文。

扛起谨慎重组一个世界的大任,而非从一团混沌不明中抽丝剥茧,萃取某种奇形怪状的材料,或枕靠在一具尸体上,试图让他重生。我庆幸罗马的过去够长,能为我们提供范例,却不致沉重得将我们压垮;我们的技术发展已具水平,保持城市卫生不是难事,人民富足,但不至于遭无用之物拖累;我们的艺术宛如一棵棵大树,产量极为丰盛,因而露出些许疲态,但尚能结出几种甜美的果实。我欣慰我们可敬的宗教尚未成形,滤除了所有的强硬不妥协及野蛮的仪式,神秘地将我们与人类及地球最远古的幻梦结合,却未禁止以世俗的方式去解释事物现象,或理智看待人类的行为。最后,我很高兴人道、自由和幸福这些字眼尚未因过度谬用,而丧失它们的价值。

我看到所有改善人类生存环境的努力都遭遇这样一股反对声浪:也许人类根本不配享有。不过,我毫不费力地将这项异议排拒在外:只要卡利古拉的梦想依然不可能实现,只要全体人类并未被一并视为可随意砍下的头颅,我们就该去包容这些努力,并纳为己有,利用它来达成我们的目的;而为得到真正的好处,当然应该大力支持。我习惯以一系列对自己的长期观察为依据:凡清楚透彻的解释都能说服我,彬彬有礼的态度皆能打动我,幸福几乎永远教我从善如流。而当人们善意劝说:幸福令人心烦,自由使人松懈,人道腐化人道施行的对象;我总当作耳边风。的确有可能,但是,在世界运作正常的状态下,这种说法好比拒绝适度喂食一个羸弱的人,理由是怕他在几年后罹患血液过多症。每当要尽力减少无用的奴役,避免不必要的不幸时,仿佛为了考验人类的坚忍情操,世界总会真的发生一连串长长的灾厄:死亡,老去,绝症,苦苦暗恋,友情遭拒绝或背叛;人生庸庸碌碌,比我们的计划规模短小,较我们的幻想黯淡。总之,事物的天赋本质就是要带来不幸。

我必须承认:我几乎不信律法。法律太严,人们动辄触犯,理直气壮。法律太复杂,而狡黠的人总能在这张脆弱的恢恢法网中钻漏洞,穿梭自如。尊崇古代律法之举反映出人类最深刻的虔敬之心,亦被麻木不仁的法官拿来当垫背,高枕无忧。最古老的法规颇具野蛮特质,而野蛮正是律法努力矫正的重点,但当中最受敬仰的始终仍是武力下的产物。或许值得庆幸:我们大部分的刑法只实施于一小群罪犯;我们的民法从来不够灵活,无法适应事物宽广辽阔的层面和行云流水般的变化。法律演进的速度不如风俗,跟不上脚步已构成危险,若居然还想迎头赶上引领风俗,就只有更加危险。不过,从一堆危险的创新或陈旧的例行公事中,就像医学的发展那样,这里一点、那里一点地,倒也浮现出几帖有效的药方。经过希腊哲人的教导,我们对人的本质有了比较清楚的认识。几个世代以来,我们最优秀的法学家朝符合众人共识的方向努力。我本人也实施过部分改革——恰是硕果仅存的几项。凡太经常被触犯的法律皆是恶法,应交由立法机构废除或修改,以防人们对这项疯狂命令的反感轻蔑扩散到其他公平的法律上。我给自己订定的目标是谨慎排除多余的条款,仅留一小批经过睿智决定后才颁布的规章。以人类利益为考虑,重新评估旧有法规的时刻似乎已到来。

有一天,在西班牙的塔拉戈纳附近,我独自参观一座半荒废的采矿场。有一名奴隶算是长命,在这些地道里度过了大半辈子。他持刀向我扑来。这一点也不欠逻辑:他要为自己四十三年的被奴役向皇帝讨一个公道。我轻易地卸下他的武器,把他交给我的医生。他的怒气消了，变回本来面目：没有比其他人不理智，却比许多人更忠诚。假若蛮横执法，这名罪犯早已被当场处死；但他成了我一名有用的仆人。大部分人都与这名奴隶无异：平时太过服从，长期麻木迟钝，只零星点缀几次突兀而无用的反抗。我想知道适度管理的自由是否会带来更多好处，却讶异地发现没有几位君王作过这样的尝试。对我而言，这名被判在矿坑工作的蛮族成为我国所有奴隶、所有蛮族的象征。我觉得以对待这名男子的方式来对待他们，以仁德感化，让他们不再具有攻击性，并非不可能；只要先让他们对卸除武装的那只手感到安心。在此之前，所有人民皆因主政者缺乏气度而丧命：斯巴达王国本可存活更久，若他们当初能令黑劳士[1]感受到国家续存的好处。阿特拉斯[2]总有一天会放弃扛负天下的重责大任，而他的反抗将撼动大地。我真希望那一刻愈晚到来愈好，可以的话，避免真有那么一天，蛮族从外奴隶从内，猛烈攻击一个要求他们留在远处尊崇，压低身段服侍，却不与他们共享利益的世界。我决心让最一无所有的贫苦穷人，无论是清扫污水坑的奴隶，或徘徊边界上饥肠辘辘的蛮族，都看到罗马续存的好处。

我怀疑世界上的各派哲学思想真的能消灭奴隶制度：顶多只是换个名称罢了。我能想象各种比我们更阴险狡诈，因而更加不堪的奴役形式：或将人类变成愚蠢不求上进的机器，其实被操纵控制还自以为自由；或摒除娱乐与享受，仅培养他们追求工作的喜好，疯狂热衷，一如蛮族之好战。比起这类精神上或人类想

---

[1] 黑劳士：黑劳士制度是古希腊斯巴达城邦的一种国有奴隶制度。这些奴隶需要为主人耕种，交纳地租，负担劳役，没有政治权利，还经常遭到主人的杀害，曾经多次发动起义。

[2] 阿特拉斯：属于希腊神话里的堤坦巨人一族，因反抗宙斯失败被罚用双肩支撑苍天。

象上的奴役，我们这种实际的奴役还好一点。无论如何，迫使一个人屈从于另一个人，这种丑恶可憎的状态必须小心地受法律控制。我警惕地注意，不让奴隶继续被当成没有名字的商品贩卖，罔顾其家族亲戚；也不要法官轻视他，不接受他信誓旦旦的证词，只记下他屈打成招后的话语。我禁止强迫奴隶从事有损名誉或危险的工作，比如将他们卖给妓院老板或格斗士学校。但愿去做这些事的人都喜欢这份职业，那么，事情只会做得更好。在农地里，管理者经常滥用职权，我尽可能用自由移民来替换奴隶。我国的稗官野史里处处记载着老饕拿奴隶肉喂养海鳝的事迹；不过骇人听闻及千夫所指的犯罪还可惩罚，相较于铁石心肠的富人平日习以为常犯下千万种兽行却无人问津担忧，反而不算什么。有一名家财万贯、德高望重的贵妇虐待老迈家奴，我将她逐出罗马，引来叫嚷抗议。的确，任何一个弃残老父母于不顾的不孝子都更叫人震惊；但在我眼中，这两种没人性的作为没有什么差别。

女性的境况由奇怪的风俗界定：她们既被奴役又受保护，脆弱又强势，太被轻视又过度受尊敬。在这样混沌而互相矛盾的习俗中，社会行为与自然天性自是难以区分，更且交错重叠。然而，无论哪一方面，这样混淆不清的情况其实比表面上安定得多：整体而言，女性只想让自己维持现状，不为变化所动，甚或利用变化来达成她们一成不变的目的。比起古时候，今日的女性自由多了，至少明显多了，而这只不过是繁荣盛世里生活较轻松的表现；原则，甚至昔时的偏见，皆未曾真的受到动摇。无论真诚与否，官方赞辞及墓碑上的文字持续赞美我们的妇女勤勉、坚贞、庄重，一切仍是共和时期对女性的要求。这些真真假假的变化一点也没改变小老百姓一贯放纵的习性，也改变不了资产阶级永不松懈的谨慎。唯有时间能证明哪些改变将恒常持久。女性的弱点与奴隶的一样，都败在社会所赋予他们的合法地位。她们将力气报复到各种小事上：在那些事情上，她们的权力几乎无止境。我极少见到不由女人当家的屋宅，也经常看见管家、厨子或被解放的奴隶独揽大权。财务方面，于法她们要受到某种监护；实际上，在萨布拉尔[1]的每间小铺里，卖鸡鸭的或卖水果的老板娘大摇大摆地坐镇柜台是常有的事。阿蒂亚努斯的妻子掌管家财，手法高明聪颖，不逊于优秀的商人。法律应该尽可能不背离现实：我扩大女性理财的自由，可为自己的财富立遗嘱，亦可继承。我坚持不可未经本人同意即进行婚事：这种合法的强暴无异于任何强暴，皆令人唾弃。婚姻是女性的终身大事，当然要在心甘情愿的状态下定案才合理。

我们的恶，部分肇因于可耻的富人和潦倒无助的穷人太多。值得欣慰的是，如今，这两个极端之间已建立一种平衡：皇帝与被解放的奴隶坐拥巨产的时代已过去，特里马尔奇奥[2]与尼禄皆已死去。不过，一切仍有待整顿，以求世界经济巧妙重组。掌权之后，我放弃各城市自愿进贡给皇帝的献礼：中饱私囊不过是变相的偷窃。我建议你也要放弃。全面取消私人欠给国家的债务极为冒险，但在十年的战争经济后，从零开始确实有其必要。一个世纪以来，我们的货币危险地疲软颓弱，然而，罗马之永垂不朽全凭金币的汇率来评量，因此，我们有责任让货币的价值及重量贴切地反映实际物价。我们的土地耕耘随意散漫：

---

[1] 萨布拉尔：古罗马城内的一个居民区。
[2] 特里马尔奇奥：佩特罗尼乌斯小说《萨蒂利孔》中的一个虚拟角色。他是一名被解放的奴隶，因继承了主人的巨大财富而经常炫耀，还曾担任重要财政官职。

只有几个比较幸运的地区——埃及、阿非利加、托斯卡纳和另几处地方懂得如何以农业维生，有技巧地耕种小麦或葡萄。我所关切的一大议题即在支持这个阶层，从中培养技术人员，教导较原始、较墨守成规或较笨拙的村民。许多大财主不为众人着想，任凭农地荒废休耕，我终结了这种陋习。从此以后，凡超过五年未耕种的田地都属于愿意负责用它生产的劳动者。矿产的开发亦比照办理。我国多数富人捐出巨款，献给国家、公家机关及君王。其中很多人这么做纯为私利，少数几人出于美德，但最终几乎所有人都各有所收获。但是，我希望看见他们用其他形式展现慷慨，而非炫耀施舍；希望教育他们以正当手段增加财富，为群体利益着想，就像他们为了自己孩子的富足所做的事情那样。我本人亦秉持这种精神来掌管皇室，不允许任何人对土地一毛不拔，像守财奴守着储金盆。

　　有时候，商人是我国最优秀的地理学者、天文学家，最有学问的博物学者。而银行家堪称识人最有一套。我利用他们这些特别的本领，但也尽全力抗阻侵占吞食之事。给予船家保护支持后，与国外的贸易增加了十倍，我因此不用花大钱去补强所费不赀的皇家舰队，这主要关乎东方与阿非利加之货物进口。意大利是一座孤岛，自从难以自给自足以来，需仰赖小麦掮客来维系粮食库存。要避免这种状况所造成的风险，唯一的办法，就是将这些不可或缺的生意人封为官员，严加监视。近几年，我们早期设立的行省已繁荣鼎盛，也许还能更上层楼。然而重要的是，这些繁华的成果必须大家共享，而非只成就希罗德·阿提库斯的银行库，或买断一座希腊村庄所有橄榄油的那个小投机贩子。任何法律，只要能减少在我们城市钻爬的无数中介者，多么严峻皆不为过：那群人脑满肠肥，猥琐淫邪，倚在每一座柜台前交头接耳，准备破坏所有对他们没有实时好处的政策。将国有粮仓审慎分配，有助于遏止荒年时粮价不当暴涨。但我尤其冀望生产者自行组织安排，如高卢的葡萄酒农和攸克辛海[1]的渔夫；后者连一点点勉强可温饱的收入亦遭进口鱼子酱及咸鱼的商人剥削，还必须冒着危险为他们辛苦工作。有一天，堪称我一生中极美妙的一天，我说服群岛的水手联合起来成立行会，直接与各大城市的店家接洽交易。身为一国之君，我从来没觉得自己这么有用过。

军队经常以为和平只是一段无所事事的时期，在两次战役之间空转；以为按兵不动与混乱动荡之转换其实是为了准备一场非打不可的仗，然后上战场。我破除这种一成不变的做法，不断巡视前哨。此乃众多手段之一，以使这支温和的军队维持可用的机动状态。无论在平原或山地，森林边缘或荒漠之中，散布开来或集中一区，军团皆以同样的方式驻扎营队，部署工事，在科隆搭木棚以抵抗风雪，在朗贝瑟[2]建木屋以防沙尘暴。军火仓库里无用的器材我已下令变卖，军官处所都需尊奉一君主雕像，共同服膺领导。但这种整齐划一的规格仅是表象，在这些可轮替调换的军营里，进驻的大批辅助部队其实都不一样。每一个种族都为军队带来特有的强项、武器，以及少年兵、骑士或弓箭手的身手本领。在统一的面貌下保有多元本质，这正是我追寻的帝国目标。我允许士兵作战时使用他们祖国的方式呐喊，以他们的母语发号施令；我批准老兵与蛮族女子结婚，承认其子女之合法性。借由这种方式，我致力和缓军营里野蛮的生活，把这些单纯的人当成

---

[1]攸克辛海：即好客海，黑海古称。
[2]朗贝瑟：北非阿尔及利亚古城名。

人类看待。冒着他们因有牵挂而不够机动的风险，我打算让他们对正在捍卫的这方土地产生归属感，并不惜将军队当地化。我希望以帝国的规模，重建相当于共和政体早期的民兵制度，让每个人守护自己的田地家园。我特别用心钻研，提升军团的技术效率；我打算利用这些军事中心，把它们当成提升文明教化的杠杆，从一个够稳当的区块，逐步介入谋生方式已脆弱钝化的公民生活。军队成为一条连接线，串连起居住于森林、大草原及沼泽区的民族与城市里讲究的居民；充当学校，给予蛮族基础教育，教导有文化的希腊人或习惯了罗马优渥生活的年轻骑士坚毅与责任。我亲身体验过生活辛苦的一面，也尝过其轻松安逸及狡诈欺瞒。我取消特权，禁止军官请假过度频繁；我撤除军营中的宴会厅、娱乐楼及花费庞大的花园。这些空出来的建筑成为伤残老兵的医务站和收容所。我们征召士兵入伍时他们太稚嫩，允许退伍时已太年迈，这既不敷成本又残酷无情。我改变了这一切。奥古斯都纪律应为当代人道思维尽一分力量。

　　我们皆是国家的公仆，不是帝王。曾有一天，有个妇人前来诉怨，我拒绝把她的话听完；她怒吼高喊，表示若我没时间听她说话，就不会有时间治理国家。她是对的。我搬出的借口并不纯粹。然而，时间真的不够：帝国疆域愈大，各方面的权责就愈集中在身为公仆的首长手里。这个忙碌的人非得把部分工作分摊出去不可，他的天赋才能将愈来愈取决于身边围绕的要员是否可信。克劳狄[1]和尼禄之罪恶在于怠惰，任由被解放的奴隶或奴仆强行担任吏员、幕僚和代表主人发言的角色。在我的生活及差

---

[1] 克劳狄：即克劳狄一世（10b. c. —54），罗马帝国皇帝，在位时强化官僚体制，并广泛授
　予行省居民以公民权。后被其妻毒死，由尼禄继位。

旅中，一大部分时间用于从一批新进官僚中挑选行政首长，训练他们，针对各职务之所需，审慎搭配最适当的人才，为国家所倚赖的中坚阶级开启善尽用人的可能。民兵部队有何危险，我看得出来，且一语即可道尽：容易沦为因循苟且的机构。若不加以留意，这些几世纪前即已架设的齿轮将失序脱轨。主事者应不断调校其运转，预估并着手修补磨损之处。但是，经验证明，尽管我们奉献无限心力去挑选继承人，庸才皇帝仍占多数，一个世纪至少会出现一名理智失常的统治者。在国家出现危机的时期，这些井然有序的官员将能继续操持重要的基本事务，弥补代理，直到下一个睿智的君王出现；而这段时间偶尔会拖得极长。某些皇帝喜欢招摇，身后跟着脖子上套了枷锁的蛮族，一望无际的俘虏队伍。而我亲自养成的菁英官员献给我的是另一列队伍：元首顾问团。多亏了顾问团成员，我能安心离开罗马好几年，回来也只是短暂停留。我与顾问们飞书往来，危急时上信号台发送讯息。他们亦自行栽培了有用的助手。这支能干的团队是我的杰作，他们的胜任表现，让我能前往他处努力；而未来，也让我在离世赴死时不致太忧心挂怀。

二十年的执政期间，我有十二年居无定所。我住过亚细亚商人的宫殿，希腊人庄重朴素的屋宅，高卢人设有浴池及暖气设备的罗马庄园，茅屋或农村。用布料与绳索搭建的轻便帐篷依旧是我最喜爱的住所。搭乘过的船舰种类比起陆上住所之多样毫不逊色：我自己的船舰上有座健身房和一间书房，但我极度提防任何固定僵化的形式，故无法心系于哪一种居所，即便可移动者亦然。某叙利亚百万富翁的游憩船舫，舰队船身高大的帆船，或希腊渔夫的狭长轻舟，对我来说皆一样舒适合宜。唯一的奢侈享受是速度，以及所有带来速度的一切：最优良的马匹，架设得最平衡的车厢，最轻便的行囊，最合乎气候的衣着配饰。但首先，最重要的资产是健康完美的身体：硬着头皮走上二十里格[1]也不当一回事，整夜失眠仅被视为思考之邀约。少有人喜欢长时间旅行，因一切习惯时时受破坏干扰，所有成见不断受到动摇。但我努力修为，不让自己带任何成见，仅染上少许习惯。我爱用舒适美妙的厚床垫，却也喜欢触踏大地，闻嗅泥土的气味，赞赏世界的每个区块不尽均等。我天生爱好变化多端的饮食，不列颠的燕麦糊或阿非利加的西瓜皆来者不拒。有一天，我甚至尝了某些日耳曼平民奉为美食的半腐野味。我吐了，但总算体验过。我对爱情的偏好有强烈的主见，担心连这方面都一成不变。我的随从人数有限，只保留必要或机敏伶俐的，绝少将我与世界隔绝。我注意保持行动自由，平易近人。罗马帝国的行省，那些辽阔的官方属地，每一处的象征标志都由我亲自挑选（不列颠栖在巨石堆上，达西亚则用它的弯刀表现）。对我来说，每一个行省皆独特：或是我遍寻遮阴的森林，曾汲水饮用的井，或驻足时偶然相遇的人们，熟识的甚或深爱过的面孔。我走过我国每一条路的每一里，那或许是罗马给大地最美的献礼。然而，最难忘的时刻却在于，当大道止于峻岭陡坡，我只得攀爬一道又一道壁缝，一块又一块岩石，终于登上比利牛斯或阿尔卑斯的某座山顶迎接第一道曙光。

在我之前，早已有人曾遍游大地：毕达哥拉斯，柏拉图，十来位先哲，外加不少探险家。但史上头一遭，旅人同时具有一国之君的身份，拥有完全的自由，能去观赏、改造、创建。这是天赐良

---

[1] 原文此处为法国古里，而非古罗马里，1法国古里约合4公里，后文的"里格"皆指法国古里。

机，我有所领悟：下一次，职位、个性与天地风光要再遇上如此幸运圆满的结合，或许得等上好几个世纪。于是，我发现抛开过去重新做人的好处：做一个孑然一身的人，婚姻极少束缚，无子嗣，几乎无祖先，如同仅把伊萨卡岛摆在心中的尤利西斯[1]。在此必须坦承一件我未曾告诉任何人的事：我从未对任何地方有过完全的归属感，连我心仪的雅典，甚或罗马，都没有。我在每个地方都是异乡客，但却无一处让我感觉自己是外人。旅途中，我从事各种专业，而那都算是皇帝的部分职责：我又过起军旅生活，如同套上一件愈穿愈舒服的旧衣。我再次讲军营里的语言，毫无困难：这里说的拉丁文受各种蛮族语挤压而变得不三不四，动不动就要带几句咒骂与露骨轻佻的玩笑。我重新适应了在行动的日子里携带笨重装备，以及当左手持重盾时，整个身体为保持平衡必须承受的重心移转。而无论到何处，或查核亚细亚行省之账目，或某个不列颠小镇为建造一座公共浴场而背举之债务，没完没了的会计工作都逼得我喘不过气。至于法官这个角色我已经提过了。我脑海中浮现其他某些职务的相似性：去家家户户看病的行脚医生；被唤去修马路或接水管的道路工人；从甲板的这头跑到那头，为操桨手们打气，却尽量不使用长鞭的监工。而今天，在庄园的露台上，看着奴隶修剪果树树枝或铲除花坛里的杂草，我又想起来来回回、全神贯注的园丁。

　　我并不担心随我出巡的工匠，他们对旅行的喜好并不亚于我；反倒是文官有些麻烦。弗莱贡不可或缺，缺点是像个老太婆；却也是唯一历经风霜撑过来的史记官，直到现在尚未退休。诗人

---

[1] 尤利西斯：古希腊伊萨卡岛之王，曾参加特洛伊战争，也是荷马著名史诗《奥德赛》之主角。在希腊神话中对应为奥德修斯。

弗洛鲁斯，我赐他拉丁文史记官一职，他则处处嚷嚷，说他才不想当恺撒，不想忍受斯基泰的酷寒及不列颠的冷雨。他对长途徒步健行亦不感兴趣。至于我，我很乐意让他拥有罗马文人的美妙生活，去小酒馆结交文友，每晚分享同样的华丽词藻，相亲相爱地任同样的蚊子叮咬。我给苏埃托尼乌斯档案管理人之官职，赐他阅读机密文献的机会，以完成他的恺撒传记。这个被称为"冷静者"[1]的家伙聪慧狡黠，你只能想象他待在图书馆里的模样。他也留在罗马，后来成为我妻子的一名亲信，属于那一小群愤世嫉俗的保守派，经常聚集在她宫中，批评世事时局。这群人令我十分不喜，我命令他退休，让他回萨宾山老家的小寓所，不受干扰，静静遥想提比略的罪行。法沃里努斯曾有一段时间在希腊担任书记官，这个声音尖细的矮子倒还有几分品位。在我遇过的人当中，他的思想谬误的程度数一数二；我们经常争吵，但他的学识渊博颇令我着迷。我以捉弄他的疑难病症为乐，以致他把身体健康当成宠爱的情妇一般呵护。他的印度仆人拿高价从东方买来的米为他煮饭。可惜的是，这位异国厨师的希腊语说得极差，又不会说其他语言，丝毫无法告诉我他家乡的事。法沃里努斯自夸这一生成就了三件颇为稀罕之事：身为高卢人，他希腊化的程度比任何人更彻底；一介草民，却能与皇帝争论不休，且并未因此而过得较差——这项特质可说完全是为我加分；最后，明明无能不举，却不断因与已婚女子通奸而支付罚金。的确，外省那些仰慕他的女子给他造成了不少困扰，不止一次，我不得不出手搭救。我对他终究倦乏。厄代蒙取代了他的地位。不过，整体而言，很奇妙

---

[1] 原文为拉丁文。

地,我得到了很好的对待。天知道是怎么回事,经过旅途中难免摩擦的亲密相处,这一小群友人部下并未忘记保持敬重。更令人惊讶的不是他们的忠诚,而是他们真有可能谨守分际。未来,苏埃托尼乌斯之辈将几乎搜集不到关于我的野史轶事。我人生中为大众所知的部分,皆已亲自披露。至于政治上与其他方面,都有朋友帮我保密;不过,公平地说,我也经常为他们做同样的事。

大兴土木实乃与大地合作:是在一幅风景中置入人类的记号,从此永远改变了风景;亦是为城市生命缓慢的演化作一点贡献。为找出一座桥或一座喷泉最适当的位置,为赋予一条山路最短又最完美的曲线,所耗费的是数不尽的心力……墨伽拉大道的拓宽工程将斯基罗斯岩石区的景观改头换面;长达两千斯塔德之远的石板路,加上堡垒及军事哨站,连接安提诺和红海,从此,沙漠自危险的时代进入安全的时代。花费亚细亚五百座城的所有税收来建造特洛亚斯的水道系统并不为过;从这种角度来看,迦太基的水道算是弥补了布匿战争[1]的残酷艰苦。基本上,树立防御工事与建造堤防是同一件事:找出能防卫一片堤岸或一个帝国的那条线,能消弭、阻拦、粉碎波浪或蛮族攻势的那个点。挖沙造港即是丰饶海湾之美。兴建图书馆,更相当于建造公共谷仓,聚集存粮,用以度过心灵之冬:透过某些征兆,尽管非我所愿,我仍预见这寒冬必将到来。我非常喜欢重建:那是与时间合作,面对其过去之面貌,掌握或改变其精神,且借此当作跳板,迈向一个更长远的未来。那像是翻开大石块,找到源泉之秘密。人生苦短:我们不断谈论过去或将接替我们的世纪,仿佛它们完全

---

[1] 布匿战争:指公元前三世纪至公元前二世纪罗马与迦太基之间发动的三次战争。因罗马人称呼迦太基为布匿而得名。

跟我们无关;然而,在我的戏法里,我以石头来接触联结。我筑起的长城上,曾触摸城墙的逝者体温犹存,尚未诞生的双手也将轻抚这些圆柱柱身。愈沉思冥想死亡,自己的,尤其是他人的死亡,我就愈想试图让我们的生命,多出一些完全亡灭不了的延长。在罗马,我喜爱使用恒久不坏的砖。砖诞生于大地,回归大地的速度极为缓慢。虽经肉眼难见的下沉或风化分解,砖所留下的遗迹庞然依旧,尽管外观已看不出是堡垒、竞技场或一座坟。在希腊和亚细亚,我使用原产大理石。这美丽的素材一经动手雕刻,即忠实地保留人类的尺度,神殿的蓝图得以完整地保存在每一块鼓形柱段的残骸里。建筑充满可能性,比维特鲁威[1]所能变换的四种柱式更多彩多姿。我们的大规模建设,一如我国的音乐调性,可以变化出无止境的组合。为了建造万神殿[2],我回溯到古老的伊特鲁里亚时期,那个有各种算命师及内脏占卜师的时期;相反地,维纳斯的祭坛,在阳光下流露爱奥尼亚式的圆润风格,运用大量雪白及玫瑰色石柱,环绕在性感丰腴的女神周围,恺撒一族由此而生。雅典的奥林匹斯主神宙斯神庙造来与帕特农神庙形成精确平衡:一个坐落于平原,另一个耸立于丘陵;一个占地辽阔,另一个则完美无缺。炽热激昂对祥和宁静屈膝,光辉灿烂拜倒于经典之美。纪念安提诺乌斯的小教堂及神庙,魔幻的房间,连系生死的神秘通道,痛苦及幸福交缠得令人窒息的祈祷室,皆是祷告与召唤逝者之处:我在此专注于我的悲伤。我的坟墓

---

[1] 维特鲁威:古罗马建筑师、工程师、作家,其著作《建筑十书》在建筑史上具有重要地位。
[2] 万神殿:古罗马重要建筑成就之一。该庙最初由屋大维的副手及女婿阿格里巴建造,用以供奉奥林匹斯山众神,但公元 80 年被大火焚毁了大部分,哈德良在位时下令重建。

奥林匹亚庙斯神殿

希腊雅典

位于台伯河岸,以巨大的尺寸重现亚壁大道[1]上的古墓穴,但过大的比例使之变形,令人想到泰西封、巴比伦,还有它们的大露台及高塔:爬上去,人就离星星近一些。衣冠冢里方尖碑罗列,并开辟一条条斯芬克斯[2]雕像小径;这些埃及陵墓风格迫使隐约有敌意的罗马永远缅怀我那引人无限哀思的密友。庄园是旅程之坟,是游牧者最终驻扎之处,虽以大理石建造,却相当于亚细亚诸君王的营帐屋篷。此处几乎包含所有我们愿意尝试的品味,因而已跨进形状之殿堂。且看色彩的世界:深海一般的碧玉绿,细密如肌肤的斑岩,玄武岩,暗沉的黑曜石。鲜红的帷幔挂毯搭配精巧的刺绣,一幅比一幅精彩;墙面或路面的拼花永远不嫌金碧辉煌,雪白,或深暗。每块石材都奇特地具体实现一份意志,一段纪念,有时,是一项艰巨任务。每座建筑皆代表一幅梦想蓝图。

普洛提诺波利斯,哈德良堡,安提诺,哈德良猎城……我尽力为人类增建巢穴。水管工人与石匠,工程师与建筑师,他们主导这些城市之诞生;建造过程中另需借助一些卜测地下水源的天赋。当大半个世界犹为树林、沙漠及荒原所占据,眼见一条铺上石板的小路,一座神庙——无论庙里供奉哪一位神明,公共浴池与茅坑,商店之中理发师傅与客人谈论罗马的时事,糕饼铺、鞋店甚或书摊,医生招牌,一座剧场,偶尔上演几出泰伦斯[3]的喜剧:城市风景确实赏心悦目。国内有些讲究细节的人抱怨这些城市过于统一,受不了在每一个地方遇见同一个皇帝的雕像和同样的

---

[1] 亚壁大道:古罗马时期一条连接罗马及意大利布林迪西港的古道。
[2] 斯芬克斯:埃及神话中长有翅膀的怪物。在希腊神话里其成为一个雌性的邪恶之物,代表着神的惩罚。
[3] 泰伦斯:罗马共和国时期的著名喜剧作家。

水管。他们大错特错：尼姆[1]之美与阿尔勒[2]之美截然不同。然而遍布三座大陆的这种整齐划一宛如里程碑，令满足旅人的需求不致忐忑。我们的城邦，即使是最乏味的几座，亦有其引人之处：是可靠的驿站、岗哨或避风港。城市这种格局，人为的建设，要说单调亦无不可，但其单调如蜂巢，一格一格装满香甜的蜜液；城市亦是接触交流之处，农民前来贩卖产物，流连忘返，张着嘴呆望柱廊下的画作……我建造城市的同时催生各种相遇：我与大地一角之相遇，皇帝治国蓝图与我个人生命事件的接连。建造普洛提诺波利斯虽起于在色雷斯[3]开设新农产品集散地的需求，然而亦有褒扬普洛提娜的淡淡渴望。哈德良猎城用来当作小亚细亚林区居民的海外商行；但起初，那是我的夏日避暑去处，森林里猎物丰富；阿提斯丘陵脚下，有粗制原木盖成的打猎小屋，还有滔滔瀑流经过，供我们每天早晨皆来沐浴。哈德良堡位于伊庇鲁斯[4]，为贫穷的行省重新开张一座都会中心，是昔日一次参访多多那[5]祭坛求神谕之结果。哈德良堡是座农业军事城，战略地位重要，戍守于蛮族区域边缘，居民为曾参与萨尔马特战争的老兵。我熟知他们每一个人的强项与弱点，姓名，服役年数及身上的伤痕。最珍贵的安提诺于不幸发生之处诞生，介于岩壁与河流之间，缩挤在一段干旱的狭长土地上。我一心想用更多其他办法

---

[1] 尼姆：法国加尔省省会及最大城市，历史悠久，保存了多项古罗马建筑，如完整的竞技场、神殿，其市内很多历史遗迹被列为世界文化遗产。
[2] 阿尔勒：法国东南部的一座历史名城，曾是古罗马的重要城市。
[3] 色雷斯：古色雷斯东濒黑海，北接多瑙河，南临爱琴海，西与伊利里亚和马其顿为邻。公元一世纪被罗马人征服后成为罗马行省。
[4] 伊庇鲁斯：位于今希腊西北部。曾为皮洛士王国的一部分，后附属于马其顿，约公元前146年成为罗马共和国行省。
[5] 多多那：位于伊庇鲁斯的一个古镇，也是宗教圣地。

来丰饶它，如与印度贸易，河运，希腊大城的智慧优雅。世界上，没有一个地方更令我不愿重返，也少有地方让我如此费心。这是一座绵延不尽的列柱之城。为了神庙入口及凯旋门上的雕像，我与安提诺的总督菲度斯·阿奇拉公文往来多次；我为城市的各区与村社命名，它们各有明显或隐秘的象征意义，将我的所有回忆编列成册。我亲自画下哥林多式的柱廊蓝图，以及沿河岸秩序井然、成排罗列的棕榈树。那近乎完美的四边形，我在脑海中细览不下千次：以平行的街道切割，由一条从希腊剧场直通陵墓的凯旋大道分成两半。

我们的生活被雕像塞满，被精美的绘画或雕刻喂饱，但这种丰富其实是假象。因为我们只是不断复制那些如今已超出我们创造力的大师杰作。我也一样，请人为庄园复制赫马佛洛狄忒斯及人头马、妮奥彼德及维纳斯的雕像。我坚持尽可能生活在这些美妙如乐曲的形体中。我鼓励用过往的经验做实验，考究的尚古精神有助于寻回失传了的创意与技术。我尝试种种变化，以红色大理石改制一尊本是白色的被剥皮的玛尔斯亚大理石像，借此将他带入彩绘人物的世界；或将埃及雕像的黑色颗粒带入帕罗斯岛[1]的纯白大理石中，将偶像变成鬼样。我们的艺术臻于完美，也就是说，已达穷尽完整，但其完美有如纯净之声，可能在抑扬顿挫中吹毛求疵：找到那放诸四海皆准的办法后巧妙拿捏，不断朝它靠拢或永远背道而驰；将限度发挥到极致或不加节制；将无数的新建设封存在这片美丽境地；一切端看我们的作为。其中好处是有千百个参考点当作后盾，可恣意在智性上追随斯科帕斯[2]，

[1] 帕罗斯岛：希腊一座海岛，以盛产精美的白色大理石闻名世界。
[2] 斯科帕斯（约395 b. c. —350 b. c.）：古希腊著名雕刻家。

132

或在感官上爽快背离普拉克西特列斯[1]。接触过蛮族的艺术之后，我相信，每一个种族都会局限于某些题材，在众多可能的风格中仅选择几种；每一个时代亦在每个种族所拥有的可能性中再作淘汰。我曾在埃及见过庞然巨大的天神与国王；通过萨尔马特战俘手腕上的手环则可看到，经常出现同样的奔驰战马或两条互相吞噬的蛇。不过，我们的艺术（我指的是希腊艺术）执着地以人类为题材。只有我们懂得在一尊静态不动的躯体上展现潜在的力量与敏捷；只有我们能让光滑的额头等同于睿智的思想。我与我们的雕刻家一样，仅止于人类，心满意足：人的问题包罗万象，甚至触及永恒。我钟爱至极的森林整个凝缩成一只人头马的形象；暴风雨的呼吸从来不如海洋女神摇曳飘荡的长巾生动。自然物，神圣的象征，只在与人联结时才有分量：松果代表阳具崇拜并有丧葬意义，雕饰白鸽的浅口盆令人联想到泉畔午睡，怪兽格里芬[2]则抓走心爱的人飞上天。

我对人物塑像这门艺术不感兴趣。我们罗马族的人物像只有编年史的价值：准确复制冒出来的皱纹或每一个特殊缺陷，拓印我们在生命中不经意擦肩、死后即遭我们遗忘的人物。相反地，希腊人却喜欢美化人像，以至于不怎么在乎每个人的长相其实各有不同。我只瞥过自己的雕像一眼：黝黑的脸孔雕在雪白大理石上变得不自然，那睁得大大的双眼，细扁却丰腴的嘴唇，紧紧抿住，紧绷得几乎颤抖。但我的心思更悬念于另一张脸。从他走进我生命的那一刻起，艺术便不再奢侈，而成为一种资源，一种

---

[1] 普拉克西特列斯：公元前四世纪的古希腊著名雕刻家，和留西波斯、斯科帕斯一起被誉为希腊化时代最杰出的三大雕刻家。
[2] 格里芬：希腊神话中一种鹰头狮身有翅的怪兽，也被称为狮鹫。

救援形态。我要全世界认识这张脸：时至今日，这孩子的画像比任何显耀名门或皇后都多。首先，我一心想用雕塑的方式存留他不断演化的美貌；后来，艺术变成一种魔术，能唤出一张逝去的面容。巨幅人像仿佛可如实表达我们对珍惜之人的爱有多少。那些图像，我要它们如凑近观看时一般巨大，如噩梦的幻影及亡灵一般巍峨庄严，如这段回忆所残留的那般沉重。我要求一个完美的成品，不，是纯粹的尽善尽美，所有早夭于二十岁的男孩在爱人心目中的那个神的形象，而且作品要与本人不分轩轾，流露家常姿态，不可疏漏这张比美还珍贵的脸庞上任何不同凡响之处。为了保持一道浓眉的粗线条，一片嘴唇略微肿胀的弧度，我不知费了多少唇舌……为了让一副终将腐朽或早已毁损的躯体永垂不朽，我绝望地仰赖岩石之恒久，青铜之忠实；但我亦仍执意每日以混合了酸液的油涂抹大理石，让石材展现青春肉体之光泽，乃至柔润。

无论我身在何处，这张独一无二的脸庞皆时时浮现。我糅合各号神祇，将祂们的性别及永恒象征打乱重组：刚强的森林女神狄安娜搭配忧郁的酒神巴克科斯；角力场上魁梧的赫尔墨斯[1]变成两倍大的沉睡之神，头倚靠在胳膊上，如落花般凌乱。我察觉到一名沉思中的少年与英姿焕发的雅典娜多么相像。

我的雕刻师皆有点茫然不知所措；资质较平庸者，不是线条表现得太柔和，就是过分加重强调，纷纷败下阵来；不过，所有人多少都加入了一些幻想成分。生动的雕像与画像反映出少年十五岁到二十岁辽阔多变的人生风景：认真严肃的乖孩子。一名哥林多的师傅大胆地保留了少年松懈自在的姿态：挺出肚子，垂

---

[1] 赫尔墨斯：宙斯与玛埃阿的儿子，奥林匹斯十二主神之一，也是宙斯的信使和传令官。

安提诺乌斯

国家考古博物馆，意大利那不勒斯

下肩膀，一手叉腰，仿佛立在街角关注一局掷骰子赌博。还有那尊大理石像：阿夫罗迪西亚[1]的帕皮亚斯雕出一副极致的裸体，毫无武装，如水仙一般清新娇弱。而在我指令之下，阿里斯泰阿斯以一块有点粗糙的石头，雕出了那昂然专横的小脑袋……有些画作以死亡为题材，死神留下标记之处，一张张大脸、嘴角透露学问，满载秘密，而那些秘密早已与我无关，因为早已与生命无关。那座浮雕，出自卡里亚人安托尼亚诺斯之鬼斧神工，呈现了一位穿着生丝的葡萄采收人以及友善地靠在他一条裸腿上的爱犬，洋溢着艾丽榭乐土[2]般的美妙恩泽。而那副简直令人不忍卒睹的面具，出自某位昔兰尼雕刻师之手：同一张面孔上，既苦亦乐，悲喜相互冲击，好比两道巨浪冲打同一块岩石。而那些廉价的泥塑小雕像则是和平大地之守护神，化身为一名手持花果的斜倚少年，用来宣扬帝威："巩固江山"[3]。

人皆有志[4]。人人都有其喜好，亦有其目标，或者说有其野心，有其极隐秘的偏好及最高尚的理想。我的志向，一言以蔽之，即为"美"字。尽管理性与眼睛之感受足以明证，这个志向却依然难以清楚定义。我自觉对世界之美有一份责任。我希望所有城市皆华美，通风良好，水源洁净清澈，居民的身躯不受贫苦或奴役而贬损，亦不染炫富之粗鄙恶俗而自我膨胀；愿学生能以正确发音背诵脱俗不愚蠢的课文，持家的女性举止流露母性的光辉、强大的抚慰力量；愿年轻人常去体育场健身，对运动与艺术皆不致一窍不

---

[1] 阿夫罗迪西亚：位于小亚细亚的一座古城，曾是小亚细亚著名医学、哲学、雕塑和艺术中心。
[2] 艾丽榭乐土：或称艾丽榭、艾丽榭场，希腊神话中英雄或圣贤在地狱中的休憩之所。
[3] 原文为拉丁文。
[4] 原文为拉丁文。

通；愿果园结满鲜甜硕美的果实，田作丰收，谷粮满仓。我希望和平罗马强盛无边的安定力量延伸到一切事物，一如天上圣乐奏起，潜移默化且不绝于耳；愿最卑微的旅人在某个国度流浪，或从一座大陆前往另一座大陆时，不需为手续苦恼，没有危险，处处得到最基本的法律保护及文化礼遇；愿我们的士兵继续在边疆跳皮洛士[1]战舞；愿匠铺工坊和神庙寺院，一切运作顺利正常；愿汪洋上美丽的船舰乘风破浪，大道车马络绎不绝；愿在一个井然有序的世界里，哲学家与舞者皆得其所。这份理想其实渺小，若人们肯挪出一部分在逞凶恶斗或愚昧事情上的力气用于其上，应经常可接近达成之境。我得到天赐良机，能在本世纪最后这二十几年实现部分理想。来自尼科美底亚[2]的阿里安[3]是当代最卓越的智者之一，他总爱提醒我老泰潘德洛斯[4]的优美诗句，以三个字词言简意赅地定义出理想的斯巴达人（还有斯巴达一心梦想却从未实现的完美生活模式）：力量，正义，缪斯[5]。力量是一切的基础，纪律少了它，就成不了美；坚决缺了它，就没有正义。正义是维系各部分之平衡点，组成和谐的整体，不容丝毫逾矩。而力量与正义，亦不过是缪斯诸女神手中调音完美的乐器。一切赤贫、粗暴，与侮辱谩骂一样，皆禁止加诸美好的人类群体。在各领域所组成的和声中，任何极度的不公不义，皆如荒腔走板的音符，需极力避免。

---

[1] 皮洛士(319b. c. 或318b. c. —272b. c.)：古希腊摩罗西亚国王，著名将军和政治家。曾是罗马共和国称霸意大利半岛的最强大的对手之一，但在对抗罗马的一些战役中尽管获得胜利，也付出了惨重的代价，西方谚语"皮洛士式的胜利"即源自此。

[2] 尼科美底亚：即今土耳其城市伊兹密特，曾是小亚细亚北部最重要的城市之一。

[3] 阿里安(86—约160)：古希腊历史学家、哲学家、政治家，著有描述亚历山大大帝功勋的《远征记》与描述军官尼阿卡斯跟随亚历山大大帝远征印度的著作 *Indica*。曾在罗马军队服役，担任过卡帕多西亚总督与雅典执政官。

[4] 泰潘德洛斯：古希腊诗人、音乐家，约活动于公元前七世纪。

[5] 原文为拉丁文。

日耳曼地区必须建造一些防御工事或军营，开辟或整修一些道路；这些工程将我困在当地将近一年；一座座新盖的堡垒耸立，遍布七十里格，沿着莱茵河捍卫我们的疆界。这川流湍急的葡萄酒乡的一切皆在我意料中：我重温当年那青年军官为图拉真带来登基消息时所赶过的路。还有，在那从杉林砍来的原木所搭建的最后一座碉堡后方，我重遇那同样单调的漆黑风景，自奥古斯都军团莽然挺进后即将我们隔绝在外的那个世界；同样的树海，同样的金发白人族之保留区。重新整顿的工作告一段落之后，我沿着比利时及巴达维亚向前，一直到莱茵河口。沙丘荒芜，构成一片北方风景，偶尔间杂咻咻鸣响的苇草。新市集港内，屋舍建筑在木桩上，伴倚着停泊门前的船只；屋顶上，海鸟高栖。我喜欢这些阴郁的地方，但我的副官们都觉得景色丑陋：天空灰蒙，河水泥黄，经河流蚀刻的土地样貌畸零，黯淡无光，软泥遍布，神明不肯眷顾塑形。

　　一艘近乎平底的船舰载我航向不列颠岛。狂风连续几次将我们推回出发的海岸。这趟逆风之旅赐予我惊人的空闲时间。沉滞多阻的海面升起巨大云气，夹带污沙，不断翻腾。昔日在达西亚和萨尔马特之时，我曾虔诚地凝望大地；而今在此，我生平第一次窥见海神的面貌——比我们自己的更混沌狂乱，亦首次见识了一个无穷尽的水世界。在普鲁塔克的作品中，我曾读到一则航海传说：有一座岛，位于幽冥之海^[1]附近海域，据说几个世纪以前，战胜的奥林匹斯诸神将战败的堤坦族赶到这里。这些巨人俘虏被礁岩与海浪囚禁，在日夜不歇的汪洋鞭挞之下，无法成眠，心神却不断为迷梦所占据，依然凶猛残暴，焦虑不安，饱受欲望磨难煎熬，反抗奥林匹斯的威权。从这则发生于海天一角的神话中，我发现了与我志同道合的哲学理论——每个人，在其短暂的一生中，必须不断抉择：希望无穷，努力不懈，还是无欲无求，明哲保身？混乱与安定何者为乐？要当堤坦族还是奥林匹斯主神？要在这些对立之间作抉择，还是终有一日调解选项，使双方一致和谐？

在不列颠完成的内政改革属于我的施政杰作，前文已作略述。在此所要强调的是：在和平的气氛下，再次进驻这座位于已知世界边缘之大岛的皇帝，我是第一人；克劳狄曾以元帅将军的身份来此冒险了几天。整个冬天，在我的指定之下，伦迪尼乌姆^[2]成为实际的世界中心，与当初为因应帕提亚战争提高安条克的地位一样。依此类推，出巡视察使权力重心随每一趟旅行移动：挪到莱茵河畔或泰晤士河岸一段时间，我可趁此机会评估，在那样一个地方设置皇都可能有何好坏。留在不列颠期间促使我去正视，设想是否可能将帝国中心设在西方，阿特拉斯的世界。这样的想象并没有实际价值；然而，一旦算计者认为自己的估测在未来大有可为，想法就不再显得荒谬。

在我抵达前约三个月，第六军团"胜利"已先一步转移阵地，来到不列颠领土，取代在我们出征帕提亚时驻守不列颠岛上的第

---

［1］幽冥之海：古时地中海水手给大西洋取的别称。
［2］伦迪尼乌姆：伦敦的古称，由罗马人约在公元43年建立。

九军团。当时喀里多尼亚人乘虚而入，这支军队惨遭砍杀瓦解，给帝国一记难堪的反击。我们采取了两项重大措施，阻止类似悲剧再现。首先，新增一支由当地民族组成的辅助部队来加强我方军力：在埃波拉克，一座绿意盎然的小山丘顶，我首次见识了这支新成军的不列颠部队操演。再者，竖立一道城墙，从东西最窄之处将大岛一分为二，保护土地肥沃、受控制的南方地区，抵挡北方部族入侵攻击。在那条长达八十里格的前线上，处处有工程同时进行，我亲自视察了一大部分。这块贯穿东西两岸、谨慎划定的地带，为我提供了机会去测试一种防御系统，或许日后能应用到其他任何地方。不过，这项纯军事用途的成就已经发挥作用，促进和平，让不列颠南边得以繁荣发展。村镇林立，逐渐朝边境聚集。军团的开凿壕沟任务由当地人支持：不久之前，这些山地人中的许多尚且顽强不从，而建造长城，无可辩驳地，成为他们臣服于罗马宗主之威的首要证据；军饷则可视为他们捧在手里的第一块罗马货币。这座长城成为我放弃征战策略的象征：在最前线的堡垒下方，我令人设立了一座界神神庙[1]。

这多雨大地的一切都令我着迷：丘陵山腰薄雾缠绕，献给宁芙仙女[2]们的湖泊比我国的更奇幻；种族天生忧郁，长着灰色眼睛。我的向导是不列颠辅助部队里的一名年轻军官。这名金发美男子学过拉丁文，会说几句希腊语，暗暗摸索，自己学着写了几首希腊情诗。一个清冷的秋夜，我带着翻译去找一位女先知。我们坐在一间凯尔特樵夫的小屋里，满室烟雾缭绕，腿上穿着又笨

[1] 界神神庙：古罗马时的一种神庙，通常立有雕刻着护界神胸像的界桩。
[2] 宁芙仙女：希腊神话中次要的女神，有时也被称为精灵、仙女或妖精，出没于山林、原野、泉水、大海等地。

又重的粗羊毛裤保暖。只见一名老妇人朝我们匍匐而来：全身雨淋湿透，蓬头乱发如狂风扫过，野蛮又鬼祟，宛如森林里的动物。她扑向在壁炉上烙着的燕麦小面饼。我的向导对女先知柔声劝说了几句；她答应为我检视烟缕之盘旋、突然喷溅的火花，以及葡萄枝与灰烬搭起的脆弱结构。她看见一座座城市兴起，人们欢欣雀跃；但也有城市大火，怀恨在心的俘虏队伍，使我的和平大梦成空。还有一张年轻柔和的面孔，她认为是女性，但我并不相信；一抹白色幽灵，或许只是一尊雕像，但对于这个住在森林荒地的女人而言，那是比鬼魂更无法解释的事物。然后，模糊朦胧的几年后，我将死去：这一点，没有她我也能预知。

高卢繁盛，西班牙富庶，相较于不列颠，占去我较少时光。在纳博讷附近的高卢境内，希腊遗风竟扩及至此，使我得以重温美妙的学习演说的学院，以及纯净天空下的廊柱。我在尼姆稍作停留，建构了一份蓝图，打算盖一座圣殿献给普洛提娜，预备日后作为她的神庙。亲族关系使皇后钟爱这座城市，也使得我对它荒旱金黄的景观愈加情有独钟。

不过，在毛里塔尼亚，反抗硝烟不断。我缩短纵贯西班牙的行程，甚至在从科尔多瓦[1]前往海边时，路经伊大利卡，来到我儿时生长的城市、祖先的家乡，亦过门不入。我在加的斯乘船，驶向阿非利加。

阿特拉斯山脉满身刺青的俊美战士仍时时侵扰阿非利加沿岸的城市。我在那里短暂滞留了几天，经历了等同努米底亚的萨尔马特之役；再次见到部落一支支被驯服，大漠之中，不可一世的

---

[1] 科尔多瓦：西班牙古城，曾为罗马帝国一处重要的殖民地。

首领头目卑躬屈膝,混杂在女人、包袱与跪倒在地的牲口之中。只是这一次,冰天雪地换成了漫天风沙。

如果真有那么一次,在罗马度过春天该有多好,重返开始兴建的庄园,再次享受卢基乌斯的任性、轻抚,以及普洛提娜的情谊。然而,这段城居时光几乎随即被一触即发的战事警讯打断。与帕提亚的和平维持不过三年,幼发拉底河流域又爆发严重事端。我即刻动身,前往东方。

我铁了心，执意舍弃出动军团，用另一种不那么寻常的方式来解决边境上的纷争。一场与帕提亚皇帝奥斯洛莱斯的私人会面于焉展开。此行我带上了皇帝的女儿。在图拉真占领巴比伦的时期，她尚在襁褓中即被俘虏囚禁，然后留在罗马当人质。那是个有一双大眼睛的娇弱女孩。有她与伺候她的女仆们同行，为这趟旅行多少带来麻烦，而准时抵达又极为重要。这批女人戴着面纱，坐在一顶小帐篷内，帘幕严密低垂，由骆驼载着，摇摇晃晃地穿越叙利亚沙漠。晚上到了驿站，我总派人询问公主有否任何需求。

　　到了吕基亚，我特地停留一个小时，决定请擅长谈判的富商普拉莫阿斯陪我一同前往帕提亚领土。事出突然，他来不及如平时那样炫耀雄厚的财力。这个养尊处优的男人却也能适应沙漠中一切偶发状况，不失为一位令人赞赏的旅伴。

　　会面地点位于幼发拉底河左岸，距离杜拉[1]城不远。我们乘木筏横渡大河。帕提亚的皇家禁卫军身穿金色盔甲，骑乘同样闪亮的马匹，沿着河堤排成一列，耀眼而炫目。与我形影不离的弗莱贡面色惨白，随行的军官们也不禁心生畏意：这场会面有可能暗藏陷阱。普拉莫阿斯嗅惯了亚细亚的空气，神色自若，对这时而寂静时而喧嚷、按兵不动之中又突然一阵马蹄杂沓，以及荒

[1] 杜拉：建于公元前三世纪的帕提亚商队中心，位于今叙利亚幼发拉底河畔，以"东方庞贝"著称。

漠凭空出现这样阔绰排场，仿佛沙地上铺了一块豪华毡毯等等状况，处之泰然。至于我，不可思议地，一点也不担心：宛如稳坐小舟里的恺撒，我将自己交给这些载着我命运的筏板。我一上岸即把帕提亚公主归还给她的父亲，并未质押在我方，等到安全离开才交换，用实际证明了自己这份坦荡自信的胸怀。同时，我允诺归还阿萨西斯王朝的金宝座：昔日图拉真把它抢了过来，对我们一点用处也没有，东方部族却基于迷信，视之为稀世珍宝。

　　与奥斯洛莱斯的盛大会面只不过是表面做戏。其实，这和阋墙的邻居为双方和睦而努力协调并无两样。我面对的是一名有涵养的蛮族，精通希腊语，一点不愚蠢，但也丝毫不见得比我阴险狡诈；不过他颇为三心两意，足见并非十分可靠。我奇特的头脑运作模式帮我抓到那难以捉摸的想法。我面对帕提亚皇帝而坐，学着试探预测，然后很快就开始左右他的回答。我走进他的戏码，想象自己变成了奥斯洛莱斯，正在与哈德良谈判。我讨厌无用的争论，其实双方早就知道自己会不会让步，但我特别欣赏实话实说：这是简化事情、加快脚步的好方法。帕提亚人怕我们，我们对帕提亚人戒慎防备。当双方的畏惧接合，战争将由此触发。波斯总督们为了个人利益而推动战争。我很快就察觉：奥斯洛莱斯也有他的奎埃图斯和帕尔马。在这些于边界屯兵的半独立君王中，法拉斯马尼斯[1]对帕提亚帝国构成的威胁远大于给我们带来的危险。有人指控我用金钱援助掌控那些卑劣腐败的王，但金钱就应该用在这种地方。对于我国军力之优越，我太有自信，不至于被愚蠢的虚荣冲昏头。我早已作好准备，凡与空

---

[1] 法拉斯马尼斯：伊比利亚国王，约在116—140年在位。

洞名声相关的皆可放弃，其他的一切则绝不退让。最困难之处在于让奥斯洛莱斯相信，我之所以不轻易承诺，是因为我坚持说到做到。而他真的相信，或者看起来是真的相信我。那场会面所缔造的协议至今仍持续，十五年来，双方皆未破坏边界上的和平。在我死后，马可，相信你能把这个状态维持下去，一切交给你了。

一天晚上，在皇家营帐下，奥斯洛莱斯为我举行盛宴。在众多女子与长睫如簟的年轻侍从中，我看见一个裸体男子，骨瘦如柴，一动也不动，眼睛睁得大大的，却似乎无视面前的满桌荤肉、炫技杂耍及妖媚舞娘。我请翻译协助，与他攀谈，但他不屑响应。这是一名真正的智者。不过，他的弟子们话可就多了。这些虔诚的流浪者来自印度，他们的导师属于权贵的婆罗门阶级。我当时学到：沉思冥想引领他相信整个宇宙仅由虚幻与谬误交织而成，对他而言，唯有苦行，放下，死亡，才能避开万物之汹涌多变；而我们的赫拉克利特则相反——他任凭肉身随波逐流，心灵却超越理性的世界，直接与纯粹的神界相通，那片恒定而空旷的苍穹，亦曾是柏拉图向往之梦。透过译者们笨拙的解说，我隐约感受到，他的想法与我们的一些哲学家并非完全不同；只是这位印度人表达得更纯粹更决断。这位婆罗门贵族已达到一个境界：除了肉身以外，再无任何事物阻隔在他与神之间。神无从触摸，无形无体，他想与神合而为一，决定于隔天自焚。奥斯洛莱斯邀我参加这场庄严的仪式。一架沉香木柴堆燃起火光，男子投身其中，一声不哼，逐渐消失。他的弟子们没有显露丝毫遗憾不舍，对他们而言，那并非一场葬礼。

那天夜里，我对此事反复思索良久。在垂挂华丽锦缎的帐篷里，我躺卧在一张上好的羊毛毯上。一名侍童正在为我按摩双脚。营帐外传来小亚细亚夜晚仅有的杂响：奴隶们在我的门前交谈，棕榈树婆娑摇曳，普拉莫阿斯隔着布幔在邻帐打呼酣睡，一匹拴在柱上的马儿炝蹄，而稍远处，从女眷区发出的，一首哀伤的歌曲沉沉低吟。而那位婆罗门大师对这一切不为所动。那个醉心于拒绝身外之事的男人纵身跃入熊熊烈火，宛如恋人滚上空床。他抛开所有事物，所有人，然后也抛开自己，弃之如蔽体的衣物，因衣服遮蔽他独一无二的存在，那肉眼看不见的，他最珍视的虚空。

　　我觉得自己不一样，我随时接受其他选择。苦行，放下，否定，我对这些并不全然陌生：几乎所有二十岁左右的年轻人都会这么做，我也曾身体力行。当时我的岁数还更小一些，在罗马，由一名朋友带着，我去萨布拉尔穷人区的陋室拜见老爱比克泰德，几天后他就遭到图密善驱逐。他曾是奴隶，当初，粗暴的主人把他的腿都打断了也听不见他哼一声痛；而今，屠弱的老人依旧坚毅地忍受着结石的长期折磨。在我看来，他拥有一份近乎神授的自由。我敬佩地凝视那对拐杖，那张草席，那盏陶土灯，泥塑盆里的木汤匙，那些纯朴生活仅需的几项简单工具。但爱比克泰德舍弃了太多；我很快就领悟到，对我而言，没有什么比放弃更简单，更危险。那名印度人依循逻辑上的必然，连生命也抛弃。这种纯粹的狂热行径可使我受益良多，但前提是将其中意义另作诠释。那些哲人致力超脱有形之茫茫汪洋，寻找心目中的神，将神简化为那独特、触摸不到且无形的特质，然而有一天，当神成为全宇宙之神，这种特质即化为乌有。我以另一种观点看待自己与神的关系。我将自己想象成神的助手，助祂建立世界的形状与秩序，使其发展，不断回绕再回绕，开枝散叶，盘根错节。我是车轮转动的一个环节，是参与繁衍万物之独特力量的一部分，是老鹰和公牛、男人和天鹅、阳具和大脑全部聚集在一块，是海神普洛透斯也是朱庇特。

　　大约就在那个时期，我开始觉得自己是神。别误会：我始终仍是，永远都是，那个靠大地生产的果实与禽畜维生，将食物渣屑还给大地，星球每次运转就不得不迁就睡眠，过久感受不到热恋温度就忧心如焚的凡人。我的力量、体能或思想的灵活度，都凭借纯粹凡人的锻炼来细心维持。然而，这一切若非如神一般的亲身经历，又该如何解释？懵懂年少时冒险实验的精神，以及急着把握时光之冲动，早已结束。年届四十四，我觉得自己不再容易失去耐心，我充满自信，契合我完美的本质，我是永恒的。你要明白，此处所论的全部在于智性层次；至于谵妄，如果必须用这种说法称呼的话，则是后来的事。我是神，原因很简单，因为我是人。希腊后来授予我的那些神的封号，皆不过是公开声明我本人长期以来早已确知之事。我相信，即使我被关进图密善的牢房，或置身矿坑深处，亦可能自觉是神。而若我敢如此狂妄称神，那是因为，对我而言，这种感觉没什么了不起，一点也不奇特。不仅我，其他人也曾有过，或者未来也会有人如此感受。

　　我说过，神格头衔对我那令人讶异的笃定影响甚微；相反地，执行皇帝一职时，每一项最简单的例行公事皆在证明我的自信有理。若朱庇特是世界之脑，那么，背负整顿与管辖人类事务的人，很合理地，大可自认为是这主宰一切之脑的一部分。人类，姑且不论对错，几乎永远以天命神意的角度去塑造自己的神；而我迫于职责，必须对一部分人类扮演神的角色。国家的权力愈扩展，愈用冷酷严苛的锁链将人们捆绑，人心就愈渴望在这条巨大锁链

147

的另一端安置一位保护者的崇高形象。无论我是否愿意，帝国的东方子民已将我视为神明，即使在西方，甚至在罗马，结果也一样。原本，我们只有在死后才会被正式宣布为神，但民间隐隐弥漫着一股虔敬，愈来愈乐意在我们还活着的时候就将我们神化。不久后，帕提亚为感念罗马皇帝促进和平并遵守协议，建立了几座神庙。甚至在沃洛吉斯，那辽阔的异国世界中央，都有一座祭拜我的神坛。我丝毫不认为崇拜有沦于疯狂之危险，也不认为接受崇拜的人自以为优越；反而从中发现一种抑制约束，一种效法先人成为楷模的责任，必须在凡人的权势中融入部分至高无上的智慧。简而言之，当神比当皇帝需要更多美德。

十八个月后，我在厄琉息斯接受秘仪奥义。某方面而言，与奥斯洛莱斯的这次会面是我人生的转折点。我没有立即返回罗马，决定花几年时间探访希腊与帝国的东方各行省。于是雅典益发成为我的祖国，我的重镇。我决意讨好希腊人，并尽可能把自己希腊化。但此次奥义启蒙之行，原本部分起因于政治考虑，却成为我前所未有的宗教体验。这些重大仪式之作用仅在于将人生的重大事件化为象征，但象征比实际行为的意义深远，从恒常运行的角度，为我们的每一个举动提出解释。我在厄琉息斯所习得的奥义内容必须严加保密，况且，基于它无法以言语述说之本质，秘密被泄漏出来的机会极小。就算说成话语，也只会觉得平庸；而这正是其深奥之处。后来，秘仪祭司与我进行私人对谈，传授我更高深的意义，但我几乎已波澜不惊；远不若我这个最无知的朝圣者，参加净身仪式，喝下泉水时所受到的启蒙震撼。我听见各种不和谐的声音冲销化解，发出共鸣；曾有那么一刻，我倚在另一个境界，从远处凝望，却又仿佛近在眼前：看这人与神的行进队伍,行列之中有我一个位置;看这个世界尚存苦难,而错误已不复存在。人类的命运,这模糊不清的轨迹,宛如天上的星图闪烁,就连未经训练的眼睛也能挑出多处谬误。

走笔至此,不妨谈谈我的一个习性。终我一生,这个习性指引我该走的道路,虽不及厄琉息斯的小径隐秘,但基本上与之平行:我想谈的是研究星象。我始终是天文学者的好友,占星学家的顾客。后者这门科学不十分可信,细究起来错误百出,但整体而言或许是真的:人既身为宇宙的一粒微尘,共同依循主宰天空之法则,朝天体探问人生主旨,寻求关乎我们成败的冷冷共鸣,这并非荒谬之举。每个秋夜,我总不忘朝南与水瓶座照面打招呼:上天的司酒神,将神泽遍洒的分配者,我在此星座下诞生。我不忘观察掌管我人生的木星朱庇特与金星维纳斯的运行,同时评估土星萨顿带给我的厄运影响。虽然夜间醒着的时候,我经常从事这种人类对星辰苍穹的奇特投射活动,但我对天体数学,对这些巨大的燃烧星体产生的抽象思辨更感兴趣。与国内几位最大胆的学者一样,我倾向于相信,大地本身亦参与这场昼夜循环,而厄琉息斯的神圣行进队伍顶多是人类对此的模拟。在这样一个世界,一切皆不过是各方角力之涡流,微粒的舞动,无所谓高低,也不存在外围或中央;我难以想象会有一颗球静止不动,或有一个点不随之运转,固定原处。另有些时候,喜帕恰斯昔日在亚历山大的分点岁差计算使我魂牵梦萦,难以成眠。那些数学算式让我发现,同样是厄琉息斯神秘的推移与回归,不用寓言或象征,亦可用明确的举证展现出来。在我们的时代,室女座的角宿不再位于喜帕恰斯星图上的那一个点,但这种变动代表一个周期循环结束,甚至证实了天文学家的假设。慢慢地,不可抗拒地,这片星空又会变回喜帕恰斯时代的模样,然后再次变化成哈德良时期的面貌。紊乱融入规律,变化成为天文学家可事先推测之局势的一部分。在此,一如厄琉息斯秘仪的呐喊与舞蹈,透过建立明确的定理,人类亦昭然揭示:其精神与宇宙同在。仰望夜空的人与被仰望的星子,不可避免地,朝各自的尽头滚落,于天际某处画出记号。而下沉降落的每个当下就是暂停,一个参考点,曲线上如金链一般牢固的一截。每一次滑移都让我们回到一个点,因为我们恰巧在此,所以觉得此处即是中心点。

童年时,祖父马鲁利努斯总举高手臂,指引我看夜空中的星座;从那时起,对天体的好奇就深植我心。驻军守夜时,我透过云层,凝望蛮族天空中的月升月落;后来,在阿提卡[1]清朗的夜空下,来自罗得斯岛的天文学家泰隆对我解说他的世界结构。爱琴海中央,我躺在一艘船的甲板上,看着船桅在星子间缓缓摇晃移动,从金牛座的红眼睛到七姊妹星团的泪珠[2],从天马座到天鹅座;我尽力回答与我一起观看同一片夜空的少年,他提了许多既天真又严肃的问题。在这里,提布庄园,我请人建造了一座天文台;但如今拖着这身病,我再也爬不上那些阶梯了。在我这一生中,曾有那么一次,我尽了更大的努力:牺牲一整夜,献给星辰。那是在会见奥斯洛莱斯之后,横渡叙利亚沙漠期间。我仰卧,明睁着眼,几个小时里抛开人类所有的烦恼,从傍晚到黎明,将自己奉献给那个火焰与水晶的世界。那是我毕生最美的一趟旅行。天琴座中那颗明亮的大星星在我头顶上闪耀,对活在几万年后的人类而言,它将成为极星,而那时我们都已不在人世。双子座在

---

[1]阿提卡:希腊的一个半岛,也是首都雅典所在的行政大区。
[2]七姊妹星团的泪珠:系指昴星团。

夕阳最后几抹余晖中微弱发光；蛇夫在人马前方，天鹰阔展双翅，飞向天顶；它爪下的那个星座尚未被天文学家指认，但我早已给予最珍贵的命名。夜，从来不似在房内活动和睡觉的人所以为的那般一片漆黑，其实天空起初幽暗得多，然后又变得明亮得多。为驱吓豺狼的营火熄灭了，那炽红的炭堆令我忆起站在葡萄藤前的祖父，他当初的预言如今已成真，且不久后即将成为历史了。我曾尝试多种形态，试图与神为伍；我曾不止一次体验灵魂出窍，有时痛苦难当，有时甜美得令人不知所措。叙利亚那一夜则透彻清明得诡异。苍穹中整座天宫的运行移动精准地刻印在我脑海，非任何片段的观察所能及。就在此时，写信给你的这一刻，我确切地知道，哪些星星正在经过，这里，提布；哪些星星挂在这座灰泥粉饰彩绘华丽的屋顶上方，而哪些又在他方，那边，坟墓上。几年后，死亡成为我不断凝视的目标，穷我未被帝国耗尽之精神智力，全心奉献之思想。谈论死亡，亦即谈论死亡可通达的神秘世界。经过如此多番深思熟虑，亲身试炼，这些思考和经验有时甚至可招致非议，但那片黑幕背后究竟发生着什么事，我仍一无所知。然而，叙利亚那一夜代表了我对永恒不死的清楚认知。

金色年代

SÆCULUM AUREUM

与奥斯洛莱斯会面之后的那个夏天我在小亚细亚度过。我在比提尼亚稍作停留,亲自监看帝国森林的砍伐工程。在明亮、文明、知性的城市尼科美底亚,该行省的财政总督科奈乌斯·庞培·普洛库吕斯招待我居住在他的寓所。那是尼科美底亚国王的宫殿,充满年轻恺撒缠绵悱恻的回忆。普罗波恩蒂斯海[1]的微风吹来,使这些阴暗的厅室空气清新。普洛库吕斯是一个有品位的男人,为我举办了文学聚会。经过此地的诡辩派哲人、小群学生及艺文爱好者共聚在花园,围在一座献给牧羊神潘[2]的泉水畔。时时有一个奴仆将一只大陶土瓮浸入泉中;与这纯净的泉水相比,再如何清晰的诗句也显得混浊。

　　那天晚上,我们读了一出吕哥弗隆的剧作,颇为深奥难懂。我喜欢这位诗人使用叠声、隐喻及画面之大胆疯狂,也欣赏他布局中复杂的辉映和回响。一名男孩远远地坐在外围角落,专注听着这些艰涩的诗节段落,神态自若又若有所思;我当下想象:仿佛森林深处一位牧羊人,漫不经心捕捉几声隐隐的鸟啼。那个男孩没带蜡板,也没有铁笔。他坐在池畔,手指轻轻触碰如镜水面。我探听得知,他父亲曾在庞大的皇苑管理部门担任一个小职务;男孩从小由祖父照顾,学龄后被送到父母的一位主顾家——在这

---

[1] 普罗波恩蒂斯海:今土耳其马尔马拉海之古称,是亚洲小亚细亚半岛与欧洲巴尔干半岛之间的内海。

[2] 潘:希腊神话里的牧神,传说是信使赫尔墨斯的儿子,是掌管树林、田地和羊群的神,有人的躯干和头,山羊的腿、角。相对应于罗马神话中的法乌诺斯。

个贫穷的家庭眼中,那位尼科美底亚的船东是个有钱人。

等其他人都离开后,我要他留下。他读书不多,几乎什么都不懂,事事多虑,却又轻信他人。他的家乡在克劳狄奥波利斯,我曾去过那座城,借此让他开口提及他家族的小屋——位于大松林边上,而那里的松树正用来供给我军舰队的船桅。他又说起山丘上的阿提斯[1]神庙,他喜欢那里奏出的尖细乐声;还有他家乡的骏马,以及他家乡特有的各种奇怪神明。他的声音有点含糊,说起希腊文带有亚细亚口音。他蓦然发现有人专心听他说话,甚至可能目不转睛地注视着他,于是一阵慌乱,脸红起来,又陷入沉默,坚持不开口;这种状况,不久后我也就习惯了。一种亲密感悄然萌芽。后来,他陪我经历所有旅行,几个奇幻的年头于焉展开。

安提诺乌斯是希腊人。他的古老家族默默无闻,我追溯其族谱,可到普罗波恩蒂斯海沿岸最早有阿卡狄亚佃农的时代。不过亚细亚的一切将这稍嫌腥呛的血统酿成蜜滴,香气干扰了一瓮纯酒。我在他身上看到阿波罗尼俄斯信徒的迷信,波斯大王的东方子民对君权的信仰。他这个人无比安静,跟随在我身旁,像一头动物或守护精灵。他仿佛一只小狗,拥有数不清的本事,可活泼诙谐亦可慵懒作陪,时而野蛮难驯,时而百依百顺。这头俊美的猎犬,贪婪地渴望抚摸,要求指令,卧踞在我的生命里。我赞赏他那种近乎高傲的态度,但凡他不喜欢或不崇拜之事,一概不理:这样的冷淡反而使他能保持客观、审慎,拥有一切深思熟虑、严谨不苟之类的美德。我惊叹他刚强的温柔,投入全副身心的暗暗效忠。然而,他的顺从并不盲目,在默许或幻梦入神时经常垂下的

---

[1] 阿提斯:弗里吉亚神话里的男性主神。

安提诺乌斯

埃莱夫西斯博物馆，希腊埃莱夫西斯

眼帘有时会抬起,用世界上最专注的一双眼睛直视我,我觉得自己正接受审判。但那种审判就像神受其信徒之检视:我的强硬冷酷,我的疑心重重(因为我后来的确有这个毛病),都被耐心地,认真地,一一接受。我生平只有一次当过绝对主宰,而且只主宰一个人。

若我对那显而易见的美貌始终只字未提,可别以为我的缄默是一个完全被征服的男人故意卖弄玄虚。我们绝望寻觅着的身姿就是捉摸不住,总是稍纵即逝……我脑中又浮现他歪着头,披下一头乌黑如夜的秀发;双眼那般细长,眼帘几乎拉成了斜线;一张宽阔的年轻脸庞,仿佛斜卧。那柔软的身体不断变化,如同一株植物,而有些变更归因于时间。孩子变了,长大了。怠惰一个星期,他就萎靡不振;狩猎一个下午又立即使他坚实强健,拥有田径选手的敏捷。阳光下晒一小时,肤色就从茉莉变成蜜。幼马般有点笨重的双腿抽长了,孩童精巧圆润的脸颊消失,微微凹陷,颧骨隆起;年轻长跑选手鼓胀着胸腔,显出酒神女祭司颈部似的光滑曲线。嘟嘟翘起的嘴唇上挂了一丝苦涩的激情,一丝哀伤的餍足。事实上,这张脸不断在变,仿佛是我日夜不停雕刻着他的容颜。

回首来时路,我想,那段时光是我的金色年代。一切都轻而易举:昔日的努力得到了报偿,轻松顺畅之感宛如神赐。旅行是游戏人生:是可知、可掌握、可轻巧安排的乐趣。工作即便接二连三,却只让人乐在其中。在我这一生,权力也好,幸福也好,一切都来得晚。当时,这段人生充满正午的耀眼光芒,午睡时分的暖阳将一切,包括房间里的物品与躺在身旁的人儿,全部笼罩在金色氛围中。极致的热情自有其无邪纯真,几乎与所有其他事物一样易碎：其余的人类之美皆属观赏用途，不再是我所追捕的猎物。这场起初平庸无奇的际遇渐渐丰富了起来，却也让我的生活变得单纯：未来几乎一点也不重要，我不再求神问卜，星子不过是镶缀在天顶的奇妙图画。我从未如此愉悦地发觉：小岛海天交接处，晨曦中泛起的微光；祭祀宁芙仙女们的山洞清凉沁人，时时有成群候鸟盘踞；夕阳西下的暮色中，鹁鹕笨重地飞行。我重读诗作，感觉有几位诗人读来比以前优秀，大部分则显得更糟。我提笔写诗，作品似乎没有平时那么差劲。

在比提尼亚的树海——辽阔的软木橡树林和松树林；猎宫中，透光的格窗拱廊上，一回到家的少年，羽箭、短剑、金腰带就全卸下，随意乱丢，与狗儿们抱在一起在皮躺椅上打滚。平原聚积了漫长夏日的暑气，桑加里奥斯河畔的草原上方蒸起一道烟霭，未经驯服的马群恣意驰骋。天一亮，我们就走到河畔坡岸戏水，途中窸窸窣窣地经过一夜露水浸湿的长草，天边挂着细细的金钩月，恰是比提尼亚的标志。这个地方被赐予各种特权，甚至得以冠上我的名号。

到了锡诺普[1]，我们受到寒冬突袭。在堪比斯基泰的严寒气候之中，我为扩港工程举行动土仪式；事实上工程早已遵我命令，由舰队水手操作执行。在前往拜占庭[2]的路上，地方王公贵族命人在沿路的村镇入口生起巨大火堆，让我们的禁卫军聚在此处取暖。暴风雪中，横渡博斯普鲁斯海峡这趟航程极美。在色雷斯森林中，我们骑马出巡。刺骨寒风钻进大衣外袍，数不清的雨滴如小鼓一般弹打在树叶和帐篷顶上；我们在工人营地休憩暂

---

[1] 锡诺普：今土耳其港口城市，一直被作为海军要塞。
[2] 拜占庭：即今土耳其城市伊斯坦布尔。

158

歇：这里即将竖立起哈德良堡。达西亚战争的老兵欢呼喝彩，不久后，这摊软泥之上将造出城墙高塔。为了访查多瑙河的驻防部队，我在春天回到一个繁华的市镇，也就是今日的萨尔米泽杰图萨。比提尼亚少年的手上戴了一串德凯巴鲁斯国王的手链。我们从北边回希腊，途经清流四溅的坦佩河谷，我徘徊良久。接着去金黄色的埃维亚岛[1]，再去玫瑰红酒色的阿提卡。雅典仅仅蜻蜓点水。在厄琉息斯，在接受秘仪奥义之时，我混杂在同来参与盛会的朝圣团人群中，三天三夜：他们唯一的防范措施就是禁止携带刀刃入场。

我带安提诺乌斯回他祖先的发源地阿卡狄亚。那儿的森林依旧与古老猎狼人居住的时代一样，无法进入。骑士偶尔马鞭一挥，还会吓跑一条毒蛇。多岩的山顶上，烈日当空，如盛夏的火球。少年背倚在岩石上，头垂在胸前，沉沉睡着；山风抚乱了他的发丝，宛如大白天里的恩底弥翁。我的年轻猎手费了九牛二虎之力才驯服一只野兔，它却惨遭猎犬们撕咬而死：在那些明媚无忧的时日中，这是唯一的不幸。直到那时，曼提尼亚的人们仍对这个比提尼亚佃农家庭一无所知，如今恍然发现他们之间有亲族关系。后来少年在这座城也有属于他的神庙，这座城也因为我变得更加丰富多彩。此处海神尼普顿祭坛的年代遥远得无法追忆，已崩为废墟仍备受尊崇，甚至禁止任何人进入；比人类起源还古老的神秘，深藏于紧闭的门扉后，恒久流传。于是我兴建了一座新的神庙，占地辽阔许多，将遗址废墟完全包覆起来，如同果实中心的果核，从此得以安置。距曼提尼亚不远的道路上，我命人重修

---

[1] 埃维亚岛：仅次于克里特岛的希腊第二大岛，位于爱琴海中部。

伊巴密浓达的坟墓。他死于战场,与一同战死的年轻伙伴共葬。我竖立纪念柱,刻上一首诗,缅怀那起事迹:从久远之后的目光来看,那个时代的一切显得高贵而单纯,无论是柔情、荣耀,还是死亡。在亚该亚,哥林多地峡运动会盛大举行,自远古时代以来,排场之豪华前所未见。通过重新举办这些重要的希腊庆典,我希望能复苏整个希腊地区之活力。为追逐猎物,我们被引入赫利孔山[1];深秋最后一批红叶将山谷染成金黄。我们在那喀索斯照见自己的泉水畔休憩,不远处有一座爱神的祭坛:我们将狩猎的战利品,献给这位最有智慧的神祇,在神庙墙壁的金色钉子上挂上一张幼熊毛皮。

我搭着以弗所[2]商人厄拉斯托斯借我的船,航行过群岛,悠哉于法勒隆湾停泊靠岸。我回到雅典城,仿佛回到自己的家。我大胆地插手改造这样的美感,尝试将这座令人赞叹的城市增强成一座完美的城市。经过一段漫长的衰败以来,头一回,雅典又有了新生命,重新开始成长。我将城区范围扩大一倍,沿着伊利索斯河,我预见一座全新的雅典,它是特修斯[3]之城,也是哈德良之城。百废待举。六个世纪以前,供奉奥林匹斯主神宙斯的神庙,工程才刚开始就遭搁置。我的工匠们展开建造作业:自伯里克利[4]以降,雅典终于再次有了振奋人心的建设。我完成了塞

---

[1] 赫利孔山:希腊中部的一座山,濒临哥林多湾。
[2] 以弗所:古希腊人在小亚细亚建立的一座大城市,属于今土耳其。据说圣母玛利亚终老其身于此。
[3] 特修斯:传说中的雅典国王,主要事迹包括——铲除了许多著名强盗;走出了弥诺斯的迷宫,并战胜了弥诺陶洛斯;和希波吕塔结婚;劫持海伦;等等。
[4] 伯里克利(约495b. c.—429b. c.):古希腊雅典政治家,民主派的代表人物。被认为是开辟雅典黄金时代的传奇统帅。

琉古一世想完成却未竟业之事，弥补我们的前辈苏拉[1]在当地犯下的掠夺破坏。我亲自监督工程，每天在机械、复杂的滑轮、半成品的圆柱，以及随便堆在蔚蓝天空下的雪白石块所组成的迷宫里来回穿梭。在那儿，我感受到几分类似造船工地的兴奋气氛：一幢搁浅的建筑获救脱困，正在装设布置，为未来的亮相作准备。晚上，工程艺术让位给音乐，那是肉眼看不见的工程。各种艺术，我多少接触过一些，唯独音乐这一项，我持之以恒地练习，自认功力颇优异。在罗马时，我把这份爱好深藏起来，到了雅典，终于可以恣意地沉浸其中。乐手们通常聚集在种有丝柏的院子里，围在一座赫尔墨斯的雕像下方。约莫仅有六七人，以笛子与里拉七弦琴合奏，偶尔会有齐特拉琴的高手加入。我通常吹长笛。我们一起演奏几乎已遭人们遗忘的古老曲调，也练几首为我而谱的新曲。我喜欢多利安[2]调的阳刚朴实，却也不讨厌奢靡或热情的旋律、激昂或灵巧的断奏，但严肃的人们对一切皆戒慎恐惧，视之为洪水猛兽，淫乱理智和心灵，从而拒之千里。穿过琴弦，我窥望我的少年伴侣的侧脸；他乖巧专注地在乐团中演奏自己的部分，小心翼翼地以指尖拨弄紧绷的琴弦。

那个美好的冬季充满友好的交际往来：阿蒂库斯财力雄厚，他开设的银行金援我的市政建筑事务，当然亦从中获利不少。他邀我去他位于凯菲西亚的花园。有一群即兴演说家和受欢迎的主流作家以他为中心，常在此聚会。他的儿子，年轻的埃罗德，十分健谈，既懂得带动话题，又说得妙趣横生。后来，在我的雅典晚宴上，他成

---

[1] 苏拉(138b. c. —78b. c.)：古罗马著名政治家、军事家、独裁官，曾为自己冠上"幸运者"名号。
[2] 多利安：古希腊主要部族之一。

了不可或缺的常客。曾经，雅典的青年兵役学校[1]派他到萨尔马特边界祝贺我登基，他在我面前紧张得忘词；如今他已完全摆脱当年的羞涩。而他的日益虚荣，在我看来，顶多是小小的滑稽。来自劳狄西亚的大演说家波莱蒙，口才与希罗德不相上下，以其如帕克托勒河[2]水般渊博浩瀚、闪耀灿烂的亚细亚风格令我着迷。这位聪明的文字专家，生活与演说的风格一样引人注目。然而，最珍贵的一场际遇是结识尼科美底亚的阿里安，我最要好的朋友。他大约比我小十二岁，当时已展开亮眼的政治及军旅生涯，至今仍持续建功效命。他处理重大事务经验丰富，对马匹、犬类及所有体能训练知识娴熟，比仅会花言巧语的人高明不知多少倍。他年轻时，曾受制于一种奇妙的狂热痴迷，若非那股精神，或许他就不是真的充满智慧，不是真的如此伟大：在伊庇鲁斯的尼科波利斯，他曾花了生命中两年的时间，在爱比克泰德临终的那个冰冷且家徒四壁的小房间度过，致力于一字不漏地记录病重的老哲学家生前最后的每一句话。那段热诚奉献的时光在他的人生中划下深刻的印记，他以一种认真的素朴，谨记大师了不起的教诲。他暗自恪遵苦修教条，一丝不苟，没有人会怀疑。他虽然长期钻研斯多葛派的功课，态度却未因而僵化，变成自以为是的智者：此人细腻过人，不至于察觉不到美德与爱一样，有其极端；且品德与爱的可贵之处，即在于稀有，是独一无二的杰作，豪迈的逾矩。先哲色诺芬[3]处

---

[1] 雅典青年兵役学校：古希腊雅典的一种高等军事学校，主要培养军事方面的领导者，学习者为18至20岁的青年男子。

[2] 帕克托勒河：古代位于小亚细亚的一条河流，传说河水夹带金沙，使得吕底亚国国王克罗伊斯极为富有。因此，当形容一个人非常富有时，有一种说法是"像克罗伊斯那样富有"。

[3] 色诺芬（约427b.c.—约355b.c.）：古希腊最伟大的作家之一，也是军事家、文史学家，著作有《长征记》《希腊史》《回忆苏格拉底》等。

世泰然聪慧，正直无瑕，始终是他的楷模。他正在撰写家乡比提尼亚的历史。这个省份，因几位总督长期管理不善，被我纳入自己的职权下。阿里安为我的改革计划提供了许多建议。这位勤于研读苏格拉底《对话录》的读书人，完全了解希腊人特别喜欢以英雄主义、奉献精神，以及智慧来彰显热情的友谊之爱，所以，对我宠爱的少年，他待以温柔的尊重。他们两个比提尼亚人用软糯的爱奥尼亚方言对谈，词尾韵脚听来简直有如荷马的诗句；后来，我还说服阿里安使用这种方言写作。

那个时期，雅典流行的生活哲学是清心寡欲，粗茶淡饭：德摩纳克斯在科洛诺斯的小屋里逍遥度日即为典范。他不是苏格拉底，既无细腻也无热忱，但我喜欢他那种诙谐的老好人调调。喜剧演员阿里斯托曼尼是另一个心地单纯的朋友，热烈诠释古老的阿提卡喜剧。我称他为"我的希腊珠鸡"：因为他身材短小，肥润，性情欢乐得像个孩子，也像小鸟。但他比任何人都熟悉礼仪、诗歌、古代料理的食谱。很长一段时间，他让我开心，教我许多事。那段时间，安提诺乌斯特别依赖哲学家查布里亚斯——柏拉图学说弟子，对俄耳甫斯秘教[1]略有涉猎，极为天真无邪，对我的少年如守门犬一般忠心，后来将这片赤诚爱屋及乌地转移到我身上。他在宫廷里生活了十一年，却一点也没变，依然老实、忠诚，洁身自爱地做自己的梦，对阴谋诡计视而不见，对惑众谣言充耳不闻。有时他让我恼怒，但直到我死之前，都不会把他赶开。

我与斯多葛派哲学家厄弗拉泰斯相处的时间较短暂。他在罗马功成名就之后，就退隐雅典。我聘请他当教师，但他长期受

---

[1] 俄耳甫斯秘教：古希腊秘传宗教之一，据传教祖为俄耳甫斯。后期的希腊哲学，尤其是柏拉图主义、新柏拉图主义以及基督教，在某些方面曾受其影响。

肝脓疡之苦，身体愈来愈虚弱，深信人生已不再具有任何活下去的意义。他求我允许他自杀卸职。我从来不与自愿了结者作对；我确实考虑过，在图拉真死前那段危急时刻，那是一种可能的结束方式。自杀这个问题从那时起就萦绕我心，在我看来，这是一种简单的解决办法。我按照厄弗拉泰斯的要求，赐予我的许可。我派我的比提尼亚少年去传达旨意，或许因为，换作是我，我会乐意从这样一位使者手中接获最终答案。哲学家当晚来到宫中，与我一如往常地闲聊，毫无异样。隔日，他自杀身亡。孩子因而阴郁不乐好几天，我们针对这件事谈论了好几次。俊美可人的少年满怀恐惧地看待死亡；我并未察觉他其实已多番考虑此事。对我而言，当世界显得如此美好，我难以理解为何有人要自愿离开；无论它有多少不幸，为何不坚持到底，穷尽己力，挖掘所思、所接触乃至所见的最终可能。后来，我的看法改变不少。

日期有些错乱，因为我的记忆有如一幅仅有的壁画，所有事件与好几个季节的旅行层层交叠其上。以弗所的商人厄拉斯托斯，他将借给我的船只装设得豪华舒适；船舰朝东方航行，然后往南，最后转回这在我心目中成为西方的意大利。我去过罗得斯岛两次；雪白耀眼得令人眩目的特洛斯岛，则于某个四月的早晨第一次参观，后来在夏至满月时又去了一次。伊庇鲁斯沿岸气候不佳，于是我有较多时间参访多多那。在西西里岛，我们在叙拉古[1]耽搁了几天，探查属于阿瑞托萨和库亚奈两位美丽的蓝色宁芙仙女的神秘泉源。我想到利基尼乌斯·苏拉，他将公余仅剩的一点时间都投注在研究流水之奇妙。我曾听说，从埃特纳火山

---

[1] 叙拉古：位于意大利西西里东海岸的一座港口城市，也是古希腊科学家、哲学家阿基米德的故乡。

164

眺望,可见到爱奥尼亚海上令人惊叹的七彩曙光。我决定登上那座火山。我们从葡萄园坡地走到熔岩石区,接着走进雪里。少年舞动双腿,在那些艰险的山坡上奔跑。陪我上山的学者们则骑在骡背上。山巅上已搭盖一处遮蔽所,方便我们等待黎明。黎明到来:一道宽阔的虹彩霞光横越天际,奇异的火光在山顶的冰雪上闪耀;空旷的大地与汪洋在眼前展开,阿非利加肉眼可见,希腊依稀可辨。那是我人生的一个巅峰。什么也不缺:有云朵的金色流苏,盘旋的老鹰,不朽的献礼。

翠鸟的季节,我生命中的至点……我这么说,丝毫没有因为记忆遥远模糊而高估了当时的幸福;相反地,我必须费心努力,才不至于让那意象乏味无趣。此刻,回忆那段时光,是我难以承受的强烈感受。我比大多数人真诚,就不拐弯抹角了,在此坦承构成那份喜乐的秘密:平静,在我看来,是爱情最美的效果之一,有助于心灵的运作及锻炼修养。而我讶异,这样的喜悦,在人的一生中,那么缥渺不定,那么难得完美,然而无论我们透过何种层面追寻或获得,所谓的智者都抱着怀疑的态度,谴责这种愉悦会让人习惯或节制无度,却从不忧虑欠缺与失去;他们竟费力去强制镇压自己的感官,而不把时间花在调整或美化自己的心灵上。在那个时期,我开始巩固自己的幸福,品尝之,也评断之,毫不马虎,一如我反省自己的行为时从不放过任何细节;而什么是快感享受,难道不正是肉体热情专注的片刻?所有幸福皆是经典杰作:差之毫厘即失之千里,片刻迟疑即堕入歪道,赘添一笔则全盘皆墨,迷糊一时则愚蠢一世。我绝不是因为幸福而鲁莽行事,虽然后来这份幸福因而粉碎。凡顺应那幸福之事皆有智慧。我依然相信,比我更有智慧的人,很有可能至死都幸福。

要等到比较后来，在位于希腊与亚细亚交融的弗里吉亚，我才得到这份幸福最完整清晰的意象。我们在一处荒蛮的野地扎营，那是阿尔西比亚德的墓地。这员大将遭波斯总督诡计暗算，在此遇害。我命人用帕罗斯岛的雪白大理石为这位在希腊极受爱戴的人物打造一尊雕像，设立在这荒废了几个世纪的坟墓上。另外，我亦下令应每年在此举行纪念仪式。邻村的居民前来共襄盛举，与我的护卫人员一起参加了第一次的典礼。我们献祭了一头公牛，部分牲肉用来料理晚上的盛宴。众人临时起意，在草原上赛起马来；比提尼亚少年混在人群中跳舞，激昂中透露着优雅；他仰起健壮美丽的颈子，放声高歌。我喜欢以死人衡量自己的分量——那一晚，我拿自己的人生与那位大享乐家相比：当时他老了，在此处中箭倒地，得一个年轻朋友挺身相救，还有名雅典交际花为他哭泣。我不曾向往阿尔西比亚德过去意气风发的青春，但我的年轻时光多彩多姿，与他旗鼓相当，甚至超越有之。我亦曾多般享受，却比他思虑周严，勤奋许多；我与他一样，得到被爱的奇妙幸福。阿尔西比亚德能令一切人对他着迷，甚至历史亦难逃其魅力。然而，他弃成堆死亡的雅典人不顾，任他们曝尸于叙拉古的岩场；他还抛下飘摇欲坠的祖国，以及十字路口那些被他亲手削刨破坏、东倒西歪的神像。我治理的世界，无疑比这位雅典将军的时代广阔许多，而我成功维系了这个世界的和平。我待这片疆土如一艘美丽的船，为它配备绳缆索具，将它装设部署成能够持续航行几个世纪的舰艇。我竭尽所能地奋斗，促进人类通晓神的旨意，但并不牺牲人性。我的幸福即是这一切之报偿。

罗马依旧在。但我已不再被迫去试探，去再三证明，去讨好。我的领导成就不容忽略；战争时期敞开的伊阿诺斯神庙之门始终紧闭。各项努力企图结出成果；行省的繁荣回馈到首都大城。登基时他们想加封给我的国父头衔，我不再推辞。

普洛提娜已经不在了。上次回罗马时，是我们最后一面；我见到她有些倦累的笑容。官方名义上，我称她为母；而事实上，关系更深切：她是我唯一的女性朋友。这一次再寻她，仅剩图拉真柱下一罐小小的骨灰坛。我亲自参加了封神大典；而且打破皇室惯例，将丧期定为九天。然而，死亡并不能改变我们之间亲密的情谊；多年来，相见与否，早已不重要。她依然是我心目中始终如一的皇后；是一股精神，是与我的思想结合为一的灵魂。

几项重大建设逐渐接近竣工：竞技场重整修复，洗去尼禄留下的那些阴魂不散的记忆，舍这位皇帝的人像不用，改以太阳神赫里俄斯的巨型雕像装饰，相似的发音暗示我的氏族之名埃利乌斯。维纳斯和罗马神庙已达最后阶段，这座神庙亦建筑在恶名昭彰的金宫[1]原址上；那座由尼禄建造的宫殿欠缺品味，炫耀他那令人难以苟同的奢华。至于神庙，"罗马"与"爱"[2]：永恒之城的神性，与启发一切喜悦的爱情之母首次合而为一。这是我的一项人生理念。如此一来，罗马的强大有了神圣且通达寰宇的特

---

[1] 金宫：公元 64 年烧毁大半个罗马的火灾发生之后，皇帝尼禄所盖的华丽宫殿。
[2] "罗马"与"爱"原文皆为拉丁文。

性,呈现我一心赋予之的和平守护神形象。偶尔,我会把已仙逝的皇后比拟成那位众神的顾问,聪慧过人的维纳斯。

在我眼中,愈来愈神秘地,众神之神性融为一个整体,无穷无尽地四射发散,一再展现同一种力量:祂们之间的矛盾冲突不过是一种协调共识的方式。于是,兴建一座崇拜众神的庙宇,也就是万神殿,这个念头在我脑中挥之不去。我将建地选在奥古斯都的女婿阿格里巴设计给市民的旧公共浴场遗址上。原先的建筑物仅剩一座门廊和一块献给罗马人民的大理石板。这块石板得到悉心保存,以原样镶在新神庙的门面上。这座建筑是我的想法,有没有我的名字并不重要。相反地,透过一行超过一个世纪的古老文字雕刻,让万神殿回溯到帝国开创初期——奥古斯都那个休养生息的朝代,正是我所乐见。即使是我的创新,我亦乐得自诩为大业继承者。不仅止于官方名义上的父亲图拉真与祖父涅尔瓦,我甚至攀上了那被苏埃托尼乌斯[1]狠狠批判的十二位帝王:我看重的是提比略的洞悉世事,而非他的冷酷;是克劳狄的学识渊博,而非其软弱;是尼禄的艺术品位,但撇除一切愚蠢的虚荣作祟;是提图斯的善心,却不想像他那样平庸无趣;是韦帕芗[2]的精打细算,而非他可笑的锱铢必较。他们皆是我该学习的楷模。先帝们各自在人类事务上扮演了自己的角色;而今,轮到我来评估他们的行为,从中挑选出需继续效法的,去芜存菁,直到有一天出现其他人——多少已具备资格且一样责任在身——就由他挑起这个担子,评价我的种种行为。

---

[1] 苏埃托尼乌斯(约 69 或 75—130):罗马帝国时期历史学家,代表史作为《罗马十二帝王传》。

[2] 韦帕芗:罗马帝国弗拉维王朝第一位皇帝,69—79 年在位。

维纳斯和罗马神庙之祝圣典礼宛如一场凯旋式，还有战车赛、露天表演以及分发香料与香油。多亏了二十四头大象，徒步载来这些巨大的石块，减轻奴隶许多耗费体力的工作。这些象只走在队伍中，也宛如活的巨石。举办这场盛会的日期即为罗马的诞生纪念日，也就是建城后八百八十二年那个四月满月日中旬后的第八天。罗马的春天从来未曾那么热烈，那么惬意，那么蓝。同一天，一场较庄严肃穆、几乎沉闷无声的献祭大典在万神殿里头展开。我亲自修改了阿波罗多尔过于保守的建筑蓝图。主体结构部分，我回溯到罗马最原始的传说时代之风格，参考古伊特鲁里亚的圆形神庙，使用希腊艺术时只作为装饰，增添一些奢华感。我希望这座献给所有神明的祭坛复制地球及恒星的形状，球体蕴藏着永恒的火种，空心的设计旨在包容万物。那亦是祖先茅草屋的形状：人类最古老的炊烟就从屋脊的开口冒出。圆顶以一种坚硬却质轻的火山石建造，仿佛仍在随着火焰上升涌出似的，透过穹顶的大孔，与轮替着漆黑与蔚蓝的天空交流。这座开放又神秘的神庙以日晷的概念设计。时辰在这些由希腊工匠细心磨得发亮的藻井间循环；日轮有如一面金色圆盾高挂，雨水在石板上形成清澈的水注；祝祷似一阵烟，飘向我们安放神明的天空。对我而言，这场庆典是万物合一的时刻。站在天井底部，我朝官员分列两侧，我盛年之命运，他们是组成的重要人物，此时也已经底定大半了。我看到刻苦严峻的马西乌斯·杜尔波，他是为国家尽心的忠仆；还有蹙眉倨傲的塞维亚努斯，悄悄话愈讲愈小声，我已听不见他在发什么牢骚；带着皇族优雅的卢基乌斯；以及，外围稍远的地方，在那明暗交会、众神显灵之处，希腊少年那张出神幻想的脸庞：在我心目中，他是我的命运之神。我的妻子

万神殿内部

乔瓦尼·巴蒂斯塔·皮拉内西[1] 作品

刚受封皇后头衔,也在场观礼。

其实长久以来,我偏好众神之间的爱情与争吵故事,不喜哲学家们对神性本质的拙劣评论;我愿意充当朱庇特在人世的形象:祂之所以为神乃因充满人性,是世界的支柱,正义的化身,万物之秩序,但也是伽尼墨德和欧罗巴[1]的恋人,冷落妒妇朱诺[2]的花心丈夫。那一天,我的思绪执意将一切置于没有暗影的光明之中,于是将皇后比拟为天后;我崇敬这位女神,前不久参观阿尔戈斯[3]时,曾特地献上一只以宝石装饰的金孔雀。我本可以与皇后离婚,借此摆脱这个我一点也不爱的女人;若我是平凡百姓,必毫不犹豫地采取行动。但她未曾烦我几次,而且行为得宜,以如此公开侮辱之手段对她,不能服众。她年纪轻轻就嫁为人妻,对我的冷淡疏离颇有微词,但差不多就像她叔祖恼怒我的债务那样。如今,她亲眼见证一场势必漫长的热情流露,却不动声色,表现得若无其事。如同许多感受不到爱情的女人,她不懂爱的力量;而因为无知,也就一并排除了宽容与妒忌的情绪。只有在她的头衔或安全受到威胁时,她才会担心,而事态现状无可担忧。在她身上已丝毫察觉不出过去短暂吸引我的少女魅力;这个韶华早衰的西班牙女子变得死气沉沉又强硬顽固。多亏她天性冷酷,我知道她没有其他恋人,也欣慰她懂得谨守礼教,总戴着已婚妇人的面纱,几乎等同寡妇黑纱。我颇乐见罗马钱币的正面铸上皇后的侧脸肖像,背面刻上一段铭文,有时写贞节,有时写贞静。我时常会联想起,在厄琉息斯秘仪庆典之夜,女主祭与圣

---

[1] 欧罗巴:希腊神话中美丽的腓尼基公主,被主神宙斯化身公牛带至克里特岛。欧洲大陆以她的名字命名。

[2] 朱诺:罗马天神朱庇特之妻,相当于希腊神话中主神宙斯的妻子赫拉。

[3] 阿尔戈斯:希腊古城,拥有长达 5000 年历史,位于伯罗奔尼撒半岛东北部。

教导师之间那场虚构的婚礼：那并非一次结合，甚至没有接触，仅是一个仪式，神圣如斯。

庆典当晚，我在一座露天平台，观看像着火一样的罗马城。这把喜庆之火堪比尼禄点燃的焚城大火，几乎一样可怕。罗马成了一只熔锅，又像火炉；是沸腾滚烫的金属，是铁锤，也是铁砧。它是历史变迁与重现的明显见证，是以后这个世界上，人类活得最哄乱热闹的地方。古时候，有个人从特洛伊的战火中逃出，带着老父、幼子及家族守护神流亡；于是那天晚上，就在庆典的火焰中，特洛伊的大火传承到我们手上。怀着一种恐怖敬畏，我还想象了未来的火海赤焰。过去、现在和未来的几百万生灵，这些重盖在老建筑上的新建筑，日后亦将被等待诞生的建筑物取代；一波一波，在时间之河中，后浪推前浪。那天夜里，偶然地，这股长浪冲奔至我脚前拍碎。那些欢喜欲狂的时刻我就不多提了——那件圣衣，我极不愿穿上的帝王红袍，如今披在那少年肩上，而他逐渐变成我的守护精灵：深红衣袍与泛着淡金光彩的颈背如此相衬，自然令我心喜；但更急切的是强迫我的幸福之神，命运女神，那些虚无缥缈的个体，附身在这十足凡尘的形体中，取得其体温热度及血肉货真价实的重量。我极少居住于帕拉丁山的宫殿，但刚命人重修了护城墙。这道城墙蜿蜒宛如舟船的侧翼；帘幔拉开，让罗马的夜进来，像是船尾的旗帜飘扬；人群的叫嚷则是风在绳索间呼啸。远方阴影处发现巨大暗礁：在台伯河畔，才刚动工开挖我的坟墓的巨型地基。我看了既不恐惧，也不懊悔，对短暂的生命没有无用的冥想。

渐渐地,物换星移。两年多来,岁月之流逝都反映在一名少年的进步上,他成长,发光,达到巅峰:低沉的嗓音慢慢习惯对马车夫及狩猎师发号施令;步伐是跑者所能迈出的最大极限;那双骑士的小腿,掌控坐骑的技巧更加专业;这个学生曾在克劳狄奥波利斯默记荷马的长篇段落,现在特别热爱情感浓烈又深奥的诗作,迷恋柏拉图的某些篇章。他不再是那个一听到歇息指令即跳下马背,用双手捧来泉水给我的冲动男孩;如今,奉献者清楚知道自己的付出价值连城。在托斯卡纳,在卢基乌斯的领地里进行狩猎的那段期间,我喜欢把这张完美的脸孔混入那些达官贵人凝重担忧的表情、东方人棱角分明的侧面,还有蛮族领犬猎人的肥厚脸鼻;强迫我最宠爱的少年扮演朋友这个艰难角色。在罗马,关于这张年轻的面孔,已集成不少飞短流长。开始有人进行下流卑鄙的运作,意图抓住这方面的影响力,甚或用别的人来淘汰他。这名十八岁的青年思想单纯,因而拥有一种冷漠视之的能力;这一点,连最有智慧的学者都做不到:他懂得傲然蔑视,甚或漠视这一切。但那美丽的双唇抿出一道苦涩折痕,没逃过雕刻师们的法眼。

　　在此,我平白送给卫道派一个扳倒我的大好机会。监察官们包藏祸心,预备揭发我误入歧途后的步步错误,行为逾矩所招致的后果。我难以反驳他们,因为我实在看不出何谓误入歧途,哪里行为逾矩。若说我有罪,我亦努力以实际的情节重大程度来审视它；我告诉自己，自杀并不少见，死于二十岁是常有的事。安提诺乌斯之死只是我一个人的问题和灾难。这场祸事可能与过度满溢的喜悦、一再累积的经验密不可分；然而即便这些经验将深陷危机，我自己也绝不愿错过，亦不愿我的伴侣错过。我的愧疚甚至逐渐转变成一种苦涩的占有，一种自我安慰的方式：自始至终，我都是他命运的悲伤主宰。但我相当明白还必须加上那俊美异国少年的决心；而无论如何，我们所爱的每一个人，都是这位美少年的翻版。我把所有过错怪罪到自己身上，不过是将这青春的容颜变成一尊蜡像，任我亲手捏塑，然后亲手捏碎。他的离世是一项绝无仅有的杰作，我无权诋毁；那孩子自己的死，功过应让他自己来承担。

不消说，我不谴责对肉欲之偏好；那丝毫不足以为奇，情爱之中，那是我选择决定之依据。在我的一生中，不乏类似的激情经历；至今，这些频繁发生的爱恋仅用去我极微量的盟誓、谎言与损伤卑鄙。我对卢基乌斯的迷恋如昙花一现，仅招致几件还算容易弥补的蠢事。但在当时，没有什么能使那段极致的情感避免掉同样的发展；只有一种情形，就是那段情独一无二，与其他恋情不能一概而论。只是习惯，亦可能把我们导往一个黯淡无光的结局；不过，也不至于酿成灾祸。但凡不抗拒生命之缓慢磨损衰退的人，皆将招致这样的结局。我也许终将眼见热情转成友情，如卫道派所希冀，或如较常见的状况，变得冷漠。这个年轻的生命，可能在我们的关系开始为我带来压力时，就会离我而去；他的人生还会建立起其他日常的感官享乐，或者说，同样的官能之乐，只是以其他形态出现。他的未来可能包含一段婚姻，过得不比其他人差，也不比其他人好；任职外省机关，或者在比提尼亚管理几块农地；若非如此，则可能得过且过，担当某些下属差事，继续在皇宫里生活。最糟的状况：这些失宠的人最常过的人生是，变成人家的密友或当老鸨。所谓智慧，若说我懂得个中滋味，是要能涵纳每一种可能性与险境；因为，尽管努力去趋吉避凶，但人生本就如此。但是那个孩子和我，我们都没有智慧。

　　并非等到安提诺乌斯出现我才觉得自己是神。然而，成功不断为我带来令人晕眩的好运；连四季似乎都与随从诗人及乐手们唱和，将我们的存在装点成一场奥林匹斯的庆典。在我抵达迦太基那天，一场长达五年的旱灾结束。倾盆大雨降下，人群狂欢喝彩，推崇我是天上来的施恩者。阿非利加后来大兴土木做工程建设，就是用以疏导这场泛滥的天降甘霖。在那不久之前，我们中途暂停于撒丁岛[1]，一场暴风雨，迫使我们向一间农人小屋寻求遮蔽。安提诺乌斯帮助接待的主人翻烤炭火上的几片金枪鱼。一时之间，我以为自己是宙斯，带着赫尔墨斯造访弗莱蒙[2]。青年盘坐在床上，活像那脱去凉鞋的赫尔墨斯；他也是酒神巴克科斯，会采收葡萄，或为我品尝那盅红酒；更跟埃洛斯[3]一样，手指因拉弓弦而长出了茧。雌雄莫辨的角色那么多，魅力神威那么大，我偶尔也会遗忘他是人类：那个孩子，白费力气却勤奋不懈地学习拉丁文；请求建筑工程师德克里亚努斯教他数学，不久后却又放弃；遭受一点责备，就跑到船首望着大海生闷气。

　　阿非利加之旅在七月的烈日下结束，我们抵达终点：朗贝瑟

---

[1] 撒丁岛：位于今意大利，是地中海第二大岛屿。
[2] 弗莱蒙：弗莱蒙和鲍西斯是希腊神话中出现的一对老夫妇。当宙斯和赫尔墨斯来到弗里吉亚一个小镇时，只有弗莱蒙夫妇盛情接待了他们。后来，宙斯发大水淹没了这个小镇，只让弗莱蒙的棚屋保留了下来。
[3] 埃洛斯：希腊神话中的爱神，系战神阿瑞斯和爱与美之神阿芙洛狄特之子。

的新营区。我的少年伴侣孩子气地披上盔甲和战袍。我当了几天赤裸的战神,戴上头盔,参加军营的训练;亦扮演运动好手赫拉克勒斯[1],觉得自己尚拥有年轻强健的体魄,不禁飘飘然。尽管天气炎热,而且在我抵达之前,他们已进行了漫长的土方工程,但军队及其他所有单位皆运作流畅,有如神助:根本不可能强迫哪位跑者多跳一个障碍,命令哪位骑士再完成一个跳跃,这样反而糟蹋了演习行动的价值,打破平衡其中的美感。对军官们,我唯一指出的错误简直是鸡蛋里挑骨头:在旷野上模拟进攻作战时,有一群马匹无处掩护。地方总督科内利亚努斯在各方面都满足了我的要求。这一大群人,拉车载货的劳役牲畜,与挤在统帅营帐旁要亲吻我的手、带着她们强壮孩子而来的蛮族女子,都有着良好的秩序。那种服从并非奴性,野性的活力恰能用来支持我的安全计划;治理毋须大费周章,更毋须偏废何事。我突发奇想,或许可请阿里安撰写一部策略论:完美的纪律就像美丽的人体。

三个月后,我到了雅典——奥林匹斯主神宙斯神庙的奉献仪式,准备进行盛大的节庆活动,颇具罗马式的庄严隆重;同样的庆祝仪式,在罗马是人间,在雅典则宛若天界。在一个金秋午后,我伫足在以超乎凡人尺寸打造的宙斯柱廊下。这座大理石神庙耸立在丢卡利翁[2]观看大洪水退潮之处,似乎卸去了重量,仿佛一朵沉甸甸的白云飘浮,而我身着仪典礼服,与近在眼前的伊米托斯山[3]之向晚同一个色调。我先前已将落成演讲的重责大任交

---

[1] 赫拉克勒斯:希腊神话最伟大的半神英雄,宙斯与阿尔克墨纳之子,后来的罗马皇帝常以其自居。

[2] 丢卡利翁:希腊神话中普罗米修斯的儿子,是宙斯惩罚人类的大洪水里少数生存下来的人之一。

[3] 伊米托斯山:位于雅典东南方的一座山。

给波莱蒙。就在那个时刻,希腊授予我各种神妙的称谓:施惠者,奥林匹斯主神,神显者,万事万物之主宰;而其中最美,亦最难匹配得上的,则是爱奥尼亚人,希腊之友。从这些称号中,我看见了成就显赫声名之缘由,亦发现我一生辛劳最秘密的目的。波莱蒙颇有演员天分;偶尔,大喜剧家卖弄的表情动作亦能演绎情感,使所有人都能感受,甚至历时百年不衰。在发表开场白之前,他仰起头,专注冥想,仿佛将此时此刻所有的天赋神恩都集中在身上。我亦以年华岁月及我的希腊人生配合召唤。我的权威其实不是权势,而是一种神秘的力量,超越凡人,但只有通过人类施展才能有效发挥。罗马与雅典的结合已大功告成;过去再次拥有未来的面貌;如一艘长期停滞于静态中的船舰,希腊重新启航,再度扬帆,感受乘风的快意。而就在那一刻,一股愁绪让我的心揪痛了一下;我联想到:成就,完善,这些字眼都含有结束之意。或许,我所做的一切,只不过是为吞噬一切的时间再献上一份牺牲品。

随后,我们进入神殿内部,雕刻师傅们还在忙着工作:宙斯的雏形庞大无比,以黄金及象牙制成,在幽暗中朦胧发亮。鹰架下方,有一只巨蟒:那是我派人从印度找来,当作这座希腊神庙的祭品。盘旋在金银丝编篮中的这头神物,代表大地精神之爬虫,长久以来被认为与象征皇帝守护精灵的裸体少年有关。安提诺乌斯愈来愈投入这个角色,亲自拿剪过翅膀的鶺鴒喂食那只怪物。然后,他高举双臂,祈祷起来。我知道他在为我祷告,单向我一人祈求。但我的神力不够,猜不到其中意义,亦无法预知他的心愿是否终有实现的一天。走出那片静默与苍灰淡蓝的暮色,重回灯火通明的雅典,再见小老百姓的家常熟稔,听傍晚尘土飞扬的空中传来阵阵叫喊，我不禁松了一口气。那张青春的脸庞，很快就要拿来装饰希腊文明世界里的许多钱币，成为人们熟悉的存在，成为一种兆示。

我的爱没有减少，我爱得更甚。但爱恋之重量，好比温柔横放在胸膛上的那只手臂，逐渐压得我难以负荷。短暂的过客又出场了：我忆起在米利都停留时曾陪伴我的那个年轻人，他既刚强又细腻，但我却放弃了。我想起萨尔代斯[1]那一夜，诗人斯特拉顿领我们逛过一个又一个窑子，我们被图谋不轨的征服者包围。那个斯特拉顿，他宁愿选择徘徊于亚细亚小酒馆黯淡自在，也不喜欢待在我的宫中。此人敏锐又擅挖苦嘲笑，总爱坚称所有不快活之事皆属虚幻，或许借此原谅自己为追求欢快而牺牲其他的一切。曾有一晚，在士麦那[2]，我强迫我所宠爱的人儿当面忍受一名妓女在场。那孩子对爱情自有一种严肃的想象，因为他认为爱必须专一排他。他厌恶到了极点，以至于恶心呕吐。后来，他也就习惯了。那一次次白费力气的尝试足以证明我生性放荡；而其中掺杂了对创造一种新亲密关系的期望，愿欢爱的伴侣永远是心目中的最爱和好友；同时有教导对方的渴望，想用我个人的青春经验洗去他的年少青涩；而或许，较难以启齿的意图是，渐渐贬低他的地位，降级成毋须任何承诺的逢场作戏。

这段蒙上阴影的感情恐将拖累我一生，受困的恐惧逼使我不得不粗暴以对。在一次前往特洛亚斯的行程途中，我们于一片惨绿成灾的天色下，参访斯卡曼德洛斯河谷平原：我亲自前来视察洪水肆虐之灾情，大水将古坟淹成一座座小岛。我挤出一点时

---

[1] 萨尔代斯：古国吕底亚首都。
[2] 士麦那：希腊古城，即今土耳其城市伊兹密尔。

间，前往赫克托耳[1]的坟前哀思，安提诺乌斯则去帕特洛克罗斯[2]的坟上出神。当时，我没看出身旁的幼鹿少年将阿喀琉斯的同伴视为可敬对手，反而嘲弄那些在书中处处被歌颂的热情忠贞。美人受到侮辱，血脉偾张，全身涨红。于是率直更加成为我强制自己的唯一美德。我了解到，希腊用英雄式的教条层层论述成熟男子对年少伴侣的依恋，但对我们而言，那经常只是虚伪的装腔作势。没想到，对于来自罗马的偏见，我其实颇在意。我提醒自己：人们对欢愉享乐的事情共襄盛举，却有视真爱为可耻的怪癖。我狂躁不已，决心不依赖任何人。我对年轻人会有的缺点恼怒不已，然而这却是我自作孽的选择；在这段不平凡的热恋中，我又发现以往那些罗马情妇激怒我的事物——香气、矫揉做作的打扮、冰冷的奢华行头、纷纷重新出现于我的生活。几乎无来由的各种恐惧钻入那颗忧郁的心灵；我看见他为自己即将迈入十九岁而焦虑。危险的冲动与暴躁的怒火，撼动他顽强额头上如美杜莎[3]的卷发；他时而陷入仿佛惊愕呆滞的哀伤，时而是愈来愈容易受伤心碎的柔弱。我曾打过他，永远不会忘记他眼中的惊恐。但挨了打的偶像仍是偶像，赎罪的献祭于焉展开。

亚细亚所有的神秘，强化了它们的刺耳音乐所造成的肉欲难安。厄琉息斯秘教的时代已成过去。那些隐秘或奇怪的宗教洗礼，虽可容忍但已超出允许范围，以立法者的目光无法放心看待的修行，正适合此刻的人生：我们在舞蹈中旋转晕眩，歌唱时以

---

[1]赫克托耳：特洛伊王子及第一勇士，不但勇冠三军，而且正直高尚，是希腊神话中非常高大的英雄形象。后在与阿喀琉斯的决斗中落败而亡。
[2]帕特洛克罗斯：希腊神话中国王墨诺提俄斯之子，阿喀琉斯好友，在特洛伊战争中被赫克托尔所杀。
[3]美杜莎：希腊神话中的一个女妖，戈尔工之一，一般形象为蛇发女人。

吼叫收尾。在萨莫色雷斯岛，我曾接受卡比尔众神[1]的神秘奥义，仪式古老而淫晦，如肉体与鲜血般神圣；特罗弗尼奥斯洞穴里，饱饮了乳汁的蛇群，从我脚踝边滑过；在色雷斯的俄耳甫斯秘教庆典上，我学习到野蛮的拜把仪式。曾经以最严苛的刑罚禁止任何致残行为的皇帝，竟同意参加叙利亚女神祭司的狂欢歌舞：我眼见满身是血的人体恐怖地旋转跳舞。而我的少年伴侣有如一头遇见巨蛇的小山羊，呆愣原地，惊惧地凝视着那些人，看他们根据年龄及性别之所需，选择作出与死亡同等义无反顾的明确答案，而且或许更丑陋恐怖。但恐怖的经验在一次驻留巴尔米拉[2]期间达到极致。阿拉伯商人梅莱斯·阿格里巴接待我们，在气派又粗野的奢侈环境里住了三个星期。梅莱斯在密特拉秘教里地位崇高，对自己的祭司职责却不十分严肃看待。有一天，酒过几巡后，他邀请安提诺乌斯参加公牛祭礼。少年知道我昔日曾经参与过一场类似的仪式，于是兴奋地接受了。我不认为应该反对这样的即兴节目；毕竟，完成任务后，只需要简单净身斋戒即可。而且我同意亲自担任助祭人，另一名助手则是我的阿拉伯语文书官，马尔库斯·乌尔皮乌斯·卡斯托拉斯。我们在预定时间走入圣典山洞。比提尼亚少年仰卧在地，迎接洒血洗礼。然而当我看见他布满血痕的身躯从沟渠中浮起，秀发缠着黏稠的污泥，脸庞也被喷溅得泥血斑斑，还不能洗去，必须顺其自然脱落消除，一股嫌恶涌上我的喉头，对这些在地底举行的邪教秘仪无比反感。几天之后，我下令禁止驻扎在埃美萨的部队接近黑暗的密特

---

[1] 卡比尔众神：希腊神话中与火神的神秘崇拜相关的一组神祇，流传于爱琴海北部岛屿。
[2] 巴尔米拉：叙利亚中部的重要古代城市，也是商队穿越叙利亚沙漠的重要中转站。

拉地下神庙。

　　我遇见了不祥之兆：如同马克·安东尼在最后一场战役之前那样，夜里，我听见守护神祇交接的乐声逐渐远去，祂们都走了……我听着，却不知提防。我的人身安全跟一个骑士一样，身上挂着护身符以保佑不会失足落马。在萨摩萨特，东方各小国的国王在我的应许之下齐聚一堂举行会谈。前往山中狩猎时，奥斯若恩的国王阿布加尔亲自教我驯鹰术；仿佛舞台上的场景，精心设计引出猎物的步骤，将成群的羚羊赶入众皇室的猎网中。安提诺乌斯也带着一对花豹加入了追逐，他用尽全力，好不容易才拉住这两只扯着金项圈往前冲的花豹。在这一切光鲜亮丽的表象下，达成了各项协议；一成不变地，协商结果对我而言只有好处，我始终是每赌必赢的玩家。那个冬天就在安提阿的宫殿度过；以前，就在这里，我曾请巫师指点迷津，占卜未来。然而，未来已无法为我带来任何事物，至少带不来任何能称为天赋神赐之物。果子都采收了，人生的酒液已盈满木桶。的确，我已不再控制我自己的命运；如今再看过去悉心研究出的纪律守则，不过是一个人踏上天命的初步阶段而已；仿佛舞者在练习时强迫自己戴上锁链，以求卸下后能跳得更高。在一些事情上，对自我苛刻仍然必要：我依旧禁止人们在二更之前为我斟酒——我记忆犹新，曾在同样磨得光亮的木桌上，看见图拉真颤抖的手。不过，醉法何其多。我的岁月显不出一丝阴影，没有死亡，没有失败，没有自作自受以致不知不觉垮台的可能，亦没有其实终将到来的年华老去。然而我马不停蹄，仿佛这段时间的每一刻皆是最美又最后的一刻。

　　我经常旅居小亚细亚，因而接触到一小群真心追求奇术的学者。每一个世纪皆有胆识过人之辈，而我们最优秀的人才，对愈发流于学院派的哲学已感到厌倦，喜欢在人类禁忌的边界游走。在提尔，比布罗斯的斐隆[1]为我揭示某些腓尼基古魔法。他跟随我到安条克。努米尼奥斯在此传授柏拉图有关灵魂本质的神秘学说。他的诠释仍嫌保守，但能启发一个比他大胆的人才甚深甚远。他的弟子们会召鬼，那不过是个老把戏。各种仿佛以我的梦境精髓所塑成的奇怪模样，从安息香的袅袅烟雾中显现、晃动、消融，我却只觉得，他们都与某张活生生的、熟识的面孔极为相像。这一切或许只不过是一个街头卖艺人的障眼法：倘若如此，那个卖艺人真是个行家。我重拾年轻时曾粗略接触的解剖学；不再为了正确学习躯体结构。我的好奇心落在心灵与肉体融合的过渡区域；在那里，梦境响应现实，甚至偶尔走在现实之前；在那里，生与死交换属性及面具。我的医生埃尔莫热纳不赞成这些实验。不过，他还是带我认识了一小群研究这些问题的医生。在他们的协助下，我试图指出灵魂的方位，找到它与肉体的连结，估算它需要多久的时间才能脱离出窍。几头动物为了这些研究牺牲。外科医师萨蒂鲁斯带我去他的诊所，观察病人临终的状态。我们不着边际地高谈阔论：灵魂难道仅是肉体究极之成就，脆弱地呈现存在之痛苦与欢愉？抑或是，相反地，灵魂比肉体更早存在，是灵魂以其形象塑造了肉体，因此这副躯体，或好或坏，只是它暂时的工具？能否从肉身内部召唤它，使灵魂与肉体再次紧密结合，一起燃烧，这不就是我们所说的生命？倘若灵魂拥有自身的身份，灵魂与灵魂能否互换，从一人移转到另一人身上，一如两名恋

---

[1] 斐隆（约65—140）：古希腊作家，著述过许多文法、历史及百科全书，其所著腓尼基历史如今只余残本。

人互吻时交换的一瓣水果或一口美酒？在这些事情上，所有智者每年更改二十次看法；在我身上，是怀疑论思想与知识渴求的交战，是热忱与嘲讽的彼此搏斗。我确信，我们的智识只能从我们身上过滤出一点点事实的残余：我开始对晦暗的感官世界愈来愈感兴趣，它黯黑如夜，却费人疑猜，还有令人目盲的太阳照耀与转动着。大约在同一个时期，有天晚上，一直在采集还魂鬼故事的弗莱贡跟我们讲述了《哥林多未婚妻》[1]的内容，他信誓旦旦地保证真有此事。爱情将一个幽灵带回人世，暂时还她一副躯体，这则轶事感动了我们在场的每一个人，不过感动程度各自不同。好几个人跃跃欲试，想要如法炮制一番：萨蒂鲁斯想要召唤他的老师阿斯帕西乌斯——他曾与老师有过一些协议，却从来没遵守，其中一项就是，死去的人要答应为活着的人带来消息。安提诺乌斯也对我作出同样的承诺，我一笑置之，没理由认为那孩子会比我早死。斐隆想办法让他死去的妻子显灵。我同意念出我父母亲的名字，但基于某种分寸，我没提普洛提娜。大家的尝试没一个成功。不过，几扇奇特的门已被开启。

离开安条克的几天前，我依例前往卡西乌斯山顶祭拜。登山行程安排在夜间：与攀爬埃特纳火山时一样，我只带了少数几个脚力好的朋友随行。我的目的不仅是在那座比任何地方都神圣的祭坛完成赎罪仪式，亦想从顶峰见到那辉煌曙光：每有机会凝望这日日出现的雄伟景观，我总暗自欢喜叫好。高耸的山顶上，神庙的铜饰在阳光下闪耀；亚细亚的平原与大海仍深陷暗影中，我们被照亮的脸庞笑容灿烂。在那一小段时间中，唯有登上山脊

---

[1]《哥林多未婚妻》：哈德良史官弗莱贡记录在著作《奇事怪谈》中的一段故事，讲述了一个少妇死后为了再见未婚夫而从坟墓爬出来。歌德用此题材写了一首叙事谣曲。

祈祷的人有福享受晨光。为这场祭典，我们准备了一切；先骑马走一段，然后沿着崎岖危险的羊肠小道徒步前行。山路两旁的树种是金雀花和乳香黄连木，夜里散发特有的香味。空气湿闷沉重，那个春天仿佛夏天一般燃着高温。我生平第一次在爬山时上气不接下气，不得不在我最爱的少年肩头靠一下。埃尔莫热纳会观气象，早就预测会下一场雷阵雨；果然在距离山顶百来步之处，天色瞬间大变。祭司们就着闪电的亮光出来迎接；我们一行几人全身湿透，连忙围着布置好的祭台就位，准备祭拜仪式。就在即将结束之时，一道闪电将我们照得惨白，当场劈死了牲品和宰杀牲品的祭司。惊魂甫定后，身为医生的埃尔莫热纳好奇地弯腰探视遭雷劈中的牺牲者。查布里亚斯和主祭司高声赞叹：从此，被天神之剑腰斩牺牲的男人和幼兽永远地与我的守护精灵合而为一；两个替身的生命将延长我的寿命。安提诺乌斯紧抓住我的胳臂，颤抖不已。我当时误会了：那并非因为恐惧，而是顿悟到一件我后来才懂的事。一个对衰败低落惶恐的人，也就是说，害怕年华老去的人，必然早就对自己许下诺言，在第一个走下坡的征兆出现时，甚至更早之前，即慨然赴死。如今，我终于能够相信，像这样的诺言，我们许多人亦曾对自己许下却并未遵守，但在他心里萌芽的时间可回溯到十分久远以前——早在尼科美底亚时期，我们于泉水边相遇那一刻起。只有这样我才能解释他对诸事懒散，却对享乐欢愉兴致勃勃，个性忧愁，却对未来完全淡漠的态度。更重要的是，这离世必须没有一点反抗的样子，也没有丝毫怨言。卡西乌斯山的闪电为他照亮一条出路：死亡可以变成一种最后的效忠，一份最后的，也是唯一的赠礼。与那张惊恐脸庞所展现的笑靥相比，灿烂的曙光实在不算什么。几天后，我再次见到那同样的笑容，但掩饰较深，蒙上一层不明的意味。晚餐时，闲时研究手相术的波莱蒙想看少年的手掌。那掌心里竟藏着一场惊人的流星陨落，连我亦骇然不已。孩子抽回手，轻柔地握紧，几乎腼腆得不好意思起来。那时，他试图守住他的心思把戏，以及，自身结局之秘密。

我们在耶路撒冷稍作停留。我在当地视察蓝图，打算在被提图斯夷为平地的犹太城邦原址建造一座新城市。犹太行省施政良好，对东方的贸易愈发进步，这个路线交会之地需要发展成一座都会大城。我预定建一座常见的罗马式首都：埃利亚·卡皮托利纳[1]将有其神庙、市集、公共浴池、罗马维纳斯之祭坛。我最近很沉迷于行事激情温柔的宗教崇拜，于是在摩利亚山[2]区选中一个最适合的山洞，举行阿多尼斯[3]祭。这些计划惹恼了犹太平民：他们已被剥夺了继承权，宁可留下废墟残骸，也不接受一座能带来所有盈利、知识及享乐等大好机会的大城。对断垣颓墙挥下第一下铁锹的工人们遭到人群痛殴。我不顾反对声浪，继续动工：后来在建造安提诺城时发挥规划长才的菲度斯·阿奇拉，在此先接下了耶路撒冷的工程。我不愿在瓦砾堆上看见仇恨激增。一个月后，我们抵达培琉喜阿姆。我特意重修了庞培[4]的坟。愈深入这些东方事务，这位伟大恺撒永远的手下败将的政治天分愈令我钦佩。在这个局势不稳的亚细亚，庞培努力地建立秩序，在我看来，有些作为似乎比恺撒为罗马所作的更有效率。这批整修工程是我对历史上的亡魂所作的最后致意，因为

[1] 埃利亚·卡皮托利纳："埃利亚"（AElia）来自哈德良族名（AElius），"卡皮托利纳"（Capitolina）则源自朱庇特神庙所在的卡比托利欧山（Capitolini）。
[2] 摩利亚山：即锡安山，位于耶路撒冷附近。因所罗门王在此建筑圣殿，也被称为圣殿山。
[3] 阿多尼斯：希腊神话中掌管植物岁时荣枯的神灵。
[4] 庞培（106b. c.—48b. c.）：古罗马重要政治家、军事家。

不久后，我就得去忙其他坟墓的事情了。

我们抵达亚历山大时十分低调。进城的凯旋式延期，等待皇后驾临。他们竟说服了我那极少出门旅行的妻子到气候较温暖的埃及来过冬。而卢基乌斯患上难缠的咳嗽，久久不愈，也要来试试这个疗法。一队小军舰集结起来，航行于尼罗河，节目包括一连串官方视察、庆典、盛宴，保证和帕拉丁山上一整个季节的活动同样累人。这一切都是我亲自安排的：在这个习惯皇家排场的古老国度，宫廷的奢华与威望仍有其政治作用。

但我因此更想趁贵宾们到来之前，尽情狩猎几天。在巴尔米拉的时候，梅莱斯·阿格里巴已替我们在沙漠中办了几场；但范围不够大，没能遇上狮子。两年前，阿非利加这片大地曾为我献上几次美妙的大型野兽狩猎经验；当时，安提诺乌斯还太年轻，完全是个生手，没能获准处于第一线。因此，为了他，我的表现懦弱得连我自己都不敢想象。我事事顺着他，答应让他在这一次的猎狮行动中担任主要猎手。把他当成孩子对待的时期已过去了，而且，他的年轻力壮令我十分骄傲。我们前往阿蒙绿洲[1]，那儿距离亚历山大有几天路程。遥想当年，亚历山大大帝曾从祭司们口中得知他为天神之子[2]的秘密。当地土著提出了警告，说附近区域有一头特别危险的猛兽出没，经常攻击人类。晚上围着营火，我们开心地拿即将到手的战果与赫拉克勒斯的功绩相比。不过头几天，我们仅带回几头瞪羚。那一次，我们决定两人都到一个长满芦苇的沙沼附近盯梢。那头雄狮常在黄昏时来此饮水。黑人们被指派吹海螺，敲锣钹，高声尖叫，把它赶到我们这里来；

---

[1] 阿蒙绿洲：应为锡瓦绿洲，埃及最偏远的沙漠绿洲。
[2] 天神之子：公元前332年，亚历山大征服埃及后，被埃及祭司宣布为太阳神阿蒙之子。

猎杀狮子

君士坦丁凯旋门上的哈德良勋章，意大利罗马

猎杀野猪

君士坦丁凯旋门上的哈德良勋章，意大利罗马

禁卫队里的其他人则留在稍远的地方。气流沉闷静滞，甚至不需要顾虑风向。当时应该是刚过日出后第十点钟，因为安提诺乌斯指点我看：池塘里的红睡莲还盛开着。突然间，芦苇丛中一阵窸窣踩踏，高贵的猛兽转身，美丽骇人的兽面正对我们，那是危险最具神性的面貌之一。我的位置偏后了些，来不及拦住那孩子：他莽撞地策马向前，射出长矛，又掷出仅有的两把标枪，技术不错，但距离太近。猛狮被刺穿颈部，倒下，尾巴用力拍打土地；扬起的沙尘使我们分不清东南西北，仅辨识得出一具狂乱咆哮的形体。雄狮终于重新站起，凝聚全身之力，扑向马匹及已失去武装的骑士。我早已料到这种可能；幸运的是，安提诺乌斯的坐骑没有失控。面对此种局面，我们的牲口皆经过令人赞叹的优良训练。我驾马赶到，暴露坐骑右侧，斜插入人狮之间。我十分习惯这样的举动：结束垂死猛兽的性命，对我而言并不困难。它再次颓倒，鼻尖栽入泥沼，水面上留下一道黑色血痕。这头毛色如沙漠，如蜜液，如阳光的大猫，断气那一刻之庄严更胜人类。安提诺乌斯从满身大汗、仍不停颤抖的马儿背上跃下；同伴们赶来会合，黑人们将死去的硕大猎物拖回营地。

大伙儿临时摆宴庆祝了一番。少年趴伏在一只铜盘前，亲手为我们献上一份份以灰烬焖熟的羔羊肉。我们畅饮棕榈酒为他庆贺。他的情绪高涨，宛如一首军歌那样慷慨激昂。对于我挺身搭救的行为，他或许想得夸张了些，会错了意，忘了我对任何陷入险境的猎人都会这么做。不过，我们感到自己回到了那个悲壮的英雄世界：那里的恋人甘为对方赴死。他的喜悦仿佛颂歌里的诗节，时而充满感激，时而骄傲得意。黑人土著令人赞叹：当天晚上，兽皮已剥下，用两根木桩架挂在我的营帐前，于星光下摇曳。尽管周围遍撒香草，那猛兽的气味仍整夜萦绕不去。隔天，我们以水果当餐，餐后即拔营。离去之时，我们在一个沟渠里发现前一天那头高贵雄狮的残骸：仅剩一副腥红骨架，上方飞蝇如云。

几天后，我们回到亚历山大。诗人潘克拉泰斯在博物馆为我举办了一场特别的飨宴。我们聚集在一座音乐厅，厅里有各种珍贵的乐器：古老的多利安里拉琴，比我们的样式沉重，但没那么复杂，与波斯和埃及琴身弯曲的齐特拉琴并列。另有腓尼基人的高音芦笛，音响则如阉人般尖声细气；还有我不知道名称的精巧印度笛。一名埃塞俄比亚人缓缓拍击阿非利加种葫芦。若非我早已决定简化生活，仅保留对我真正根本重要的一切，恐怕就会被那名持着三角竖琴奏出哀伤曲音的冷艳美女诱惑。克里特的米索米德斯是我最喜爱的乐师，他以水力管风琴伴奏，吟诵诗作《斯芬克斯》。这首作品令人不安，其曲折迂回，如风吹飞沙一般难以捉摸。演奏厅对着一座内庭敞开；八月已近尾声，灿如怒火的午后阳光下，一池睡莲布满水面。中场休息时间，潘克拉泰斯坚持要我们凑近欣赏那些品种稀有的奇花：鲜红如血，只在夏末绽放。我与少年立即认出这是我们在阿蒙绿洲里看见的艳丽红莲。潘克拉泰斯立即兴奋地想象受伤的猛兽在莲花丛中断气的景象。他向我自荐，打算把这场狩猎写成诗篇；诗作中，雄狮的血将染红水中睡莲。这种设定并不新鲜，但我还是把这项任务委托给他。潘克拉泰斯不愧是宫廷诗人，随口就念出几行赞扬安提诺乌斯的可喜诗句：玫瑰、风信子、燕子草皆失色，任那艳红花冠独占鳌头，从此以少年命名。一名奴仆受命踩进池中采一束莲花。少年已习惯各种赞美，一本正经地接过这些蜡红色的花朵；夜幕降临，粗如小蛇的弯软长茎顶上，花苞合起，仿佛闭上了眼。

就在此时,皇后驾临。长途跋涉令她精疲力尽;她变得十分娇弱,但个性一样刚硬。她在政治圈的关系已不再给我带来麻烦,想当年她还傻乎乎地煽动苏埃托尼乌斯;如今围在她身边的只有几名无害的文艺女性。现任的闺中密友名唤尤莉亚·巴尔比亚[1],希腊诗写得颇佳。皇后及女侍随从在吕克昂讲堂住下,从此深居简出。卢基乌斯则相反,一如往常地对所有玩享之乐充满好奇,动脑的和动眼睛的都喜欢。

年届二十六,他惊人的俊美几乎一点也没改变,在罗马街头总引来年轻人欢呼喝彩。他依然行事荒唐,带着一丝嘲讽,快乐逍遥。以往的任性如今变成了癖瘾;没带御厨就不出门,他的园丁甚至神乎其神地在船上为他用奇花珍草种出美妙的花坛。他走到哪里都拖着自己设计的睡床,它有四张床垫,分别塞填了四种特别的香草,以围着他的年轻貌美的情妇们为枕,与她们相拥共眠。他的侍童皆扑香粉涂胭脂,穿着有如扮演西风之神齐菲尔和爱神埃洛斯;他们尽力遵循指示,陪他玩一些有时近乎残酷的游戏:曾有一次,我不得不介入,以免小博雷亚斯为满足他对纤瘦体态的喜爱而被饿死。这一切行径与其说可爱不如说可恶。我们一起参观了所有亚历山大城值得参观的景点:灯塔、亚历山

---

[1] 尤莉亚·巴尔比亚:罗马帝国的希腊女诗人,其祖先来自科马基尼。

大的陵墓、马克·安东尼的陵墓，在此，屋大维永远是克利奥帕特拉[1]的手下败将；而神庙、匠铺、工坊，甚至熏尸人的城外郊区，也无一遗漏。我在一名手艺精良的雕刻师那里买下一批维纳斯、狄安娜、赫尔墨斯，打算运到伊大利卡，装饰我的故乡，将其重修成现代国度。塞拉皮斯[2]神庙的祭司送我一套乳白色酒杯，我转赠给了塞维亚努斯。为姊姊波利娜着想，我仍努力与他维持基本的良好关系。许多重大的市政计划就在此类枯燥乏味的巡视之下实现成形。

亚历山大城的宗教种类与交易形式一样繁多，产品的质量亦更令人质疑。基督徒独树一格，设立多种教派，一点用处也没有。有两个骗徒，瓦朗丁和巴西利德[3]，互相使诈算计，受罗马警察严密监视。埃及人民中的败类趁着每次教规修行仪式，手持短棍扑打外国人。在亚历山大城，圣牛阿皮斯[4]之死所引发的动乱比罗马的皇位继承更激烈。追求潮流的人不时更换崇拜的神，一如其他地方的人换医生一样，为的就是要更成功。不过，他们唯一的偶像是黄金；在其他任何地方，我未曾见过强要东西比他们更无耻的人。处处可见颂扬我功德的溢美之词，但我拒绝减免当地人民一项课税，何况他们有足够的能力负担这笔税金，于是这批乌合之众很快就弃我而去了。两名陪伴我的年轻人几度遭到辱骂：人们责备卢基乌斯奢华无度——必须承认确实太过火；至

---

[1] 克利奥帕特拉：即克利奥帕特拉七世（69b. c. —30b. c.），古埃及托勒密王朝末代女王，世称埃及艳后。
[2] 塞拉皮斯：埃及希腊化时代的一位主神，据说是托勒密一世为整合希腊统治者与埃及宗教而"做出来"的。
[3] 瓦朗丁和巴西利德：二人同为公元二世纪诺斯底教派领导者。
[4] 阿皮斯：古埃及神话中的圣牛。

于安提诺乌斯，则说他出身低贱；并散播一些荒谬的谣言，甚至臆测两人的特权对我影响甚巨。这种说法实在可笑：卢基乌斯评估公共事务的洞察力惊人，对政策却不具丝毫影响力，而安提诺乌斯则从来胸无大志。年轻贵族见过世面，对这些侮辱只觉好笑。但安提诺乌斯却备感痛苦。

受犹太行省教友的怂恿，犹太人简直铆足全力意图让棘手的局势每况愈下。耶路撒冷的犹太会堂派出他们最景仰的人物阿基巴当代表，前来见我。阿基巴是一个几近九十岁的老人，不懂希腊文，任务是说服我放弃正在耶路撒冷进行的建城计划。在口译的协助下，我与他交谈多次，但他每每只借机自说自话。不出一个小时，虽然无法同意他所说的，但我自认已能明确界定他的想法；他对我的表达却没付出同等努力：这名疯狂信徒甚至根本没想过，可能有人设想前提的方式与他不同。在罗马帝国这个群体中，我赋予这支备受歧视的民族一个位置，与其他族群共享；然而借由阿基巴之口，耶路撒冷向我强调其意志——坚守岗位至最后一刻，捍卫被人类排拒的一支种族及一位神。他巨细靡遗地表达这种激愤的想法，啰唆烦人；我被迫忍受一长串理由，一个接着一个，套得天衣无缝，证明以色列优越超凡。不过，如此唠叨了八天，这名协商代表发现自己走错了方向，于是宣布告辞。我痛恨功亏一篑，即使失败的是别人也一样，何况这次是个老人家，这样的结果更令我难受。阿基巴无知，拒绝接受不同于他的圣书所载及非他族人之一切，使他被赋予某种偏狭的天真无邪。但是，想对这名教派分子有同情心真的很难。活到如此高龄，他似乎丧失了所有柔软度，身体瘦骨嶙峋，思想枯燥刻板，生就一种蝗虫似的刻苦耐劳。听说后来他去世时被视为英雄，因捍卫了民族，其实或者该说，捍卫了他的信条：人人各自虔诚效忠自己的神。

亚历山大城内可供排遣之事愈来愈少了。弗莱贡那家伙每到一个地方，不管是淫媒，或有名的阴阳人，这些地方上的奇事他都知道；他带我们去找一名女法师。那个能与肉眼看不见之物通灵的女人住在克诺珀斯。我们趁夜乘船前往，沿着混浊幽黑的运河航行。这趟旅程气氛阴郁。两名年轻人之间始终弥漫一股沉默的敌意：我强迫他们友好亲密，反而更加深了两人对彼此的憎恶。卢基乌斯以一种明捧暗讽的降尊纡贵态度掩饰心情，我的希腊青年则把自己深锁在他常有的那种郁郁寡欢里。我本人也提不起劲：几天前，烈日骄阳下赛马一场，回宫后，我短暂昏厥了过去；当时在场的只有安提诺乌斯和我的黑奴欧福里翁。两人的反应皆紧张过度，我令他们不可声张出去。

克诺珀斯不过是一个俗丽的舞台背景。女法师的屋子位于这座享乐胜地最肮脏的角落。我们在一座摇摇欲坠的露台靠岸下船。女巫在屋里等我们，已备好她那一行特有的各种诡异器具。她看起来颇有本事，丝毫不像舞台上的招魂女巫，甚至她也并不老。

她卜出的卦预言灾厄凶险。那一阵子，处处占得的神谕皆预示我将遭遇各种烦恼，会有政治祸端、宫廷阴谋，以及严重疾厄之忧。今天，我相信那些暗黑之口必然受到某些纯粹人为的影响，有时是为了警告我，通常是为了吓唬我。就部分东方领土的真实情势而言，预言所显示的比我们行省总督们的报告还清楚。面对这些所谓的神启，我十分冷静；尽管我对不可见的世界持有敬意，倒还不至于去信任那些颠三倒四的神。在安条克附近有座达芙纳[1]神庙；十年前，初登基不久，我曾下令关闭该庙的谕示仪式，因为此庙预言我将掌权，而我担心它对后续任何一个来此的权位觊觎者作出同样的神谕。不过，听说有悲惨临头，终究教人恼怒。

女占卜师使出浑身解数让我们担心不安之后，端出她所能提供的协助：只要施办一场埃及巫师精通的献祭法事，就能化除一切凶厄，与命运和睦相处。根据以往我对腓尼基法术之涉猎，我当下即明白：那些禁忌施法之恐怖并不在于可见的部分，而是他们暗中隐藏之事；若非清楚我对活人祭深恶痛绝，她很可能会建议我牺牲一名奴隶。当时，她只敢提出需要一头家畜。

在尽可能的状况下，牺品应为我个人所有。可以是狗：在埃及人的迷信中，那是不洁的动物；鸟类也很合适，但我旅行时并不携带飞禽。我的少年提议用他的隼鹰：条件堪称符合，因为那头美丽的禽鸟是奥斯洛莱斯国王送给我本人的礼物，收下之后，我转赠给了少年。那孩子亲手喂食照顾，那是他少数极珍视的个人拥有物之一。起初我拒绝了，他认真地坚持；我悟到他赋予这次奉献的意义并不寻常，因为爱，我接受了。我的信差梅奈克拉泰斯背负着最仔细的叮咛嘱咐，出发回到我们位于塞拉皮斯神庙的寓所，将隼鹰带过来。就算一路快马奔驰，来回一趟最少也要两个钟头；这段时间，说什么也不该留在女法师那间肮脏简陋的小屋里，而卢基乌斯又抱怨船上太潮湿。弗莱贡想到一个权宜之计：将就去一名老鸨那里打发时间，不过要请里面的人员先离开。卢基乌斯决定睡一觉。安提诺乌斯躺在我脚边，我则趁这段

[1] 达芙纳：希腊神话中的山岩仙女。

197

空档口述几篇速件书信；灯火下，弗莱贡的芦苇笔吱呀不停。梅奈克拉泰斯带着隼鹰、护臂皮套、鸟斗篷和锁链回来时，夜间的时辰已进入最末更。

我们返回女法师的住所。安提诺乌斯掀开隼鹰的斗篷，缓缓抚摸它野性又困顿的小脑袋，然后将它交给喃喃持咒的女法师。法师随即展开一连串神奇的催眠招术。鸟儿中了迷魂术，又睡着了。非常重要的是：牲品不可挣扎，必须显得是它自愿受死。按照仪式涂抹蜂蜜及玫瑰精油后，失去知觉的禽鸟被放进一只装满尼罗河水的木桶。在水中的鸟儿化身成在河流中载浮载沉的奥西里斯[1]。鸟儿以它的命来帮我添寿；生于太阳的小小灵魂，因某个人而牺牲，也与他的守护精灵合而为一。从此，这肉眼不可见的精灵在我面前显现，以此形象守护我。接下来的漫长操作好比在厨房里料理烹调，并无多大意义。卢基乌斯打起呵欠。做法之仪式处处仿照人类葬礼；烟熏，吟诵圣诗，得持续到黎明。鸟儿被关进一副棺材，里面塞满香料。女法师当着我们的面，把它埋葬于运河畔一处荒废的墓地。然后，她就这么蹲在树下，一块一块地数起金币：那是弗莱贡付给她的酬劳。

我们返回船上。冷风彻骨。卢基乌斯坐在我身边，纤细的长指掐起绣花被拉高盖紧。基于客套，我们继续有一搭没一搭地交谈，聊些罗马的事件和丑闻。安提诺乌斯把头枕在我的膝盖上，躺卧在船板上；他假寐，借此把自己隔绝于这些与他无关的对话之外。我的手插入他的秀发，轻抚他的颈背。在最空洞或黯淡的时刻，我总觉得，透过这样的抚摸，能与重要的自然事物保持接

---

[1] 奥西里斯：古埃及主神之一，传说最初是大地和植物神，后来成为冥府的最高统治者。

触,仿佛森林之深邃,花豹肌肉结实的背脊,泉源的汩汩脉动。但没有一种抚摸能通达心灵。抵达塞拉皮斯神庙时,阳光普照;沿街瓜贩吆喝、叫卖西瓜。我一直睡到举行当地议会的时间才去开会。我事后知道:安提诺乌斯趁着我不在的这段空档,说服查布里亚斯陪他重返克诺珀斯:他回去找女法师。

第二百二十六届奥林匹亚的第二年,阿提尔月[1]的第一天,这天是垂死之神奥西里斯的忌日:沿河两岸,凄厉的哀嚎已在所有村落中回响了三天。我的罗马宾客们不像我那般习惯东方的各种秘教,对来自不同种族的这些仪式显得颇为好奇,但其实那反而已让我厌烦到极点。我下令将我的船驶离,停泊在与其他船保持距离之地,远离所有人群聚居之地,来到一座法老王神庙:庙已荒废大半,却依然耸立在岸边。庙中仍有祭司人员,我并未完全逃离哭丧哀叹的噪音。

　　前一晚,卢基乌斯邀我去他的船上晚餐。我在夕阳西下之时前往。安提诺乌斯拒绝随我同行。我留他独守在船尾我的舱房里。他躺卧在那张雄狮毛皮上,忙着和查布里亚斯玩掷骨游戏。半个小时之后,夜幕已低垂,他改变了主意,请人叫来一艘小舟,仅靠一名船夫协助,逆流操桨,划过我们与其他船只之间那段颇为可观的距离。设下晚宴的华帐里,众人正为一名女舞者摆出夸张的歪扭姿态鼓掌;当他走入帐中,掌声戛然停止。他穿着一袭叙利亚长袍,布料薄如一片削下的果皮,缀满花朵与奇美拉图案。为了划桨方便,他拉下了右半边的衣袖,光洁的胸膛上,汗珠颤动。卢基乌斯抛了一个花环给他,他在半空中接住。他心情欢快得简直刺耳逼人,一刻也不停歇;虽然一杯希腊葡萄酒就让他不

[1] 阿提尔月:古埃及历法中的第三个月。

胜酒力。带着卢基乌斯尖酸刻薄的晚安,我们一起搭乘我那艘由六人划桨的船回去。欢乐不羁,持续不退。然而,到了早晨,我无意间触碰到一张冰冷流泪的脸。我烦躁地问他哭泣的原因,他低声下气地回答是疲累的关系,请求原谅。我相信了他的谎言,翻身又睡。他真正的垂死挣扎其实发生在那张床上,而且就在我身边。

来自罗马的信差刚抵达;我一整天都在读信回信。和平时一样,安提诺乌斯安静地在书房里来回踱步;不知道这头俊美的猎犬究竟在哪一刻走出了我的生命。接近第十二个钟点时,查布里亚斯慌乱地跑进来。完全违反常态地,青年没有交代详细的去处以及要离开多久,擅自下船;至少已过两个钟头了。查布里亚斯记起他前一夜曾说了些奇怪的话,甚至当天早晨,还留下一段叮咛,与我有关。查布里亚斯把心中的担忧传达给我。我们急忙下船到堤岸上。年事已高的老师本能地往岸边一座祭坛走;那座单独的小庙是神庙的附属建筑之一,安提诺乌斯和他一起参观过。供桌上,有一样祭品的灰烬尚存残温。查布里亚斯伸出手指探入,拉出一绺断发,几乎还完好无缺。

当务之急就是在堤岸上仔细搜寻。尼罗河的一个河湾连着一连串蓄水塘,应是昔时供应圣祭之用;在最后一座水池旁,迅速逼近的黄昏暮光下,查布里亚斯瞥见一件折好的衣服及两只凉鞋。我奔下湿滑的台阶:他躺在里面,已经被大河泥沙淹没。在查布里亚斯的协助之下,我终于抬起那突然如石头般沉重的身躯。查布里亚斯高声呼唤船夫们,他们用帆布临时做了一副担架。埃尔莫热纳被十万火急地召来,但也只能确认他已死亡。原本那般温驯的躯体拒绝回温,不肯复活。我们把他抬到池塘边。所有的一切都崩溃;整个世界黯淡无光。奥林匹斯的宙斯,万物的主宰，救世主，纷纷颓倒，仅剩一名华发苍苍的男子在船上呜咽悲泣。

两天后，埃尔莫热纳说服我去思考丧葬事宜。安提诺乌斯选择为死亡所进行的献祭仪式指引了我们一条路：他生命终结的时辰、日期与奥西里斯下葬之期相同，想必并非巧合。我前往河对岸的埃尔莫波利斯，去找熏尸人。我曾在亚历山大看过他们的同行工作，知道自己将让那副躯体遭受什么样的折磨。但是，以熊熊烈火将那身我挚爱的皮肉烧成焦炭，或埋入土中逐渐腐化，一样骇人恐怖。渡河时间很短；欧福里翁蹲坐在尾舱一角，低声吟唱不知名的阿非利加哀歌。那幽怨沙哑的歌声几乎就是我内心的哭喊。我们将死者搬进一座用水冲得干干净净的厅室，那地方让我想起萨蒂鲁斯的诊所。我协助取模师傅在死者脸上抹油，然后才涂上蜡。所有隐喻都有寓意：我将那颗心捧在手心。离开他时，那被掏空的身躯已然只是熏尸人做好的准备工作，一项残酷杰作的初步阶段，珍贵的物质，被擦上盐粒和没药膏，永远不再接触空气和阳光。

回程时，我参访了他献祭之处附近的那座神庙，对祭司们谈话。他们的祭坛将整修翻新，成为整个埃及的信众前来朝圣之地；教团得到丰厚的资金，人员增多后，从此将专门敬奉我的神。即使当时我的思路迟钝至极，亦从不怀疑那少年是神。希腊和亚细亚以我们的方式来尊崇他：竞赛，舞蹈，或在一座纯白的裸体雕像下依时摆放贡品。埃及既然曾见证他垂死之苦，亦将有份共享他被神格化的荣耀，堪称是最阴暗、最秘密、最残酷的荣耀：这个国度将扮演他永远的尸体保存者。往后多少世纪，一代又一代的光头祭司将诵念连祷文，文中将反复出现这个名字——这个名字对他们而言没有意义，却包含了我的全部。每一年，圣船将载着他的人像游河；阿提尔月的第一天，哀悼者们将徘徊于我曾沿途搜寻的这条堤道。每个时刻皆有其立即应尽的责任，有一道特别命令排挤掉所有事情；当时我的首要之急就是对抗死亡，不让它夺走我仅剩的部分。河岸上，弗莱贡已为我召集了随我出巡的建筑师和工程师；凭着一种清醒的癫狂，我领着他们沿一座座多岩的山丘，讲解我的蓝图，打算铺展一道四十五斯塔德长的城墙；我在沙地上标记凯旋门与他墓园的位置。安提诺城即将诞生，这已是对死亡的一场胜利：在这片多灾多厄的土地上，强行兴建一座纯希腊风格的城市，一座可防御厄立特里亚[1]游牧民族的堡垒，印度商路上的一座新的贸易市集。亚历山大昔日以大破坏与大屠杀来举办赫菲斯提安[2]的葬礼。我认为较美好的方式是送给心爱的人一座城市：在那里，对他的崇拜永远与广场上的人来人往混在一起；他的名字时时出现在傍晚的闲谈中；那城市里的年轻男子会在晚宴上互掷花冠。然而，在一件事上，我的想法摇摆未定。把那副躯体遗弃在异乡，我似乎做不到。我如同一个不确定下一站要在哪里过夜，于是向好几家旅店预订住处的人：在罗马的台伯河畔，我的坟墓附近，我亦请人为他建了一座纪念建筑。此外，我也想到我先前任性地令人在庄园里建造的埃及祭坛，如今忽然悲剧性地派上用场。葬礼的日期决定了：根据熏尸人所需的工作时间，将在两个月后举行。我把编写葬礼哀乐合唱之任务交给米索米德斯。夜深之后，我回到船上，埃尔莫热纳替我准备了一碗药汤，助我入睡。

---

[1]厄立特里亚：非洲东北部国家，濒临红海，首都为阿斯马拉。

[2]赫菲斯提安（约356b.c.—324b.c.）：亚历山大大帝的右辅大臣与挚友，也极有可能是其同性恋人。

溯河而上的旅程继续，但我航行在冥河之上。在多瑙河畔的囚营里，我曾看见过一些形状甚惨的可怜人，倚墙而卧，持续用额头敲撞壁面，动作既粗野、疯狂又温柔，口中喃喃念着同一个名字。在竞技场的地窖里，人们让我看那些狮子：它们日渐衰颓，因为平时习惯一起生活的那只狗被带走了。我集中思绪：安提诺乌斯死了。小时候，我曾对着马鲁利努斯被乌鸦撕咬得不成形的尸体放声大哭，如夜里一头失去理智的兽那般悲鸣哀嚎。我的父亲去世了；但一个年仅十二岁的孤儿仅晓得家中秩序大乱，母亲时时哭泣，以及自己的深深恐惧，对于死者在临终时所遭受的痛苦则一无所知。许久之后，母亲去世；大约是在我驻守帕诺尼亚期间，确切的日期我已不记得。图拉真仅是一个让人等着他写遗嘱的病人。普洛提娜去世时我没见到。阿蒂亚努斯也死了，他本是个老人。达西亚战争期间，我失去了许多曾热烈深爱过的战友；但当时我们还年轻，生与死皆令人迷醉且轻松以对。安提诺乌斯死了。我想起那些老生常谈：人可能在任何阶段死去，而年纪轻轻就离世的是神的宠儿。以往，我自己曾如此恬不知耻地滥用文字，说死亡如同一场长眠，说生活无聊得要死。我曾用过"垂死"这个字眼，"服丧"这个字眼，"逝去"这个字眼；而安提诺乌斯死了。

爱神，众神中最具智慧者……但爱并非罪魁祸首，不需背负这场疏失，因为这些严格的对待，这种冷漠与热情混杂，仿佛河水里夹带的沙与金;因为,一个幸福过头的男人的粗鲁盲目,而且他正在老去。我怎么能如此地心满意足?安提诺乌斯死了。"热爱过度",此时在罗马,塞维亚努斯想必这样对外宣称。但我远远不及,甚至爱得不够,不足以强迫那孩子活下去。查布里亚斯曾受俄耳甫斯秘仪启示,视自杀为罪行,于是一再强调那场生命终结的牺牲精神。当我告诉自己,他的死是上天赐给我的礼物,我亦感受到一阵可怖的喜悦。然而,柔情至深处所酝酿发酵的苦涩多么心酸,克己忘我的情怀中藏着何种绝望,爱掺有哪种恨,这一切唯我一人独自衡量。受辱之人将他的一片忠心向我当面呈上,担心失去所有的孩子找到这个方法,将我永远与他捆绑。若他竟寄望以牺牲自己来保护我,那么,他必然认为自己不得欢心,才会感受不到别人失去他之后该要遭受的极度苦痛。

泪终于流干:前来接近我的朝官显贵不再需要将视线从我脸上移开,仿佛垂泪流涕淫秽且不堪入目。参访示范农田和灌溉沟渠的行程重新展开。时辰如何分配运用并不重要。关于我的灾厄,世间已有千百种荒谬的谣言,就连随行的船只队伍中,亦流传着有辱于我的丑恶故事。我随他们去说;毕竟,那不是一个能高声喧喊的真相。那些邪恶至极的谎言,以其说法,倒也确实没错。人们指控我把他当成祭品,从某种角度来看,我的确是牺牲了他。埃尔莫热纳一五一十地向我报告外界那些回响,并转述几则皇后给我的讯息。她的表现十分得体:面对死丧之事,此本人之常情。不过这种同情来自一项误解:人们可以听我诉苦,前提是我必须复原得够快。就连我本人亦以为心情已差不多平静下来了,几乎要为自己的再三悲叹惭愧脸红;殊不知原来痛苦是一座扑朔迷离的迷宫,我深陷其中,走也走不完。

旁人强迫我从事一些散心排遣的活动。抵达底比斯几天后，我得知皇后及其随行人员已二度造访门农[1]巨像，期盼听见石头在黎明所发出的神秘音响，那是所有旅客都想体验的知名现象。奇迹并未发生。迷信的人们猜想，若我露面或许有效。我同意隔天陪女眷们走一趟：只要能打发漫长无尽的秋夜，做什么都好。那天凌晨，将近第十一个钟点时，欧福里翁进入我的舱房，燃起灯笼，帮我着装。我走到甲板上。天色仍一片黯黑，诚如荷马诗中的荒年旱天，漠视人类的悲喜。那件事发生之后已过了二十多天。我在船尾找了个位置，航程虽短，女眷们仍免不了要恐慌惊叫。

我们下船之处离巨像不远。一条浅浅的玫瑰红长带从东方延展开来：又是一天的开始。神秘之声响了三次；听起来像弓弦断掉的声音。精力旺盛的尤莉亚·巴尔比亚当场又产下一系列诗作。女眷们决定参观神庙；我陪她们沿着刻满单调象形文字的墙面走了一会儿。那些巨像令我厌烦；每位国王看上去都一样，并肩而坐，撑在前方的脚板又长又扁。这些麻木的雕像上不见任何构成我们生命的元素，没有痛苦，没有欢享，没有令四肢自由的动作，那向前低垂的头部亦显现不出经营世界之雄才大略。关于那些已无实权的历史人物，导览的祭司们所知道的似乎和我一样寥寥无几，只听他们不时围绕着某个名字争论不休。我们概略知道每一位君王都继承了一个王国，统治了王国里的人民，生育了继位者：仅止于此。那些幽暗神秘的王朝比罗马更古老，比雅典更遥远，比阿喀琉斯死于特洛伊城墙下的时代更早，比儒略历计

---

[1] 门农：希腊神话中埃塞俄比亚国王提托诺斯和黎明女神厄俄斯的儿子。在特洛伊战争中他领兵守护特洛伊，却不幸战死。

算的五千年天文周期还要久远。我提不起劲,打发祭司们走开,自己躲进巨像的影荫里休息,等待上船。门农的双腿上,一直到膝盖,被游客刻满了希腊文字:有姓名、日期、一段祈祷文;某个人名叫塞维乌斯·苏亚维斯,另有一位欧梅内,曾在六个世纪以前来到我所在的同一个位置;某位帕尼翁曾在六个月之前参观了底比斯……六个月之前……我临时萌生了一个念头。孩提时,在一座西班牙领地里,我常在栗子树上刻下名字。好久没这么做了。我这个皇帝,拒绝把称号和头衔刻在自己建造的纪念建筑上,当下却拿出了小刀,在那坚硬的石壁上浅浅划下几个希腊字母:"AΔPIANO"——我的昵称小名。这么做仍是为了与时间抗衡:一个名字,一段人生,其中包含哪些数不清的元素,没有人演算得出;一个迷失在时光流逝世纪延续之中的男人留下一个印记。那一瞬间,我记起当天是阿提尔月的第二十七日,五天后就是我们历法中的第十个朔月。那天是安提诺乌斯的生日:那孩子若还活着,正好满二十岁。

我回到船上。愈合得太快的伤口重新裂开,我把脸埋在欧福里翁给我的枕头里,声嘶力竭地呐喊。那具尸体和我,我们从此茫然漂泊,分别被时间之河的两道洪流冲往相反的方向。罗马第十个朔月的前五天,阿提尔月的初一:逝去的每一刻逐渐将那副躯体拖入流沙,将那场生命之终结掩埋。我攀上险峭的陡坡,用我的指甲拼命挖掘,想把死去的那天挖出土来。弗莱贡面对门槛而坐,对于船舱里的来来去去没有太多印象,只记得每次有一只手推开门时,总有一道光影响他的视线。我像是遭人指控犯罪似的,仔细检视自己那天每个时辰的行事:逐条口述,答复以弗所的元老会。那场临终垂死发生时,我正说到哪几句话?我在脑中

207

重建当时的场景：吊桥在急促的脚步下压弯，枯旱的堤岸，平坦的石板路；神庙旁，刀刃来回割锯一绺秀发；身躯俯弯；小腿曲起，以便手能解开凉鞋；那特有的姿态，在闭上双眼的同时微启双唇。那善泳的人儿要下多么绝望的决心，才能将自己闷死在那池黑泥里。我试图继续想象，深入想象我们所有人都将经历的天旋地转，放弃搏跳的心，故障卡住的脑，停止呼吸生机的肺。我亦将遭受类似的骚乱煎熬；有一天我也将死。但每个人垂死的情况不同；我费尽心思想象他的最后一刻，得到的只不过是一个毫无价值的成果：他孤独地死去。

我努力抵抗，如同对抗坏疽一般与伤痛奋斗。我回想起他几次顽固坚持，几则谎言；我对自己说，说不定他会变，发胖，衰老。一切白费心机：我仿佛一个认真尽责的工人，竭尽所能地复制一样经典杰作；我卖力不懈，严格要求记忆精确到荒诞的地步。我重新塑造那如盾牌一般饱满高挺的胸膛。有时，画面自动跃出，一股甜蜜涌上心头；我重返提布的果园，美少年捞起长衫下摆充当篮子，采收秋日成熟的果实。顿时之间，一切都成空：我同时失去了夜夜同欢的伴侣，还有蹲跪在地帮助欧福里翁为我调整托加长袍衣褶的那个少年。姑且相信祭司所言，阴魂也会悲痛，思念肉身温暖的庇护，呜咽徘徊在熟悉的场所，既遥远又极贴近，稍纵即逝，微弱得无法示意他在我身边。倘若这是真的，我的迟钝反应简直比死还糟糕。但是，那天早晨，我可曾真的了解在我身边啜泣的那个活生生的年轻人？一天晚上，查布里亚斯指着天鹰座里的一颗星星，喊我一起看。那颗星星本来颇为朦胧黯淡，却突然如宝石般闪耀，光芒如心跳般律动。我视之为他的星星，他的星宿。每天每夜，我用所有的力气追踪它的轨迹；在那块夜空里,我看见各种奇怪的显像。人们以为我疯了。那又如何?

　　死亡丑恶狰狞,但活着也一样。一切皆怪形怪状。兴建安提诺城不过是荒唐可笑的儿戏:又多了一座城,让商贩走私,官员勒索,卖春,失序;让懦弱的人为亡魂哭泣,直到遗忘。奉为神明实是虚名:这样公诸于世的荣衔只会害那孩子沦为低俗或嘲讽的话柄,一个死后被廉价艳羡或拿来丑化的对象,一则飘着腐朽味的传说,塞填在历史的幽暗角落。我的守丧,说穿了,是一种放纵,不入流的放荡:我仍是占便宜的那人,享受的那人,品尝人生各种滋味的那人,而心爱之人对我却不惜以死相赠。我不过是一个受挫的人在自怨自怜。思绪刺耳扰人,话说了都是白说;各种声音嘈杂鸣响,如沙漠里的蝗虫,秽物堆上的苍蝇;我们的风帆满涨如白鸽鼓起的胸脯,载着一船阴谋诡计与花言巧语航行,愚蠢就晾在人们的额前。死亡以衰逝或腐坏之面貌处处渗透:果实上的熟斑,营帐下缘一道不易察觉的裂痕,堤岸上一头动物的腐尸,脸上点点脓疱,水手背上的鞭痕。我的双手似乎愈来愈肮脏。沐浴时,我伸长双腿,让仆奴刮腿毛;我满心嫌恶地看着这副强健的身躯,这具几乎摧毁不了的机器,会消化,会走路,能睡觉,总有一天,会重新适应爱情的例行公事。我的眼中仅容得下几名还记得死去那人的仆隶;他们用自己的方式,亦曾喜爱过他。当某个按摩师或执灯的老黑奴表现出稍嫌憨傻的哀痛,我悼丧的心情便可得到回响。然而,他们尽管悲伤,亦无碍于在岸上乘凉时相视轻笑。一天早晨,我倚在船舷,看见船上专门用来炊饭的地方,有名奴隶正在掏空一只鸡。在埃及,数以千计的鸡都是在脏污的窑炉里孵出来的。他湿黏的双手捧起满满的内脏,扔入河中。我差一点来不及转身,当场吐了出来。在菲莱岛停歇时,当地总督替

209

我们举办了一场庆祝盛会。有个三岁男孩，一身古铜黝黑，是一个努比亚守门人的儿子；他钻进二楼的回廊看舞蹈表演，从上面掉了下来。他们竭尽所能地隐瞒这起意外；守门人强忍哽咽，以免打扰主人宴客。人家要他带着尸体从厨房后门出去。无论如何，我仍瞥见那对肩膀仿佛遭受鞭打似的抽动起伏。对那位父亲的哀痛，我感同身受；同样地，我亦感受得到赫拉克勒斯、亚历山大大帝和柏拉图为死去的挚友哭泣时的悲痛。我派人送了一些金币给那位不幸的父亲，能做的仅此而已。两天后，我又看见他：他躺在门坎上晒太阳，悠然自得地抓挠身上的虱子。

问候蜂拥而至。潘克拉泰斯寄来他好不容易完成的诗作，却是一首平庸硬凑的荷马体六音步诗；但几乎每一行都出现的那个名字让我觉得这首作品比许多经典杰作更感人。努米尼奥斯将一篇合宜得体的《慰问文》送到我手中，我彻夜阅读，常见的陈腔滥调一句不漏；两行文字道尽人类为对抗死亡而筑起的薄弱防御。第一行，首先，把死看成无可避免之恶；提醒我们：无论美貌、青春或爱情皆终将腐朽；最后，向我们证明，人生及其浩浩荡荡的苦痛比死本身还可怖，宁死也不要老。这些都是实情，用来劝诱我们弃械投降，特别是把绝望给合理化了。第二行论述则推翻前一行所说，但我们的哲学家们并未如此观察入微：那已不算是向死亡屈服，而是全盘否定。只有灵魂算数。我们从未见过灵魂在没有躯体的状态下运作，却在证明其存在之前就狂妄地断言这虚有之物永恒不朽。我则不是那么确定：既然微笑、眼神、声音，这些称不出重量的事实都被抹去了痕迹，何以灵魂竟能不灭？在我看来，灵魂不见得比躯体的温热更不可捉摸。对灵魂已不在的遗体，人们便离它而去；然而，那是他唯一留给我的东西，是我唯一能证明那人曾经存在活过的东西。种族不朽这种说法掩饰每个人类个体的死亡。比提尼亚族能否在桑加里奥斯河畔代代延续直到永远，我并不如何在意。人们谈论荣耀，这美妙的字眼令人志得意满；却总自欺欺人，把它与不朽故意混淆，仿佛一个生灵的行迹与他的存在是同一回事。人们想要我看到，那并非尸体，而是光辉的神。但那神本就是我造的，我用自己的方式信仰祂；那晋升遥远恒星深处的死后运途不管多么光明灿烂，亦无法弥补那短暂的一生。神不能取代已逝的活人。对于人类一窝蜂地罔顾事实，侧重假设，错以为幻梦不只是幻梦，我愤怒至极。我对自己被迫苟活这件事的理解完全不同。若我没有勇气正视他的死，谨记冰冷、静默、凝结的血，动也不动的四肢等等真切的事实，他的死就白费了。那无知觉的躯体，人们总是飞快地用泥土及伪善的态度埋葬。我宁愿不要灯笼的微光辅助，而独自在黑暗中摸索。在我周围，感觉得出来，人们开始对如此漫长的哀痛感到厌烦；此外，悲恸剧烈之程度比伤逝的缘由更为人不齿。若对亲兄弟或儿子之死，我亦放任自己如此无尽哀伤，人们恐怕也会责备我像女人一样爱哭。大部分人的记忆止于荒烟蔓草中的一座弃坟，对于躺在坟下的无名死者，已不再珍惜想念。所有拖延过久的哀痛皆是对遗忘的侮辱。

船队载我们回到安提诺附近的河段，城市开始有了轮廓。回程的船只不如去程的多；我很少再见到卢基乌斯了，他已赶回罗马，他的妻子刚生下一个男婴。他的离开使我摆脱了许多恼人的好奇和好事者。工地改变了堤岸的样貌；一堆堆整好的基地上，逐渐显现未来的整体建筑分布，但我已认不出他殉祭的确切位置。熏尸人交出他们的作品：薄薄的雪松棺木放入一具斑岩制成的外槽,整个竖起,立在神庙最隐密的厅室中。我怯怯地朝死者走去。他仿佛穿了一身戏服似的:坚硬的埃及头冠遮去了他的秀发。双腿并拢,缠上层层绷带,只扎成一块白色长条,但年轻隼鹰般的侧脸丝毫未变:长长的睫毛在上了胭脂的红颊上刷出一道我熟悉的淡影。在完成手部缠裹之前,他们坚持要我欣赏黄金长指甲。连祷文诵起;透过祭司之口,死者宣称此生始终光明磊落,始终贞洁不二,始终悲天悯人且刚正不阿;他吹擂自己拥有各种美德;倘若他真的曾经全部奉行实践,恐怕早已永远地被排除在活人之外。熏香的烟呛味弥漫厅内,透过袅袅烟雾,我试着幻想他的嘴角含笑,俊美、静止的脸庞仿佛在颤抖。我观看祭司那些神奇的法术,其强迫亡灵将自己的一小部分注入纪念他的雕像内;另外一些指令更是怪不堪言。法事结束后,黄金面具上场,面具是从亡者身上以蜡取模打造,与他的脸部线条完美吻合。那永不蚀坏的美丽表面,纵使发光发热,从今而后也只能照耀自己,永远地静躺在那神秘的密封盒中,成为死气沉沉的不朽之物。他们在他胸前摆放了一束金合欢。十二名壮汉合力,合上沉重的棺盖。但是,关于坟墓的设置地点,我仍拿不定主意。我忆起,当我在各地下令举行尊神节庆、丧礼期间的竞技、铸造钱币、在公共广场广设雕像时,曾特地避开罗马;我担心那么做会加深外国宠臣多少已遭受的敌意。我心里清楚:我无法一直留在当地保护他的墓地。原先预定设在安提诺城门的建筑似乎太大张旗鼓,毫无安全可言。我听从祭司们的建议。根据他们的指点:离城约三里路之处,在阿拉伯山脉中的某座山坡上有几座山洞,昔时埃及国王曾用来作为墓穴。一队牛车将石棺拉上陡坡。借助绳索的力量,他们拉动石棺走过那些地底廊道,靠立在一片岩壁上。来自克劳狄奥波利斯的孩子下葬此墓，宛如一位法老王，宛如一位托勒密[1]。我们将他独自留下。他进入那段没有空气，没有光，没有季节亦没有终点的时光，相形之下，一切生命皆显得短暂；他达到那安稳之境，或许，获得了宁静。光阴悠悠，千千万万个世纪将从这座坟上流逝，不还他生，亦不添其死，却无碍于他曾经存在的事实。埃尔莫热纳搀扶我的手臂，帮助我爬出山洞，返回露天野外；回到地面上，再度从两道险峭的岩壁缝之间窥见冷冷的蓝天，我几乎欢喜雀跃。剩下的行程轻松简短。回到亚历山大港，皇后上船，启航返回罗马。

---

[1] 托勒密：应指埃及托勒密王朝的掌权者。该王朝由托勒密一世(367b.c.—283b.c.)建立，其曾为马其顿帝国亚历山大大帝麾下将军，在亚历山大病逝后，先成为埃及总督，随着马其顿帝国分崩离析，在埃及建立了自己的势力，并自立为埃及法老。

安提诺乌斯

卢浮宫博物馆，法国巴黎

奥
古
斯
都
纪
律

DISCIPLINA AUGUSTA

我走陆路返回希腊。旅程漫长；可能是我最后一次正式出巡东方了。这种想法并非没有道理；于是我更加坚持亲眼察见所有成果。我在安条克停留了好几个星期；这座城仿佛焕然一新。以前，对于各剧场之风采魅力，节日庆典，达芙纳花园之美妙，五颜六色的人群涌动，我的感受没那么深刻。如今，我更加留意到这支爱毁谤嘲讽他人的民族永远不改的轻浮个性，令我想起亚历山大的居民：假意切磋学问反尽显愚蠢，奢华炫富其实庸俗至极。那些权贵几乎没有一人从大局去全盘了解我在亚细亚的建设及改革计划，只想趁机为自己的城市谋利，尤其是为他个人谋利。我曾一度幻想：制衡傲慢的叙利亚首都，增加士麦那或帕加马[1]的重要性；但安条克的缺点是所有大都会都有的产物：没有一座大城能成为例外。我向来厌恶都市生活，于是更加尽可能地努力进行土地改革；展开耗时且复杂的行动，彻底重整小亚细亚里的皇家地产。农民会因此生活得更好，国家也是。到了色雷斯，我坚持再度访视哈德良堡。达西亚战争和萨尔马特战争的老兵受赠地及减税等优惠吸引，从四面八方汇聚于此。同样的计划亦将于安提诺实施。我早已在各处给予医生和教师类似的减免，希望借此推展并维系一群认真且教育程度良好的中坚阶级。我知道这个阶级亦有其缺点，但国家要长治久安，只能靠他们。

---

[1] 帕加马：曾为希腊化时期古国，位于小亚细亚西北部，后属于罗马亚细亚地区行省范围。

雅典仍是我最喜爱的一站。我赞叹不已：雅典之美竟几乎不需仰赖回忆加强，无论是我自身的或历史的记忆皆派不上用场；这座城似乎每天早晨换一个新面貌。这一次，我住在阿里安家。他和我一样曾在厄琉息斯接受秘教洗礼，因而被阿提卡地域内两大祭司家族之一的克律克斯收为弟子；而我本身则在欧墨尔皮得斯家族门下。他在雅典结了婚，妻子是一位年轻的雅典女性，细腻且有傲气。两人默默地将我照顾得极为妥切。他们的屋子距离我刚捐赠给雅典的新图书馆仅几步之遥，而馆内设施一应俱全，对冥想或冥想前的休憩都很合适；坐席舒适，动辄刺骨的冬日里，暖炉调节得刚好；设有方便的阶梯可通达收藏书籍的陈列室，雪白大理石与闪耀的黄金装潢，展现一种舒缓平静的奢华。灯具的样式和摆放的位置也特别精心挑选。我愈发感到需要尽量搜集并保存古籍，还要派任敬业认真的抄写官抄录副本。我认为，这项美妙的差事与资助老兵或补助子女众多的贫穷家庭一样迫切。我心想，只消发生几场战争，加上战后的流离失所，再经几位昏庸君主粗暴或野蛮地统治一段时期，这些由纤维与墨迹组成的脆弱物品所带给我们的思想就会永远消失灭迹。任何有幸或多或少地从这项文化遗产得益之人，在我看来，皆肩负转赠给全人类的使命。

在那段时间，我阅读了许多书籍。我曾促使弗莱贡以奥林匹亚为题，编写一连串编年史，从色诺芬的《希腊史》直到我的执政朝代。这份构思狂妄大胆，把罗马浩瀚的历史处理成仅是希腊史的延续。弗莱贡的文笔枯燥恼人，但汇集史料、详述事件，已属难得。这项计划给我灵感，让我有了重读古代历史学者的欲望。他们的著作，佐以我的亲身经历作注解，让我充满悲观晦暗的想法；

面对历史洪流的偶然与命定，纷至沓来的事件往往混乱，以致无法预知、指挥与判断，国家领袖的精力投注与良善意图似乎都无甚作用。我也花了不少时间读诗；我喜欢从遥远的过去召唤出几名饱满纯粹的灵魂之音。我视自己为忒奥格尼斯[1]的朋友：他出身贵族，遭流放，不为假象蒙蔽，毫不留情地观察人间种种，随时揭示指出我们所谓的苦厄其实是自己犯下的谬误缺失。这个思路清晰的男人也曾尝过爱情辛辣割喉的美味；尽管历经猜忌、嫉妒、互相不满，他与基尔努斯的关系仍延续许久，直到一人老去，另一人年届成熟：他许诺给这名墨伽拉青年的永恒不朽远超出空洞的字眼；因此两人的故事能穿越六个世纪，来到我跟前。然而，在众多古诗人中，最令我爱不释卷的是安提玛科斯：我欣赏他隐晦又寓意丰富的风格，他的诗句壮阔，却又极度浓缩，有如一只只装满稠浓美酒的青铜大盅。关于伊阿宋[2]的漂流历险，我喜欢他的叙述胜过阿波罗尼俄斯那篇高潮迭起的《阿尔戈英雄纪》：对于遥远的海平面和冒险航行之神秘，以及渺小人类在永恒风景中所投下的影痕，安提玛科斯的了解深刻多了。他曾深情地为妻子莉黛哭泣；以逝去的妻子之名为题，写下一篇长诗，诗中提及各种受苦折磨与伤逝哀悼的传说。那位莉黛，活着的时候或许不会引我注目；在我读诗之后，却成了我熟稔的角色，比许多我现实生活中的女性更亲近。那些诗，几乎已遭人淡忘；却一点一滴地给我信心，让我相信不朽。

我重读自己的创作：情诗，叙事咏景，为纪念普洛提娜而写

[1] 忒奥格尼斯：古希腊早期诉歌诗人，约活动于公元前六世纪中晚期，作品多以深刻的涵养与富于变化的上层社会为内容。
[2] 伊阿宋：希腊神话中带领众英雄搭乘"阿尔戈号"寻找金羊毛的主角。

的歌颂词。有一天，或许有人会想读这些作品。有一系列淫秽诗作令我稍有犹豫，最后仍决定全数收录。我辈中最正直者也写这样的东西。他们视之为一种游戏；我则宁愿自己的那些淫诗不同，能确切反映出赤裸的真相。不过，无论在哪种层面，我们总被人云亦云的既有想法禁锢；我开始了解，仅凭大胆的思想并不足以挣脱，唯有付出如我操执皇帝之业这般长期勤奋的努力，诗人才能战胜平庸琐事，将思想灌入文字之中。就我而言，我只求有业余者的一点点幸运：在这堆胡言乱语之中，若竟能留下两三行诗，已太荣幸。然而，在当时，我已开始为一部野心勃勃的作品拟草稿：半散文，半诗体，亦庄亦谐；我打算加入生活中观察到的奇闻异事，沉思冥想之成果，几起白日梦；而这一切会稍微用一条轴线串连起来，像是某种较为粗糙的《萨蒂利孔》[1]。我本想阐述一种后来成为我个人主张的哲学，赫拉克利特式的变动与回归概念。但这项计划太过庞杂，终究遭我搁置一旁。

那一年，与曾经为我启蒙厄琉息斯秘仪的女祭司（她的名字必须保密），我进行了好几次晤面，一项一项地订定安提诺乌斯崇拜的供奉模式。厄琉息斯的伟大象征仍持续地影响我，令我平静下来；世界或许没有任何意义，但是，若真有一个的话，厄琉息斯的呈现也会比其他来得有智能，更高贵。在那位女子的影响之下，我着手规划安提诺的行政单位、乡镇、街道、城市区块：那是一份神界的蓝图，亦是我人生的变相。所有的一切进驻此城，有守护家宅的炉灶女神赫斯递阿与狂欢酒神巴克科斯，来自天上与地府的大小诸神。我还加入了皇室的祖先；图拉真、涅尔瓦，皆成

---

[1]《萨蒂利孔》：又名《爱情神话》，佩特罗尼乌斯的著名作品，写于公元一世纪。

为这套象征系统不可或缺的一部分。普洛提娜亦未缺席，善良的玛提迪亚以近似得墨忒耳的形象出现，而我的妻子，当时与我的关系尚称和谐，亦跻身这群神化人物之列。几个月之后，我将安提诺城的一个区块以姊姊波利娜来命名。身为塞维亚努斯之妻，姊姊后来终究与我失和；但在这座城里，已逝的波利娜以姊姊的身份得到独特的纪念地位。这个令人哀伤的出事地点成为聚会与追忆的理想场所，一块生命的乐土；在这个地方，矛盾皆可化解，一切有其定位，且同等神圣。

夜空星光灿烂，我站在阿里安家宅的一扇窗前，想到埃及祭司们命人刻在安提诺乌斯石棺上的那个句子："他服从了上天的旨意。"上天竟然个别传达旨意给我们，只让最优秀的人听见，而其他人仅感到一阵恼人的沉默；有此可能吗？厄琉息斯的女祭司和查布里亚斯都相信可能。我真希望他们的看法正确。我脑海中又浮现出那死后变得平滑的手掌，是我在处理尸体防腐那天早晨所看到的最后一眼。以往曾令我担忧的掌纹已不复见；他的手心仿佛蜡板，记录其上的命令既已达成，即遭抹去。尽管这些事实亮晃晃地照在眼前，却无法给人温暖，一如星子的光芒，而周围的夜空反而显得更黑暗。若安提诺乌斯的牺牲多少会为我在神的天秤上加重分量，那么，这场恐怖的自我奉献之成果尚未显现；这些福报既与人生无关，亦落实不到不朽永恒。我几乎不敢找个说法来称呼。偶尔，在难得一见的短暂片刻，我的天际线上空有一道微光冷冷闪耀，但世界与我皆并未因此而变得较美好；我依然觉得自己并未获救，反而崩坏。

大约就在那个时期，基督徒的主教卡德拉图斯呈上一部为其信仰辩护的护教书。基本上，对付这支教派，我遵循图拉真鼎盛期的公正不阿,才刚提醒各行省总督:法律应保障所有公民;毁谤基督徒的人,若控诉该教人士却提不出证据,应遭受惩处。然而,对那群狂热教徒的百般容忍,却让他们立即以为我们赞同他们的主张;我实在难以想象,卡德拉图斯竟希望说服我成为基督教徒。总而言之,他努力向我证明该教教义之优秀,更特别着墨于对国家的无害性。我读了他这部作品,甚至心生好奇,派弗莱贡去打听那个名叫耶稣的年轻先知,搜集他的生平资料:他创立这支教派,死于距今约一百年前,成为犹太人偏狭的牺牲者。那位年轻智者似乎留下一些训示箴言,有时被他的教徒拿来与俄耳甫斯的格言相提并论。透过卡德拉图斯出奇平淡的散文,我多少还是察觉到那群纯朴之众的德性颇有令人心动的魅力;他们个性温和,天真坦率,彼此奉献付出;这些都与奴隶和穷人在各都市拥挤稠密之地所建立的互助会相似,不过后者崇敬的是我们的神。这个世界改变不了,无论我们付出多少努力,人类的尝试与希望仍仅换来苛刻冷漠的对待;那些小型的互助团体给了不幸的人们资助与慰藉。不过,我亦敏感地察觉到某些危险。如此歌颂童真与奴性之流的德行,实则损失了更倾向强健与智性的特质。我评估猜测:在拘谨而乏味的纯真表面下,在这位教派人士面临与其不同的生活形态和思想时,肯定是极度不妥协的态度,且蛮横傲慢,认为自己的价值高过他人,甘愿当井底之蛙。卡德拉图斯的诡辩,还有那些断章取义,拙劣引用我们智者文章的蝇头智慧,很快就令我厌烦。查布里亚斯始终重视以正道崇拜神明,对于这类教派在大城的低下阶层日渐取得进展颇为忧心,替我们的古老宗教惶恐着急:这些信仰不以任何教义迫使人类屈服,大自然有多少变化,就有多少诠释的可能;任凭心态严格的人随意为自己订定最高的道德标准，却并不用过于苛刻的箴言约束大众，以免立即衍生压迫与伪善等问题。阿里安也持同样的观点。有一个晚上，我和他彻夜讨论爱人如己这条指令：这项规定太违反人类天性，庸俗的市井小民不可能真心服膺，他们永远只爱自己；对贤人智者更完全不合适，他们并不特别爱自己。

　　此外，在许多方面，在我看来，我们的哲学家也一样思想狭隘、混淆，或枯燥贫瘠。在我们运用智力所进行的活动中，有四分之三只不过是废话空谈；我怀疑这种愈来愈空洞的现象究竟来自智力降低，还是品行败坏。无论如何，几乎无一例外：思想上的平庸必导致令人惊骇的低俗心灵。我曾指派希罗德·阿提库斯去监督特洛亚斯地方的输水渠道网络工程，他却可耻地趁机浪费公帑。面对讨款声浪，他竟傲慢地响应：他的财富足以填补所有亏损。然而他的家财万贯本是丑闻一桩。他的父亲不久前刚去世，生前本已作好安排，暗中剥削他的继承权，慷慨增加赠予雅典市民的施舍。希罗德断然拒绝缴出父亲的遗产，惹上官司，至今尚在缠诉。在士麦那，波莱蒙，我昔日的亲近好友，竟胆敢将一群仰仗他款待的罗马元老代表团成员拒于门外。你的父亲安敦尼是最温和的好人，连他亦为此事大发雷霆。国政要官与智者最后因而大打出手；这场斗殴有失一个未来皇帝的身份，更让希腊哲人丢脸蒙羞。法沃里努斯，这个贪婪的矮子曾得我大力封赏，金银满库，荣耀披身，仍四处卖弄口舌之能，代价却由我来承担。据他所称，我虚荣自大，喜欢进行哲学辩论，他总小心翼翼地让身为皇帝的我取得最终胜利，因我所指挥的三十支罗马军团是我唯一有力的论点。这等于同时占我两项便宜，意谓我自以为是且愚蠢可笑；而此举实则更凸显他在吹嘘自己某种奇怪的懦弱性格。不过，老学究埋头钻研，领域狭小，当人家知道的跟他们一样多，他们总恼羞成怒，什么能都拿来当成他们狡猾见解的借口。我曾下令将赫西俄德和恩尼乌斯的作品纳入学校课程，认为这两位作者被过度忽视；那批因循苟且之士立刻抨击我想削弱荷马的崇高地位，轻视文笔透彻的维吉尔；但其实我依旧时时引述后者之作。对那群人，实在一点办法也没有。

还是阿里安最好。我喜欢与他闲聊各种事。对那名比提尼亚青年，他留下的印象灿烂又庄严。我感激他将这段亲眼见证的爱情归类为古代那种轰轰烈烈的两情相悦。我们偶尔仍会谈起那段感情；尽管两人皆未说谎，我却经常觉得我们的话中隐含几分虚假，真相即在崇高的升华之下消失了。对查布里亚斯，我几乎也一样失望：他对安提诺乌斯盲目崇敬，有如一名老奴对少主那般忠心耿耿。然而，如今他一心担忧那个新神的教派，似乎差不多把少年活着时的回忆忘光了。而我的黑奴欧福里翁至少曾以最贴近的角度观察入微。阿里安和查布里亚斯是我珍视的正直好人，我一点也不认为自己比他们优越；但是有时候，我总觉得自己是唯一努力睁大眼睛不愿被蒙蔽的人。

的确，雅典美丽如昔；一生谨奉希腊规范，我不后悔。我们所有显露人性、有秩序、明智透彻的表现，皆源于此。然而，我时常认为：罗马那有点笨重的严谨，延续久存之主张，讲究具体之偏好，对于将希腊对精神的卓越见解以及追求心灵之激情冲动进一步化为实际，是不可或缺之必要。柏拉图曾写下《理想国》宣扬正义之理念；但是，要等到罗马从自己的错误中汲取教训，才由我们来艰辛努力，使国家成为合格的机器，运转起来，服务人民，且尽量不将他们碾碎。*Philanthropie*——"博爱亲民"——此词源于希腊文,但是由法学家萨尔维乌斯·朱利亚努斯与我一起研究,才改善了奴隶悲惨的生存条件。勤奋,远见,明察秋毫并勇于改正概观全局时的鲁莽,对我而言,皆是在罗马学得的优点。在我心底,偶尔亦曾重回维吉尔笔下那一片片哀愁的无垠风景,那些泪水朦胧的黄昏;往更深处钻陷,我体会到西班牙那炽热的悲伤及枯燥的暴烈;我遥想凯尔特的,伊比利亚的,或许还有布匿战场上的鲜血流淌,应该已滴滴渗入移民伊大利卡自治市的罗马佃农体内;我记得父亲曾经被昵称为阿非利加人。希腊曾帮助我衡量这些不属于希腊的元素。关于安提诺乌斯亦然;我曾直接以他来象征那个热衷美感的国度;他或许是希腊最后一个神。在比提尼亚,细致的波斯和粗犷的色雷斯交会在这些古老的阿卡狄亚牧羊人身上:那弯弓般的细致侧脸令人想起奥斯洛莱斯那些年轻侍从;那张阔长的面孔颧骨凸出,如同在博斯普鲁斯海峡岸边驰骋的色雷斯骑士[1];他们在夜里放声高歌,嘶哑而悲伤地吟唱。没有任何格式能完整容纳这一切。

那一年,我终于把雅典政制修审完毕,这项工作许久之前就已开始。我尽可能回到克里斯提尼[2]的古老民主律法。降低官员人数以减轻国家负担;我阻止征收佃租税,那是一项极糟的制度,可惜在某些地方仍零星施行。同时期也广设大学,此举助雅典再度成为治学重镇。在我之前,从四面八方聚集此城的诸多爱美人士,皆心满意足地赞赏城中建筑,毫不关心居民生活日益贫困。相反地,我竭尽所能地增加这块贫瘠之地的资源。有项施政

---

[1] 色雷斯骑士:色雷斯的一位英雄神明,常被称为色雷斯英雄骑士。

[2] 克里斯提尼:古希腊雅典政治家,因对雅典的政治机构进行改革,将其建立在民主的基石上而为人所知。这些改革措施奠定了雅典民主政治的基础。

的重大计划在我离开前才完成：建立年度大会，从此之后，希腊世界的各地代表即可到雅典处理所有事务，让这座谦逊美好的城市跻身大都会之列。这项蓝图能具体实现，是经过一番棘手的协商，因为其他各城嫉妒雅典拥有至高无上的权力，几个世纪来始终旧恨难解。尽管如此，渐渐地，共同的想法与热情还是战胜了一切。第一次大会碰巧遇上奥林匹斯主神宙斯神庙开放民众祭拜，这座神庙适逢其时，成为新希腊最恰当的象征。

为了庆祝，迪奥尼索斯剧场上演了一系列特别受欢迎的剧作。我在圣教导师旁边稍微高出一些的席位坐下，安提诺乌斯的祭司亦在显贵和教士群中找到一个位子。我下令扩大舞台，以新刻的浮雕装饰这座建筑；其中一具雕像上，我的比提尼亚少年从厄琉息斯众女神手中接受一种进入永恒之城的许可。我将泛雅典运动场化身成寓言中的树林几个时辰，举办了一场狩猎，放进了千百头野兽，借着节庆的方式，短暂地重现这座城昔日乡野荒蛮的面貌：那是效忠狄安娜的希波吕托斯[1]之城，也是赫拉克勒斯的伙伴特修斯之城。几天后，我离开了雅典，从此再也没有回去过。

---

[1] 希波吕托斯：特修斯与亚马逊女王希波吕塔之子，曾向狩猎女神发誓永远效忠、躲避女人并在森林中寻找最大的快乐。后被继母诬陷侵犯，遭父亲诅咒，最终受伤而死。

意大利的行政事务，几个世纪以来，任由历代大法官随意处置，从未制定明确的法典。《永久敕令》[1]在我的时期编成，一次列出全部规章，解决这个问题。我与萨尔维乌斯·朱利亚努斯书信往返多年，针对这些改革不断讨论。我回到罗马之后就付诸行动，按部就班地实现。改革的重点并非在取消意大利诸城的公民自由；正好相反，在很多事情上，我们若能不强制这种人为的统一性，事情才会有成效；我甚至大为惊讶地发现，这些通常比罗马还古老的自治市竟然如此草率地放弃他们的风俗，罔顾其中极富智慧的部分，只想仿效首都的一切。我的目的仅在于减少这一大堆矛盾与滥用情事：它们最后只会让程序乱了章法，令老实人不敢贸然奉行，令流氓盗匪更加猖獗。为执行这些工作，我不得不经常在半岛内走动。在贝亚，我在西塞罗[2]的旧居度过好几段时日，我在登基初期即买下那座庄园；我对坎帕尼亚很感兴趣，这个行省令我想起希腊。在亚得里亚海海边的小城哈德里亚，我被授予最高市政官衔的荣誉，我的祖先们约在距今四个世纪前从此地移民西班牙。多暴风雨的亚得里亚海与我同名，在海岸附近的一座荒废的地下纳骨穴中，我找到先祖家族的骨灰坛。我遥想那些人；对他们，我几乎一无所知，但我来自他们，而这支家族的血脉

传到我为止。

在罗马，人们正忙着扩建我庞然巨大的陵寝。德克里亚努斯巧妙地变更了蓝图；直到今天，工程仍未结束。那些回旋廊道、滑向地下厅室的坡道，都是从埃及得到的灵感；我当初构想了一座冥府宫殿，不仅供我一人或接下来的几名继位者使用，也将容纳未来的皇帝，与我们相隔几世纪之后的国君；因此，尚未出生的王储在这座坟里已有预留的位置。我也积极装饰在战神广场为纪念安提诺乌斯而建造的衣冠冢，雇一艘平底船从亚历山大运来方尖碑和斯芬克斯的雕像。另有一项新工程，我策划了许久，至今尚未完成：奥德翁，理想中的图书馆典型，设有讲堂及演说厅，成为一座位于罗马的希腊文化中心。相较于三四年前在以弗所建造的新图书馆，罗马这一座没那么华丽，亦不如雅典那一座优雅宜人。我打算将这座基地拿来与亚历山大博物馆抗衡，至少要与之旗鼓相当。未来，它的发展，就要落到你身上了。在规划这项工程时，我经常想到普洛提娜在图拉真议事广场上悉心兴建的图书馆，在图书馆入口处，她请人安置了美丽的铭文："心灵医院"。

庄园大致已完工，我能把我的收藏、乐器、几千本在旅途中从各地买来的书籍，全部搬入。我举行了一连串庆典，餐宴的菜单与人数不多的宾客名单，皆尽心组合安排。我坚持一切活动要能和谐地搭配庭园和厅堂的祥静之美，果实的鲜甜要与乐曲一般令人神往回味，上菜的秩序要和银盘上的镂刻一样清晰不乱。生平第一次，我对挑选食材感到兴趣；嘱咐一定要用来自卢克利诺湖的鲜蚝，螯虾要从高卢的河川捕来。我极度痛恨皇家餐宴特有的浮华不用心，因此制定规矩，每一道菜在上桌之前，必先让我过目，即便地位不高的宾客也是一样。我坚持亲自确认厨师与外烩师傅的收

227

哈德良陵墓的基墙

意大利罗马

支账目,这让我偶尔想起我那吝啬的祖父。庄园里的小型希腊剧场和稍微宽阔一点的拉丁剧场皆尚未完工;不过,我已令人演出了几出戏。在我的要求下,他们上演了悲剧、哑剧、音乐剧和亚提拉闹剧[1]。我特别喜欢舞蹈表演中精妙的肢体动作,发现自己对拿手响板的女舞者没有抵抗力;她们令我忆起故乡加的斯,以及儿时初次观赏的那些表演。我喜欢那清脆的声响,高举的双臂,薄纱时而一波波抖来,时而旋转卷起;那名舞者不再是女人,一下子变成云朵,一下子化为小鸟,一下子如浪涛,一下子是战船。我甚至短暂地对其中一名女舞者感到迷恋。我人不在的时候,犬舍和马房的照料亦皆未受轻忽;回到庄园,我发现犬毛刚健,马鬃如一身丝绒,侍从们训练的猎犬只只俊美。我在翁布里亚的特拉西梅诺湖畔举行了几次狩猎,有时在较靠近罗马的阿尔巴山的森林。我的生活重拾欢愉;我的书记官俄奈西姆担任补给的角色。他知道什么时候该避免某些相像之处,何时则相反地该刻意追求。但我这匆忙又漫不经心的情人一点也不得人爱。我处处寻欢,偶尔会遇见一个比别人都温柔细腻的人,值得费心听他说话、或许再见一面的人。这类意外的收获难得一见,约莫都是我的错。我通常只想平抚或战胜那份饥渴。其他时候,对这些情场游戏,我觉得自己像个老人,冷漠无感。

夜里失眠时,我在庄园的廊道里踱步,漫无目的地走过一厅又一厅,偶尔惊扰一名正在拼贴花砖的工匠。路过时,我顺便检视普拉克西特列斯的一尊林神萨提尔雕刻,在亡逝少年的人像前驻足。每一个房间里,每一座柱廊下,都有他的人像。我用手护

---

[1] 亚提拉闹剧:古罗马一种戏剧形式,专门讽刺时事,只有简单的剧情大纲,由演员即兴演出,配有音乐、舞蹈。

住灯火，以手指轻抚那石雕的胸膛。这样的冲击让回忆错综复杂；我像拉掉布幕似的，扯下大理石的苍白，是不是静止不动的轮廓就会倒转回鲜活的形体，帕罗斯或庞特利克坚硬的大理石也会换成血肉之躯。我继续漫游，刚才端详审视的那具雕像再度陷入漆黑的夜里。前方几步路之处，手中的灯笼照见另一个形象；这些雪白的雕像与幽灵无异。我痛苦地回想埃及祭司们的法术，他们用各种招式将死者的灵魂引入祭礼用的木制偶像；而我也做了与他们相同的事：我迷惑了石像，而后反过来被它们迷惑。我再也离不开这股静默，这份冰凉；从此以后，它将比活人的声音和热度更贴近我心。我愤忿地望着那张似笑非笑的危险面孔。但是，几个钟点之后，我躺在床上，决定向阿夫罗迪西亚的帕皮亚斯订制一具新的雕像：我要求双颊塑造得更精细，要不着痕迹地从太阳穴下方凹陷下去；颈子倚在肩上的线条应该再柔和一些。继葡萄藤蔓头冠或镶宝石的结辫之后，我会请人雕塑不加缀饰的华美卷发。我没忘记提醒他们把这些浮雕和半身像掏空，以减轻重量，方便搬运。这些塑像中最像真人的处处陪伴我，是否美轮美奂早已不重要。

我的生活，表面上看来，循规蹈矩。我比任何时候都更专注于皇帝的职责，若不似以往那样冲劲十足，至少或许加强了工作上的判断力。对于追求新知，结交新识，我已失去若干兴致；而这样放松的精神状态反而使我能够贯通他人的想法，在评价的同时也从中取经。我的好奇心以前是我思考的发动力，也是我行事作风的基础，如今仅作用在极为无关紧要的琐事上。我私自拆开朋友的信件，得罪惹恼了他们；而偷看他们的奸情和家务纷扰，一时之间颇有快感。其中其实还掺杂疑心：有好几天，我怕遭人下毒,无法挣脱那丑陋可怖的恐惧;同样的惊惧,我曾在重病的图拉真眼中看过,那是一国之君不敢承认的惧怕,因为没有事证,只显得这样的担忧怪诞可笑。一心一意冥思死亡之人竟受如此忧惧纠缠,的确令人吃惊;但我从来不敢妄称自己要比别人更前后一致。遇到一点点蠢事,或最平常的小阴谋,我经常暗地怒火中烧,脾气狂躁不耐,自己也对自己感到厌恶。尤维纳利斯[1]胆敢在他的某篇讽刺诗里侮辱我所喜欢的哑剧演员帕里斯。对这名自负又爱抱怨的诗人,我已感到厌烦,十分不欣赏他对东方和希腊粗鲁的轻蔑,对我国先帝们所谓的单纯过于偏爱,以及那种混淆的叙事——详细描述罪恶同时又夸张赞扬美德,一面刺激读者的感官,一面保全其伪善面目。不过,既然他是文人,仍值得些许尊重;我召他前来提布,亲自宣判他将遭到放逐。从此以后,这位蔑视罗马之奢华与享乐的诗人将能到外省研究当地风俗;对俊美的帕里斯之讽辱为他自己的人生剧目画下句点。约在同一个时期,法沃里努斯也展开他在希俄斯舒适的放逐生涯。那座岛屿,我倒挺想亲自去住一段时间;而远在岛上,他尖锐的声音就传不进我的耳里。同样地大约是在那个时期,我把一个卖弄智慧的家伙赶出宴会厅,狠狠地羞辱了他一顿。那是一个身体没洗干净的犬儒派学者,竟在席间抱怨自己快被饿死,仿佛这种人还该享有别的待遇似的。眼看那长舌的家伙吓得弯下腰来,在群犬狂吠与侍童嘲讽的大笑声中逃跑,真是大快我心。哲学与文人中的下流败类再也骗不倒我。

政治生涯中最微不足道的一点小差错,正如庄园里一块石板

---

[1]尤维纳利斯:生活于公元一至二世纪的古罗马诗人,作品常讽刺罗马社会的腐化和人类的愚蠢。

铺得稍有不平，大理石桌上沾了一滴蜡，一项希望完美无瑕的物品上却出现了一丝缺陷，皆令我勃然大怒。阿里安最近被任命为卡帕多西亚的总督；他呈上一份报告，要我对法拉斯马尼斯有所戒心：这名伊利比亚国王继续在他位于里海边缘的小王国里玩双面把戏；当初图拉真在位时，我们即被他耍得团团转，付出了昂贵代价。那个小国王阴险地将阿兰蛮族[1]的部落朝我们的边界推进；此外，他与亚美尼亚的纷争影响了东方的和平。我召他前来罗马，他竟拒绝动身，与四年之前拒绝参加萨摩萨特的会议之举如出一辙。为了赔罪，他送来一份礼物，是三百件黄金战袍；我下令将这些王族服饰给竞技场中献给野兽的罪犯穿。这是一项极不冷静的举动，我当时却很满意，仿佛一个为了止痒把自己抓破皮的人。

我有一个书记官，是个庸才。我留下他是因为他熟知帝国公事的全套繁文缛节，但他为人自满，动不动就发脾气，顽固倔强，拒绝尝试新方法，疯狂挑剔，不断在无用的细节上吹毛求疵，令我十分不耐烦。有一天，这个愚蠢的家伙比平常更让我恼火，我举起手想打他；不幸的是，我手上拿了一支铁笔，因而刺瞎了他的右眼。我永远忘不了他痛苦的惨叫，那只为了挡住我而笨拙弯起的胳臂，那张喷溅鲜血抽搐不止的脸。我立即派人找来埃尔莫热纳，他做了初步急救。随后，眼科医生卡比托也来诊断治疗。但是回天乏术：那只眼睛救不回来了。几天后，书记官回到工作岗位，脸上斜缠着一条绷带。我唤他过来，谦卑地请他自行决定他应得的补偿。他苦笑着回答，他只想跟我要一样东西，就是一只

---

[1] 阿兰族：古代中亚游牧民族，先后居住在伊朗北高加索和小亚细亚一带，中国古称其为奄蔡或阖苏。

右眼。不过，他还是收下了一份抚恤金。我把他留在身边办事；他的出现给我警惕，或许，也是一种惩罚。我并非存心要让这个可怜人少一只眼。但我也无意要一个深爱我的孩子二十岁就死去。

犹太人方面的事况愈来愈糟。尽管遭到狂热派群众激烈抗争，但耶路撒冷的工程总算完竣。有部分差错，虽可以弥补，但滋事者很快就趁机闹事。第十军团"海峡"的标志是一头野猪，军队照惯例把旗帜插在各城门口；而几个世纪以来，由于一种对艺术进步极为不利的迷信，平民百姓不习惯见到绘画或雕刻的图像，把军团这个图案当成普通的猪，把这件小事当成对以色列习俗之侮辱。小号与公羊角喧天齐鸣的犹太新年庆典，每年都演变成街头斗殴和流血冲突。我们的官方禁止公开宣读某些传说叙事，那些故事关于一名犹太女英豪，利用假名成为某个波斯国王的宠妃，对压迫歧视自己民族的敌人发动野蛮屠杀。总督提奈乌斯·鲁弗斯白天禁止他们读的，犹太拉比[1]们想办法在晚上读。在这个凶暴的故事里，波斯人和犹太人的残忍不相上下，狂热派大受煽动，竟至全国怨怨沸腾。最后，同样是那位提奈乌斯·鲁弗斯——顺道一提，他是个十分有智慧的人，对以色列的传统和奇闻怪谈并非全无涉猎——他决定将执法扩及犹太割礼，违者将受到严厉处分，而所依据的正是我近期才颁布的阉割去势禁令。那条法律原本特别针对的，是为了赚取利益或放荡荒淫而对年轻奴隶犯下的施虐罪行。鲁弗斯希望借此销毁以色列自认与其他人类不同的一项特征。在收到通知时，对于这项措施之危险，我并

---

[1]拉比：公元一世纪后，犹太民族对学识渊博的学者或知识丰富、具有一定威望的圣哲的称呼，也是一种头衔。

不十分清楚;况且,在亚历山大和罗马,许多见识渊博的富裕犹太人已停止让他们的孩子接受那种令他们羞于出入公共浴池和体育场的习俗,并想办法尽量遮掩自己身上的记号。我忽略了这些收藏默勒石花瓶的银行家与真正的以色列人民差异多么大。

我说过:这一切并非无可弥补,但是仇恨、彼此蔑视以及怨妒则不可收拾。大体而言,在帝国的各种宗教中,犹太教本有其地位;事实上,早从几个世纪前开始,以色列就拒绝当各民族中的一族,不满足于拥有众神中的一神。连最野蛮的达西亚人也晓得他们的扎尔莫克西斯在罗马被称为朱庇特;卡西乌斯山的布匿神明太阳神巴力毫无困难地与手抱胜利女神、生出智慧女神的天父合而为一;埃及人的神话空洞至极,流传千年不变,亦愿意把奥西里斯视为属性忧郁的酒神巴克科斯;而粗暴的密特拉还是阿波罗的兄弟呢!除了以色列以外,没有任何民族如此狂妄,将真理整个封闭在仅奉一神的概念中,画地自限,并侮辱了蕴含一切之神的多面性;没有任何其他神激发慕众信徒歧视仇恨在不同祭坛祈祷的人。我更加下定决心要把耶路撒冷建设得与其他城市一样,让多种民族、多种信仰,皆能在此和平共处;但我太过健忘:在所有狂热主义与常理之对决中,后者绝少占上风。开设学校教导希腊文,这项措施激怒了古老城区里的教士。约书亚平易近人且知书达理,我在雅典时经常与他闲聊;但他不断努力请求其族人原谅他接受异国文化并与我们有所往来。他命令弟子,除非能找到一个既不属于白日也不属于夜晚的时辰,否则不可在这些世俗学问上费心,因为犹太律法需要夜以继日地钻研。犹太公会里的重要成员伊斯玛埃尔看似支持罗马当局的理念,却宁愿任其侄儿本·达玛病死,也不肯接受提奈乌斯·鲁弗斯派去的希腊外科医师为他治疗。在提布这边，我们尚在寻求协调各派思想的方法，不向狂热分子的要求妥协；东方那边已先一步爆发最糟的状况：狂热派教徒在耶路撒冷成功突袭。

一个出身最卑贱的亡命之徒，名叫西门，偏要人称他为巴尔·科赫巴[1]，也就是"星之子"；他在这场反叛中扮演的角色就像泼洒了沥青的火把或能点火的聚焦镜。我只能根据听说之事来评论西门这个人，与他本人我只照过一次面，那是在一名百夫长割下他的头颅来见我之时。但我很愿意承认他有那种天赋——凡能如此迅速出人头地，且声势如日中天者，非具备不可的天赋；若非多少敢耍几分卑劣狡猾，他也绝无法立威服众。温和派犹太人率先发难，控诉这名所谓的星之子奸巧使诈；我则宁可相信这个没有教养的人被自己的谎言所欺瞒，而且狡猾在他身上已与狂热主义无法分割。西门将自己塑造成犹太民族期盼了几世纪的英雄，借此满足个人野心，宣泄恨意；这个煽动家自封为救世主和以色列之王。垂垂老矣的阿基巴，头脑混沌不清，竟帮那个投机者牵马，在耶路撒冷的街道上漫步；大祭司埃列亚扎尔宣称，自从未受割礼的参访者越过门槛后，神庙即遭玷污，故重新举行祭奉仪式。许多武器埋藏在地下将近二十年，全被"星之子"的手下挖出，分发给叛军。他们也使用被军备官查出缺陷而拒收的武器——在我们的兵工厂，犹太工匠多年来都会刻意打造失败品。狂热派教徒组织攻击孤立无援的罗马军营，屠杀我们的士兵，城府深沉之暴怒行为令人忆起图拉真时期最惨烈的犹太反叛事件。耶路撒冷全城终究沦入造反者的手中，埃利亚·卡皮托利

---

[1] 西门·巴尔·科赫巴：犹太知名政治人物，于131年率先反抗当时统治巴勒斯坦地区的罗马政权，后以失败告终。

纳新城区如火炬一般熊熊燃烧。第二十二军团"狄约塔里安纳"的前几支小队在叙利亚总督普布利乌斯·马塞卢斯的命令派遣下，从埃及火速赶至，惨遭人数多其十倍的叛徒团队击败。抗争变成了战争，而且是一场殊死之战。

另外两个军团，第十二军团"闪电"和第六军团"铁"，立即增派人力支持驻守犹太行省的部队。过去曾平息不列颠北方山区之乱的尤利乌斯·塞维鲁斯接掌军事行动总指挥，带来精于艰险地形作战的不列颠辅助军分队。我们的部队装备沉重，我们的军官习惯列阵作战，采取正方队形或矩形方阵，却难以应用于这种小规模突击战；即便在旷野战场，对手仍保留了街头巷战的作战方式。西门的本事不容小觑；他将其党羽分成百来个小分队，派守山巅，埋伏深穴及荒废的采石场，躲藏在拥挤市郊的民宅。塞维鲁斯很快就明白，这永远抓不到的敌人只能一举消灭，不能活捉取胜。他顺应情势，只得采取拖延消耗战。受西门煽动或恐吓的乡间农民从一开始就与狂热派教徒并肩作战，于是，每块岩石都成了一座堡垒，每片葡萄园都是一座壕沟；每一小块农地都只能以饥饿法围攻，或攻击摧毁它。耶路撒冷直到第三年才得以收复。那时，最后的谈判宣告无用破裂。犹太城中，当初提图斯那把火没烧尽的一点残存，如今也灰飞烟灭。塞维鲁斯选择长期纵容其他大城明目张胆的共谋；那些城市成为敌人最后一道防线，但之后也被我们依次攻克，一条街一条街地，一个废墟一个废墟地，逐步收复。在这段奋战期间，我移驾前线，驻扎犹太行省。对我的两位副手，我信心十足，因此更应该亲自坐镇，分担决策责任：此时无论作出何种决定，皆残酷不仁。战事第二个夏末，我心情沉重地令人准备旅行所需。欧福里翁再次打包盥洗用具；那些对象是以前一位士麦那工匠打造的,用久了,已有些凹凸不平。另外亦收拾了一箱书籍及地图、守护精灵的象牙小雕像及其银制神灯。初秋时节,我在西顿[1]下船上岸。

军人是我最早从事的职业;每次重操旧业,不顺心之处总能得到某些来自内在的报偿。我并不后悔将人生最后活跃的两年与军团共患难,一起承担巴勒斯坦战事之艰难与悲哀。我再度成为那披甲执铁之人,所有不是当务之急的事项皆搁置一旁,仅靠严苛生活之例行公事度日;上下马的动作较当年慢一些,人比昔日沉默一些,或许也阴郁一些;依然受到部队拥戴(何以如此只有神知道),而他们对我的忠心既如崇拜偶像一般盲目,亦充满兄弟间的义气。在最后这段军旅生涯中,我遭遇一段意外邂逅。我任用一位名叫塞列尔的年轻军官当军营助手,对他十分依赖。你认识他;他始终守在我身边。我赞叹他的脸庞如戴上战盔的弥纳尔娃[2]女神一般俊美。人只要活着就难免受感官影响,但在对他的这份偏爱中,总而言之,这个部分已降至最低。我要向你推荐塞列尔此人:所有你渴望一个位居二线的军官所该具备的优点,他皆具备;他洁身自爱,所以永远难以争取到第一线出头。虽然事态与过去稍有不同,但是再一次,我又寻得这样一个人:生来就为奉献自己,爱人,与服侍他人。自结识以来,塞列尔没有一个念头不为我的舒适与安全着想;至今我仍倚在他结实可靠的肩膀上。

战事第三年春,军队来到贝塔尔堡前展开攻城战。西门偕其

---

[1] 西顿:今黎巴嫩南部港口,曾是腓尼基人的主要城市之一。
[2] 弥纳尔娃:罗马神话中的智慧女神、战神、艺术家和手工艺人的保护神,与希腊神话中的雅典娜对应。

党羽在此巢穴顽强抵抗长达将近一年，饱受饥渴及绝望之漫漫煎熬；"星之子"在此眼见亲信一个个死去，宁死不投降。我方军队所受的折磨几乎与叛众不相上下。撤退之前，反叛分子烧毁所有果树，破坏田野，杀掉牲畜，将我军尸体投入井中，污染水源；如此令人发指的野蛮手段，竟用于这片原已贫瘠荒芜、被累积了几个世纪的疯狂与愤怒长期侵蚀得体无完肤的土地。夏季酷热且多瘟疫；高烧与痢疾肆虐，夺走我军部队大批人命。这几支军团被迫按兵不动，却又必须随时提高警觉，展现出了不起的纪律。军队饱受忧患，病号众多，仅靠一股沉默的愤慨支撑；连我也跟着如此。我的身体大不如前，难以承受战场辛劳、连日酷暑、时而溽闷时而冻寒的夜晚、辛猛狂风及滚滚沙尘。有时，军队伙食里的肥猪肉和煮扁豆我皆食不下咽，留在碗盆中；就这么饿着。入夏之前染上的剧烈咳嗽也一直拖拉不断，且尚未痊愈的不仅我一人。和元老院书信往来时，我取消了正式公文必用的启语："皇帝与军队均安。"皇帝与军队，相反地，无精打采，危机重重。晚上，与塞维鲁斯作好最后一次商谈，接见从敌营来的最后一个降兵，读完来自罗马的最后一封信，听取了受命在耶路撒冷附近扫荡余孽的普布利乌斯·马塞卢斯或忙于重整加沙的鲁弗斯所捎来的最后一则消息后，欧福里翁用一只漆了柏油的帆布桶装水，伺候我洗澡，用量精打细算，一滴也不敢浪费。我躺上床，试着思考。

我不否认：这场犹太战争是我生平的一场失败。西门的罪行与阿基巴的疯狂不是我造成的，但我自责过去对耶路撒冷盲目无知，对亚历山大漫不经心，对罗马烦躁不耐。我不懂得如何找出能预防或至少推迟民怨沸腾之话语；我不懂得何时应该身段柔软，何时应该祭出铁腕。当然，那时的我们没有理由担心，更遑论沮丧；错误和失策仅限于我们和以色列之间，其他每一处，在那樱桃成熟的季节，我们收获着十六年来于东方施行仁政的丰美果实。西门本以为能奢图阿拉伯世界发动一场叛变，一如当初令图拉真皇朝最后几年重创失色的抗争；甚至更过分：他竟指望帕提亚援助。他错了；而这次失算造成他只能困坐贝塔尔堡垒，慢慢等死。阿拉伯部落不愿与犹太族群合作，帕提亚人信守我们之间的协议。叙利亚大城里的犹太教堂本身的反应亦流露为难或不温不火：其中较激昂者仅止于暗中寄送一点金钱给狂热教派。亚历山大的犹太居民本来极不安分，反而始终保持平静。犹太之瘤局限在从约旦河延伸到海岸的这片荒旱的土地；我们可以安全地烧灼除之，或截去这根染疾的指头。然而，就某方面而言，在我登基之后立即遭遇的那种霉运似乎再度降临。当年，奎埃图斯曾焚毁昔兰尼城，处决劳狄西亚的显贵，夺回已成废墟的埃德萨……一封夜书传来，告知我们已收复崩颓成石砾堆的那座城：我称之为埃利亚·卡皮托利纳，犹太人则坚持耶路撒冷之名；我们焚毁了阿什卡伦；在加沙，不得不大规模处决叛乱者……若一个主政十六年来热衷于缔结和约的国君最后竟招致巴勒斯坦战事，在未来，世界走向和平之契机想必渺茫。

军营窄床不舒适，我以手肘撑起上半身坐稳。可想而知，必然至少有几名犹太人逃过激进狂热派的渲染力，就连在耶路撒冷，阿基巴经过之处，犹太之中的法利赛人[1]亦纷纷呸吐唾弃，将老疯子视为不智狂徒，任凭罗马和平所带来的稳定利益被狂风吹散；他们对他高声诅咒怒骂，说等看到以色列胜利来临之前，他

---

[1] 法利赛人：古代犹太教的一个派别，以严格遵守成文法律见称。

的嘴里将早已杂草丛生。不过,谨守秩序的这群人,一面轻视我们一面又倚赖我们保护,以免他们储放在叙利亚银行家之处的黄金和加利利[1]的田产遭西门敲诈勒索;比起他们,我倒觉得假先知好一些。我想到那些变节者。几个时辰之前,他们还坐在这座营帐中,卑贱,求和,屈从,但总想办法背对我的守护精灵雕像。我们最优秀的探子,埃利亚·本·阿拜雅德,为罗马通报消息,担任间谍,却最为敌我两军营所鄙视。然而那一群犹太叛徒中属他最聪明,思想开放却心灵悲痛,在热爱自己的族人与喜好我国文化和我们国人之间拉扯为难。说穿了,他也一样,只为以色列着想。至于鼓吹绥靖的约书埃·本·吉斯玛,不过是另一个比较胆怯或比较虚伪的阿基巴;甚至,在犹太事务上长期担任我的顾问的约书亚,为人宽柔有弹性,一心讨好我,但在这外表下,我也感觉到无法妥协的差异,存在一个在两种相反的想法相遇时必引发冲突的临界点。我们的领土绵延几百里,大小城镇几千座,可以翻越远方那道荒芜的山岭;但贝塔尔的岩石却是我们的极限:我们能摧毁那座堡垒厚实的城墙,却无法阻止那支种族对我们说不。

　　一只蚊子嗡嗡乱飞。欧福里翁老了,疏忽了,没把薄纱帘幕拉紧;书册与掉落地上的地图被钻进帆布帐的微风吹得沙沙作响。我坐在床上,穿上军靴,伸出手摸索,找寻我的长衫、腰带和短剑。我走出帐外,呼吸夜里的空气。我走过营地中整齐规则的一条条大路;在此夜深时分,路上空空荡荡,如城里一般点亮着灯;站岗的卫兵对我恭敬肃穆地敬礼。临时搭建的木棚充当医务

[1] 加利利:位于今巴勒斯坦北部地区,以耶稣的故乡而闻名于世。

所，经过时，鼻息间是痢疾患者散发的淡淡臭味。我朝替我们阻隔危难与敌人的土堤走去。一名哨兵在这条堤道上阔步巡逻，月光下，危险地暴露出身形。从他规律的来回运动中，我看到一具庞大机器上的齿轮运动，而那机器的主轴就是我。面对那孤单的身影，在危机四伏的世界中央，那男人胸中燃着的短暂火光，我伫足感动了一阵。一支箭咻咻飞来，大概比营帐里骚扰我的蚊子更惹人厌些。我以手肘支撑，凭倚在城墙的沙包上。

几年以来，人们猜想我具有奇特的洞察力，能知天命之奥秘。他们错了。我什么都不知道。但在贝塔尔的那些夜里，我的确看见令人不安的幽魂从我眼前飘过。对亡灵而言，从这些秃裸的丘陵山顶望出去的视野不若雅尼古卢姆山[1]雄伟，没有苏尼翁角[2]金黄灿烂；正好相反，如天壤之别。我心想，期望雅典和罗马拥有那既不属于人亦不属于物的永恒又有何用，我们之中最有智慧的连众神都可以否定。生活形态的精巧复杂；文明能无忧无虑地发展艺术与安乐；以及有极度自由的心灵去好学不倦，判断事理；这一切靠的其实是难以数计又难能可贵的机运，以及几乎不可能去创造，也没有办法期待永久不变的各种条件。我们会击溃西门；阿里安会保卫亚美尼亚，防堵阿兰族入侵。但其他乌合之众，别的假先知，终将再来。我们对改善人类生存环境所付出的微弱努力，后继者只会漫不经心地苟延；相反地，错误与颓坏之种子包藏于美好之中，将在未来的几个世纪骇人成长。待世界对我们感到厌倦，就会另寻新主；过去在我们眼中充满智慧的将变得平庸乏味，美丽绝伦的将变得丑陋可厌。一如密特拉秘教之启

---

[1] 雅尼古卢姆山：位于罗马城台伯河右岸。
[2] 苏尼翁角：希腊阿提卡半岛南端一个三面环水的岬角，因波塞东神庙而著名。

蒙,人类的种族或许需要浴血洗礼,在墓穴中度过一段时期。我看见粗野的符号、无情的神明、专横无比的蛮族君主再来;世界分崩离析,互为敌国,永难摆脱危急不安。更多受暗箭威胁的哨兵将在未来城邦的巡逻道上来回阔步;愚蠢、无耻、残忍的游戏仍将继续;而人类日渐老奸巨猾,必将增添各种新颖别致的恐怖花招。我比谁都清楚我们的时代有何不足与缺陷,但日后或许有一天,在对比之下,我们的时代会被视为人类史上的一段黄金期。

Natura deficit,*fortuna mutatur*,*deus omnia cernit*.(天有不测风云,人有旦夕祸福,举头三尺有神明。)我反复推敲解读手上一枚戒指上的这段文字;某日我心中苦闷,请人在戒指的镶座上刻下这几行感伤的句子。我愈来愈醒悟,或许已达亵渎神明的地步;最终得到的感想是:我们的帝国走向衰亡是自然,甚或合理之事。我们的文学江河日下,艺术仿佛陷入深眠。潘克拉泰斯不是荷马,阿里安不是色诺芬;而在我试图以石像让安提诺乌斯永垂不朽的时候,找不到一位可比普拉克西特列斯的雕刻家。亚里士多德和阿基米德[1]以降,我们的科学就停滞不前;科技的进步不敌一场长期战争的耗损;甚至我们那些贪欢享乐之徒也对开心的日子感到厌倦。这百年来,风气之敦厚,想法之先进,仅出于少数睿智之士的心血结晶;大多群众仍粗俗无知,能逞凶时即一味凶残,总之,心胸狭窄。而我敢打赌,他们永远会是这副德性。我们有太多贪婪的财政官和税吏,太多患疑心病的元老,太多有勇无谋的百夫长,提前腐化了我们的成果;而帝国与人民都不再有时间从缺失中汲取教训。这样的时间,织布工本可用来修补布

---

[1] 阿基米德(287b. c.—212b. c.):古希腊数学家、物理学家和天文学家。

243

匹,精明的会计师用来改正错误,艺术家用来修饰未完成或稍有败笔的杰作,大自然却宁愿重新和泥,重新揉乱;而这样的前功尽弃,人们称之为万事万物的法则。

　　我抬起头,动动身体,舒缓麻木僵硬之感。西门的堡垒上方,朦胧微光染红了天空,敌人的夜间动静未明。风从埃及吹来,一阵沙尘暴如鬼魅般铺天盖地而过;丘陵的形状显得特别低矮,令我忆起月光下的阿拉伯山脉。我缓缓走回自己的营帐,一面将外袍的衣领拉高,遮住嘴脸;我懊恼自己花了一整夜空想未来,而没用来准备隔日事宜,或睡一觉也好。倘若罗马帝国瓦解一事真的发生,受牵连的将是我的继任者们;在罗马建国八百八十七载这一年,我的任务是消弭犹太行省的叛乱,尽可能不耗损太多兵将,把一支残弱病重的军队从东方带回。走过空地时,我偶尔还踩到前夜处决叛徒时所溅洒的鲜血。我和衣躺上床,两个钟点后,被黎明的号角唤醒。

这一辈子,我与自己这副身体向来相安无事;始终在不知不觉中仰仗它的智慧与力量。这紧密的联盟关系开始松脱;我的身体不再与我的意志、精神,以及我只能笨拙地称为灵魂的那不可或缺的什么,合而为一;过去聪明灵活的同志如今仅成了一名不甘愿工作的奴隶。我的身体令我害怕;我一直觉得胸中有股隐隐的恐惧,一种紧迫收缩之感,尚不至疼痛,却已朝疼痛逼近一步。许久以前开始,我就患了失眠的毛病,从此以后,睡还不如不睡:才刚觉得昏沉,就凄惨醒来。我时时受头痛侵扰,埃尔莫热纳归因于气候炎热和军盔太重。晚上,经过漫长一日的疲累之后,我整个人颓然坐下;想起身接待鲁弗斯或塞维鲁斯都必须提早许久作准备:我将手肘重重地撑压在座椅扶手上,双腿颤抖如一名筋疲力尽的跑者。随便一个动作都宛如一份吃力的苦役,而日子就由这各种苦役组成。

一场几乎可笑的意外,小孩常有的微恙,暴露出潜伏在疲累之下的疾病。我流了鼻血,起初不以为意,继续参谋会议。晚餐时血仍不止;夜里醒来时浑身是血。我呼唤睡在隔壁营帐的塞列尔,他连忙通报埃尔莫热纳。然而温热的血仍骇人地汩汩流淌;年轻军官谨慎细心的双手不断揩拭脏污我脸面的血液。黎明时,我不住地抽搐发抖,仿佛罗马那些在浴池中被割腕的死刑犯。众人尽可能地为我这副逐渐冰冷的身体取暖,包裹层层被毯,浇淋滚烫热水。为了止血,埃尔莫热纳开出处方:需要冰雪。军营里

245

没有雪，塞列尔历经千辛万苦，从黑门山山顶把雪运来。我后来才知道，当时大家对我的性命存活已经绝望；而我亦觉得自己仿佛仅命悬一缕细线，细得看不见，一如我跳得太浅太快的脉搏，令我的御医愁眉不展。不过，没由来的出血还是停止了。我离开病榻，强迫自己恢复正常生活，却做不到。一天晚上，不顾身体尚未复原，我莽撞地试图策马散心一会儿，却收到第二次警讯，比前一次更严重。约在一秒钟的时间里，我感到心跳加速，然后变慢，中断，停止。我想我栽落了下来，像颗石头般地落入一口不知名的幽井，想必就是死亡。倘若真是死亡之井，那么，以为它寂静无声的人可就大错特错了：我任瀑流冲卷，轰隆水声震耳，我仿佛一名潜水夫，什么也听不见。我沉没到底，又浮上了水面，呛得无法呼吸。我本以为那是我的最后一刻了，我将全身的力气集中在那只青筋浮现的手上，紧紧抓住站在我身边的塞列尔的胳臂。后来，他让我看了我在他肩膀上留下的指印抓痕。但是，这次短暂的垂死经验与肉身的一切体会无异：言语无法形容，无论是否愿意，终究是经历过的那人才知道的秘密。从那次以后，我又领教过几次类似的危险时刻，没有一次完全相同；而凡是人，应该难以忍受两度遭遇同一种恐怖与漆黑而不死去。埃尔莫热纳终于诊断那是心脏水肿的初步征兆。这种病突然成为我的主宰，我必须遵照它的一切指令，同意一段长时期内不视事，多休息，暂时将我的生活视野局限在一张床的范围内。此病完全隐于内在，无法得见，没发烧，无脓肿，五脏六腑不疼痛，症状只有稍微嘶哑的粗喘，以及凉鞋鞋带在肿胀的脚上留下的灰白勒痕。患上这种隐疾，我几乎感到羞耻。

我的营帐周围寂静非凡，仿佛整座贝塔尔营地都变成了一间病房。我的守护精灵雕像前方燃着香油，使封闭在这粗布囚笼中的空气更加滞闷；我的脉搏声仿佛打铁一般响亮，令我胡乱想到黑暗边缘的堤坦族之岛。其他时候，这嘈杂难忍的声响换成了软泥湿地里滞碍受阻的奔马；那将近五十年来小心翼翼紧握缰绳的心神正在逃离；这副巨大的身躯正迷途漂流。我认命，当这个奄奄一息的男人，迷糊失神地数着天上的星和盖毯上的菱形图案。我望着暗影中一个白点，那是一尊半身雕像。昔时，我的西班牙保姆高大阴郁，长得像某位帕尔卡命运女神[1]；她常低吟一首献给马之女神埃珀娜[2]的如歌旋律，此时那歌声从半个世纪以前的深渊传来。一个个白昼，还有一个个黑夜，仿佛都靠埃尔莫热纳一滴滴精确计量并小心滴入杯中的棕色药水来计时。

晚上的时间，我用尽全身的力气听取鲁弗斯报告：战争已近尾声；阿基巴表面上从开战以来就不问公众事务，其实躲在加利利的小城乌斯法，教授犹太教的拉比律法。他的教室成为狂热派反抗群众的大本营，密报转译成暗语，透过那双九十岁的手，传送给西门的党羽。我们必须把那些围在老头身边、狂愤激昂的学生们驱赶回家。经过一番漫长的斟酌考虑后，鲁弗斯决定以煽动叛乱之罪名禁止犹太律法教学。几天后，触犯了这条法令的阿基巴被捕处死。另有九名律法博士——皆是狂热派的灵魂人物，与他一起被正法。这一切措施，我以点头表示同意。阿基巴与其拥护者至死仍深信只有他们无辜，只有他们正义；他们之中没有任何一位曾想过要对这场折磨自己族人的苦难负起责任。若羡慕盲

---

[1] 帕尔卡命运女神：罗马神话中的一组命运女神，对应于希腊神话中的莫伊伦。分别是诺娜（意为"纺线"，对应于希腊神话中的克洛托），德基玛（意为"命运"，对应于拉克西斯），莫尔塔（意为"死亡"，对应于阿特洛波斯）。

[2] 埃珀娜：高卢神话中的马之神，相当于凯尔特神话中的芮安侬。

目之徒是被允许的，那我真羡慕他们。我不抗拒称这十名狂徒为英雄，但无论如何，他们不是智者。

三个月后，一个寒冷的二月早晨，我坐在一个山头上，背靠一株树叶落光的无花果树干，全程几个时辰，俯瞰攻克贝塔尔城之战。我见到最后几名守城者鱼贯走出堡垒，他们个个苍白瘦弱，骨瘦如柴，面目狰狞；然而，如同桀骜不驯的一切，看上去反而有一股悲壮之美。当月底，我被载往一个人称亚伯拉罕之井的地方。附近各城区被逮捕的武装叛徒，集中在一起，以拍卖的方式贩卖；几个孩童脸上挂着冷笑，从小就凶狠，被坚定不移的信念扭曲人格，极高声地吹嘘自己害死了十几名军团士兵；老人们仿佛梦游者，被困在梦境中；女人们有的身体痴肥，有的倒是庄重、沉着，宛如东方宗教中的众神之母；而奴隶贩子则冷眼打量一个个走来的这些人。这重重人群从我面前经过，有如烟尘。约书埃·本·吉斯玛，这位所谓温和派的首领，调解者的角色早已可悲地失败，大约也在这个时期，被一场久病击垮。他死时留下遗愿，召唤异族发动战争，希望帕提亚对抗我们，取得胜利。另一方面，那些成为基督教徒的犹太人，先前我们并未特别挂心；他们却对其他的希伯来人怀恨在心，认为他们逼迫欺压犹太教先知，将我们视为上帝发怒的工具。纠缠多时的连番激狂妄为与误会积怨延续未停。

耶路撒冷城内挂起一份告示，禁止犹太人在这堆断垣残壁上重新安家迁入，否则处以死刑。告示上一字一句，原封不动地誊写过去刻在神庙大门上，禁止未行割礼者进入的命令。一年一天——埃波月[1]的第九日，犹太人被允许来此地对一面颓塌的

[1] 埃波月：犹太历（即希伯来历）的五月。相当于公历七八月间。

残墙哭泣。他们其中极为虔诚者拒绝离开故乡,尽可能地在遭战争蹂躏较不严重的地区安家立命;极偏激者则移民到帕提亚人的领土;另有些人前往安条克、亚历山大和帕加马;最聪明伶俐者则去了罗马,并在那里繁荣强盛起来。犹太行省已从地图上删去,在我的命令之下,改称巴勒斯坦。在这四年的兵荒马乱中,五十座堡垒,超过九百座大小城市,惨遭掠劫破坏,被夷为平地。敌人损失将近六十万人丁;迎敌对战,加上当地热病和瘟疫,共夺走我方近九万官兵。埃利亚·卡皮托利纳全面重建,规模稍有缩减;总之,百废待举。

我在西顿休养了一段时间;多亏一名希腊商人把自家的宅院庭园借给我住。到了三月,内院中开出一片玫瑰花毯。我恢复了元气;甚至发觉这副因第一次发病太剧烈而虚脱的躯体藏着惊人潜质。一个人若未曾体悟疾病与战争和恋爱之间奇特的相似性,可说他对生病这件事根本一无所知:它要你妥协,它对你假装,它向你需索无度,是性格与疾病互相混杂,共同造成诡异与独一无二的结果。我的身体好多了,但我以重重心机对待它,强制它听从我的意志,或偶尔谨慎地顺从它的步调,如同昔日为了扩大及整治我的天地,养成自己的人格,美化我的人生那般,使出浑身解数。我适度地重拾健身运动,医生不再禁止我乘马,但仅限于交通之用。我放弃了以往行走于极限边缘的危险习惯。从事一切工作和一切享乐时,工作与享乐不再是最重要的;我的首要考虑是不致疲累,只求全身而退。从外表看起来,复原状况如此完好,朋友皆大为赞叹。他们努力要自己相信我这场病只是连年征战过度操劳的结果,不会再发作。我的分析角度却不同。我想到比提尼亚辽阔的松树林:伐木工人走过林间时先划一道切口作记号，下一季再回来整株砍倒。春天接近尾声时，我搭上一艘大型军舰，准备返回意大利。除了早已不可或缺的塞列尔，我还带了来自加达拉的迪奥提姆：一个在西顿遇到的希腊年轻人，生下来就是奴隶，长相俊美。回航途经群岛；想必是此生最后一次了。我欣赏海豚成群在湛蓝海水中跳跃，观看候鸟规律的长途飞行，已不再抱着从中撷取预兆的念头。偶尔，鸟群倦飞，友善地降落船舰甲板上暂歇。我品尝盐与阳光从人类肌肤散发出来的味道；岛屿飘散乳香脂和松节油的特殊芳香，引人前去长居久住，但我事先就知道船舰不会停靠。迪奥提姆受过完美的基本文学教育——这在长相清秀的年轻奴隶身上颇为常见，是为了能卖更好的价钱。黄昏时，我仰躺在一张绯红色的小遮棚下，听他为我朗读他家乡的诗歌，直到夜色抹去那一行行字句：或描述飘摇动荡、悲剧人生，或形容白鸽、玫瑰花冠和被轻吻的双唇。海面上弥漫一股潮湿的气息；星子一颗颗爬升到分派好的位置；乘风前倾的船舰朝着仍绽着最后一抹红霞的西方滑行，船尾拉出一道闪闪发亮的萤绿磷光，但随即被扑涌而上的团团黑浪淹没。我心想，罗马只等我办好两件大事：一是选出继任者，此事全国关注；另一件则是我的死亡，在乎的却只有我一人。

罗马已为我准备了一场凯旋式；这一次，我接受了。我不再对抗这些既可敬又虚荣的习俗；面对一个如此健忘的世界，凡能凸显人类努力的一切，哪怕只持续一天，我都觉得必有帮助。这次的仪式不仅庆祝成功镇压犹太反叛；就某种更深沉且只有我本人知道的意义而言，我的确赢得了胜利。我将这些荣耀与阿里安共享。他刚让阿兰族尝到一连串败仗，把他们长久驱逐回阴暗的亚细亚中部，回到他们自认的发源地；亚美尼亚于焉得救。阿里安这位色诺芬的忠实读者的战勋与我匹敌，当之无愧；文人之中，懂得因应需求发号施令、英勇战斗的这一族，光彩未减。那天晚上，回到我位于提布的屋子时，我的心情疲惫，却宁静祥和；在这样的心境下，我从迪奥提姆手中接过每日敬拜守护精灵用的美酒与熏香。

早年还只是一介平民时，我已着手购买萨宾山脚下河流边的土地；我像一名长年辛勤耕耘、扩张葡萄园产业的农夫，终于一块一块地买齐，连成一片。在出巡之间的空档，我都会来到这片饱受石匠和建筑师摧残的小树林短暂停留。有名年轻人深受亚细亚所有的迷信影响，虔诚地恳请我们留住林木。等到从漫长的东方之行归来，我带着一种激狂痴迷，督促这一大片已完成四分之三的整体装饰做到尽善尽美。这一次回来，我要在此尽可能体面地结束余生。一切的调整布置都为方便工作与享乐：理政室，表演厅，还有让我裁决棘手案件的法庭，免去我往来提布和罗马之间的交通劳顿。我为园中每一座建筑取了一个与希腊相关的名字：五彩柱廊[1]，学院，市政厅。我很清楚，这一小片种植橄榄树的谷地并非坦佩河谷；但到了我的年岁，每个美丽的地方都令人忆起另一个更美的景点，每项美妙的事物皆因过去的美妙回忆而更深刻。我自愿任这思旧的情绪淹没，那是渴望之哀愁。我甚至把园中一个特别幽暗的角落取名为冥河，一片缀满银莲花的草原命名为福地乐土；借此准备渡往另一个世界：那个世界的苦恼与我们这里相似，但朦胧的喜悦不如我们的踏实。然而，最重要的是，我请人在这座离宫的中心建造了一处更隐秘的幽静所在：一座大理石小岛，位于廊柱环绕的水池中央。那是一座圆顶密室，附一块能转向的踏板；那板子十分轻巧，我甚至能只手将它推入沟槽，搭上岸边，或者，倒不如说是从岸边抽离。我令人运来两三座喜欢的雕像，摆放在这小楼阁中；其中还有奥古斯都孩时样貌的那尊半身像，那是苏埃托尼乌斯还与我友好时送给我的。午休时间我总去那里小睡，做梦，阅读。我的狗儿横卧在门前，脚往前伸得直直的；大理石上闪过一道人影，那是迪奥提姆：为贪图凉快，将脸颊靠在一只水盆光滑的表面。我思考继任者的问题。

我没有子嗣，也并不遗憾。当然，在心灰意懒、自暴自弃的脆弱时刻，有时，我会自责没花点力气去生个儿子，让他继承我。而这无聊的悔意其实考虑了两项值得质疑的条件：首先，那儿子必须要能延长我国基业；再者，人格中包含的这团诡异的善恶不分，这堆卑微又古怪的特性，是否值得延续？我始终尽力发挥美德，从缺陷中汲取教训；但并不特别坚持把这样的自己传给某人。此

---

[1] 五彩柱廊：有绘画装饰的柱廊（称为 Le Poecile 或 Stoa Poecile），因是斯多葛派芝诺授课之处而闻名。斯多葛哲学的英文 Stoicism 就出自 Stoa 一词。

外，人类真正的传承所凭借的根本不是血亲关系。亚历山大大帝的直接继承人是恺撒，而非某个波斯王妃在亚细亚某座堡垒产下的那个弱不禁风的孩子。伊巴密浓达没有后代，临终前理直气壮地自夸：生平每一场胜仗皆是他的女儿。大部分留名青史者的子孙多是平庸之辈，甚或更糟；仿佛一个家族的能量都被英雄们用光了似的。温柔的父爱几乎与培养优秀首领之要件永远相左；若非如此，这名皇子必将受王储教育的各种坏处拖累，对一名未来的国君而言，这是最糟的状况。综观以上种种，很幸运地，我们的国家懂得制订一套继任规则，也就是认养制度；我承认这的确是罗马人的智慧。我知道择人有其危险，亦知道可能出现何种失误；我没忽略并非只有父爱才会盲目。然而，这项决定需由理智来主导，或至少参与；比起偶然之安排及呆板的自然法则难窥其理的用意，在我看来仍高明许多。一切以帝国为尊：多么美妙啊！一个展现治世长才的人能亲自选择一个人来取代他，而且如此重大之决定既是他个人最后一项特权，亦是为国家所尽的最后一分心力。然而，兹事体大，我从未作过如此艰难的选择。

我曾愤慨地责怪图拉真反复犹豫了二十年，拖到死于病榻之时，才下定决心认养我。但是，自我登基为皇之后，十八年过去了。而尽管我一生冒险，时时出生入死，自己却也把选择继任者的任务拖到最后一刻。传闻千百种，几乎全是假的；假设千百种，拼凑堆砌也徒然；人们以为我守口如瓶，其实只因我迟疑不决。举目四望，满朝正直的官员，没有一人具备应有的气度格局。其中，马西乌斯·杜尔波为官清廉四十载，是我昔日亲爱的军中战友，无人可替的禁军总督，算是最佳人选；但他与我同岁，太老。尤利乌斯·塞维鲁斯，是一位优秀的将军，合格的不列颠首长，可对复杂的东方事务了解太少。阿里安的表现证明他具足所有国家领导人该有的条件，但他是希腊人，而此刻不宜强迫带着偏见的罗马接受一位希腊皇帝。

塞维亚努斯还活着：如此长寿正是他长期玩弄权谋、顽固苦等之成果。他已等了六十几年。当年，涅尔瓦认养图拉真，他既受鼓舞又感失望；他原本期望更好的结果。他那位不断带兵出征的表亲掌了大权，似乎至少也为他在帝国内担保了一个重要的职位，也许是副手也不一定。但是这个盘算再次落空了：他仅得到几个堪称徒具虚名的头衔。他曾派奴隶在摩泽尔河畔一座白杨树林的弯路上袭击我；那时，他正在苦苦地等。那天早晨，年轻的我与五十岁的他展开一场生死对决，从此延续二十年。他刺激皇帝对我的反感，夸大我的无心失言，紧盯我任何一点小错，趁机进击。这样的敌人是最好的老师，教我谨言慎行。塞维亚努斯，总的来说，教我非常多。在我登基掌权之后，他的思虑够精，看似接受了无可避免之情势，并全盘否认与四名执政官同谋之证据；我则宁愿不去注意：在他肮脏的手指上，仍可见斑斑污点。就他那方面而言，他只能低声抗议，私下发作。他得到元老院里的保守派支持。那一小群人，势力强大，终身不被免职，成天妨碍我的改革计划；于是他轻轻松松地扮演暗中批评朝政之角色。他害我与姊姊波利娜日渐疏远。他和姊姊只生了一个女儿，嫁给某个名叫萨利纳托尔的男人。此人出身良好，我拔擢他担任执政官的光荣职务；但肺结核夺去了这个年轻人的性命，不久之后，我的外甥女亦随他而去。两人唯一的孩子富斯库斯由他恶毒的外祖父抚养长大，事事与我作对。不过，我们之间的仇恨不致走样到失礼：官场上的利益，我不会与他斤斤计较；但在某些典礼上，我会避免站在他身边，以免他仗着高龄，抢去皇帝的风头。出于礼貌，每次回到罗马，我愿意参加一次家庭餐宴；而在宴席上，我们保持戒心，提防彼此。我们互相写信，他的来信并不缺文采。然而，长期下来，我对这种乏味的装模作样早已厌烦。我觉得，凡事都能扯下面具算是人老了之后享有的少数好处之一；于是，我拒绝出席波利娜的葬礼。在贝塔尔营地，在那身心俱疲、最悲惨的时刻，我曾不甘心到了极点，甚至对自己说：这下子塞维亚努斯达到目的了，而且是拜我失误之所赐。年过八十的他如此珍惜每一分力气，必然会想办法活得比一个五十七岁的病人久。若我死前未立下遗嘱，他必然能聚集不满派的票数，同时赢得我的拥戴者支持；他们以为选我的姊夫等于继续对我效忠。他会利用这一点薄弱的亲戚关系来暗中破坏我的心血。为了让自己冷静下来，我告诉自己：罗马可能会找到更差的君主，而塞维亚努斯毕竟不是完全没有优点。或许有一天，驽钝的富斯库斯能有资格担当治国大任。然而，我仅剩的那一点精力拒绝相信这些谎言；我希望能活下来，踩死那条毒蛇。

回到罗马之后，我与卢基乌斯再次见了面。昔日，我曾对他许下一些普通人毫不挂心的承诺，但我从来没忘。话虽如此，我从未曾将皇帝红袍许诺给他，这种玩笑不能开。然而，将近十五年的时间，我为他偿还债务，饱闻他闯祸滋事，一刻不拖延地回他的信。这些来信文情并茂，但信末总开口要钱供他自己花用，或替他宠信的手下要求升官。他与我太亲密，就算我有意，也无法将他拒于生活之外，何况我一点也不想这么做。与他聊天总令我心花怒放：这个看似轻浮的年轻人比以文学为业的人读书更多更精通。无论对人、对物，风度，或以最正确的抑扬顿挫吟诵一句

255

希腊诗,对所有的一切,他的品位精妙究极。元老院的成员认为他灵活能干,他攒了个演说家的美名。他的演说内容既简练又华丽,刚发表就成为演讲老师的口才示范教材。我曾任命他当大法官,然后当执政官。他都完美地达成任务。几年前,我安排他和尼格里努斯的女儿结婚。他的岳父在我执政初期遭到处决,这场婚事成为我安内政策的象征。他们的婚姻不甚幸福:少妇经常抱怨不受顾怜,却替他生了三个孩子,其中一个是男孩。面对她几乎没完没了的唠叨,他礼貌性地冷言回答:结婚是为了家族,不是为自己;这样沉重的契约难以适用于无忧无虑的爱情游戏。他自设一套繁文缛节,故需要多名情妇撑起华丽排场,需要轻佻的奴隶满足放荡快感。他耽溺享乐欢愉,死也在所不惜。但那就像一位艺术家愿为完成一幅杰作燃尽生命,轮不到我来责备他。

我看着他过日子,对他的看法不断改变;这种事只会发生在我们十分亲近的人身上。对于他人,我们多半只粗略看个大致,就以偏概全妄下评论。有时,一种故意的无礼与冷酷态度,一句冷淡轻佻的话,皆令我担忧。而较常见的状况是,我任由他敏捷轻巧的思想左右,而某个犀利的批评似乎让我突然预见到未来的国君。我向马西乌斯·杜尔波提及此事;他在经过一整天漫长疲累的大法官和总督任务之后,每晚过来与我闲聊时事,跟我掷一盘骰子玩玩。我们重新仔细审视卢基乌斯担当一个称职皇帝之几率。朋友皆讶异我保持疑虑,多番考虑。有几位耸耸肩,建议我随心所欲。那些人以为将半壁江山传给某人如同转手一幢乡村别墅那般简单。我彻夜辗转思考:卢基乌斯刚满三十。而恺撒三十岁时是什么模样? 不也就是一个负债累累的人子,出身因丑闻而蒙尘的家族? 如同图拉真认养我之前,在安条克那段郁闷

256

的日子，我揪心难受地胡思乱想，觉得没有什么比等一个人真的诞生面世更煎熬漫长。想当年，帕诺尼亚战争替我睁开眼睛，正视掌权者的职责。那时，我自己已年过三十。有时候，我感觉卢基乌斯比当年同龄的我成熟得多。一次比以往都严重的胸闷发作，提醒我已没有时间可蹉跎；我断然下定决心。我认养了卢基乌斯，他从此冠上埃利乌斯·恺撒之名号。他这个人的野心漫不经心，要求严苛却不贪婪，已经很习惯每样东西都是他的；他大方潇洒地接受了我的决定。我一时失察，不小心说：这位金发王子穿上大红皇袍必然美得令人赞叹；心术不正的人立即曲解这话，认为我拿整个帝国去犒赏一段缠绵欢愉的昔日旧情。这表示他们完全摸不清首领精神的运作方式——凡不愧于职务与头衔的首领皆依循的模式。若说这类考虑的确有其影响，那么，卢基乌斯并非能让我坚定不动摇的唯一人选。

我的妻子刚在帕拉丁山的别庄去世。相较于提布，她始终比较喜欢住在那里，有一小群闺中女友和西班牙亲戚围绕相伴；那是她唯独在意的几人。我们之间，就连互留情面、相敬如宾、相安无事之薄弱意愿，亦逐渐不再，仅余赤裸裸的反感、厌烦、仇怨，以及，她那边一厢情愿的恨。最后那一段时日，我去探望她；病重的她，那呛人又阴郁的性格显得更加刻薄。那场会面给了她狠狠怪罪我的机会，得以出一口气，而她极不得体地当着众人之面宣泄。她庆幸自己死时未留子嗣，因为想必我的儿子皆与我如出一辙，那么她也会像嫌恶他们的父亲那般嫌恶他们。这句话，流脓一般地泛出那么深的积怨，却是她曾经爱过我的证据。我的萨比娜。我翻搅几段尚能忍受的回忆；一个人总会留下那么几段，努力去找，总能找到。我记得一只水果篮，那是一次争吵之后，她送来给我的生日贺礼。乘轿行经提布市区狭窄的街巷时，在岳母玛提迪亚朴素的故居前方，我惆怅地忆起几个遥远的夏夜：当时的我试图取悦这个冷若冰霜的新婚妻子，结果徒劳无功。妻子去世所带给我的感伤还不如好心的阿蕾黛死的时候多：她是提布庄园的女管家，同年冬天被一场高烧夺走了生命。皇后感染的病，起初几位医生诊断并无大碍，到了末期却让她的五脏六腑痛得死去活来，于是人们指控我对她下毒，而这无稽谣言很快就轻易传开。不消说，如此多余的罪行，从未值得我动念去犯。

反倒是塞维亚努斯或许受我妻子去世这件事激励，押上所有，孤注一掷：她在罗马的影响力本由他稳稳接收；她走了，等于一尊最受敬重的靠山崩塌瓦解。何况，他已过九十岁，也一样没有时间可以蹉跎了。几个月前开始，他便努力拉拢几群禁卫军军官，偶尔甚至胆敢试探人们对高龄者的迷信尊敬，关起门来享受皇帝的待遇。近来，我加强了秘密军警的运作。这是一个惹人厌恶不快的机构，我同意，但在这件事上证明了它的效用。老塞维亚努斯组织多次密商，教他外孙勾结党羽策划阴谋的技巧；他以为这些机密天不知地不知，我却知道得一清二楚。老家伙并不惊讶卢基乌斯被任命为王储；长久以来，他以为我在这件事上之所以犹豫再三，是为作出一项城府深沉的决定。不过，趁着这项认养之举在罗马仍备受争议之时，他展开了行动。他的助理文官克列辛斯为他效忠了四十年，得到的报偿却不成比例；心灰意冷之下，他通风报信，揭发了整桩计划：日期、地点以及同谋者名单。我的敌人们想象力落伍，原封不动地抄袭了当年尼格里努斯和奎埃图斯设想的刺杀行动。根据计划内容，我将在一场于卡比托利欧山举办的宗教仪式上遇袭，我的养子将与我一起倒下。

当天晚上，我戒备森严，因为我们的敌人实在太有经验。我要留给卢基乌斯一笔已将危险清除干净的遗业。将近第十二个时辰左右，二月黎明的灰色天空下，一名军官带着塞维亚努斯及其外孙的赐死令来到我姐夫家中。传令官受命在前厅等候判决内容执行完毕。塞维亚努斯召来他的医生，一切顺利。临死之前，他愿我慢慢被一种无药可医的绝症折磨致死，不像他一样享有临终片刻即死之福气。他的愿望已经实现。

下这两道处决令，我的心情并不欢喜，事后也没有一丝后悔，更无内疚。一笔旧账刚刚算清，如此而已。我从不觉得年事已高可拿来当成人心恶毒的借口，反而认为那加重了犯罪情节。判阿基巴及其同党死刑时，我犹豫的时间更长。同样是老人，狂热教徒比阴谋家好。至于富斯库斯，尽管平庸至极，对他奸诈的外祖父那般百依百顺，但他毕竟是波利娜的外孙。然而，在完全没有亲情加持的状况下，无论怎么说，血缘关系就是淡薄；只要涉及任何遗产纠纷，平凡百姓都能体会到这一点。富斯库斯的少不经事倒稍微博得我较多同情：他才刚满十八岁。但是，为了国家利益着想，必然得以此收场；只怪老塞维亚努斯任性妄为，导致事态不可收拾。从此，我的死期已太近，没时间去深思这两场生命之终结。

事发之后几天，马西乌斯·杜尔波加倍警戒。塞维亚努斯的友人很可能为他展开报复。不过，什么事也没发生：没有暗杀，没有暴动，没有耳语传言。我与当初那个处决了四名执政官后想尽办法拉拢民意的新手，已不可同日而语。施政十九年来的公正表现使人心倒向我这一边；凡是我的敌人，人们一概嫌恶憎恨；群众赞成我动手除去一名叛徒。富斯库斯得到几许惋惜，不过没有人认为他无罪。元老院,我知道,不会原谅我再次打击其成员;但他们默不作声,他们将沉默到我死去的那一天。同样地,一如既往,严厉的手段要立即以招抚的措施调和,塞维亚努斯的同党中没有任何人需要担心。这条规矩唯一的例外是阿波罗多尔;他阴险恶毒,是我姊夫能托付秘密的心腹,故我将他一并处死。此人是先帝爱用的建筑师,曾运用高超的技巧,搬来建造图拉真柱的大石块。我们彼此看对方一点也不顺眼。我用来消遣自娱的作品,悉心完成的葫芦与南瓜之静物画,曾遭他大肆嘲笑,讥为拙劣;而我则年轻气盛,目中无人,狂妄地批评他的工程。后来,他还诋毁我的设计,而他自己对希腊艺术的鼎盛时期根本一窍不通。这个一板一眼讲究逻辑的人指责我在神庙里设置太多巨大的雕像,万一雕像站立起来,额头会把祭坛圆顶撑破。多么可笑的批评!不但中伤我,甚至亵渎了伟大的菲狄亚斯。但神明不会站起,祂们不会站起来警告我们,保护我们,补偿我们或惩罚我们。那一夜,祂们也并未站起来拯救阿波罗多尔。

春季来临,卢基乌斯的身体状况颇让我担心受怕。一天早晨,在提布,沐浴过后,我们前往角力场,观看塞列尔与其他年轻人一起练习。其中一人提议比赛:参赛者须全副武装,手执盾牌与长矛奔跑。卢基乌斯本性不改,左闪右躲地想逃过一劫,最后终于抵不住我们没有恶意的玩笑,硬着头皮上场。穿戴装备时,他便抱怨铜盾沉重;站在健美的塞列尔身旁,那副纤瘦的躯体仿佛弱不禁风。才往前迈了几步,他就气喘吁吁地停下来,颓倒在地,口吐鲜血。这场意外没有后续,他不痛不痒地就复原了。但我既已得到警讯,就不该那么快放心。因为身体一直很健壮的愚蠢自信,我拒绝把卢基乌斯的初期症状当一回事,糊涂地坚信年轻就有用不完的本钱,身体必然运作正常。的确,连他本人也被蒙蔽了:一根小火苗支撑着他;活泼的个性造成假象,他和我们都没看出来。我一生的美好年代在旅途、军营和前线度过;自然欣赏克难生活对品行的磨炼、干冷地区对健康的帮助。我决定派他出任帕诺尼亚行省的总督,当初我亦是在那里展开第一份领导经验。此处的边界情势不若昔时紧张,他的工作范围局限于静态的人民行政事务,或没有危险性的军队检阅。这个生活艰困的国度应能一改他奢逸放纵的罗马习性,他可以学着更了解罗马城所统领并赖以为生的这个辽阔的世界。他对该地的蛮族气候心怀恐惧,不明白如何在罗马以外的地方享受人生。不过,出于讨我欢喜的一片好意,他还是接下了这个任务。

整个夏天，我都在仔细阅读他的官方报告，以及，另外一些较机密的报告——那是多米提乌斯·罗加图斯写来的。罗加图斯是一个可靠的人，我安插在他身边当文书官，同时监视他。两人的报告皆令我很满意：卢基乌斯在帕诺尼亚表现得认真严谨，做到了我对他的要求；或许等我死后，他就会松懈下来。他甚至在各前哨站的马术比武擂台赢得颇耀眼的成绩。无论在偏乡行省还是其他地方，他都成功地施展魅力，而那稍嫌突兀的冷酷姿态一点也不碍事：至少，他不会是那种任一小群人牵着鼻子走的温和国君。然而，时序刚入秋，他就得了风寒。本以为他会很快痊愈，但咳嗽一再出现，高烧久居不退。病情一度有起色，结果只换得来年春天的急转直下。医生们的诊断报告让我惊愕不已。我刚建立了公共邮政体系，在帝国广大的领土上提供许多马匹和马车休憩用的驿站；而这一切设施之运作，似乎只为让我在每天早晨更快收到病人的消息。我无法原谅自己：我竟因怕自己过于随和或显得随和而对他如此无情。等他的身体恢复到经得起旅行，我立刻命人带他回意大利。

在肺结核专家、来自以弗所的鲁弗斯老医生陪同之下，我亲自前往贝亚港迎接我孱弱的埃利乌斯·恺撒。提布的气候比罗马好，但是对受感染的肺部来说，仍不够暖和。我还是决定让他在贝亚这个相对稳定的地区度过秋末初冬。船舰在海湾中央抛下船锚；一艘扁舟将病人和他的医生接驳到陆地上。他神色惶惶，胡苔下的脸孔显得更削瘦。他故意蓄这一圈胡子遮去双颊，为了让我们两人看起来相像。但他的眼睛里仍然有着宝石般的坚定光芒。他开口说的第一句话就是提醒我：他是听从我下的命令才回来；他的治理成绩无懈可击；他在各方面都服从我。他表现得像个小学生,急着为一日的作息运用提出合理的解释。我将他安置在西塞罗别庄;他十八岁时,曾与我在此共度一季。他矜持自重,从不谈论那段时光。头几天里,仿佛战胜了病魔,打赢了一场仗。返回意大利这项安排本身即是一帖良药;在这个时节,家乡的风景染成一片深浅酡红。然而雨水开始滴落,潮湿的风从灰暗的海面吹来,共和国时期建造的老房子缺少提布庄园里那些较新颖的舒适设施;我望着卢基乌斯闷闷不乐地就着火盆烘烤他戴满戒指的纤长手指。埃尔莫热纳刚从东方回来;先前我派他去添补更新药材。他拿了一团泡过强效矿盐的泥球,在卢基乌斯身上测试效果。据称这种疗法什么病都能治,但对他的心肺和血管却没有帮助。

这场病赤裸地逼显出他冷酷狂狷的性格中最糟的一面。他的妻子来探望他,一如既往,他们每次会面总以尖酸刻薄的话语结束。她没再回来过。有人带了他儿子来看他;俊俏的七岁男孩,缺牙又爱笑。他看着孩子,神情冷漠。他贪婪地打听罗马的政界消息,关心的方式像一个赌徒玩家,而非掌理国家大事的政治家。不过,他的率性而为算是一种勇敢的表现。疼痛了一下午或昏睡了一下午后,他清醒过来,全心投入高谈阔论,和以往一样妙语如珠,火花四射。那张汗水淋漓的脸孔还挤得出笑容,那副骨瘦如柴的身躯优雅地撑起,迎接医生到来。直到最后一刻,他都是活在象牙黄金堆中的高贵王子。

晚上,我睡不着,干脆住进病人的房间。塞列尔并不喜欢卢基乌斯,不过他对我忠心耿耿,对于我珍惜的人,不得不一并伺候,嘘寒问暖。他同意陪在我身边一起照料病人。层层盖毯下传出一声声粗哑的喘息。一阵悔恨不甘将我淹没,苦深似海。他从未爱过我；我们的关系很快地变得类似一对挥霍的儿子和随便的父亲。这段人生徒然流逝，没有远大的计划，没有深刻的想法，也没有激昂的热情。他虚度岁月，仿佛一个任意掷撒金币的浪荡子。我竟是倚靠了一面即将颓倒的墙：我忿忿地想到为了认养他而支出的庞大费用，还有犒赏士兵的三亿塞斯特斯币。就某方面而言，我可悲的好运气并未弃我而去：我本已满足了自己长久以来的心愿，把能给的一切都给了卢基乌斯，但结果帝国将不会遭此劫难，我亦不致因决定了这个人选而坏了名声。在心底深处，我竟担心他的病情好转：万一又拖上几年，我总不能把帝国传给这缕幽魂。他从未开口问起，却仿佛能洞察我这方面的想法，眼睛焦虑地盯着我的一举一动。我曾再次任命他当执政官，如今他担心自己无法上任，深怕让我不高兴而终日惶惶，病情因而恶化。"你将成为马塞卢斯……"我在心里复诵维吉尔为奥古斯都的侄儿所写下的诗句。马塞卢斯也一样，被允诺了帝位，登基之路却因夭逝而中断。"献出手中满满的百合……撒下紫花……"眼前这个爱花的人儿从我手中接过的，将只是华而不实的丧葬花束。

他自认身体好多了，想返回罗马。除了他还剩多少时间可活的问题之外，几位医生之间已不多加争论。他们建议我顺遂他的心愿。我把路程分成好几小段，走走停停，带他回到庄园。新年一过，紧接着就要举行元老会议，而他应该以皇位继承人的身份出席，按照习俗，在会议上致词向我道谢。为了这段文情并茂的演说，他已准备了好几个月；遇上困难的段落，我们就一起修改润饰。元月初一早晨，他正在研读讲稿，突然口吐鲜血，晕眩不已；他倒在椅背上，闭上了双眼。对这个潇洒一生的人而言，死，仅在那一瞬间的昏厥。那天正是新年。为了不打断公家庆典和私人享乐，我挡下消息，不让他去世之事即刻传开；低调地将他下葬在他家族的花园里。葬礼前一天，元老院派了一名代表前来向我致哀，并赐封卢基乌斯神格荣衔。身为皇帝的义子，他当之无愧；但我拒绝了：这整件事已经浪费国家太多公帑。我仅满足于替他盖几座祠堂，在他曾生活过的地方零星竖立几尊雕像：可怜的卢基乌斯，他不是神。

这么一来，每分每秒都紧急。不过，守在病人的床榻前时，我有许多时间思考，早已拟好了对策。以前我就曾注意元老院中一位名叫安敦尼的成员，年约五十，出身行省家族，与普洛提娜是远亲。他以一种既恭敬又温柔的方式呵护自己的义父，令我印象深刻。他的义父有肢体残疾，亦是元老，席次安排在他旁边。我把他的资历重新审阅了一遍。这个善良好人担任过许多职务，表现完美无缺，是一名挑不出毛病的好官员。我看准他来当我的人选。随着与安敦尼往来频繁，我对他的尊重逐渐提升为尊敬。这个纯朴的人拥有一种美德，一种直到那时我自己都很少在意的美德，尽管我也曾偶尔为之：善良。他也不例外，会犯一些智者常犯的小错；他的才智都发挥在处理日常琐事上，忙于现在，不看未来。对艺术，他所知甚少；被逼得无可奈何才着手创新。比方说，对他而言，外省永远不是有无限可能的发展空间，但我眼中却不断看到各种机会。他不会扩张我的成果，仅会守成延续，不过会延续得很好。他的特质能让帝国拥有一位正直的公仆和一位好主人。

不过我倒认为，若以巩固世界安全为目标，一个朝代所能做的实在太少。可能的话，我一定要尽量延伸这条谨慎的认养亲脉,在岁月旅途上为帝国多准备一个中继站。每次回到罗马,我从未忘记去拜访老朋友维鲁斯一家人。他们跟我一样出身西班牙,是高官中最开放的家族之一。当你还睡在摇篮中时,我就认识你了,小安尼乌斯·维鲁斯;也就是如今的马尔库斯·奥列里乌斯——这是我用心替你取的名字。在我人生中某个灿烂的一年,万神殿落成的那个时代,基于与你亲族的友谊,我安排将你选入阿尔瓦勒祭师团。这个祭师团由皇帝主持,虔敬地延续我们罗马宗教的古老习俗。那一年,在台伯河畔举行的祭典上,我全程牵着你的手。我兴味盎然地看着你的举止态度:年仅五岁的小孩,被神猪遭宰杀时的哀嚎吓坏了,却尽一切努力模仿其他大孩子,保持沉着威严。对这个乖巧过头的孩子的教育,我费了一番心思。我帮你父亲选了最好的老师给你。我玩味你的名字:维鲁斯,意即至高无上的真诚;而你或许是唯一一个从来没有欺骗过我的人。我见你热切地研读哲学家们的作品,穿粗羊毛衣,睡在硬毛毯上,用斯多葛派的一切禁欲苦行来限制你那纤弱的身躯。这些事皆有过度之嫌,不过,到了十七岁,过度是一种美德。有时,我不禁自问:究竟是触上哪块礁岩,导致这智慧沉沦?因为,人总会沉沦。是一个妻子,一个过分溺爱的儿子,总之诸如此类的一个合法陷阱,让胆怯与单纯的心灵踩入困境?抑或仅是年龄、疾病、疲乏,让我们有了一切皆空,即使美德也不例外的了悟?我看着你纯真的少年脸庞,想象它衰老疲惫的模样。我感受得到,你那修行得如此精进的坚忍之下藏着温柔,甚或软弱;从你身上,我能察觉一种天赋,虽不见得是政治家的天赋,然而,一旦这天赋与至高无上的权力合而为一,世界必将永远更善更美。我作好必要的安排,让你得到安敦尼认养。有一天,你将冠上这个新

少年马尔库斯·奥列里乌斯

卡比托利欧博物馆，意大利罗马

名字，跻身皇帝之列；从此以后，你成了我的孙子。我相信自己给了人类一个绝无仅有的机会，可去实现柏拉图的梦想，见证一位心灵纯净的哲学家来统领他们。受封荣衔从来为你所唾弃，生活于宫中乃迫于你的身份阶级。我将生活中所有优渥甜美的一切全数集中到了提布，这个地方令修为尚浅的你心慌不安。我见到你神情严肃地在玫瑰花藤缠绕的小径间漫步；我带着一抹微笑，看你在路上遭遇两具美丽的肉体纠缠，在维罗尼克与忒奥多尔之间温和地左右为难，却又很快地将两人都舍弃，投入刻苦清修之怀抱，选择那纯粹的鬼魅幻影。在我面前，你并不掩饰：对这些稍纵即逝的华美富丽，以及在我死后就将瓦解崩散的朝中官员，你满是轻蔑及感慨。你一点也不喜欢我；父子之情大多给了安敦尼。在我身上，你嗅到的智慧与你的老师们传授给你的正好相反；也发现我舍弃常理后所持的生活方式与你平日的一丝不苟背道而驰，却又互相平行。这无所谓：你不一定非要了解我不可。世上的智慧不仅一种，而每一种都有其必要；彼此互补并不是坏事。

卢基乌斯死后八天，我乘轿前往元老院。我请求许可，准我就这么坐在轿上进入决议厅，并让我躺靠在一堆枕垫上，发表讲话。说话令我疲累：我请求元老们在我身旁围成一个小圈，方便我省下提高声量的力气。我赞扬了卢基乌斯；寥寥几句，取代了那天他本该亲自发表的演说。随后，我宣布了我的决定，提名安敦尼，也公布了你的名字。我指望获得全体最一致的赞同，我得到了。我表达了最后一个愿望，也跟先前连串的请求一样得到首肯：我请安敦尼同时认养卢基乌斯的儿子，如此一来，他将成为马尔库斯·奥列里乌斯的兄弟。你们两人将一起治国，我期望你能以兄长之姿关怀他。我坚持让卢基乌斯在帝国存留下点什么。

回到家后，许久以来第一次，我有想笑的欲望。我走了一步绝妙好棋。塞维亚努斯的党羽，讨人厌的保守派，并未对我的成果心悦诚服；我对元老院那个古老过时的庞大组织再彬彬有礼，也抵不过以前曾给他们的两三次难堪。毋庸置疑，等我死后，他们必然试图取消我的提案。不过，即使是与我交恶最深的敌人也不敢否决他们之中最正直的那位代表，以及最受尊敬的成员之子。我的公职任务大功告成；从此以后，我可以回到提布，进入发病养病的退隐生活，体验我的病痛，埋头享受我还能享受的美妙乐趣，平静地重拾与一个鬼魂之间中断了的对话。传到虔诚的安敦尼及严肃的马尔库斯·奥列里乌斯手上，我的帝业将安然无恙；卢基乌斯也有其子延续其生命。这一切安排不算太差。

坚
忍

PATIENTIA

阿里安写信给我：

谨照指令，我结束了攸克辛海的环海之行。我们绕了一圈，回到锡诺普画下句点。几年前，在你的监督之下圆满达成的大规模重建及港口拓宽工程，当地居民感激在心，永远难忘……为此，他们为你竖立了一座雕像，既不怎么像，也不怎么美——另外运一个过来吧！要雪白大理石的……再往东去，越过山巅远望，我以目光环抱这同样一片攸克辛海，激动不已：昔时，在这座山丘上，我们的色诺芬第一次发现这片海，而你本人也曾在此凝视许久……

我视察了驻扎山脊的防戍部队。军团指挥官皆值得最伟大的赞扬：他们维系了优良军纪，运用最新颖的训练技术，土木军事工程质量甚佳……针对这片蛮荒且形势不明的海岸地带，我令人重新勘查，校阅航海前辈们留下的标记数据，该修正的地方即予以修正……

我们沿着柯尔奇斯航行。我素知你对古代诗人的描述感兴趣，于是向当地居民询问美狄亚[1]的法力与伊阿宋的冒险事迹。不过他们似乎对那些故事一无所知……

---

[1] 美狄亚：柯尔奇斯国王的女儿，拥有法力，与寻找金羊毛的伊阿宋一见钟情，为帮助伊阿宋取得金羊毛杀害了自己的弟弟。伊阿宋另娶他人后，愤怒伤心的美狄亚不仅杀了伊阿宋的情人，还杀了自己的两个孩子。欧里庇得斯的作品《美狄亚》也被称为古希腊三大悲剧之一。

在这不易停泊的海域北缘,我们于传说中的一座其实颇大的小岛靠岸:阿喀琉斯之岛[1]。你知道的:特提斯来到这座隐没在云雾中的小岛,将儿子抚养长大。她每晚从海底浮出,到海滩上与孩子闲聊。如今,这座岛无人居住,仅有山羊会来吃草。岛上还留下一座阿喀琉斯的神庙。燕鸥、海鸥、海燕,所有海鸟都来此穿梭盘旋,拍动饱含海洋湿气的翅膀,为祭坛前方的广场带来阵阵凉意。然而,这座阿喀琉斯岛,很合理的,也是帕特洛克罗斯之岛。神庙墙面上挂着数不清的还愿品,有的给阿喀琉斯,有的给他的挚友;因为,想当然尔,喜爱阿喀琉斯者也珍视并崇敬帕特洛克罗斯那段往事。阿喀琉斯本人常显现于来访沿岸海域的航海水手梦中,保护他们,警告他们海上的危险,就像狄俄斯库里兄弟[2]在另一个领域所做的一样。而帕特洛克罗斯的幽魂则陪伴在阿喀琉斯身边。

我向你报告这些,是因为我认为这些事迹值得为世人所知,也因为对我讲述这些故事的人们曾亲身体验,或从中获得如信念一般崇高的见证……有时,我觉得阿喀琉斯是最伟大的人类,因为他英勇,拥有强大的灵魂、渊博的智识结合灵活的身躯,还有对他那位年轻伴侣炽热的爱。而在我眼中,他本身最伟大之处,则在于那份绝望,以至于他在失去挚爱之后,轻蔑生,渴望死。

我任由小亚美尼亚总督兼舰队司令的这份长篇报告垂落膝头。阿里安一如既往地恪尽职守。不过这一次,他多用了一份

---

[1] 阿喀琉斯之岛:应为位于黑海的蛇岛。根据古希腊抒情诗人品达《胜利曲》的描述,阿喀琉斯于特洛伊战争中死后,来到此岛度过充满争吵、飨宴及情爱的死后生活。
[2] 狄俄斯库里兄弟:希腊神话中孪生兄弟卡斯托尔和波吕丢刻斯兄弟二人的总称。其中波吕丢刻斯的父亲是宙斯,卡斯托尔的父亲是斯巴达国王勒俄斯。

心：赠我一份应时好礼，供我平静死去之所需；捎来一幅我的人生风景，那正是我希冀的样貌。阿里安知道，真正重要的，从不会记载于官方传记，不会刻在墓碑上。他也知道，时光之流逝仅为苦难徒增茫然。以他之见，我这段人生际遇有其意义，仿佛凝成一首诗歌；一份独特的温柔，从宛如漫天烟尘的愧疚、烦躁及可悲癖好中，脱颖而出；痛苦之感愈发清晰，绝望之情变得纯澈。阿里安为我开启穹顶，引我进入英雄与知己之高深殿堂，并不认为我高攀不起。我在庄园池水中央的那间密室不足以令我的内心寻得庇荫：在那里，我拖着这副衰老的身躯，只感到病痛之苦。的确，过去的生涯提供我几处退隐的场所，至少能让我避开部分悲惨现状；例如多瑙河畔的雪原，尼科美底亚的花园，番红花收成季节那遍地金黄的克劳狄奥波利斯，雅典任何一条街道，一座泥沼中散发睡莲芬芳的绿洲，从奥斯洛莱斯军营返乡途中、灿烂星空下的叙利亚沙漠。然而，这些珍贵无比的地方往往必然连结一次误判、差错，或只有自己知道的某种失败。在我不如意的时刻，所有能成为幸福之人的途径皆指向埃及，或贝亚港的一个房间，或巴勒斯坦。然而更糟糕的是：躯体之疲惫串通记忆之倦累；对一个爬几格花园阶梯就喘不过气的人而言，雅典卫城那长长梯道的画面仅仅浮现脑中，就已几乎无法忍受；今天没戴帽子晒一会儿，就仿佛暴露于朗贝瑟城堤的七月烈阳下一般痛苦难当。阿里安给了我更好的避风港。在提布，一个炎热的五月中旬，我凝听阿喀琉斯岛海滩上的浪花咏叹良久；我闻嗅岛上纯净冷冽的空气；我毫不费力地漫步在沐浴于海洋湿气中的庙前广场；我瞥见帕特洛克罗斯……那个我永远无法亲眼得见的地方成为我的秘密住所，我最极致的庇护所。死去那一刻，想必我就在那里。

昔时，我曾准许哲学家厄弗拉泰斯自杀。这种许可似乎再简单也不过：一个人有权决定何时停止运用自己的生命。当时我并不知道死亡可以变成某种盲目的狂热，一种像爱恋一样的饥渴。我没预料到，那些夜里，我会把佩挂带缠覆在匕首上，强迫自己在用它之前再多考虑一次。只有阿里安看穿了这场不光彩的秘密之战：对抗存在之空虚、枯荒、倦累、恶心，导致求死之念。病永远无法痊愈：以前发过的高烧后来又将我击垮好几次；我事前就怕得发抖，仿佛一个被提醒下一次何时将发病的病人。只要能延迟夜战展开的时辰，叫我做什么都好：工作，狂想杂谈直到黎明，拥吻，阅读。按照常理，一个皇帝只有在为了国家而走投无路时，才可自杀——即使是马克·安东尼，也有一场败仗当借口。而我的阿里安向来严格，若非我已战胜，他恐怕不会那么赞赏我从埃及带回的绝望。我亲自制定的军纪里，严禁士兵自我了断；但我同意智者这么做。我自认不比任何一个军团成员有权违纪悖法，但我知道用手缓缓轻抚一条麻绳的絮头或一把短刀的锋刃是何等销魂的滋味。到头来，我将那致命的欲望变成一道城墙，围堵它自己：自杀，这永远可能的手段，助我较不烦躁地忍耐生存，一如镇定剂只要放在伸手可得之处，就能让一个失眠的人平静下来。透过某种内心深处的矛盾，这种求死之执念只在发病前兆出现、扰乱我的心神时，才会不断纠缠我的思绪。我再度对这条逐渐离开我的命产生了兴趣。而在西顿的庭园里，我曾满腔热血地祈愿能再多享用这副身体几年。

　　我想死，不想窒闷喘息；病破坏了死的滋味。想痊愈，即是一种想活下去的表现。然而，虚弱，疼痛，千百种肉体折磨很快地令试图振作的病患丧尽勇气：他根本不想要那些形同陷阱的暂时

275

性舒缓，不要那摇摇欲坠的力气，那破碎的激情；不要无止尽地等待下一次发病。我密切地观察自己：胸口这般隐隐作痛，难道不只是一时不舒服，进餐太快的结果？抑或应该坐等敌人发动攻势，但这一次恐怕无力反击？走进元老院时，我没有一次不告诉自己：或许身后这扇门一旦合上，就再也不会打开，仿佛早就等我光临，一如恺撒的遭遇——五十名同谋持刀等着他。在提布进行晚宴时，我总担心突然就这么离世，对宾客太失礼；我怕死在浴池中，或在年轻的怀抱里。以往简单的，甚至愉快的事务，自从办理起来不再轻松之后，反而变得有辱自尊；每天早上送去给医生检查的银壶，真令人厌倦乏力。一场大病也带来一连串间接性的折磨：我的听觉失去了从前的敏锐。就在昨天，我不得不请求弗莱贡把整句话重讲一遍；这比犯罪更叫我无地自容。认养安敦尼之后的几个月糟透了：去贝亚疗养，返回罗马，以及回来后不断进行的协商，早已超出我仅剩力气之所及。求死之执念再度涌上，但这一次的理由明显且坦荡，即便最恨我的死对头也笑不出来。世上再也没有什么值得我留恋。人们或能理解：皇帝在将帝国事务安排妥当之后，退隐郊居，为让自己的结局好过些而采取了必要的措施。然而朋友们对我的关怀形同一张严密的监视网：所有病人都是犯人。我不再觉得自己拿得出足够的魄力，将刀刃精准地插入昔日曾以红墨水在左乳下方标记出的位置；恐怕只会在现有的伤痛上徒增一团可憎的紊乱：绷带，血淋淋的海绵，病榻边争论不休的手术大夫。要准备自杀事宜，我必须如一名策划行刺的暗杀者一般顾虑周全。

首先，我想到我的狩猎师马斯托尔，俊美野蛮的萨尔马特人，忠心如狼犬，跟随我多年，有时被指派在房门口替我守夜。一次，趁着四下无人，我唤他进来，对他说明我期望他办的事。起初他没懂，后来恍然大悟：那金发下的嘴脸惊吓得皱成一团。他以为我是不死之身；他看见医生们每天早晚进出我的房间，他听见我在每一阵刺痛中哀嚎呻吟，这个信念却丝毫不受动摇。对他来说，这就好像众神之王为了试炼他，刻意从奥林匹斯山下凡，要他成全毙命。他从我手中夺回被我紧握住的利剑，大叫着逃开。人们在园子深处找到他：他对着星空，喃喃说着蛮族土话，胡言乱语。他们尽力平抚这头惊惶失措的野兽；没有人再跟我提起这件事。然而，隔天早上，我发现塞列尔将我床边工作桌上的铁笔换成了一枝芦苇秆。

我得另外寻觅一个比较优秀的同伙。对来自亚历山大的年轻医师伊奥拉斯，我给予了最全面的信任；上个夏季，埃尔莫热纳不在我身旁的期间，挑中他来代为诊疗。我们常一起谈天。我喜欢与他合力建立假设，探讨自然与万物之起源。我喜爱他的大胆敢做梦，还有黑眼圈里那点隐隐的火光。我知道他在亚历山大的宫殿里找到了一种诡秘的毒药配方，是古时候克利奥帕特拉的炼丹师调制出来的。我刚在奥德翁图书馆设立医学教授职位，恰好借此让埃尔莫热纳主考几位候选人，支开他几个时辰，如此这般，才能有机会与伊奥拉斯密谈一番。不需等我说完，他已明白。他很同情我，没办法不赞同我的想法。但他的希波克拉底誓约[1]禁止他施予病患有害药物，无论任何借口皆不成理由。于是他断然拒绝，为维护医生的尊严，态度十分强硬。我不肯死心，强行逼求，用尽所有方法，试图博得他的怜悯或收买他的良心；他将是我

---

[1] 希波克拉底誓约：俗称医师誓词，是西方医生行医前的誓言。希波克拉底乃古希腊医学家，被誉为西方"医学之父"。希波克拉底誓约中，列出了一些特定的伦理规范。

这一生最后一个恳求的人。他败下阵来，终于答应我去找毒药。我痴痴地盼到晚上。直到深夜，我骇然听闻他被人发现死在实验室里，手中握着一小罐玻璃瓶。这心灵干净得不容丝毫妥协之人竟找到这个方法，在不拒绝我的状况下信守其誓约。

隔天，安敦尼前来求见。这位真诚的朋友止不住落泪。他一想到自己素来敬爱如父的男人被折磨得寻死，就实在难以忍受，觉得自己有失孝子之责。他答应我，必定与我的亲友同心协力，为我治疗，替我减轻痛苦，让我的生命直到最后一刻都轻松舒适，甚或痊愈也不一定。他期盼我继续指引他，教导他，能多久就多久。他自觉应照顾我的余生，以示对全帝国负责。我知道这些贫乏的宣言、天真的承诺不值几何，却从中得到释怀与安慰。安敦尼朴直的几句话打动了我；死去之前，我让自己重新镇定下来。伊奥拉斯忠于医生职责，他的死激励我亦应遵守皇帝之风范，贯彻始终。"坚忍"[1]。昨日我与多米提乌斯·罗加图斯见面。他当上了铸币财政官，负责铸造一批新钱币。我挑选了这则铭词，这将是我最后的诏示。我以为我的死亡是最关乎我私人的决定，是身为自由之人的至高堡垒；但我错了。马斯托尔之流成千上万，其信念不应受到动摇；伊奥拉斯之辈比比皆是，他们不该遭到试炼。我恍然大悟：对我身边这一群忠贞的友人而言，自杀代表漠不关心，甚或忘恩负义；我不想在与他们的友谊中留下那样不堪的形象：宛如一名遭受酷刑的人，无法再承受一次折磨的痛苦。伊奥拉斯死后那一夜，慢慢地，我心里考虑了很多：这条命赋予我许多，或者至少，我明白要如何取之不竭。此时，一如我幸

---

[1] 坚忍：原文为拉丁文 Patientia，西塞罗对其所下的定义是"为了尊荣与公益，自愿每日忍受艰苦"。

福快乐之时，虽然理由完全相反，但它似乎再也没有什么可以给我的了；然而，我无法断定，对于人生，我是否再也没有任何事情要学习。这一生中，我放心信任这副明智的躯体，努力品尝与分辨这位朋友带给我的各种感受；而最后这几项，若不品味，岂非对不起自己。我不再抗拒这为我量身订做的垂死时日，这从我血脉深处缓缓发展之终亡。那或许遗传自某位祖先，源自我的脾气性情，或是从我一生中的每个举动逐渐积累而成。烦躁不耐的时刻过去了；在目前我所处的阶段，绝望与希望一样庸俗低劣。我不打算粗暴地加速我的死亡。

未竟之业。在阿非利加,我从岳母玛提迪亚那里继承了几片地,应辟为农业开垦的示范用地。在色雷斯,当初为纪念一匹良马而建了一座波里斯泰尼村;村里的农民度过了一个艰苦的冬天,理当支援。相反地,尼罗河谷地的耕农富庶,时时伺机图利皇帝的恩泽,必须拒绝施予津贴。教育行政长官朱利乌斯·韦斯提努斯呈上报告,提议开设公立文法学校。我刚完成巴尔米拉的商业法规修订:新规章面面俱到,包括娼妓税与商队入市税。此时,城里正举办医生与法官的研讨会,负责裁定孕期的长短极限,借以终结无止尽的法律纠纷。在军队戍防地区,重婚的案例愈来愈多;我尽一切努力劝服退伍军人切勿滥用允许他们结婚之新法,且请他们慎选妻眷,一次仅与一人成婚。在雅典,人们建造了一座以罗马为样本的万神殿,我撰写一段日后将刻在墙上的铭文。我在文中细数我对希腊各城及各方蛮族的所有贡献,对罗马的作为当然一并列入,以示典范并开创未来。抵挡司法的暴力滥用还要继续努力:我不得不责备奇里乞亚[1]的总督,因他自作主张,将行省内窃盗牲畜的小偷刑求致死,仿佛简单处死这件事尚不足以惩罚一个人,不足以摆脱他。国家与各市政单位滥判苦役,借此取得廉价劳力。我禁止此类滥罚,奴隶与自由人民一视同仁。然重点在于严加监控,以免这套可恶的作风以其他名义卷

[1]奇里乞亚:小亚细亚的一个古地区名,曾是罗马帝国一个贸易非常繁盛的地区。

土重来。在古迦太基领土上，某几个地方仍以孩童献祭，必须想办法禁止信奉太阳神的祭司以祭火为乐。在小亚细亚，我国的民事法庭无耻地侵害塞琉古帝国遗族的权益，对前朝王公始终抱持恶意。我修补了这长期以来的不公义。在希腊，希罗德·阿提库斯的官司仍在进行。弗莱贡的飞书信箱，浮石做的刮刀，还有他一根根的红蜡条，将伴我坚持到最后。

一如在我幸福快乐的时光，他们相信我是神；在献礼祭祀上天，祈求皇体康复时，仍用神来称呼我。我曾告诉你，为何在我看来，这样的崇信好处甚多，并非全然荒唐。一位年迈的盲女从帕诺尼亚徒步前来；进行这趟疲累辛苦的长途跋涉，只为求我用手指触摸她黯淡无光的双瞳。在我的双手抚摸之下，诚如她一心热烈所愿，她的视力恢复了。她对帝神之坚定信仰为这项奇迹作出注脚。其他神迹纷纷出现：有病人说看见我入梦显灵，一如埃皮达鲁斯[1]的朝圣者梦见阿斯克勒庇俄斯。他们宣称醒来后病即痊愈，或至少有所缓和。我的法术与我自己的病痛形成矛盾，但我不觉好笑，严肃地收下这些新赋予我的特权。那位从蛮族行省的偏乡僻壤朝皇帝踽踽行来的老盲女，对我而言，与以前塔拉戈纳那名奴工一样，象征生活在我所统治并贡献心力的帝国之下的所有子民。他们的无穷信任报偿了我二十年来的心血，而我亦做得心甘情愿。弗莱贡最近为我朗读了亚历山大一个犹太人的作品，那个人也一样，指称我有超乎凡人的能力。我收起挖苦嘲笑，乐于接纳他的描述：是那华发苍苍的君王，人们见他在世界所有路上来回奔波，深入一座座宝藏矿坑，唤醒大地之繁衍能力，处处

---

[1] 埃皮达鲁斯：位于希腊伯罗奔尼撒半岛的一个古镇，相传是阿波罗之子医神阿斯克勒庇俄斯的出生地。

创建繁荣与和平；是那得神启之人，重建了所有种族的圣地；是通晓奇术的高人，也是未卜先知，先行将一名少年安置天宫的算命师。这位热情的犹太人恐怕比许多元老和行省总督更了解我；这样一名归顺于我的敌人，看待我竟与阿里安对我相差不远了。原来，在某些人眼中，我早已是我期许自己成为的那个人；而如此成功不过来自极少的一点付出，我又惊又喜。从今而后，衰老与死亡的逼近，将使这光荣名声更添庄严。在我经过之时，人们以宗教敬神的态度退避。他们不再像以往那样将我比喻为光芒四射、平静寡言的宙斯，而称我为行军战神，长期征战，纪律严谨，或是得到众神启发、认真沉着的努马[1]。近来，这张苍白松垮的脸孔，呆滞的眼睛，努力拿出意志力才挺得直的庞然躯体，则令他们联想起普路同[2]，鬼魅之神。唯有几位亲密挚友，几位不畏试炼、残留下来的珍贵友人，才能逃脱那恐怖蔓延的尊崇瘟疫。年轻律师弗朗顿，未来是大法官的可造之才，想必能在你执政时成为一名好公仆。他来与我讨论一篇将于元老院发表的演讲。他的声音发颤，从他的眼神中，我读到同样的那种夹杂着恐惧的敬畏。我得不到宁静喜悦的人情友谊；他们过分崇拜我，景仰我，以致无法爱我。

一种类似某些园丁才能拥有的机运降临在我身上：我试图在人类想象中种下的一切，皆已生根。创建安提诺乌斯崇拜似乎是我做过最疯狂的事，为了只关乎我个人的伤痛而逾越常矩。然而我们的时代贪婪地渴求更多神，并偏爱其中最激情的，最悲伤

---

[1] 努马：传说中古罗马第二个国王，喜欢哲学和冥想。在统治期间确立了罗马法律和风俗礼仪，使罗马成长为充满文化的城市。
[2] 普路同：罗马神话中的冥王，与希腊神话中的哈德斯相对应。

的，那些在人生的美酒里掺入黄泉苦蜜的。在德尔斐，那少年变成了守卫天庭入口的赫尔墨斯，掌管通往鬼魂阴府的幽冥之路。当初，因他年纪不足，加上异族身份，厄琉息斯禁止他随我一起接受秘仪，反而使他成为种种奥秘中的巴克科斯，掌管理性与灵性边境的王子。在他祖先世居的阿卡狄亚，他是潘神与狄安娜两位森林之神的合体。提布的农民将他比拟为蜜蜂之王，温和的阿里斯塔俄斯[1]。在亚细亚，虔诚的教徒则认为他像是他们最温柔敏感的神，被酷暑吞噬，受秋风摧折。在蛮族国度的边缘，陪我狩猎和旅行的伴侣摇身变成色雷斯骑士，月光下策马荆棘丛中的神秘过客，夺走人们的灵魂，揣在战袍的皱褶里。这一切可能只是从官方崇拜而生的赘瘤，一种民众的阿谀，以及贪财祭司们为争取津贴而使出的低贱手段。如今这年轻的容貌已与我渐行渐远，它响应起那些单纯心灵的渴望。事物的本质都是可以互相转换的，于是对民间信仰来说，阴郁可人的美少年就成为弱者与穷人的支柱，抚慰早夭孩童的亡魂。比提尼亚钱币上有他的铸像，上头十五岁少年的侧脸，有波浪般的卷发，以及其实极少出现在他脸上的笑容。钱币会挂在新生儿的颈子上，当成护身符，或钉在村子墓园的小坟上。不久以前，我思考着自己的死亡，像一名不担忧自身安危，却为船上乘客和货品颤抖的驾船员；我懊恼地心想，这段回忆将与我一起石沉大海，仿佛那悉心永存在我记忆深处的少年必须再一次凋零。这份合情合理的忧虑总算平息了一部分；我已竭尽所能地弥补了那场早逝，形象、倒影、微弱的回声，至少还能残浮海面几个世纪。就永存不朽这门学问而言，没办法做得更好了。

---

[1] 阿里斯塔俄斯：希腊神话中阿波罗之子，是一位古老的狩猎神。

我与安提诺总督菲度斯·阿奇拉又见了一面。他正要前往萨尔米泽杰图萨就任新职。他把尼罗河岸每年祭拜少年死神的仪式细节描述给我听：成千上万的朝圣者来自天南地北，以麦酒、谷类为供品，祷告祈求不绝于耳。安提诺城每隔三年举行一次纪念竞技会，与亚历山大、曼提尼亚和我珍爱的雅典一样。这三年一届的庆典，今秋恰是新一轮的开始，但我不希望苦撑到那时，那将是第九次重返阿提月。因此，典礼上的每项细节一定要提前就绪。问卜亡灵之仪式在我于古埃及神庙精心建造的秘室里举行；视人心之所希冀或惶恐，祭司们每天将几百则现成的解惑签分配给各式各样的提问。有人怪我擅自编造了好几则。我并不认为这是对我的神缺乏敬意，亦非出于同情：那士兵之妻问丈夫是否能从巴勒斯坦某个军营活着回来；那个病人极度渴求身体舒服些；那名商人，他的船队在红海的巨浪上颠簸摇晃；那对夫妇，一心要个儿子。其实我这么做，无非只是延长那一局局隐晦艰涩的文字游戏，那些我们以前偶尔一起玩的字谜诗。同样的道理，人们也讶异地发现，在这儿，提布的庄园里，用来依循埃及古法崇拜他的克诺珀斯祭坛旁，我还命人盖了好几座亚历山大郊区那种游憩用的亭台楼阁，并以该城命名。以这些设施供宾客们在此娱乐消遣，有时我亦参与同欢。少年早已习惯此类情事。再者，当人把自己封闭在一份思念中好几年，免不了逐渐重拾人生中日常琐事的点点滴滴。

　　所有的建议我都照做了。我等待，有时还祈祷。"*我听见神的声音……*"[1]愚蠢的尤莉亚·巴尔比亚自以为在黎明听到了

---

[1] 原文为拉丁文。

门农神秘的声音，而我则凝听黑夜里的婆娑动静。我涂抹吸引幽魂的蜂蜜与玫瑰精油，摆放一碗牛奶、一撮盐、一滴血，那是亡魂昔日赖以为生的材料。我躺在小祭坛的大理石板上，星光从墙上凿设的洞隙潜入，处处反射光芒，映出令人不安的微弱亮点。我想起祭司们低声吹入死者耳中的指示，刻在坟上的路线："于是他将认得路……门关的守卫将让他进入……他将在爱他的人们身边往返回绕，如此千百万天……"有时，间隔较长的空档，我以为感觉到某种事物接近掠过，轻柔如睫毛抚刷的一触，如掌心那般温暖。"而帕特洛克罗斯的幽魂则陪伴在阿喀琉斯身边……"我永远不会知道这股暖流，这份甜蜜，是否仅从我自己的内心深处涌出，来自一个对抗寒夜孤独的人的最后努力。然而，在我们爱人在世时即已存在的疑问，如今已不再令我牵挂伤神：我召唤的鬼魂，究竟来自我飘渺模糊之记忆，抑或彼界那虚无朦胧之边境，毫不重要。我的灵魂，若我有灵魂，实质与鬼魂无异。双手肿胀、指甲灰白的这副身躯，这一团已瓦解大半的可悲肉体，装满病痛、欲望与胡思乱想的臭皮囊，一点也不比一抹幽魂坚固持久。死人与我的差别仅在于我还能多喘一会儿气。就某种角度而言，亡者的存在比我更牢靠。至少，安提诺乌斯和普洛提娜的存在与我的一样真实。

　　冥想死亡并不能教会人如何死亡，不会使这一关比较好过，但我亦不再追求轻松好死。嘟着嘴的顽强小人儿啊！你的牺牲不会丰富我的人生，却将使我的死更多彩多姿。死期将近，我俩之间反而因此建立起一种亲密的默契。围绕在我身边的活人，偶尔烦人的忠心奴仆，永远都不晓得世界多么地令我们再也提不起兴趣。我嫌恶地想到埃及坟墓上的那些黑漆漆的象征物：晒干的毒蝎，僵直的木乃伊，代表永远在分娩生殖的蛙类。听信那些祭司之言，我把你留在那个地方；在那里，构成生命的元素如一件被扯破的旧衣服般四分五裂，那是个永恒、曾经与未来交叉的幽冥路口。那些人毕竟有可能是对的，死亡可能与人生一样，由难以捉摸和混沌不清组成。然而，所有关乎不朽的理论皆令我起疑。对意识到判决困难的法官来说，一套报应与惩罚的制度其实作用不大。另一方面，我又觉得相反的解决方式太简陋，将一切归于乌有、虚空，从中只闻伊壁鸠鲁嘲讽的笑声。我仔细观察我的生命终结：这一系列我亲自设下的实验延续了我在萨蒂鲁斯的诊所里就开始的漫长研究。目前为止，各种变化仅止于外在，就像时间与恶劣的气候对建筑物的影响一样，改变不了材料与建筑之本质。透过裂缝，我相信，我曾偶尔窥见并触及那无法摧毁的基石，永恒的底蕴。我仍是一直以来的那个我，至死不变。乍看之下，西班牙庭园里那个健壮的男孩，回到营帐时抖落肩头残雪的那个野心勃勃的军官，似乎如日后被烧成灰后的我一般，幻灭了。但其实他们都在，我与他们密不可分。尽管是超乎常人或低于常人，我多少已恢复平静，但靠在亡者胸前哭喊的那个男人，依旧在我心中某个角落呜咽。困在病体中那个从此被监禁的旅人，他对死亡倒颇感兴趣，因为死亡意味着某种出发。曾经坐拥力量的我似乎还能另外谱出好几篇生命乐章，再扛起几个不同的世界。若奇迹显现，在我仅余的几个日子后面再多添几个世纪，我仍会再做同样的事，甚至犯同样的错；会交往同样的奥林匹斯天神与同样的地狱恶鬼。从支持死亡用途的论点来看，这样的领悟是一则绝佳论点，但同时又令我对死亡的全效论不免多所怀疑。

在人生的某些时期，我曾记录我做过的梦，与祭司、哲学家、占星家讨论梦境的含意。多年来，做梦这项能力本已迟钝，在垂死的这几个月又恢复过来。比起那些梦境，清醒状态下的事件似乎反而较不真实，有时也较不令人心烦。那个世界尚未发育健全，鬼影幢幢，比现实人间大量繁衍更多的陈腔滥调与荒诞；若那世界让我们对灵魂脱离肉体的情况有一点概念，想必我会永远怀念感官美妙精确的掌控与依据人类理性而调整的观点。然而，我缓缓地深入梦境之虚无区域。在那里，拥有的秘密在刹那间就会不复记忆；在那里，我饮水于神圣之泉。几天前，我梦到在阿蒙绿洲猎杀大猛兽那一晚。我心情大好，一切皆如我身强力壮之时：受伤的雄狮被击倒，却又站起；我冲上前结束它的性命。然而，这一次，我的马儿扬起前蹄，将我重甩落地。淌血的庞然大物狰狞可怖，扑到我身上，利爪撕裂我的胸膛。回神后，我在提布的房里大声呼救。最近，我则是在梦中再见到我的父亲，但平时我很少念起他。他躺在病榻上，在我们位于伊大利卡的故居；而在他死后，我就离开了那个家。他的桌上有一只小玻璃瓶，瓶中装满毒药；我哀求他把药瓶给我，他尚未回答我就醒了。大部分人如此怕鬼，在梦境中却轻易地愿意与亡逝之人说话，真奇怪。

预兆亦不断增加；到后来，一切仿佛都是某种通知，具某种涵意。我刚摔破一块镶嵌在戒指上的宝石；那精雕细琢的宝石上刻有我的侧脸像，出自一名希腊工匠的妙手。占卜官们沉重地摇头；我则惋惜那精纯的杰作。我曾发生以过去式谈论自己的状况：那是在元老院，众人正在讨论卢基乌斯死后所发生的几项事件，我的舌头突然失灵，好几次把当时的情势说得仿佛发生在我自己死后。几个月前，我生日那天，乘轿登上卡比托利欧山的梯道时，我与一名服丧中的男子迎面相对，而他正嚎啕哭泣；我看见老查布里亚斯当场脸色惨白。在那个时期，我还能出门，仍亲自担任大祭司和阿尔瓦勒祭司，并主动举行罗马宗教中的古老仪式——到头来，比起大多数异教崇拜，我还是喜欢本国信仰。我站在祭坛前，准备点燃火把，替安敦尼向众神献上一份祭礼。突然，遮在额前的托加袍帽褶滑落，掉到肩上，露出我的头顶：如此一来，我从献祭者变成了祭品。事实上，也的确该轮到我了。

我的坚忍结出了成果；我不再那么痛苦，生活几乎又变得恬静宜人。我不再与医生们争吵；他们愚蠢的药方简直杀了我，但他们的自以为是，虚伪的卖弄态度，也算是我们自作自受：若我们别那么怕受折磨，他们就不需漫天扯谎。我已无力如昔日那般大发怒气：我握有可靠的情报，知道我向来喜爱的普拉托里乌斯·涅波斯[1]竟滥用我对他的信任。我并未想办法挫他的锐气，也没惩罚他。帝国的未来，我已不再挂心；我不再一面焦虑，一面费力去斤斤计较帝国的长期和平能维系多久；一切听从神明安排。这并非因为我如今比较愿意信任神的公正性，虽然那与我们的正义不同；亦非因为我对人的智慧比较有信心。事实正好相反。人生残酷，你我皆知。确切的原因是，我对人类的处境几乎不抱任何期待：幸福时期，部分进步、重新再造与延续传承的努力，在我看来宛如奇迹，差可弥补由缺点、失败、疏忽与错误形成的庞然紊乱。灾厄与废墟将临，混乱将胜，但秩序偶尔也会赢。两段战争之间将再次出现和平；自由、人性、公正这些字眼将在各处找回我们曾试图赋予的意义。我们的书籍不会全部毁损，我们

---

[1] 普拉托里乌斯·涅波斯：公元二世纪初的罗马政治人物，掌管色雷斯、下日耳曼尼亚及不列颠尼亚行省。

会修补破碎的雕像;从我们的山形墙和圆顶中将衍生其他更多的圆顶和山形墙;总有几个人会和我们一样思考、工作与感受。我且赌上一赌,相信不定何时出世的那些继承者,相信这断断续续的不朽。若蛮族终于永远地占领罗马帝国,他们将被迫采用我们某些原则方法,最后终将成我族类。查布里亚斯忧心有一天密特拉祭司或基督主教将移入罗马,取代我们的大祭司。若不幸地,这一天真的来临,走在梵蒂冈堤岸上,我的继任者将不再局限于某个会员团体或某派教徒的首领;该由他来成为一名寰宇皆服的权威人物。他将继承我们的宫殿和史料,与我们之间的差异将比想象中的少得多。我平静地接受永恒罗马的这些潮起潮落。

医药已无作用,双腿益发浮肿,我躺不下来,只能坐着睡。死的好处之一是能再度平躺在一张床上。现在反过来轮到我安慰安敦尼。我提醒他,长久以来,我觉得,要解决我自身的难题,死是最优雅的方式。一如既往,我的愿望终于实现,只是比原先以为的缓慢曲折些。我庆幸病痛没夺走我的神智,我得以保持清明而终;我欣喜毋须撑到蹒跚高龄,不必体验那硬化、僵直、枯竭,和可怖的失去欲望。若我的计算没错,我的母亲大约在我如今的年岁去世;我父亲得年四十,我的人生已比他长了一半。一切就绪:负责将皇帝灵魂送给诸神的老鹰已养入笼中,准备在葬礼上展翅。我的陵墓山丘上,此时正有人在山顶种植柏树,以求在空中形成一座黑色金字塔;大致刚好来得及完工,能在骨灰尚热时移入。我请求安敦尼把萨比娜也运过来。她去世时,我轻忽大意,未曾授予神格荣衔,而那毕竟是她应得的。若能弥补这项疏失,总是比较圆满。然后,我希望埃利乌斯·恺撒家族的其他成员都能葬在我身边。

他们把我带到贝亚；在这七月的艳阳下，路途十分辛苦；但在海边，我的呼吸比较顺畅。波浪拍打海岸，如丝绸碎响，如轻抚呢喃。我还能欣赏悠长傍晚的黄昏红霞。但我抓着这两张写字板，只为让这双不停颤抖的手有事做。我派人去找安敦尼。一名信差以最快的速度朝罗马飞奔。波里斯泰尼的马蹄声，色雷斯骑士快马加鞭……我那一小群亲友赶到我的床前。查布里亚斯让我不舍：泪水与老年人的皱纹极不搭调。塞列尔俊美的脸一如往常地保持奇特的平静。他专心一意地照料我，绝不流露任何可能让病人多担心或疲累的情感。但迪奥提姆却将头埋在靠垫里，泣不成声。我已替他安排好未来。他不喜欢意大利，尽可以去实现梦想，返回加达拉，与朋友合开一间演说学校。我的死对他并没有任何损失。然而，长衫衣褶下，那纤瘦的肩头不断抽搐；在我的手指下方，我感到美妙的泪珠。直到最后，哈德良都受到源自人性的真诚喜爱。

亲爱的灵魂，温柔荡漾的灵魂，我的躯体是你的主人，而你是它的伴侣。你将坠入那苍茫、坚硬且秃裸的地方，从此放弃昔日的嬉戏。再一会儿，让我们一起看看熟悉的海岸，那些想必再也看不见的事物……让我们试着睁大双眼，迈入死亡……

致献神圣奥古斯都·哈德良

帕提亚征服者

图拉真之子

涅尔瓦之孙

大祭司

受封二十二届保民官

三届执政官、两次凯旋式

祖国之父

并致其神圣皇配萨比娜

及二人之子安敦尼

致卢基乌斯·埃利乌斯·恺撒

神圣哈德良之子

两届执政官

《哈德良回忆录》创作杂记

致 G. F. [1]

这本书，或说其整体或仅能算是部分，以各种不同的形式，从构思到动笔，约是在一九二四年到一九二九年之间，在我二十岁到二十五岁之间。所有草稿皆已毁去，原本不值得留下。

一九二七年左右，福楼拜的一册书信集，我读了又读，处处划重点；在书中找到一个令我念念不忘的句子："从西塞罗到马尔库斯·奥列里乌斯这段时期，曾出现一个独特的时刻：彼时，众神已灭，基督未显，唯人独存。"我的人生将有一大部分花在试图定义，然后描绘那独存于世并与全人类息息相关之人。

一九三四年，重新展开此书工程。漫长的研究。写下十五页，相信不会再更改。一九三四年到一九三七年间，此计划拾了又放，放了又拾，反复多次。

有很长一段时间，我把这部作品构想成一系列对话，希望让当时所有声音都能被听见。但是，无论我怎么做，细节都太抢风头，牺牲了整体性；侧重部分则影响全盘均衡；哈德良的声音被那一切喧嚷淹没。我没办法把一人所见所闻的那个世界组织起来。

一九三四年的书写中，唯一被保留下来的句子："我开始看出

[1] G. F.，即尤瑟纳尔的密友格拉斯·费里克（Glass Frick）。

294

自身死亡的轮廓。"如一名画家，面对一片辽阔无垠的风景而立，时而往右，时而往左地，不断挪动画架的位置；我终于找到了看这本书的观点。

取材一段众所皆知，已完成，已是历史定局的人生（以最极致的方式而言），借此一次囊括整段高低起伏；不仅如此，还要为经历这段人生的那个人选一个时刻，用以衡量、检视其人生；也就是说，在那一刻，他能评价这段人生。布局安排，让他以与我们相同的姿态，面对他自己的人生。

多少个早晨在哈德良庄园流连；无数夜晚在奥林匹斯主神宙斯神庙旁那一排小咖啡馆里度过。不断往返希腊各海，小亚细亚条条大路。为能运用那些记忆，而其实是记在我脑中的记忆，需将那些片段变得离我远去，回溯到公元二世纪。

体验时间之落差：十八天，十八个月，十八年，十八个世纪。雕像以不动之躯存活，如罗浮宫里那尊安提诺乌斯的头像，仍活在那"暂停时刻"（temps mort）内。以人类世代之角度思量这个问题：二十四双骨瘦如柴的手，差不多二十五个老人，即足以在哈德良与我们之间建立起一段连续不断的关系。

一九三七年，初次访美。我为此书在耶鲁大学的图书馆读了几段资料；写下赴医就诊和放弃身体运动之段落。在现在这个版本里，那些片段经过修改后，仍然保留。

无论如何，我太年轻了。有些书不该在未过四十岁时贸然尝试。在活到那个岁数之前，恐怕看不清某些主要的天然界线，阻隔在人与人之间，世纪与世纪之间，形成无穷种类分野；或相反地，把行政分区、海关和戍防岗哨等一般单位看得太重要。需再多等几年，让我学习计算皇帝和我之间究竟差多远。一九三七至一九三九年间，我停止本书的工作（除了在巴黎的几天之外）。

读到托马斯·爱德华·劳伦斯[1]的回忆。在小亚细亚部分，他的经验与哈德良重叠。但哈德良的背景不在沙漠，而在雅典的山丘。我愈朝这个方向思考，就愈渴望将那拒绝世界（最先拒绝的就是他自己）之人的生平，将一个绝不轻言放弃之人，或者说，为赢得他处而放弃此处之人，透过哈德良的观点呈现出来。此外，不消说，那种禁欲主义和这种享乐主义，在许多点上，其实是互通的。

一九三九年十月，将手稿与大部分笔记都留在欧洲，我前往美国。倒是带上了先前在耶鲁做的一点摘要，一张几年来随身携带的图拉真死时的罗马帝国疆域图，以及，一九二六年在佛罗伦萨考古博物馆买的一幅安提诺乌斯的侧脸像：他看起来年轻、稳重而温柔。

一九三九到一九四八年间，计划搁置。我偶尔构思，但总提不起劲，几乎漠然，仿佛根本不可能。对自己竟妄想挑战这样的

---

[1] 托马斯·爱德华·劳伦斯（1888—1935）：即 T. E. 劳伦斯，英国军官、外交官，著有自传体作品《智慧七柱》。

事感到惭愧。

深陷作家写不出东西之绝望。

在沮丧与迟钝交迫的最惨时刻,我总去美丽的哈特福博物馆（位于康涅狄格州）,看卡纳莱托[1]的一幅罗马景物画。金棕色的万神殿在夏日午末的蓝天衬托下,显得突出极了。每次看完离开,总觉得寻回了宁静,恢复了温暖。

一九四一年左右,我在纽约一位颜料商那儿,无意间发现四幅皮拉内西的版画。G……和我把它们买了下来。其中一幅是哈德良庄园一景。直至当时,我对庄园仍一无所知。画中呈现了克诺珀斯祭坛。十七世纪时,人们从中掘出埃及风格的安提诺乌斯与女祭司的玄武岩雕像,如今收藏在梵蒂冈。祭坛造型圆润,光亮如一颗头颅,隐约有荆棘垂下,仿佛一绺绺发丝。皮拉内西的天赋几乎能通灵,在此嗅出恍惚幻觉、记忆中繁冗的日常琐事、内在世界的悲惨架构。好几年中,我几乎天天看这幅画,却并未给先前的写书计划带来任何想法;那本书,我以为我已放弃。这样奇怪的迂回,即人们所谓的遗忘。

一九四七年春,收拾文件时,我烧掉了在耶鲁记下的资料:那些笔记似乎永远派不上用场了。

---

[1] 卡纳莱托(1697—1768)：意大利著名画家和雕刻家。

然而，哈德良的名字出现在一篇关于希腊传说的论文中。那是我于一九四三年撰写的文章，由凯洛瓦刊登于布宜诺斯艾利斯的《法国文坛》杂志。一九四五年，溺水的安提诺乌斯，原已被那遗忘之河冲走，亦在一篇尚未发表的文章中浮上水面：《自由心灵赞美歌》(*Cantique de l'Ame libre*)。写完后我即生一场大病。

　　不断告诉自己：我在这里所讲的一切都被我没讲的给误导了；这些纪录只不过围着一个纰漏打转。问题非关我在这几个艰难年头中所做的，非关想法、工作、焦虑、喜悦、外在世事所引发的巨大冲击，也非关内心把各种事情当试金石，加诸自己的考验。而关乎那场病，及其他较私密的经验；那些经验带来的一切，以及始终都在或引我永恒追寻的爱，我亦保持缄默。

　　无所谓；或许藕断丝连正是解决之道。必须如此中断，经历如此一场心灵暗夜。那样的黑暗，在这个时代，我们许多人都曾度过，每个人的方式不同，且通常比我的更悲更绝。如此才逼得动我，让我不仅试图去填满我和哈德良之间的差距，更要补足我和我自己之间的距离。

　　善用自己为自己所做的一切，不抱从中图利之念。离乡背井这些年，我持续阅读古代作家的作品：红色或绿色封面的洛布古典丛书成为我的心灵祖国。要将一个人的思想重建出来，最好的方法之一：还原他的图书库。于是，在那几年之中，不知不觉地，我已提前打点了提布的书架。接下来，我只要想象：舒展开来的手抄本上，一名病患肿胀的双手。

将十九世纪的考古学者为外部所做之事从内部再做一遍。

一九四八年十二月,我收到一只战争期间被我寄放在瑞士的皮箱。这只箱子里装满了我家族的数据文件,以及十年前的信件。我在壁炉旁坐下,以便处理消化这种恐怖的遗物清点工作,就这么独自过了好几个晚上。我拆开一捆捆信件,销毁之前,浏览那一堆往来通信;来信的人们,我早已遗忘或早将我遗忘,有些还活着,有的已去世。有几封的日期追溯到我的上一代,那些名字我根本没听过。已作古的玛莉们、法兰斯瓦们和保罗们,那些已死的思想交流,皆被我机械式地扔入炉火中。我展开其中一封,四五页打印文字,信纸已泛黄,开头写着:"亲爱的马可……"马可……这是哪个朋友,哪个恋人,哪个远亲?我想不起来谁叫这个名字。过了好一会儿,我才记起:这个马可是马尔库斯·奥列里乌斯;而在我眼前的是一份遗失的残稿。从那时起,一切不再是问题:我要不惜任何代价重新写出此书。

那一夜,也是从那一箱刚归还给我的物品中,我拿了两本书翻开:藏书遗散的两册残骸。一本是狄奥·卡西乌斯的,漂亮的亨利·艾斯提安印刷版本;以及某不知名出版社的一册《奥古斯都史》。这两本哈德良生平的主要资料来源,于当初打算写这本书时买下。这段空档中,世界与我本人所经历过的一切,丰富了那个时代的历史记载,在那段皇家生涯上照射出更多光亮与阴影。近来,我的构思偏重于文人、旅人、诗人、恋人;这一切都未消退。但我首次看见,在这些形象中,极为清楚地显现了一个最正式却又最私密的角色:皇帝。我曾活在一个瓦解崩坏的世界,因而懂得一国之君的重要。

我一而再，再而三地创作这近乎智者之人的肖像，十分欢喜。

独处时，另一个历史人物几乎令我同样执着地跃跃欲试：欧玛尔·海亚姆[1]，诗人兼天文学家。但海亚姆的人生是一位凝视者的人生；而他是一位纯粹的凝视者：动态的世界对他而言太陌生。此外，我对波斯不了解，也不懂波斯语。

而且也不可能拿一位女性人物做主角，比方说，在我的叙事主轴中，用普洛提娜取代哈德良。女性的生活太受局限，或说太隐秘。让一个女人开口讲述，人们对她的第一个指责就是她不像女人。想把一点真相放进男人嘴里就已经够难了。

我出发前往位于新墨西哥州的陶斯。我随身带了白纸，准备重新动笔写这本书：像一名泳者，跳进水里却不知道对岸有什么等着他。夜深人静时，纽约与芝加哥之间，我关在卧铺车厢里，宛如埋在墓穴中，振笔疾书。然后，隔天一整天，在芝加哥一座车站的餐厅里，等待一辆被暴风雪误点的火车时；接着，独自在圣塔菲快车的观景车厢中，在科罗拉多峡谷绵延的黑色圆丘，以及永恒不变的星空包围之下，继续写，直到黎明。关于饮食、爱情、睡眠以及人类知识等段落，即如此一气呵成。在我记忆中，没有哪一天更热烈激狂，哪一夜更神智清明。

---

[1] 欧玛尔·海亚姆(约1048—约1131)：波斯诗人、哲学家、天文学家、数学家。

我以最快的速度进行了三年的研究，内容只有专家感兴趣；并另研发了一套疯狂的方法，这个只有失去理智的人才感兴趣。用失去理智来形容还沾了浪漫主义的边，有溢美之嫌；倒不如说是一种顽固坚持，尽可能敏锐地洞察当时的情景。

一脚踩进渊博知识之海，另一脚踏入巫魔法术的领域；不加暗喻，说得更确切些：是那种心心相印的法术，透过想法，将自己传达到某人的内在。

声音的肖像。若我选择以第一人称写这本《哈德良回忆录》，是为了尽可能除去所有居间媒介，哪怕是我本人也不例外。哈德良能把他的人生讲得比我更肯定，也更细腻。

那些把历史小说归成一种特定类别的人，他们忘了：小说家所做的始终只是借其时代之手法，诠释某些发生在过去的事——那些有意识或无意识的记忆，有的属于个人有的则不是；那是一张与历史相同材质的脉络交织。一如《战争与和平》，普鲁斯特[1]的作品亦是某段已逝过去之重建。的确，一八三〇年那部历史小说（按：指《红与黑》）被归入言情通俗剧和行侠仗义的长篇连载；并不比细腻的《朗热公爵夫人》或令人惊艳的《金眼睛的姑娘》好到哪儿去。福楼拜用了上百种小细节，辛苦重现哈米尔卡[2]的宫殿；并以同样的方式描述永镇[3]。在我们的时代，历

---

[1] 普鲁斯特(1871—1922)：法国小说家、诗人、专栏作家、评论家。代表作为《追忆逝水年华》。
[2] 哈米尔卡：福楼拜小说《萨朗波》中的迦太基统帅，女主角萨朗波的父亲。
[3] 永镇：福楼拜小说《包法利夫人》中故事发生的地点。

史小说，或图便利而以此名称之的作品，终要沉入一段被寻回的时光，被一个内在世界吸收容并。

时间本身与这件事情无关。我每每感到惊讶：那些与我同时代的人，自以为已征服转变了空间，却竟不知道各世纪间的距离可以任意缩减。

一切皆非我们所能掌握，人也是，我们自己亦然。父亲的生平对我来说比哈德良的陌生得多。我自己的人生，若必须写出来，势必得由我亲自从外部重组，痛苦万分，仿佛写的是别人；我得查阅书信，征询他人的回忆，才能捉住那些飘忽的记忆。那些记忆从来都只如断垣残壁，暗影幢幢。关于哈德良的生平，设法安排，使我们文献中的阙漏恰好吻合被他自己所遗忘之事。

这并不如人们过度强调的那样，意味着历史真相永远无法被全面掌握。此一事实与其他真相皆如是：我们或多或少都想错了。

游戏规则：全部学习，全部阅读，全部探知，同时，视目标之所需，采用依纳爵·罗耀拉的《神操》，或印度教苦行者的方法，年复一年，竭力看清显现在他紧闭双眼下的影像。透过几千个档案，追踪事件发生当时之情境，试图还原那些石头面容的活动力与柔软性。当两篇文字，两项定论，两则想法相反对立，宁愿协调取其中，而不因两者互抵而皆抛；视之为两个不同的面，同一件事的两种后续状况，是一种具说服力的事实，因其错综复杂；也是一

302

种合乎人性的事实,因其说法不一。练习以二世纪的眼睛、心灵、想法,去阅读二世纪的文章;以当时之事物为根源,将那段文字浸淫于那源头活水中。可能的话,排除一层层积累在那些人物与我们之间的所有想法与所有情感;倒是可以运用牵连或断章的可能性,以及经过这许多世纪或隔在我们与那篇文章、那史事和那个人之间的许多事件之后,逐渐发展出的新观点,不过一定要小心翼翼,仅可当成研究准备;将这一切当成在回溯某个特定时间点的路上所插的一个个标记。严禁拉长变形的阴影,顶多容许呵在镜面上的一口雾气;仅以我们感官情绪或精神运作中最持久、最精髓的部分,作为与那些人物交集的接触点:他们与我们一样,嚼橄榄,饮葡萄酒,手指黏着蜜汁,对抗刺骨的风盲目的雨,炎炎夏日中找梧桐树荫乘凉,享受,思考,衰老,死去。

我拿描述哈德良病情的简短史料分别请几位医师诊断多次。总的来说,与巴尔扎克的死亡诊断书差异不大。

利用心脏病的初期征兆,以求对此疾有更深刻的了解。

赫卡柏[1]是他的何许人?当哈姆雷特看见街头卖艺的演员为赫卡柏哭泣时,如此自问。于是,哈姆雷特被迫承认,这名洒下真诚泪水的演员成功地与那个三千年前的死者建立起一种交流,比他本身与他昨日下葬的父亲之间的连结更深厚;但他对此事之悲哀感受不够完整,以致无法即刻复仇。

---

[1] 赫卡柏:希腊神话中特洛伊的王后,在特洛伊战争中失去了丈夫和几乎所有孩子,自己也成了俘虏。

人类的本体与结构未有丝毫改变。什么也不比脚踝的曲线、跟腱的位置或脚趾的形状更固定。不过在某些时代，鞋子较不易导致脚变形。在我所说的那个世纪，我们还十分接近赤脚自在的真实模样。

让哈德良放眼未来时，我尽量把持在合乎情理的范围内，但仍愿那些预测显得飘渺空洞。一名分析家，当他公正不偏袒地看待人间世事，对于事态日后的情势，通常极少误判；相反地，在预测其发展路线、细节及曲折时，则不断累积错误。在圣赫勒拿岛上，拿破仑宣称：在他死后一个世纪，欧洲若不是革命党的就是哥萨克的；他极透彻地点出了问题的两个关键词，却无法想象两者间哪一个会占上风。不过，整体而言，若我们拒绝去看清在现状之下，即将诞生的时代已逐渐勾勒成形，其实仅因为我们骄傲、粗率无知且懦弱。上古时代那些自由的智者与我们一样思考整个寰宇的体质与样貌：他们正视人类的灭绝与地球之终亡。普鲁塔克与马尔库斯·奥列里乌斯都知道：众神与文明必然成为过去且终将死去。并非只有我们需要正面迎对无可避免的严酷未来。

此外，我赋予哈德良的明察睿智只不过是一种提升价值的方式，强化人物身上那几乎堪称浮士德式的元素，例如，在《女先知之歌》、在埃利乌斯·阿里斯蒂德斯的作品，或在弗朗顿所描述的老年哈德良之中所透露的。无论对错，人们皆给予这位垂死者比凡人更高的评价。

若此人未能维护世界之和平，振兴帝国的经济，他个人的幸福或不幸将不会令我如此感兴趣。

在比对文章以求融会贯通这项引人热爱的工作上，再怎么投入也不为过。哈德良那首泰斯比斯狩猎凯旋诗，献给爱神与"赫利孔山上、纳西瑟斯池畔的"天神维纳斯，写于一二四年秋天。约在同一个时期，皇帝前往曼提尼亚。而帕萨尼亚斯[1]告诉我们：他在当地派人为伊巴密浓达建造坟墓，并在坟上刻下一首诗。如今，曼提尼亚的铭刻已消失，但哈德良此举，或许只有与普鲁塔克的《道德小品》中的某个段落连上关系时才具足意义：根据普氏，伊巴密浓达与两名死于他身旁的年轻挚友埋葬于此地。若我们认可安提诺乌斯与皇帝于一二三至一二四年旅居小亚细亚期间相遇，而总之，这也是最合理并最得肖像研究学支持的日期；这两首诗应属于那个或可称为"安提诺乌斯时期"的范畴，且两首诗的灵感皆来自那个充满爱情与英雄主义色彩的希腊，也就是后来，在宠侍死后，阿里安把少年比喻成帕特洛克罗斯时，所提及的那个希腊。

部分人物令人想多加着墨描绘：普洛提娜、萨比娜、阿里安、苏埃托尼乌斯。但哈德良看他们的角度必有偏颇。安提诺乌斯本身的形象亦定然透过皇帝的回忆折射，也就是说，带有热恋无所不至的精细，以及一些错误。

---

[1] 帕萨尼亚斯：公元二世纪的希腊历史学家、地理学家、旅行家。

关于安提诺乌斯的性格，能说的都已刻画在他的任何一幅形象上。"其温和热切而激情，其阴柔郁郁孤寂。"雪莱以诗人绝赞的率真，几句道出精髓；而十九世纪的艺术评论家与历史学者却只会大书特书，谬赞其品德，或加以理想化，反而完全错误且空洞。

安提诺乌斯的肖像，不胜其数，从无可比拟者至平庸无奇者皆有。尽管雕刻匠的技术参差不齐，呈现的年纪不一，生前在世时的雕刻与去世后的纪念之作各有差异，但所有作品不可思议的写实性却令人震撼：那张脸庞，经过各种诠释方式，永远能被一眼认出。在上古时代，这是一个独特的例子：这张脸在石头中续存、繁衍，但他并非国家领袖，亦非哲人智者，单单是一个被爱的人。在这些形象中，最美的两件却最不为人所知，然而也唯独此二件上有雕刻师的名字。一件是阿夫罗迪西亚的安托尼亚诺斯所做的浮雕，于五十年前左右出土，地点为一座农业机构："*Fundi Rustici*"[1]（农民产物），如今安置在行政议会厅里。由于罗马城里已挤满雕像，没有任何旅游指南会特地写出这尊雕像的存在，所以观光客完全不知道。安托尼亚诺斯的作品以意大利大理石为材料，所以必然在意大利完成，想必就在罗马，由这位长期居住于庄园或哈德良某次旅行带回来的艺术家雕塑。成品精细至极。葡萄藤饰绕成最柔软的阿拉伯式花纹，围衬出那张忧郁俯首的年轻脸庞：令人难以抗拒地遥想那个短暂生命之丰收，或某个弥漫果香的秋日傍晚。作品上有大战期间在地窖度过的岁月痕

[1] 原文为拉丁文。

迹：大理石的纯白曾暂时被泥色斑点遮盖，左手有三根手指断裂。如此，神因人的疯狂而受罪。

[一九五八年注。以上文字于六年前初次发表；这期间，安托尼亚诺斯的浮雕像被一位罗马银行家收购：阿尔杜罗·奥西欧，一个好奇心旺盛的男人，像是会让斯汤达尔或巴尔扎克感兴趣的类型。奥西欧对这件珍品之关切，宛如对他野放在罗马城旁一片私人土地上的动物，或他在奥尔贝泰洛的庄园里种下的几千株植物。稀有的美德："意大利人讨厌树。"斯汤达尔于一八二八年曾这么说。那么，在今天，看见罗马的投机商人喷洒热水戕杀伞松，因为那些树太美丽，过分受城市法规保护，妨碍他们盖密密麻麻的蚁居时，他会怎么说？那也是稀有的奢侈：任动物在树林草地自在游走，非为狩猎之乐趣，而为重建某种美妙的伊甸园，这样的有钱人多么少见！古代雕像既已流传许久又极为脆弱，喜爱这些祥和的大型对象之收藏家，在我们这个动荡没有未来的时代，亦极不寻常。征询过专家的意见之后，安托尼亚诺斯浮雕的新主人刚请来一双巧手，为它进行最小心仔细的清洁工作，以指尖缓缓地轻柔摩擦，去除大理石上的污渍与霉斑，恢复石像的晶莹剔透和象牙般的温和光亮。]

第二件杰作是一件著名的红缟玛瑙，亦称为马博罗宝石，因为它曾属于该系列收藏；而在今日，此系列收藏已零落四散。这块漂亮的凹雕宝石似乎迷失或返回地下三十年之久。一九五二年一月，伦敦一次公开拍卖会让它再度亮相；多亏大收藏家乔吉奥·桑吉欧奇有见识的品位，又将它带回罗马。他大方地让我观看并触摸这块独特的宝石，此份情谊我永志在心。边缘上可见一不完整的签名，根据判断，而且应该合理无误，来自阿夫罗迪西亚

安提诺乌斯

奥西欧藏品，意大利罗马

安提诺乌斯

桑吉欧奇藏品，意大利罗马

的安托尼亚诺斯。这位雕刻艺术家在一块红玛瑙的狭窄雕面上，以高超的技巧刻下这张完美的侧脸；而这一小块宝石与一尊雕像或一面浮雕同级，见证了一项已失传的伟大艺术。作品的比例令人忘记实物的大小。在拜占庭时代，这项杰作的背面曾沉入纯金粗糙的杂质里。如此默默无闻地在几名收藏家之间转了几手，辗转到了威尼斯，于十七世纪时在一系列伟大收藏中出现。著名的古董商加文·汉弥尔顿买下了它，将它带到英国，如今再从英国回到它的发源起点，罗马。在现今仍存在于地表上的所有对象中，唯独它能让人带几分确定地假设：哈德良曾经常将它拿在手中把玩。

必须深入钻研主题之所有角落，才能发现最单纯的东西，以及最普世的文学价值。直到研究了哈德良的文书官弗莱贡，我才晓得，原来第一则、也堪称最凄美的一则著名鬼魂故事，出自他之手；给歌德灵感，写下那阴森又缠绵的《哥林多未婚妻》；还有阿纳托尔·法郎士[1]的诗集《哥林多人的婚礼》。此外，以同样的文笔，对人类极限同样的庞杂好奇，弗莱贡还写下各种荒谬的故事，如双头妖怪和能生育的雌雄同体。至少有那么几天，皇帝的餐桌上曾以此为闲谈话题。

那些认为《哈德良日记》比《哈德良回忆录》好的人忘了一件事——行动实践者甚少写日记：几乎都要过了许久之后，深陷一段闲散无事的时期，他才会去回忆、记录，并经常连自己都大吃

[1] 阿纳托尔·法郎士：法国作家、文学评论家。1921 年获诺贝尔文学奖。

一惊。

在其他所有文献都佚失的情况下，阿里安写给皇帝哈德良的那封巡航黑海的报告信，足以在字里行间再次凸显他的帝王性格：这名元首什么都想知道，巨细靡遗且精细准确；一心为和平与战争奔波；喜好逼真精美的雕像；热爱昔时的诗歌与传说。那个世界，历史少见，且在马尔库斯·奥列里乌斯之后即完全消失；在那个世界里，恭敬与尊敬之间的差别虽微妙但存在，这名文官对君主仍如朋友一般说话。但信中包含了一切：哀愁地重返古希腊的理想典范，暗喻逝去的爱及未亡人所追寻的谜般慰藉，陌生国度及蛮族氛围挥之不去。以如此深刻的浪漫主义前期风格，提及栖满海鸟的荒芜之岛；令人想到在哈德良庄园找到的那只美丽的水瓶，如今放在戴克里先浴场博物馆。瓶身上有一群鹭鸟，孤绝地展翅飞入大理石的雪白中。

一九四九年记。愈想努力描绘一幅逼真的肖像，就离讨喜的书和人愈远。知音难寻，唯少数深谙人类命运的行家能懂个中滋味。

如今的小说吞并所有形式，简直逼人非与它沾边不可。这项研究一个名叫哈德良之人的命运的功课，在十七世纪，本可以悲剧方式呈现；而在文艺复兴时代，则可能是一篇论述。

此书是一部专为我自己而撰写的巨大作品之浓缩精华。我已养成习惯，每天晚上，几乎无意识地写下我深入另一个时代内部长久凝视所得。任何一个字，任何一个举动，即使是最难以察觉的微妙差异，都如实记下；有些场景，书里以两行字句简要描述，其实有如慢动作般展现出最微小的细节。一篇篇地累积起来，这样的记录报告约能集结成一本几千页的厚册。不过，每天早上，我就把夜里的工作成果焚毁。像这样，我曾写下极大量极难懂的冥想及几段颇为淫秽的描述。

热爱真相之人，或至少执着于确切事实之人，例如彼拉多[1]，通常最能发现真相并不纯粹。被无比直接的定论混淆后的真相中，衍生出思想因袭的人不会有的犹豫、内省和曲折。在某些时刻，为数不多的时刻，我曾感觉得出来：皇帝在说谎。那种时候，就该任他说谎，我们所有人不也一样？

那些对您说"哈德良就是您"的人真粗俗。其粗俗之程度，或许与那些讶异有人选择一个如此遥远、如此陌生的题材写书的人一般严重。为召唤幽魂而划开大拇指的巫师知道，若非亲自喂血予以舔噬，幽魂绝不会听从他的召唤。他也知道，或应该知道，对他说话的那些声音，比他自己的做法呼唤更有智慧，更值得倾听。

我很快就发现：我写的是一个伟人的生平。因此，更谨遵真相，更小心翼翼；至于我这一部分，则更加默不作声。

就某方面而言，所有人生，一旦述说出来，皆成典范；书写是

[1] 彼拉多：公元一世纪罗马帝国犹太行省总督。据《新约全书》记载，耶稣被他判处钉死在十字架上。

为了攻击或防卫某种世界体系，定义一套适合我们自己的方法。同样千真万确的是，历经理想化的吹捧或不惜代价的抨击，过度夸大细节或谨慎剔除它之后，几乎所有传记皆该淘汰：那是一个建构出来的人，而非一个得到了解的人。紧盯一个人的人生图表，永远不可疏忽；无论人家怎么说，那图表并非由一条并行线和两条垂直线组成；反而应该是三条蜿蜒的曲线，无限拉长延伸，不断互相逼近又不断交错分叉。这三条线分别是：人自以为的自己，希望成为的自己，以及真正的他自己。

不管怎么做，重建一座纪念建筑时，运用的总还是自己的方式。不过，若能做到只用原有的石头，已算是非常难得。

所有曾经历人世一场的，皆是我。

我对二世纪感兴趣，因为在那段极长的时间中，生活着最后一群自由的人类。至于我们，或许我们已离那个时代太遥远。

一九五〇年十二月二十六日，一个酷寒之夜，大西洋岸，美国的荒山岛上寂静如极地。我试着以想象体验一三八年七月某日贝亚镇的炎热窒闷。沉重无力的双腿上，毯子的重量；那座没有潮汐的海发出几乎察觉不到的细碎声响，从四面八方传来，传入一个男人的耳中，但他已被自身喧闹的垂死之声占满。我试着推演到他的最后一口水，最后一次痛苦，最后一个样貌。接下来，该让皇帝死去了。

这本书并未指名献给任何人。本来应该献给 G. F. ……若非在一部我正好不愿张扬自己的作品开头放上个人献词显得不合宜，早就献给了她。但献词再怎么长，仍嫌不够完整，太过平庸，不足以向如此非比寻常的友谊致敬。试着去定义这份受赠多年的情谊时，我告诉自己，这样一项特权，尽管稀有珍贵，却不可能独一无二；偶尔，在圆满写成某书的经验中，或幸福的作家生涯里，应该会有那么一个人，略退隐幕后，但不轻易让我们因倦累而不删改的那个模糊或力道太弱的句子过关；若有需要，他愿意与我们一起将一页不确定的文字重读二十遍。他会替我们从图书馆的书架上取下一本本厚重的书籍，因为书里可能有一则对我们有用的指示，而且在我们已疲懒地合上书页时，坚持再查阅几次。他支持我们，赞同我们，有时甚或为我们战斗；他以同等的热情与我们分享艺术与生活上的喜悦，以及艺术与生活上从不无趣却也从不容易的工作。他既不是我们的影子，又不是我们的映像，亦不是我们的另一半，而是他自己；他给我们无比的自由，却迫使我们充分做自己。Hospes Comesque，嘉宾良伴。

一九五一年十二月，得知德国历史学家威廉·韦伯的死讯；一九五二年四月，又得知保罗·格兰多已去世。这二人知识渊博，他们的研究对我帮助良多。这几天与 G. B. ……和 J. F. ……二人闲聊，他们在罗马结识了版画雕刻家保罗·古斯曼，当时，这位艺术家正热烈地描绘提布庄园各景点。他有种隶属埃利乌斯家族的感觉，是那伟人众多文书官中的一名，参与由人本主义者和诗人所组成的皇家禁卫军，轮班交接，守护一段伟大的历史记忆。如此（想必拿破仑专家和但丁爱好者亦然），穿越时光，形成

一个思想圈；这一群人，抱持同理感受或同样的忧虑，检视同样的
问题。

　　布拉吉乌斯与瓦狄乌斯之辈的确存在，而他们肥胖的表亲巴
席勒至今仍屹立不摇。曾有一次，生平就那么一次，我遭遇了各
种类型的混言混语：有卫兵队里流行的那种脏字和讥讽，有高超
的断章取义或歪曲事实的引述，能把我们的文句说成非其本意的
蠢话；还有似是而非的论点，由既空洞又独断的说法支持，取信于
尊敬学者专家、无暇亦无意自行查证信息来源的读者。这一切凸
显出某类和某种人的特色，幸好为数极少。相反地，众多博学多
闻之士给出的回馈，除了善意还是善意。在我们这个讲究专业的
时代，他们大可用轻蔑的态度，一笔勾销所有从文学面重建过去
的努力，因为那似乎已踏入了他们的领域……然而他们之中有太
多人主动拨冗，在出版后指正某个错误，证实某个细节，提出某种
假设，方便再进行新的研究，恕我无法在此一一向这些自愿无偿
合作的人士表达诚挚的谢意。所有能再版的书，都多亏了曾经阅
读它的正直读者，我欠他们一份情。

　　竭其所能。从头来过。不动声色地对这次的修改再加以润
饰。"修饰我的作品，改正的实为我自己。"叶芝说。昨天，在庄
园，想到千万个默默无闻的生命，有些如野兽悄悄行过，有些如草
木未受眷顾；皮拉内西那个时代的波希米亚人，盗取废墟遗物的
掠夺者，乞丐，牧羊人，勉强蜗居于瓦砾残垣角落的农民，从哈德
良到我们的时代之间轮番盘踞在此的人们。一片橄榄树林边缘，
被清除了大半的古代廊道下，G……和我来到一处，眼前有一张

牧羊人的芦苇床,他随意钉在两块古罗马混凝土墙上的挂衣钩,以及余温尚存的灶火灰烬。自身的卑微之感油然而生,与罗浮宫关门后体验到的感受类似:到了那个时刻,一座座精美的雕像之间,摆出了守卫的行军床。

[一九五八年,前述字句无可更动;牧羊人的草床虽不见,挂衣钩依旧在……G……和我再次于坦佩河谷的草原驻足,遍地紫堇草;在这一年中的神圣时节,万物复始,不畏今日的人类处处加诸世界及其自身的威胁。但是,庄园却遭遇一项潜在隐忧的改变。的确,并未全面波及:多少世纪以来缓缓破坏或形成的这个整体,岂能如此迅速变质。然而,由于一项意大利少见的错误政策,在整修及必要的补强工程中,加入了危险的"美化工程"。橄榄树林遭到砍除,让出的土地上盖了突兀的停车场和展览场型的饮料亭,将孤傲高贵的五彩柱廊摇身变成喧闹的广场。一座混凝土喷泉上多此一举地添加了仿古石膏怪面饰,用这种方式为行经路人解渴。另一个怪面饰,更加画蛇添足,装饰在大水池的壁面上;今日池中甚且放入一小队雁鸭戏水。另外,他们又用石膏复制了一些希腊罗马时期的花园摆饰雕像,都是新近考古挖掘时拾得,素质颇为平庸,不值如此过度推崇,亦不值这般无礼亵渎。用这种浮夸松软的粗陋材质所制成的赝品,随便乱摆在底座上,把伤心之地克诺珀斯变得像片场一角,要拍一部重现众罗马皇帝生平的电影。美景之平衡最脆弱不过。我们的狂想诠释不致破坏文本本身,评论抨击之下,文字能仍存留;但任何加诸石头上的粗心修改,任何一条碎石路,只要铺设在宁静生长了几个世纪的草原上,即造成永远无法修复的结果。美感不再,真实性亦渐行

渐远。]

有些地方,人们选择为生活之所;有些肉眼看不见的住所,则筑在时光之外。我曾在提布居住,或许会在那里死去,一如哈德良魂归阿喀琉斯之岛。

不。再一次,我又参观了庄园,以及园中建造来度过亲密时光或休憩用的楼阁。那些遗迹,华美却不奢侈,尽可能不夸耀皇家气势,反而显露出那富裕的爱好者努力结合了艺术之美好与乡野之恬适。我在万神殿寻找某个四月二十一日早晨阳光洒落的确切位置,我沿着陵墓的长廊,再走一次那条悼念之路,查布里亚斯、塞列尔和迪奥提姆,他临终前的挚友们,亦时常留下足迹之路。但我不再感受那些生命之当下现形,那些事件之实时状态:这一切依然与我十分贴近,但已经过变革,与我自身的回忆旗鼓相当。我们与他人的交易仅限一时;一旦得到满意的结果,学到了教训,帮上了忙,完成了作品,即终止不再。我能说的都说了,能学的都学了。让我们另取一段时间,将心力放在其他工作上吧!

书目注记

您刚才所读的那种史实还原类型，也就是说，以第一人称，由被描绘的主角亲口述事；从某些方面来看，触及小说的范畴，从另一些方面看，则触及诗的领域；所以它可以不需要史料证明文件。然而，作品正因忠于史实而能大幅提升人性价值。读者将在此看到一份清单，列出创构此书时所依据的主要书册篇章。其实，借此为文学著作撑腰，亦不过是依循拉辛的做法：他在几出悲剧的序言中，细数参考来源。不过，首先，为了响应几个较急迫的问题，且让我们再以拉辛为典范，提出为数不多的几项：这些项目被直接添入书中，或用来谨慎地改变故事情节。

马鲁利努斯是真实的历史人物，但此人的主要特性，也就是通晓天意，却取自哈德良的某位伯父，而非祖父。他死亡时的情境是想象出来的。一则铭刻文字告诉我们，诡辩派哲人伊萨洛斯是哈德良年轻时的一位老师；但无法确定他这名学生果真如书中所写，曾走过那趟雅典之旅。加吕斯真有其人，但书中提及此人最终破产溃败的细节，仅为强调哈德良最为人津津乐道的一项性格：记仇。密特拉秘仪的章节是凭空发想。在那个时代，这种崇拜已于军中流行，年轻的军官哈德良，很有可能突发奇想，接受该教启蒙；但此事丝毫未经证实。当然，同样的道理，安提诺乌斯在巴尔米拉所行的公牛祭礼亦然：梅莱斯·阿格里巴、卡斯托拉斯，以及前一章中的杜尔波皆真有其人，但他们参与秘教启蒙仪式则全是空穴来风。这两个场景遵循了浴血传统，而此传统属于密特拉教，亦属于叙利亚女神之崇拜。关于这一点，部分知识渊博的学者宁可保留其真实性；毕竟，在那个时代，以敬仰仪式为主的宗教，在二世纪那种好奇、怀疑主义以及茫然狂热的氛围下，易产生"感染"作用；而两种崇拜之间的转借，在心理层面上是极有可能的。哈德良遇见苦行僧之事并非来自史实，而是借用了一、二世纪一些描写类似场景的文章。所有关于阿蒂亚努斯的一切都确有其事，除了一两项私生活上的影射之外：我们对他的私生活一无所知。情妇之章节整篇取自斯巴提阿努斯（Spartianus）的两行相关文字，我一面在需要之处发想创造，一面努力保持最合理的常情。

庞培·普洛库吕斯曾任比提尼亚总督；但不确定是在一二三至一二四年间皇帝途经此地之时。情色诗人、萨尔代斯的斯特拉顿，我们透过《帕拉丁文选》（l'Anthologie Palatine）认识其作品；他很可能活在哈德良时期。没有任何证据证明皇帝在某次小亚细亚旅行途中结识他，但无碍于这种可能性存在。卢基乌斯于一三〇年造访亚历山大，此事是推断出来的（格雷戈罗维斯〔Gregorovius〕早已这么做），源自一篇饱受争议的文字：《哈德良致塞维亚努斯之信》（Lettre d'Hadrien à Servianus）。信中关于卢基乌斯的段落完全不见得要如此诠释。所以，他在埃及现身的资料极难以确定。而此段时期，关于卢基乌斯的细节，则几乎全部取自斯巴提阿努斯为他写的传记《埃利乌斯·恺撒生平》（La Vie d'Aelius César）。安提诺乌斯牺牲献祭的故事是传统，了无新意（Dion，LXIX，11；Spartianus，XIV，7）。巫术操作细节灵感源自埃及神奇的纸莎草纸报告，但克诺珀斯夜里那场火灾是捏造的。庆典中一名孩童从阳台摔落那则轶事，书中放在哈德良中途停靠菲莱岛期间，事件取自《俄克喜林库斯纸莎草卷》(*Papyrus d'Oxyrhynchus*)中的一份报告，实际上发生于哈德良埃及之旅将近四十年后。阿波罗多尔因是塞维亚努斯的同谋而遭牵连处决只是假设，但或许有几分值得捍卫之处。

　　查布里亚斯、塞列尔、迪奥提姆，这几人曾多次被马尔库斯·奥列里乌斯提及，但皆仅指出他们的名字，以及他们追忆哈德良时所表现的至诚效忠。他们被用来勾勒哈德良执政最后几年的提布宫廷：查布里亚斯代表围绕在皇帝身边的柏拉图或斯多葛派哲人；塞列尔（勿与菲洛斯特拉特〔Philostrarus〕及阿里斯蒂德斯〔Aristide〕曾提过的那个赛列尔混淆，那位是希腊书信官）是军方代表，而迪奥提姆则属于帝王后宫中的深受宠信者族群(éroménoi)。于是，从这三位历史人物的名字出发，部分虚构出三名小说人物。相反地，医生伊奥拉斯是真实存在的人物，但史料没给出他的名字，也没说他来自亚历山大。自由奴俄奈西姆存在，但我们并不知道他是否曾为哈德良介绍情人。塞维亚努斯的确有一名文书官叫克列辛斯，但史料并未说他叛主。殷商普拉莫阿斯确有其人，但没有任何文件证明他曾伴随哈德良前往幼发拉底河。阿里安的妻子确有其人，但我们并不知道她是否如哈德良在此书中所形容的"细腻且有傲气"。只有几个无关紧要的哑角，如老奴欧福里翁、演员奥林波斯和巴蒂尔、医生列奥蒂希德、不列颠的年轻军官、向导阿萨尔，是完全虚构出来的人物。不列颠岛和克诺珀斯的两名女巫也是虚构人物，有如缩影，代表一群主动围在哈德良身边的预言家和奉行秘术的人。阿蕾黛这个名字来自哈德良自己写的一首诗(Ins. Gr., XIV, 1089)，但在此书中则随兴派给庄园的女管家。信差梅奈克拉泰斯取自《费米斯王致哈德良皇帝之信》（*Lettre du roi Fermès à l'empereur Hadrien*，Bibliothèque de l'Ecole des Chartres，vol. 74，1913）。那完全是一篇传说，故事内容不能拿来运用，但是，当初它可能参考了其他今日已遗失的文件而得到这个细节。

贝妮狄特和泰欧多特，两缕淡淡的恋爱幽魂，飘过马尔库斯·奥列里乌斯的《沉思录》（*Les Pensées*）；为风格考量，改名为维罗尼克与忒奥多尔。最后，在底比斯，刻在门农巨像底座的希腊和拉丁名字，大多取材于勒托恩的《埃及的希腊及拉丁文字雕刻》（*Letronne*，*Inscriptions greques et latines de l'Egypte*，1848）。其中，某个杜撰的人名，欧梅内，曾与哈德良站在同一个位置，但比他早了六个世纪。他之所以出现在书中，是为了让我们，也让哈德良本人，衡量感受一番：从希罗多德时代，最早探访埃及的希腊旅人，到二世纪某天早晨那批罗马游客之间，时间之流逝。

安提诺乌斯短暂的家庭生活速写并无史料记载，但考虑了当时在比提尼亚较优势的社会条件。在某些可议之处，必须在各派史学家的假设中作个选择；例如，苏埃托尼乌斯的引退，安提诺乌斯的出身是自由人还是奴隶，哈德良是否亲自参与巴勒斯坦之战，萨比娜封神的日期以及埃利乌斯·恺撒是否下葬圣天使堡；我强迫自己在决定某一方时必然要有好理由。另有一些情况，如图拉真认养哈德良和安提诺乌斯之死，我则试图让叙事弥漫某种不确定：那种无法确定在成为历史悬案之前，想必先在人生上造成了影响。

研究哈德良的生平与人格之两大主要数据源：一是希腊历史学家狄奥·卡西乌斯（Dio Cassius）；他的《罗马历史》（*Histoire Romaine*）约于哈德良死后四十年完成，书中有关于此皇帝的记载。另一个来源是拉丁史学家斯巴提阿努斯,《奥古斯都记》(*Vies d'Histoire Auguste*)的作者之一,约在一个世纪后编写出《哈德良生平》(*Vita Hadriani*),是合集中最好的篇章。另外,他的《埃利乌斯·恺撒生平》(*Vita Aelii Caesaris*),分量较薄,将哈德良的养子呈现得格外合理;若显得不够深入,那只是因为,总的来说,那人物本身就是如此。这两位作者所引用的文献如今已经散失,其中包括哈德良以他的自由奴弗莱贡之名所编的《回忆录》(*Mémoire*),以及皇帝的一本书信集,亦由弗莱贡集结成册。无论狄奥或斯巴提阿努斯皆不是伟大的历史学者或传记作家,但正因如此,他们缺乏技巧,甚至不成系统的书写,反而更接近事实;而现代的研究成果,十分引人注目地,亦一再证实他们所言。您刚才所读到的,大部分都是以这堆小事为基础所作出的诠释。另外,或许不是那么完整地,容我再提出几项细节;多从《奥古斯都记》的其他篇章中拾得,例如由尤利乌斯·卡比托里努斯(Julius Capitolinus)所撰的安敦尼和马尔库斯·奥列里乌斯之生平。另有几句话取材自维克多(Aurelius Victor)和《缩影》(*Epitome*)的作者(按:在此指弗洛鲁斯)。他们已开始赋予哈德良的生平传说色彩,但其华丽的文采使之成为另一种独特的类型。《苏达辞书》(*Dictionnaire de Suidas*)补充了两则鲜为人知的史料:努米尼奥斯写给哈德良的《慰问文》,以及米索米德斯为安提诺乌斯之死所谱的哀乐。

哈德良本人的部分作品亦派上用场:行政书信、演讲段落或正式报告,例如著名的《致朗贝瑟》(*Adresse de Lambèse*),多被雕刻保存。此外,还有被法学家引用的法令以及当代作家引述的诗句,例如那句赫赫有名的"亲亲吾魂,飘然温柔"(Animula vagula blandula）；或在纪念建筑上找到的一些为还愿而刻下的文字，如献给爱神和天神阿芙洛狄特的诗句，就刻在泰斯比斯的神庙壁面（Kaibel，Epigr. Gr. 811）。哈德良有三封信提到他自己的私生活，《致玛提迪亚之信》（*Lettre à Matidie*）、《致塞维亚努斯之信》（*Lettre à Servianus*）、《垂死皇帝致安敦尼之信》（*Lettre adressée par l'empereur mourant à Antonin*），分别收录在文法家多西索斯（Dositheus）的书信集、沃皮斯库斯的《黑暗暴政下的生活》（Vospicus，*Vita Saturnini*），以及格非与亨特的《法尤姆镇及其纸莎草卷》（*Grenfell & Hunt，Fayum Towns and their Papyri*，1900），是否真由本人所写，有待商榷。然而，这三封信都极具哈德良的特性，而信中流露出的某部分迹象，我拿来用在本书中。

提及哈德良或他周遭之人的文字多得不胜枚举，分散在几乎所有二世纪和三世纪作家的作品中。这些只字片语有助于补充编年史上的事迹，且常常填补了缺漏。诸如此类，容我仅以《哈德良回忆录》中的几个例子说明：在利比亚狩猎那一个章节，整篇取自潘克拉泰斯的诗《哈德良与安提诺乌斯之狩猎》（*Les Chasses d'Hadrien et d'Antinoüs*），这首诗已残缺不堪，于埃及出土，纳入《俄克喜林库斯纸莎草卷》丛集（III，No. 1085），于一九一一年出版。关于宫廷里的哲人与诗人，阿特纳奥斯（Athenaeus）、奥卢斯·格利乌斯（Aulus Gellius）和菲洛斯特拉特都提供了许多细节。此外，小普林尼和马提雅尔亦为沃科尼乌斯或利基尼乌斯·苏拉略嫌遭埋没的形象增色几笔。安提诺乌斯之死对哈德良造成的悲痛，这段描述的灵感来自他执政期间的历史学者，同时取材于某几位教会神父的评论：想当然，充满谴责，但在这一点上，有时又显得比较人性，而且出人意料地，抱持多种看法。《阿里安巡航黑海致哈德良皇帝之信》（*Lettre d'Arrien à l'empereur Hadrien à l'occasion du Périple de la Mer Noire*）含有对此一主题之影射；作者持某些博学专家的相同立场，相信整体而言，此篇文字确实为阿里安本人之作，故将信中部分内容纳入本书中。哲人埃利乌斯·阿里斯蒂德斯的《罗马赞》（*Le Panégyrique de Rome*）绝对是典型的哈德良式作品，为本书中皇帝所描绘的理想帝国草图提供了几行资料。在《塔木德》（*Talmud*）中，有几项史事细节被掺入大量传说色彩；而为描述巴勒斯坦战争，也被拿来与优西比乌斯的《教会史》（*Eusebius, Histoire ecclésiastique*）中的叙事一起运用。法沃里努斯遭放逐的段落即来自前述作品的一个段落，记载于梵蒂冈图书馆于一九三一年出版的一份手稿里（M. Norsa et G. Vitelli, Il papiro vaticano greco, II, dans studi e Testi, LIII）。书记官变成独眼龙的可怖篇章取材于盖伦（Galen）的一篇论文，他是马尔库斯·奥列里乌斯的宫廷医生。哈德良垂死之形象，参考了弗朗顿对衰老皇帝的悲惨形容。

其他时候，我则参考纪念建筑上的图像及文字雕刻，汲取未被古代历史学者记载下来的史事细节。部分达西亚和萨尔马特战争之野蛮概况、被活生生烧死的囚犯、德凯巴鲁斯国王于屈降当日服毒自杀，这些场景来自图拉真柱上的浮雕（W. Froehner, La Colonne Trajane, 1865；I. A. Richmond, Trajan's Army on Trajan's Column, in Papers of the British School at Rome, XIII, 1935）。一大部分军旅的想象借助于哈德良皇朝的钱币。尤莉亚·巴尔比亚的诗句刻在门农巨像的腿上，成为底比斯之旅那个篇章的起点（R. Cagnat, Inscrip. Gr. ad res romanas pertinentes, 1186-7）。关于安提诺乌斯的出生日期，多亏拉努维乌姆（Lanuvium)工匠及奴隶学院的铭文而得以确认。该校于一三三年将安提诺乌斯奉为守护神（Corp. Ins. Lat，XIV，2112）。对这个日期的确切性，蒙森（Mommsen）有意见，但其他没那么吹毛求疵的博学专家皆已认可。皇帝宠侍的坟墓上刻有几个句子，被转载到苹丘方尖碑上的埃及象形文中：此碑文内容述说他的葬礼，并描写对他进行崇拜的仪式内容。（A. Erman，Obelisken Römischer Zeit，dans Röm，Mitt.，XI，1869；O. Marucchi，Gli obelischi egiziani di Roma，1898。）关于安提诺乌斯被尊奉为神，以及他的外貌与心理特质，铭文、人像纪念物，还有货币所提供的见证，远比书写记录下的史料更多。

如今当代，没有够好的哈德良传记能推荐给读者；唯一值得一提的此类作品，也是最古老的，是格雷戈罗维斯一八五一年出版的作品（一八八四年修订版）。他的书中不乏生活场景、缤纷色彩，但在哈德良身为执政者与一国之君这个层面的一切着墨甚少，且有一大部分已嫌过时。同样地，吉本（Gibbon）或勒南（Renan）出色的描述也皆已太旧。韩德森的《哈德良皇帝之帝政与生平》（Henderson，*The Life and Principate of the Emperor Hadrian*），于一九二三年出版，冗长且肤浅，对哈德良的思想、当时的问题，仅给了一个不完整的概括，运用的资源极为不足。但是，若说一本具决定性价值的哈德良传记尚待编写问世，各种简明扼要的小传和严谨的研究则繁盛丰富；而且在许多点上，凭着现代知识的浩瀚渊博，哈德良当时的历史与施政资料已得以更新。在此仅提述几本近期作品，或堪称近期的作品，还算容易取得。法文著作的部分：一九三三年，雷昂·霍莫的《罗马帝国全盛期》（Homo，*Le Haut-Empire Romain*），以及一九三六年，阿尔巴提尼的《罗马帝国》(Albertini, *L'Empire Romain*);一九二一年,格鲁塞的《亚细亚历史》(Grousset, *Histoire de l'Asie*)的第一册分析图拉真的帕提亚战争以及哈德良的和平政策。亨利·巴顿于一九四四年出版的《帝王与拉丁文学》(Bardon, *Les Empereurs et les Lettres latines*)研究哈德良的文学作品。保罗·格兰多的著作,《哈德良时期之雅典》(Graindor, *Athènes sous Hadrien, Le Caire*, 1934);路易·佩雷特,《哈德良皇帝之称号研究》(Perret, *La Titulature impériale d'Hadrien*, 1929);以及贝尔纳·德欧杰瓦的《哈德良皇帝,其司法与行政成就》(d'Orgeval, *L'Empereur Hadrien, son oeuvre législative et administrative*, 1950)。最后一本的细节内容偶尔交代不清。无论如何,关于哈德良的治国及人格,最深入的研究还是来自德国学派。尤利乌斯·杜尔一八八一年于维也纳出版的《哈德良皇帝之巡旅》(Dürr, *Die Reisen des Kaisers Hadrian*);普列夫一八九〇年于斯特拉斯堡出版的《哈德良皇帝历史溯源研究》(Plew, *Quellenuntersuchungen zur Geschichte des Kaisers Hadrian*)。科内曼一九〇五年于莱比锡出版,《哈德良皇帝与罗马最后几位伟大的历史学者》(Kornemann, *Kaiser Hadrian und der Letzte grosse Historiker von Rom*),以及威廉·韦伯(Wilhelm Weber)内容充实且较易取得的短论文:一九三六年在《剑桥古代历史》期刊(Cambridge Ancient History, vol. XI pp. 294-324)《帝国和平》(The Imperial Peace)专题发表的《哈德良皇族史研究》(*Untersuchungen sur Geschichte des Kaisers Hadrianusv*),一九〇七年于莱比锡出版。英文方面的研究:汤恩比的著作中处处提及哈德良的朝政,是酝酿出《哈德良回忆录》某些段落的胚芽,在那些章节中,皇帝亲自为自己的政治观点下定义。汤恩比于一九四五年在《都柏林季刊》(Dublin Review)发表的《罗马帝国与现代欧洲》(*Roman Empire and Modern Europe*)特别值得一读。另外，罗斯托夫采夫一九二六年的著作《罗马帝国与社会经济历史》(Rostovtzeff, *Social and Economic History of the Roman Empire*)中，有一重要章节探讨哈德良的社会及财政改革。史事细节方面的研究：莱西，一九一七年，《图拉真与哈德良时期的马术官生涯，兼谈哈德良的几项改革》(Lacey, *The Equestrian Officials of Trajan and Hadrian: Their Career, with Some Notes on Hadrian's Reforms*)；保罗·亚历山大，一九三八年，《哈德良皇帝之书信与演讲》(Alexander, *Letters and Speeches of the Emperor Hadrian*)；格雷，《哈德良生平研究——登基之前》(Gray, *A Study of the Life of Hadrian Prior to his Accession*, Northampton, Mass., 1919)；普林斯海姆《哈德良的司法政策及改革》，一九三四年发表于《罗马研究志》(Pringsheim, *The Legal Policy and Reforms of Hadrian*, in Journ. of Roman Studies, XXIV 1934)。关于哈德良视察不列颠岛及在苏格兰边界建造长城的资料，请查阅布鲁斯的经典之作《罗马长城工具书》(Bruce, *The Handbook to the Roman Wall*)，由科林伍德(Collingwood)校阅修订过的一九三三年版。而科林伍德又与麦尔斯(Myres)合著《罗马时期的不列颠及英格兰之拓垦》(*Roman Britain and the English Settlements*, 1937, ed. 2)。关于哈德良朝代的古钱奖章学(安提诺乌斯的钱币另述)，参阅马丁力与西德纳姆相对近期的研究《罗马帝国钱币学》(Mattingly & Sydenham, *The Roman Imperial Coinage*, II, 1926)以及斯特拉克的《二世纪罗马帝国铸币研究》(Strack, *Un-*

tersuchungen zur Römische Reichsprägung des zweiten Jahrhun-derts，II，1933）。

关于图拉真的人格及其征战，参阅帕利班尼的《理想国君》（Paribeni，*Optimus Princeps*，1927）；隆登发表于《剑桥古代历史》期刊的《图拉真各战役》（*The Wars of Trajan*，in Cambridge Ancient History，XI，1936）；杜利的《从钱币看图拉真朝政》（Dur-ry，*La Règne de Trajan d'après les Monnaies*，Rev. Hist.，LVII，1932）；以及威廉·韦伯一九二三年发表于斯图加特《政治名家》之《图拉真与哈德良》（Weber，*Traian und Hadrian*，Meiter der Politik，I2，1923）。埃利乌斯·恺撒相关：法夸尔森的《关于埃利乌斯·恺撒之名》，登于《古典季刊》（Farquharson，*On the Names of Aelius Caesar*，Classical Quartely，II，1908）；以及卡尔科皮诺的《安敦尼王朝的帝位继承》（Carcopino，*L'Hérédité dynastique chez les Antonins*，1950）：此作除去许多假设，较依循原文字意上的诠释。关于四名执政官之案，参阅普雷莫斯坦，《一一八年执政官暗杀哈德良案》（Premerstein，*Das Attentat der Konsulare auf Hadrian in Jahre* 118，in Klio，1908）；卡尔科皮诺，《吕基乌斯·奎埃图斯，Qwrnyn 来的人》（Lusius Quiétus，l *homme de Qwrnyn*，in Istros，1934）。关于哈德良身边的希腊人，普雷莫斯坦著有《尤利乌斯·巴苏斯》（*C. Julius Quadratus Bassus*，in Sitz. Bayr. Akad. d. Wiss.，1934）；保罗·格兰多，《上古时代的亿万富豪，希罗德·阿提库斯及其家族》（*Un Milliardaire Antique*，*Hérode Atticus et sa famille*，Le Caire，1930）；布朗杰的《埃利乌斯·阿里斯蒂德斯及二世纪之亚细亚行省的诡辩派哲人》（Bou-langer，*Aelius Aristide et la Sophistique dans la Province d'Asie au*

IIe siècle de notre ère），收录于一九二三年《雅典及罗马法国学院之图书馆出版品》系列；霍纳，《米索米德斯赞歌》（Horna，*Die Hymnen des Mesomedes*，Leipzig，1928）；马泰洛提到的《米索米德斯》（Martellotti，*Mesomedes*），收录于一九二九年罗马的《古典文献学院出版品》系列；以及普埃齐的《阿巴米亚的努米尼奥斯》（Puech，*Numénius d'Apamée*，in Mélanges Bidez，Brussels，1934）。关于犹太战争：格雷，《哈德良统治下的埃利亚·卡皮托利纳建城与犹太战争编年史》（*The Founding of Aelia Capitolina and the Chronology of the Jewish War under Hadrian*，in American Journal of Semitic Language and Literature，1923）；萨查尔，《一段犹太历史》（Sachar，*A History of the Jews*，1950）；以及利柏曼的《犹太巴勒斯坦的希腊人》（Lieberman，*Greek in Jewish Palestine*，1942）。近年来，以色列的当地考古对于巴尔·科赫巴的起义有新发现，为我们补充了某些巴勒斯坦战争相关细节上的认识；这些资料大部分都在一九五一年后才公诸于世，无法用于本书中。

安提诺乌斯的肖像学，或以一种较不那么正式的说法来讲，也就是人物的历史，始终令考古学家和美学家感兴趣；而自从一七六四年，温克尔曼于其著作《古艺术史》（Winckelmann，*Histoire de l'Art Antique*）中赋予安提诺乌斯群像，或至少当时几座著名的肖像极重要的地位之后，这门学问在德语系国家更受关注。这些研究大多来自十八世纪末，甚至十九世纪；如今，对我们来说，仅剩新鲜好奇的价值了。迪特里克森的《安提诺乌斯》（Dietrichson，*Antinoüs*，Christiania，1884）弥漫着一种不清不楚的理想主义，不过仍值一读：作者费了一番心力，几乎将古代所有影射哈德良宠侍的形象搜集齐全；不过，在今日，书中肖像学的部分已沦为某种落伍的观点和研究方法。拉班的小书《安提诺乌斯之美好形象》（Laban，*Der Gemütsausdruck des Antinoüs*，Berlin，1891）将当时德国盛行的美学理论全部搬演一遍，但丝毫未能为比提尼亚少年的肖像学多添色彩。倒是席蒙在他的《意大利与希腊速写》（Symonds，*Sketches in Italy and Greece*，Londres，1900）中长篇论述安提诺乌斯，虽然语气与信息偶嫌过时，读来仍有兴致盎然之感。在《一个希腊伦理问题》（*A Problem in Greek Ethics*，一八八三年仅印十本非卖品，一九〇一年重印一百本）这篇卓越且珍贵的论文中，同样的这位作者，针对同样的人物，亦作了个有意思的注记。霍尔姆的著作，《安提诺乌斯肖像》（Holm，*Das Bildnis des Antinoüs*，Leipzig，1933），评价偏向学院派，对主题人物之观感与提供的数据皆了无新意。关于安提诺乌斯的人像遗迹，古钱币章学以外的范畴，最好的文章是相对近期的《安提诺乌斯，论哈德良时代之艺术》，一九二三年发表于罗马林西学会《古代遗迹》丛书第二十九卷（*Antinoo. Saggio sull'Arte dell'Eta'Adrianea*，in Monumenti Antichi，XXIX R. Accademia dei Lincei，Rome，1923），作者为皮洛·马可尼（Marconi）。顺带一提，一般大众不易取得这份研究，因为仅有极少数大图书馆完整收藏这套丛书。马可尼的论述，就美学讨论而言，观点平庸，但在肖像学上展现一大进步，尽管关于主题人物的探讨仍嫌不足。此外，透过堪称最佳的小说评论，他亦针针见血地终结了人们对安提诺乌斯这号人物乌烟瘴气的幻想。另外亦请参阅希腊罗马艺术或希腊艺术的一般性作品中对安提诺乌斯肖像学的简短探讨，如罗登瓦特的《山门艺术史》（Rodenwaldt，*Propyläen-Kunstge-*

schichte，III，2，1930）；斯特朗《古罗马时期的艺术》（Strong，*Art in Ancient Rome*，2e ed.，Londres，1929）；罗伯·维斯特的《罗马肖像造型艺术》（West，*Römische Porträt-Plastik*，II，Munich，1941）；以及赛特曼、《希腊艺术研究》（Seltman，*Approach to Greek Art*，Londres，1948）。兰奇安尼和维斯康提在《罗马市讯》（Lanciani ℰ. Visconti，*Bollettino Communale di Roma*，1886）里的注记；利佐于一九〇八年发表的论文《安提诺乌斯——席瓦诺》（Rizzo，*Antinoo-Silvano*，in Ausonia，1908）；莱纳赫的《君士坦丁凯旋门之圆章头像》（Reinach，*Les Têtes des médaillons de l'Arc de Constantin*，in Rev. Arch.，IV，XV，1910）；高克勒，《雅尼古卢姆山的叙利亚祭坛》（Gauckler，*Le Sanctuaire syrien du Janicule*，1912）；布勒的《哈德良皇帝的狩猎纪念碑》（Bulle，*Ein Jagddenkmal des Kaisers Hadrian*，in Jahr. d. arch. Inst.，XXXIV，1919）；巴尔托奇尼的《莱普提斯区域》（Bartoccini，*Le Terme di Lepcis*，in Africa Italiana，1929）。这许多关于十九世纪末和二十世纪时发现的安提诺乌斯肖像，以及发现这些肖像的经过，已被辨识或挖掘，值得引述。

关于这位人物的古钱币章学，今日在此领域研究此一主题的专家们认为，最好的成果，应属一九一四年发表于《古钱币章学考古学报》中的《安提诺乌斯古钱币章学》（*Numismatique d'Antinoos*，in Journ. Int. d'Archéologie Numismatiqu e，XVI，pp. 33–70. 1914），作者是年轻的学者布鲁姆（Blum），在一战中身亡，另外留下几篇以哈德良宠侍为主题的肖像学研究。关于小亚细亚诸国铸造的安提诺乌斯钱币，特别值得参考者：巴贝隆与莱纳赫合著，《小亚细亚希腊钱币全集》（Babelon ℰ. Reinach，*Re-*

cueil Général des Monnaies Grecques d'Asie Mineure，I‐IV，1904‐
1912 et I.，2e édit.，1925）。关于亚历山大城为他铸造的钱币：
福格特，《亚历山大古钱币》（Vogt，*Die Alexandrinischen
Münzen*，1924）。关于某些希腊为他铸造的钱币：赛特曼，《希腊
雕像与部分庆典纪念币》（*Greek Sculpture and Some Festival
Coins*，in Hesperia［Journ. of Amer. School of Classical Studies at
Athens］，XVII，1948）。

关于安提诺乌斯死亡时那神秘隐晦的情景，请参阅韦伯的
《关于埃及希腊宗教的三项研究》（*Drei Untersuchungen zur ae-
gyptischgriechischen Religion*，Heidelberg，1911）。格兰多前述
提及之作《哈德良时期之雅典》，第十三页，针对这个主题，提了一
项有意思的影射。安提诺乌斯之墓的确切位置始终是个未解之
谜——休尔森于一八九六年和一九一九年两次发表《安提诺乌斯
之墓》（Hülsen，*Das Grab des Antinoüs*，in Mitt. d. deutsch.
arch. Inst.，Röm. Abt.，XI，1896 in Berl. Phil. Wochenschr.，
1919），而科勒（Kähler）在其关于哈德良庄园的研究作品中（稍后
另述）提出相反的见解。此外，容我在此推荐费斯图吉尔出色的
论述：《神奇纸莎草纸之宗教价值》（Festugière，*La Valeur re-
ligieuse des Papyrus Magiques*，in L'idéal relgieux des Grecs et
L'Evangile，1932），特别是他对"Esiès"之献祭，透过浸礼受死，以
及借此将牺牲者神化等方面之分析，虽未举哈德良宠侍的故事为
参考案例，依旧有助于我们明白部分至今仅能透过了无生气的文
献得知的礼俗，并剥除这则以死示诚之传说表面的史诗悲壮色
彩，使之得以进入某种玄奥秘教传统之科学范畴。

几乎所有论述希腊罗马艺术的一般性图书都赋予哈德良时

期重要地位。其中几部作品在前述安提诺乌斯人像的段落已提及。罗伯·维斯特的著作《罗马肖像造型艺术》中，颇为完整地提供了哈德良、图拉真、其家族的皇后公主以及埃利乌斯·恺撒的肖像。另外值得参阅者：格兰多的著作《罗马帝国时期埃及之半身像与肖像》(*Buste et Statues-Portraits de l'Egypte Romaine*，Le Caire)，以及鲍尔森的《英格兰乡间宅院中的希腊及罗马雕像》(Poulsen，*Greek and Roman Portraits in English Country House*，Londres，1923)。这两部作品提供了哈德良及其周围人物较鲜为人知并极少复制的肖像。关于哈德良时期的装饰艺术，尤其涉及精雕师和雕刻师所使用的图案与朝中的政治及文化领袖们之间的关系，乔瑟琳·汤恩比精美的著作《哈德良学派，希腊艺术中的一章》(Jocelyn Toynbee，*The Hadrianic School*，*A chapter in the History of Greek Art*，Cambridge，1934)特别值得一提。

在这部作品中，论及哈德良订制或收藏的艺术品时，必然附带一笔，将哈德良描述为古董收藏家、艺术爱好者，或一心想使一个深爱过的容貌永垂不朽的恋人。本书中，皇帝所描述的安提诺乌斯侧脸像，以及好几个段落中出现的、宠侍生前的形象，理所当然地，灵感来自这名比提尼亚少年的各式肖像。这些肖像大部分于哈德良庄园发现，现今仍存；但从那时起，我们必须透过十七世纪和十八世纪的意大利大收藏家的名字认识它们，而哈德良当然没把那些雕像给他们。如今收藏在罗马国立博物馆的小头像，经由皮洛·马可尼在上述文章中的假设，判定出自雕刻家阿里斯泰阿斯之手。那不勒斯博物馆的安提诺乌斯像归给哈德良时期另一位雕刻家帕皮亚斯，则仅出自作者的臆测。安提诺乌斯有一幅侧脸像，如今已无法确认出自哪位艺匠之手，格兰多于前述论文中提出的假设被普遍沿用，认为此像来自哈德良于雅典修建的戴奥尼修斯神庙的浮雕。在伊大利卡，哈德良的出生地，发现了三四尊美丽的希腊罗马时期或希腊式雕像，其中至少有一尊似乎来自亚历山大里亚某工坊；而作者根据发现的这个细节，认定这些作品属于一世纪末或二世纪初的希腊大理石雕，且是皇帝本人赠予故乡的礼物。

同样的一般性说法也用于哈德良修建的纪念建筑物上，过度着重描述的话，几乎把那部作品变成一本实用手册，特别是哈德良庄园的部分：皇帝是个品位甚高的人，不会如此折磨他的读者，强迫他们把那片领地整个浏览无遗。关于哈德良在罗马或在帝国其他各地所兴建的重大工程，我们的取材折中于几个不同的数据源：有斯巴提阿努斯为他做的传记，希腊当地的建设则参考帕萨尼亚斯的《希腊志》(Pausanias, *Description de la Grèce*)；或年代稍晚一点的编年史学家，如马拉拉(Malalas)：他特别侧重哈德良在小亚细亚的新建或整修工程。从普罗科匹厄斯(Procopius)的史料中，我们得知，哈德良陵墓的顶端本有数不清的雕像装饰，但在五世纪初被亚拉里克占领时，那些雕像被拿来当成武器，朝罗马人投掷。透过八世纪一名德国旅人之简短描述，《艾因西德伦无名小卒》(*Anonyme de Einsiedeln*)，我们得以存留陵墓在中世纪初的样貌：原来它从奥列里乌斯时期起即已被巩固成堡垒，但直至中古时代，尚未改建成圣天使城。除了引述和术语之外，考古学者和铭碑学者亦陆续增添新的发现。在此仅举一例。还记得是颇近期之事：多亏了建造时所用的砖材上留有制造铭文，整体重建万神殿之功绩才归到哈德良名下；而在此之前那一大段漫长的时间，人们还以为他仅是维修者。关于哈德良名下的建筑，前述大部分希腊罗马艺术的概论皆可参考，亦可参阅：舒尔泰斯，《哈德良皇帝所建工程》（Schultess, *Bauten des Kaisers Hadrianus*, Hambourg, 1898）；贝尔特拉尼，《万神殿》（Beltrani, *Il Panteone*, Rome, 1898）；罗西，《罗马区考古委员会公报》（Rosi, *Bolettino della comm.* arch. comm., LIX, p. 227, 1931）；博尔加蒂，《圣天使城》（Borgatti, *Castel S. Angelo*, Rome, 1890）；皮尔斯，《哈德良陵墓与哈德良桥》（Pierce, *The Mausoleum of Hadrian and Pons Aelius*, in Journ. OfRom. Stud., XV, 1925）。至于哈德良在雅典的建筑：格兰多前述多次的著作，一九三四年的《哈德良时期之雅典》；以及福杰尔的《雅典》（Fougères, *Athènes*, 1914），此作虽旧，却处处精华。

对哈德良庄园这个独特景点特别感兴趣的读者，容我再次提醒：本书中，哈德良所列出的角落建筑，至今仍在使用中；而这些部分亦来自斯巴提阿努斯书中的信息。多亏了这些线索，当地的考古挖掘成果才得以确认、补齐，而不致失去价值。从哈德良到我们的时代，这段时间，这座美丽废墟的旧时状态，则靠一系列或书写下来或铭刻碑上的文献得知。这些从文艺复兴时期以来即分批集结的资料，或许称为最珍贵亦不为过：一五三八年，建筑师利戈里欧（Ligorio）献给埃斯特主教的《报告》（*Rapport*）；一七八一年左右，皮拉内西（Piranèse）为这座废墟而制作的铜版画出版，令人赞叹；而某个细节则取材平民庞斯的《莉薇亚浴场与哈德良庄园之古代阿拉伯纹饰》（Ponce, *Arabesques antiques des bains de Livie et de la Villa Adriana*, Paris, 1789），那些粉饰灰泥今日已毁，幸而文中所提保存了当时的样貌。加斯顿·波瓦西耶的研究《考古漫游》（Boissier, *Promenades Archéologiques*, 1880）；维纳菲尔德的《提布的哈德良庄园》(Winnefeld,*Die Villa des Hadri-an bei Tivoli*,Berlin,1895);以及皮耶·古斯曼的《提布皇家庄园》(Gusman,*La Villa Impériale de Tibur*,1904),依然都是基本精髓。较近我们当代的:帕利班尼的著作《哈德良皇帝之庄园》(*La Villa dell'Imperatore Adriano*,1930)以及科勒的重要著作《哈德良与提布庄园》(*Hadrian und seine Villa bei Tivoli*,1950)。在《哈德良回忆录》中有一段提及庄园墙面上的拼花图案,令部分读者感到吃惊:那些是户外半圆高背长椅及宁芙精灵的栖所,常见于一世纪的乡间别庄,祥静地装饰于提布宫中的楼阁;或者,根据许多资料见证,亦铺设在拱顶圆弧之处(从皮拉内西的版画中可知克诺珀斯祭坛的拱顶拼花为雪白色)。另外有一些"emblemata"(拼花图案组成的画),用来镶嵌在大厅壁面上。所有这方面的相关细节,除了前述的古斯曼之作,亦可参考达伦伯格(Daremberg)和萨格里欧(Saglio)合编之《古希腊罗马字典》中高克勒的文章《拼贴艺术》(*Dictionnaire des Antiquités Grecques et Romaines*,III,2,Musivum Opus)。

关于安提诺乌斯的纪念建筑,切勿忘记:哈德良为其宠侍而建的庄园废墟,在十九世纪仍然屹立。那时,在拿破仑的命令下,尤马尔(Jomard)画出伟大的《埃及志》(*Description de l'Egypte*),其中包含这整座今日已毁去的废墟,那些画面令人感动。十九世纪中叶,一位埃及工业家将这些遗迹化为石灰,用来建造附近的糖厂。在这片遭蹂躏的遗址上,法国考古学家阿尔伯特·加耶(Gayet)狂热地进行挖掘研究,方法似乎有限,但他于一八九六年到一九一四年之间发表的文章里,仍含有极为有用的信息。在安提诺乌斯牺牲地点以及俄克喜林库斯挖掘出的纸莎草文献,从一九〇一年到今日之间出版的部分，并未替哈德良新造的城市或对其宠侍之崇拜带来任何新的细节；不过其中一篇为我们提供了一份十分完整的清单：城市的行政及宗教组织划分，显然是由哈德良本人建立。这份数据见证了厄琉息斯秘教的仪式对这位规划者的强大影响力。请参阅威廉·韦伯的前述著作《关于埃及希腊宗教的三项研究》；库恩的《安提诺波利斯，对罗马帝国时期埃及之希腊文化史之一大贡献》（Kühn，*Antinoopolis，Ein Beitrag zur Geschichte des Hellenismus in römischen Aegypten*，Göttigen，1913），以及库伯勒的《安提诺波利斯》（Kübler，*Antinoopolis*，Leipzig，1914）。约翰逊于一九一四发表于《埃及考古学报》的文章《安提诺及其纸莎草文献》（Johnson，*Antinoe and Its Papyri*，in Journ. of Egyp. Arch.，I，1914），为哈德良创建的新城提供了一份精简扼要的地形描述。

透过在原址发现的一则上古铭文，我们得知哈德良在安提诺和红海之间开设了一条大道（7ns. Gr. ad Res. Rom. Pert.，I，1142），但大道依循的确切路线，似乎至今尚未定案，所以，哈德良在本书中所说的距离仅是近似值。最后，对安提诺城，书中借皇帝本人亲口描述的那个句子，则借助于卢卡斯（Lucas）的叙述：这位法国旅行家曾于十八世纪初参访安提诺。

Marguerite Yourcenar

［法］玛格丽特·尤瑟纳尔（1903—1987）

出生于比利时布鲁塞尔，1987 年在美国缅因州荒山岛辞世。1980 年入选法兰西学院，成为该机构 350 年历史上第一位女性"不朽者"。

尤瑟纳尔深受自古希腊罗马以来的欧洲人文主义传统浸润，同时从早年起即对东方哲学和文学怀有浓厚兴趣。她的作品以渊博的学识、广阔的视野和深邃的哲思见长，包括诗歌、戏剧、随笔等，尤以小说著称。主要作品有小说《哈德良回忆录》《苦炼》《默默无闻的人》等，回忆录《世界迷宫》三部曲也享有盛誉。

尤瑟纳尔的语言优美洗练，深具古典韵味。

陈太乙

法国图尔大学法国现代文学硕士、法国格勒诺布尔第三大学法语外语教学硕士暨语言学博士候选人，曾任中学及大学法文兼任讲师。

图书在版编目(CIP)数据

哈德良回忆录/(法)玛格丽特·尤瑟纳尔著;陈太乙译.—
上海:上海三联书店,2024.4 重印
ISBN 978-7-5426-7613-9

Ⅰ.①哈⋯ Ⅱ.①玛⋯ ②陈⋯ Ⅲ.①历史小说－法国－现
代 Ⅳ.①I565.45

中国版本图书馆 CIP 数据核字(2021)第 232858 号

MÉMOIRES D'HADRIEN suivi de Carnets de notes de *Mémoires d'Hadrien* ©
Marguerite Yourcenar et Éditions Gallimard,Paris,1974
本书中文简体字版由法国伽利玛出版社授权上海三联书店独家出版
版权所有 侵权必究
上海市版权登记 图字:09-2021-0975 号

本简体中文版翻译由台湾远足文化事业股份有限公司(卫城出版)授权

哈德良回忆录

著 者 / [法]玛格丽特·尤瑟纳尔
译 者 / 陈太乙

责任编辑 / 李巧媚
装帧设计 / ONE→ONE Studio
监 制 / 姚 军
责任校对 / 王凌霄

出版发行 / 上海三联书店
(200041)中国上海市静安区威海路 755 号 30 楼
邮 箱 / sdxsanlian@sina.com
联系电话 / 编辑部:021-22895517
发行部:021-22895559
印 刷 / 上海展强印刷有限公司

版 次 / 2023 年 1 月第 1 版
印 次 / 2024 年 4 月第 3 次印刷
开 本 / 890mm×1240mm 1/32
字 数 / 240 千字
印 张 / 11
书 号 / ISBN 978-7-5426-7613-9/I·1747
定 价 / 78.00 元

敬启读者,如发现本书有印装质量问题,请与印刷厂联系 021-66366565